U0953916

我只要此生的你

寿含章 著

九州出版社 JIUZHOUPRESS | 全国百佳图书出版单位

图书在版编目（CIP）数据

我只要此生的你 / 寿含章著. --北京：九州出版社，2013.9

ISBN 978-7-5108-2356-5

Ⅰ. ①我… Ⅱ. ①寿… Ⅲ. ①长篇小说—中国—当代 Ⅳ. ①I247.5

中国版本图书馆CIP数据核字(2013)第227701号

我只要此生的你

作　　者	寿含章　著
出版发行	九州出版社
出 版 人	黄宪华
地　　址	北京市西城区阜外大街甲35号(100037)
发行电话	(010)68992190/2/3/5/6
网　　址	www.jiuzhoupress.com
电子信箱	jiuzhou@jiuzhoupress.com
印　　刷	九洲财鑫印刷有限公司
开　　本	880毫米×1230毫米　32开
印　　张	11.125
字　　数	302千字
版　　次	2014年1月第1版
印　　次	2014年1月第1次印刷
书　　号	ISBN 978-7-5108-2356-5
定　　价	29.80元

★版权所有　侵权必究★

给我的妈妈

目　录

开 始

我要讲的这个故事，离奇又真实。这一切要从一个叫林清水的女人说起。

说起林清水，此刻的她正以 250km/h 的速度疾驶在北印度的拉达克高原上。11 月，大雪纷飞之夜，拉达克已经封山，林清水却固执地下山去，车灯在荒芜的黑暗中异常明亮。

冰雪和风石砸在车窗上，似乎要夺命。林清水的心和大脑却获得从未有过的清晰。

她面庞棱角分明，双唇紧闭。低缓地，她在心底祈祷：上天，如果我死在今夜，请把我的男人也带来！当他走进天堂的那一刻，请告诉我，因为我想抱他。那张脸，那具身体，那种优雅，让我记起那些炽热有风的夏天晚上的派对！

我要见到他！

死死踩着油门，林清水她的灵魂变成了电子乐，车变作了宇宙飞船。她的眼睛开始流泪。

喜马拉雅下了此生最大一场雪。

我深深吸了口气。广袤雪原上的车影越来越小，越来越小，隐入虚空。仰起头，我看到了星空，看到了飘动的空气，看到了尘世间隐约闪烁却未曾熄灭的光辉，和一个无边无际的威严宇宙！

我不常常看见宇宙，因此当它瞬间显露时，我胸腔里的心脏狂跳不已，眼睛被擦亮，百感交集。

这种颤抖的、狂喜的、神圣的、想要屈从的感觉，就像爱。

1 一件奇怪至极的事

几个月前的一个傍晚发生了一件奇怪至极的事。

那个傍晚，30 岁的广告人林清水穿一袭山本耀司设计的黑衣坐在瑞士家中的露台上，与好友物理学家蓝镜聊天。

林清水居住的这座城市叫做楚格，位于瑞士中部。楚格城外有座楚格山，城内有个楚格湖，安宁的湖面映照出据说是整个国度最红的夕阳。这一刻，湖背后的连绵山脉正被夕阳染成橘色，九月皮拉图斯山的顶峰已见白色积雪。

“给你带了本书，可以满足你对额外空间的好奇。”蓝镜把一本书丢给林清水，起身准备回日内瓦的实验室去。

蓝镜在欧洲核子研究中心（简称欧核研究中心）工作，是一位理论物理学家。理论物理学家与实验物理学家的区别在于，他们具备更丰富的想象力和更精湛的数学造诣。蓝镜着重研究的是额外空间，即人类看不到却隐隐觉得存在的地方。

林清水看着书名——弯曲的旅行，作者是哈佛大学的一位物理学教授。

“我死后会去哪里？”林清水突然问了个奇怪的问题。

蓝镜愣了下，想一想，说：“我们对自己存在的这个世界知道得很少。我们从哪里来？现在在哪里？死后又要到哪里去？这些问题至今都无法得到明确的回答。不过，”她饮干杯中最后一口香槟，“宇宙神秘的面纱正被慢慢地揭开，我迫不及待地想要看到那张真实的脸。我走了，周末记得来我的实验室参观。”

“等等，”林清水起身，走到正在穿鞋的蓝镜面前，神情有点严肃，“有时我觉得北极的极光能通向额外空间。”

“那是你们广告人的奇思怪想。”蓝镜笑了笑。

蓝镜走后，林清水喝着酒，翻开书。书的作者试图用浅显的语言讲述自己对额外空间的猜测和理解。念了几页，林清水感到身心慢慢陷入到浓重的昏沉里。她觉得疲乏，于是合上书，把头靠在椅背上，闭上眼睛。

每一个人想必都有过这样一种体验，那种体验常常发生在清晨的半梦半醒之间。梦境与现实交错。“现实”变得可被做梦的人操纵，于是漂向记忆深处想要去到的地方。

林清水在闭上的眼睛里看见了紫色，大团大团的紫色云雾向她无声地涌来。

紫色，她记起一个人。

当云雾散开，她发现自己正立在高处，一栋枯槁的房子的露台上，四周是浓灰色的死寂，空气里有泥土的气息，那是暴雨将至的前兆。

他会来的。

年少的时候，她和他就常常并肩一起看暴雨扫荡城市的场面。在风、水、气味和光线的强烈变幻中，他们之间的默默情意在这广袤无常的宇宙中是如此难能可贵。

起大风了。他会来的。

顶着风，林清水转过身体，看向身后。

闪电此刻劈来，令她睁不开眼，暴雨紧随着骤然而落。她把手抵着眉头，眯缝着眼睛，在铺天盖地的水中寻找他。

就这样，她费劲又有些害怕地走了很久很久，直到冰湿的手臂突然被一只暖和干燥的大手握住！一个低沉温柔的男音在她耳旁升起：“我在这里。清水，别来无恙？”

大惊失色的林清水在藤椅里弹跳了一下，猛地张开眼睛，眼神由震惊渐转为怅然。

康庄，一个亡者的名字。2012 年秋天的傍晚，林清水想起那个 1997 年的夏天，觉得恍然隔世。

起身，她倚在露台边，看向群青色天空下深不可测的湖面。

“我们从哪里来，现在在哪里，死后又要到哪里去？”她问。

林清水有种奇怪的感觉，觉得自己会不久离开人世。

果然，三天之后噩耗传来，她在欧核研究中心莫名消失。没有人知道她去了哪里，包括蓝镜。

2 林清水

那个周末，林清水前去欧核研究中心探望蓝镜。天空湛蓝高远，车号为 SH1201 的雪白保时捷飞驰在去往日内瓦的高速公路上。

林清水喜欢保时捷引擎的声响，那里头有一种不受牵绊和一切尽在掌控中的气势。在她的身上流淌着两种血——不驯和克制。如果用一种颜色来形容林清水，那就是白色，它干净、整洁、清冽、高远、傲慢和隐秘。

林清水的寓所是一片白色海洋。白色的波斯地毯上立着 Jean-Marie Massaud 极简风格的椅子，墙上是邱世华充满道家意境的素画，桌上摆着 Wedgwood 白色轻透的骨瓷盘，衣柜里挂满 Yohji Yamamoto 的黑白衣裤，Alexander McQueen 透着华丽死亡气息的骷髅鞋，冰箱里只有法国干邑、冰块和水……

物质往往透露着购买者想成为怎样一类人。

林清水出生于 1982 年的京都，一个精致的千年古都。母亲是当地人，父亲是上海人。父亲在求学期间爱上了校艺会上面目俊秀、手提武士刀的林清水的母亲。女人并没有日本传统女性的顺良，却有种美术系学生特有的癫狂。林清水的父亲来自上海一个守旧的书香门第，祖上的要求是他能念圣贤书，做有为事，最终扬祖耀宗。在巨大期许里长大的孩子，往往性情内敛。那个疯癫的日本女人的出现让这个上海男人眼前一亮，他那不苟言笑的脸上起了一道红。

俩人学业未完就背着家人结了婚。一年后林清水出生。因为需要上学念书，于是襁褓中的林清水在白天被寄放到一座叫做三千院的庙宇。也因此，对于幼年的回忆，林清水的眼前会出现参天古树、遍地青苔、幽幽竹林、潺潺溪水和尊尊佛像。隐隐约约地，她还记得庙里有一个女人，那个女人长着一张不可一世的美丽的脸。

童年里有些个傍晚，母亲拉着蹒跚而行的林清水走在京都祇园的花见小路上。油亮冰凉的石板上，穿着娇艳和服的女人们来来往往，妆很厚，露着滑腻的后颈。三弦琴音从居酒屋里透出，小店门口的大红灯笼一路排到巷子尽头宝蓝色的天空下。

母亲来这里是去接喝醉酒的父亲。学业终于结束，上海的家里急催父亲回沪工作。父亲发了愁，毕竟带着日本老婆回到还未完全开放的中国是件极出格的丑事。

3 岁的林清水随着父母来到上海定居。上海，一个向前疯跑的城市，与百年不变的京都大不相同。

父亲开始在一家银行供职，母亲成为职业画家。一个日本女人在当时是这个国家的异类，她的活泼变作谨慎与自闭。父亲对母亲在异国生活的不适应并不安慰，更多的是为周遭人们猎奇的目光感到窘迫。他疏离家庭，更加寄心工作，于是俩人从最初的争执到后来的彼此漠视，最终成了活在两个星球上的陌路人。

林清水渐渐长大，懵懂觉得男女共处是件复杂和危险的事情。

12 岁那年，母亲把她送入芭蕾舞蹈学校学习，期待她能成为一名艺术家，懂得美，懂得独立，最终能成为和自己一类的人，而不要像她的父亲。

舞蹈学校坐落在一条绿茵茵的大路上。那条路的一头连接着繁华商业区，另一头连接着机场。就是从那个机场林清水降落到这个城市里。女孩林清水很喜欢在这条路上走啊走，向往着哪一天机场能把她带去很远的地方。她从小就热爱广阔的天地。

在舞蹈学校，如母亲所期待的，林清水见识了美的力量：那沉重乌亮的发髻，微微上扬的小小下巴，桃皮色的丝缎舞鞋，层层叠叠如梦一般的舞裙，还有在地板上滑出优美弧度的细长的腿，让她意识到美其实就是一种希望。

12 岁的林清水有了自己的座右铭——美好再美好下去！

瑶枝和蓝镜是林清水在学校结交的好朋友。瑶枝爱美，一心想成为舞蹈界最耀眼的星；蓝镜是个书痴，跳舞是她母亲的愿望，而她自己期待能去常春藤盟校求学，认为只有知识才能揭示所有真相；林清水整日独自在硕大的镜子前刻苦练习着 Rond De Jambe A Terre，Battement Tendu Glissade，Cabriole……在精疲力竭并且枯燥得让人要发疯的重复中，她竭力想要突破和掌控自己的身体与精神，因为只有把自己牢牢捏在手心里，才能成为任何人，才能去征服世界。

三个女孩，完全不同的性情，意味着今后不同的人生。

毕业的那一年，三个少女聚在学校后花园一棵高高的水杉树下。六条细细长长的腿穿着伤痕累累的桃皮色芭蕾舞鞋在松软的泥土地上划来又划去。她们单薄的身体已逐渐饱满和挺拔起来，眼睛闪烁出少女独有的对未来的痴惘。

“女生那么多年聚拢起来的美丽，会有一个男生来采摘。像乡下旷野里的玫瑰，凝聚了风雪雨露在某一天小心翼翼地绽放开来，而此时正有个过路人见到了她，惊叹于她的美丽，于是他把她带走了。”瑶枝念着报上一小段散文。

15 岁的林清水听完，环抱起双臂，心想：“我宁愿化作一只玫瑰精，变作那个过路人，采走自己。”

15 岁的林清水那么想，是因为她还没有遇到 35 岁的康庄，还没有遭遇到那个让身心猛得一绽的奇妙瞬间。

3 康 庄

上世纪80年代末90年代初的中国乐坛分外热闹，那样的辉煌后来再没有过。张国荣含情脉脉地引退；许冠杰在《沧海一声笑》后江郎才尽；陈百强用《一生何求》唱出自己的愈发失意；林子祥的《男儿当自强》成了时代的劲歌；跳舞的杜德伟有着磁性的嗓音；叫“王靖雯”的王菲仍在等待时机；眯着眼睛的林忆莲唱出女生们的普遍心境；Beyond的《光辉岁月》终于击败了达明一派；卖移动电话的黎明参加了新秀赛；“四大天王”即将登位；“小虎队”的青春让人眼睛一亮。

35岁的康庄是个著名的钢琴家，对古典音乐的执著，让他在这个时代曲高和寡。事业走下坡，却让他更加自在。他成名早，年少时就已尝过功名利禄的甜头，如今到了行云流水的年纪，心里琢磨着是否该出国念个书，或是留在国内开个夜店，就是只在家里念几年好书也是很不错的打算。

康庄过着整齐的生活，如同他衣柜里的黑白衣衫，熨烫有型，洁净好闻。每天清晨七点他会端坐在钢琴前，弹一段流畅愉悦的曲子，之后运动、看书、绘画和看戏，夜晚时分与朋友们相聚小酌，他的日子过得好似神仙。

他还是会迷恋上年轻姣好的女子，约她们一起喝下午茶，但总是在若干次约会后莫名终止了与她们的联系。在他看来，约会是因为好奇，好奇心满足了，故事也就收场了。他不清楚自己为什么对女性没有持久的热情。他的行为看似任性不负责任，可内心深处却比任何人都要渴望和相信爱情。

他问自己的好友——城中名媛江百慧，究竟是什么缘由老天让他孤身一人？

江百慧答："你执著于空间带来的完美，满足于一个人的自由自在，所以才会独身。可这一切都会被完全推翻，当那个人出现时，你会自然而然地抛弃自己的执著和惯性，把自己的命跟那个人的命搭在一起。"

有天下午，15 岁的林清水来到 35 岁的康庄面前。

叫林清水的女孩一脚踏入宅子的大门，走进阳光刺眼的玻璃花房，穿过丛丛香水白百合，来到客厅的前庭，她站定在康庄面前。当时康庄正坐在沙发上喝茶看书，被这个没有发出声响的人影吓了一跳。那张脸背着光，他看不清五官，于是问："哪位？"

"我叫林清水。"女孩的声音冷静低沉，"我没有找到门铃，看到大门开着就进来了。对不起。"她微微欠了下身体。

康庄记起几天前，母亲曾跟他说过，她的一个日本女友想把女儿送来上钢琴课，希望康庄能够赐教。康庄是从不收学生的，更何况是个完全不会弹琴的大孩子。只是这是母亲唯一一次请求，不好拒绝，他于是答应下来想着以后找个机会把孩子打发走。

"你多大？"

"15 岁。"

"为什么突然想学琴？"

孩子沉默了会儿，答："人类的情感大都以自我为中心，琐碎，混乱，有局限，而钢琴散发的情感大而空旷，即便是悲伤和愤怒也很美好。"

康庄缓缓起身，用力要看清面前的女孩。黯淡的光线里一对乌黑的眼睛正毫无畏惧地认真地与他对视。

想着女孩刚才说的话，康庄的目光游移在那张脸上：完美的鹅蛋脸部线条，麦色肌肤，黑色的眼珠很大，里面装满沉静和专注，丝毫不透露丁点感情，与年龄完全不符。他心头一阵异样，觉得自己好像认得她。那种强迫症病人似的疏离感，对完美世界过度的执著，什么也不怕的骄横，让他想起自己的年少时。

“我们开始吧。”他转过身。

春末夏初，一个有些闷热的下午，同时也是不赶巧的一天，由于电缆故障，没了冷气，客厅的门窗敞开着，于是就有了几只昆虫的飞舞，有了树叶被风抚弄的窸窣，还有了女孩脖子上汗水渗进爽身粉里头的温香。

他们的第一堂课。叫林清水的女孩显然很有悟性，修长的手指不慌不忙，康庄于是十分耐心，轻声地细心地传授。天越发闷热。康庄卷起袖子，又解开领口的衬衣纽扣。林清水坐在前方，他站在她的身后以便纠正她的手势。突然间，他无意看到她敞开的领口中毫无束缚的胸脯，不由身体一颤，脸一热，立刻转身走到钢琴的一侧，坐下。

那天晚上，康庄独自一人去了外滩。黄浦江上层层薄雾笼罩，对岸的摩天大楼透出彩色的光晕。他多少年没来外滩了。它让他想起平日里很少回忆的年少时光。那时候的日子总是格外得新鲜和快乐，对不可预见的未来有着惴惴不安的兴奋与迷乱。今晚，他发现青春可以重来，他不曾长大。

那天晚上，他没去与朋友小酌，而是一个人散步很久回到家。站在门口，他端详着居住多年的宅子，觉得自己熟悉的一切突然变得新鲜起来，有种说不清的愉悦。没有开灯，他走过玻璃花房，走过客厅，手指划过皎洁月光下泛出温润光泽的钢琴盖，嘴角上扬出一丝微笑。他，不想去探究变化背后的缘由，他只想对夜光说，真好！

白色保时捷在日内瓦欧核研究中心的停车场上停下。林清水坐在车里，看了下表，这是一个常年在工作上与时间赛跑的人的习惯。时间显示，2012 年 9 月 9 日，下午 2 点 20 分。

她下车，整理了下衣服，向着入口处走去，殊不知一件可怕的事就要发生！

4　回到 1997

林清水站在街角打量着蓝镜供职的欧核研究中心，它的外表并没有想象来得神秘，办公楼群位于日内瓦郊外，车流和行人很少，有股暴风雨来临之前的寂静。

欧核研究中心是从这几年起才被公众关注，其实这个组织早在 50 年代就已成立，如今来自世界各地约 3000 名顶尖智慧的头脑在这里进行粒子物理实验。

公众最关心的是欧核研究中心里那个巨大到不可思议的“怪物”——大型强子对撞机。“怪物”在 2008 年正式投入使用，被埋在 100 公尺的地下，是一个直径达到 27 公里的环形隧道。27 公里相当于是从日内瓦国际机场到法国侏罗山脉的距离。

大型强子对撞机是世界上最大的实验装置，它的运作原理用最简单的语言描述就是让两束反方向高速运动的粒子在磁场作用下对撞，根据撞出的结果来研究宇宙是如何产生的，物质又是如何构成的。

每次当大型强子对撞机启动进行实验时，公众都非常担忧，害怕实验的结果会创造出一个黑洞，或奇异物质，或磁单极，从而摧毁地球甚至整个宇宙。因此每次实验的前一晚，瑞士和法国边境，即实验区域附近的酒吧和餐厅都会有年轻人举办“世界末日”派对。大家喝醉狂欢，害怕却期待着盛世太平中会有大不幸的事发生。

林清水走进欧核研究中心的接待室。周末下午空无一人。她比约定的时间早到了 10 分钟，于是找了张沙发坐下来。这几日她一坐下来就会发呆，自那晚听见康庄的问候，她的魂便要常常回到 1997 年。

1997 年那个夏天是属于她和康庄的。

15 岁的林清水是个沉默寡言的孩子。康庄喜静，见她不健谈也不勉强交流。俩人在一起的短短时光，竟都不觉得沉闷，有种微妙的和谐。

那是一个阴沉的下午，暴风雨快要袭来，天上电闪雷鸣，空气里有莲藕被切开时发出的气味。大自然发出的声响盖过了屋内的练琴声，俩人不由地停下来，望向窗外。

康庄起身，回头对林清水说："来，去看暴雨。"

林清水跟在他身后，瞥着前面清秀的脊背，行为开始拘谨。

露台上风狂舞，吹鼓起了他们的衣衫，俩人把手搭在护栏上，看乌云沉沉地飞压下来，地面上的植物敬畏地颤抖着，四周建筑一片惨白色。

"暴雨的天赋是洗刷。"康庄说着看了眼林清水，"世间万物的天赋都是服务这个宇宙的途径。要成为宇宙的人，而不是自己的自己。"

林清水听着他的话，不敢去看他。身边那个男人让她敬畏，越是敬畏，她便愈发拘谨。

"要成为宇宙的人，而不是自己的自己。"她记住了他的话，却似懂非懂。

暴雨就在这个时候从半空重重跌进大地，水从外面飞溅到露台里，康庄搂过林清水的肩膀往屋里走。他们靠得那么近，近到她能闻到他衣服发出的洁净气味，近到她的肌肤能感觉到他肢体的温度。林清水的肢体僵硬了。

她瞬间变得无法思考，忘记了自控，智商跌落到零。她第一次见到他的那一天，心里突然生出很多不安。这种陌生的情绪让她开始喜欢一个人静静待着，脑袋里重复着每次见到他的点点与滴滴。这种不由自主的反复性回忆，让她觉得自己开始变得越来越虚弱和渺小。她很不喜欢这种失控的状态，却又从中得到无限愉悦。

每一个人遇到自己的初爱，都会有一种美丽的宿命感。这神奇的遭遇让天地顿时生动起来，生命里的每一刻都有了意义，饱含诗意。心变得很容易被触动。

夏末，林清水刚学会弹一首完整的曲子，康庄却告诉她，他决定去国外生活一段时间。

最后那堂课上，尽管林清水的弹奏行云流水，但她对自己的忍耐已达极限，随时她都感到自己就要变作一把武士刀，劈开遮掩，劈开禁忌，让真实的情感暴露在他面前。 在她身上流淌的两种血——不驯和克制，它们厮杀起来。

曲终人散。当最后一个音符消散在空气中，林清水“啪”地合上了琴盖，身体微微发着抖，她突然转过身，面对着康庄，皱着眉，眼睛却不看他。

康庄愣了一下，轻轻地问:“怎么了？”

林清水的目光射向他，嘴微微张开，却没有一个字。渐渐地，她的眼神开始窘迫和无助，脸上一阵白一阵红，强力压制下去的情绪无处安放，化作眼眶内的泪。

康庄毕竟是个成年男人，对世事的深谙让他明白过来，心怦怦快跳起来。

他缓缓起身，走近她。

“再见。”林清水从椅子上跳起来，抓过包，头也不回地逃出客厅。正当她狼狈地跑过玻璃花房，康庄用低沉的声音唤住她。她很勉强地立住，转身，脸很红，还是不看他。

“明晚有空吗？”

林清水吃了一惊，去看他。康庄双手插在棉麻的长裤里，立在一丛香水白百合前，眼角的鱼尾纹里有温柔真挚的笑。

“有。”林清水的声音不含任何情感。

“明晚 8 点，我在你家楼下等你。”

林清水后来不知道自己是怎样走回家的，但她清楚地确认自己爱上了一个男人。他的声音、气味、温度、棉麻裤子、鱼尾纹和他花房里的香水白百合让她的身心极度欢愉。同时，她对康庄发出的邀请充满疑问，这算是约会还是告别？

与此同时，坐在酒馆里与朋友小酌的康庄三心二意，对自己向林清水发出的邀请感到迷惑。为何自己想要在临行前再次见到那个女孩？他，一个 35 岁的男人，而她，一个 15 岁的孩子。他不敢多想，转身与朋友们干杯，一饮而尽。

5　回忆中的女人出现了

他从车里出来，双手插在裤子里，端详着她。

她穿一袭白色雪纺单肩短礼服，肩头和膝盖很美，头发挽成髻，不施粉黛，脊背笔挺地朝他走来。他莫名其妙地深吸一口气。

他为她打开车门，她低头钻入，并不与他打招呼。坐进车里，他转脸去看她，忽然身体倾向她，男性的呼吸就在她耳边。她吃了一惊，肌肉紧绷，眼睛低垂下去。只听“咔嚓”一声，原来他是为她系上安全带。

引擎发动。白色的、橘色的街灯掠过车窗，斑驳的影子擦过他们的脸，车里流淌着康庄弹奏的钢琴曲。俩人没有对话，却快乐、紧张又迷乱。

康庄要带林清水参加一个朋友的生日宴会。

寿星叫江百慧，上海的传奇名媛。人人都知江百慧一笑倾城，一呼百应。她 20 岁就获柏克莱加州大学生物学学士学位；22 岁得到香港大学古典文学硕士学位；24 岁创办广告公司；还在报刊专栏写一手好散文，出版过畅销爱情小说十余部。所有的风光都让她占尽了。

可江百慧的名声却不好。传说中有一次男友生日，晚八点众人入席，她却到了近十点才来，理由是她必须要等到巴黎最新的米白春装。她的花费听说是豪气干云，买名牌向来是一季一季地买。还有，据说她在交际场上左右逢源，凭着桃花眼和水嫩胸脯，到处招蜂引蝶……当然，这些都是媒体描述的。

宴会设在高级酒店的餐厅。康庄带着林清水入场。这里是另外一个人间，这个人间万物闪耀，欢乐满溢，好似红磨坊的华丽歌舞剧。

林清水还是个孩子，没见过这样的隆重，脚步踌躇起来。康庄看了一眼她，轻轻抓过她的手，捏在掌心里，俩人一脚踏入夜上海的名利场。

见到了江百慧其人，便知道媒体的力量有多大。传说中那个骄纵的女王只是个知书达理的女子。没有嚣张的气焰，更无狐媚的本事，她轻缓地与人说话，举止谦逊，一瞥到康庄便像小女孩般开心地迎上来。

他们拥抱，可见是私交很深的友人。俩人相望，江百慧的眼睛瞬间黯淡下去，康庄拍了拍她的背，劝道："放开心。"

江百慧耸耸肩。她和前男友分手的事整个上海滩都知道了。10 年的真心相伴换不来一个男人对女人的基本尊重。他对外声称她是他的最爱，背后却不断上演寻花问柳的丑事。江百慧最终含恨离去，像她这样什么都好的女人竟也因为一个男人遭遇人仰马翻。

江百慧一声叹息，抬眼忽然看见康庄背后站立着的女孩，赶忙拭去眼角的泪，把清水从头打量到脚，歪着脑袋想了想，觉得这个女孩在哪里见过，"康庄，介绍一下你的同伴吧。"

"林清水，我的学生。"康庄说。

"你好，清水。"

"您好，江小姐。"

"清水，叫我百慧姐。"

"百慧姐。"

"生日快乐。"康庄递过生日礼物。

盒子被打开，是一双粉红丝缎的芭蕾舞鞋。江百慧马上脱下高跟鞋换上。On point 摆了半个 Arabesque，眼神一下子迷茫得像个懵懂的少女。她，40 岁了，人世间所有的风光都已让她占尽，如今疲惫的脸上泄露出凋零的痕迹。她知道不用多久，自己眩目的人生将只是一个传说。这一刻，粉红丝缎的芭蕾舞鞋让她忆起自己蓬勃的少女时代，那个时代她什么都不怕，因为一切可以推翻重来。

她旋转到林清水的面前，停住，目不转睛地望着她发呆。

“清水是芭蕾舞蹈学院的学生。”康庄说。

“哦？我像你那么大的时候也在舞蹈学校。来！”她向林清水伸出手。

林清水不好拒绝，两人握住彼此的前臂，跳了整个Promenade Arabesque。

康庄托起自己的下巴看着她们轻盈地伸展、抬举、旋转，好似两个八音盒里漂亮的小人儿。他的眼睛变得离不开林清水了。

舞毕，江百慧搂过林清水的双肩，端详着说：“我好像在哪里见过你，忽然想起日本的京都。在京都的三千院写作曾经是我年轻时候最爱做的事情。”

“三千院？我是在那里长大的。”林清水觉得不可思议，仔细看着面前的女人，居然也生出隐约的熟悉。

江百慧脸上的神情一下子变得大为震动。

“你的母亲是京都人？”

林清水点头。

江百慧的眼睛湿了，把她一下揽入怀中。

林清水身体僵直，不明所以。

“清水，你记不记得小时候有一个阿姨常在寺庙里哄你抱你？”江百慧声音哽咽，惊叹人生可以神奇到这样的地步，与这个孩子有这样的缘分想必有其道理。

回忆中闪现的不可一世的美丽的脸原来是真实的，林清水吃惊。

这时候康庄笑着走上前。

江百慧松开林清水，快乐地挽住康庄的手臂，撒娇，“康庄，今天我好开心，人生太不可思议！来，每年你都要为我的生日弹一曲。”

她把他推向厅堂的中央，轻轻伏在他耳边，“我发现，你一直在偷偷看她。”

“嗯？”康庄装不明白。

“你脸红了。”江百慧笑指着他的脸。

“她是个孩子。”康庄辩解。

“你可以等啊。”

“想听什么？”他笑着错开话题。

“肖邦降e大调夜曲。”

钢琴如月光流水。那一晚，在厅堂中央弹琴的康庄英挺迷人，专注的神情惹得宴会中的女子们想入非非。他的确是个非凡的男子，人生也够完满，可是命运这双手说翻转便要翻转。一切有因有果。因为喜欢林清水，他把她领入了自己的世界，可万万没想到正是自己这一番天真的举措，他的死期过早地来了。

和其他痴迷于康庄的女子们一样，未成年的林清水看着远处如神仙般的男子，听着他手指间流出的旋律，狠狠地在心底说，我只能爱你，只能爱你。

6　极光高速公路

毕业在即，林清水和蓝镜决定报考普通高中，她们不想自己的未来局限在小小的舞台上。舞蹈学校对文化课不重视，俩人为此要付出很大的努力。

35 岁的康庄和 15 岁的林清水成了朋友。学习之余，康庄的家成了林清水的歇息之地。他去国外的行程一拖再拖，决定在她中考后再离开。

常常地，他从书后面抬起头望向玻璃花房里的林清水，她喜欢独自坐在那里看他的旧书。他笑笑，只希望她能在他的世界里无忧无虑、快乐地成长。

然而不久，媒体开始在城里散播有毒的八卦。康庄毕竟是文化名人，他和林清水之间的友谊被描述成过气男星与未成年少女之间的性交易。杜拉斯的小说《情人》里的细节被套用，报刊上所用之标题不堪入目。

几日后，记者们开始围堵在康庄和林清水的住所前。

林清水住在上海西区一栋直入云霄的高楼里。父亲终于如愿成为银行的高管，母亲开办了自己的画廊，他们的事业和这个城市的发展一样，朝着繁茂昌盛的方向马不停蹄，只是感情上已没有任何交流。

24 层公寓的阳台上，母亲站在林清水身边，俩人凝视着被空气污染因而看上去有点混沌的落日，一言不发。

还是母亲开口，“必须中止和那个男人的交往！听明白我的话没有？！”

林清水不答，始终看着那轮太阳，心里想着，是不是因为这雾蒙蒙的空气让这个城市里的人们生活得很超现实，习惯孤注一掷？

“女人要避免情爱，才能有所作为。”母亲丢下一句，走回画室，“砰”地关上门。

清晨，保姆迫不及待地小跑上楼把报纸递给康庄。才瞥了一眼，康庄就知自己闯了祸。桃色新闻他见怪不怪，可这一次事关一个无辜的未成年少女，他的心痛了。

楼下客厅里的电话铃声又响起，保姆不耐烦地接应，忽然转头告诉下楼来的康庄，“是林小姐的电话。”

康庄接过，电话那头的声音很冷静，“昨晚我做了个梦，”她说，“梦见自己在北极。风很大，下着雪。雪很深，每走一步都很吃力。忽然我听见天空里有噼啵噼啵的声音，抬头一看，居然是极光。极光像绿色的火焰，照亮了大片天空。极光里有一些人影在走路，我使劲地看，发现里面有我死去的外公……”她停顿住，过了一会儿继续说下去，“极光里面还有你……你和那些人影向着北极星的方向走去，离我越来越远。最后极光消失了，我什么也看不见了。”说完之后，电话里是很长的寂静。

康庄默默听着，不知道林清水是否还在电话那端。

“还在吗？”他问。

“嗯。”

“只是梦而已。”他轻声安慰。

“我想见你。马上。”她突然坚定地说。

“现在不行。”他斩钉截铁，却只听见对方的挂机声。

“清水——”

事情本没有媒体描述得那样暧昧，现在却朝着暧昧的方向发展着。

康庄坐进沙发里，用手抵着额头，叹了口气。过去日子里的平静相处似乎只是一种掩饰。那层薄纱在今日被林清水撕开。他闭上眼睛，想起她穿着白衣脊背笔挺地站在夜色里；她目光与人相交时惯有的冷峻和干脆；她走在人群中遗世孤立的神情；还有她面对狂风暴雨时对大自然敬畏的表情。她分明就是他灵魂分支开出的同样花朵。原来初遇时的熟悉感有其缘由。

他的嘴角浮起一个又爱又疼的笑。

为自己倒了杯酒，他等她，等着命运。

一小时后，门铃响起。

“是林小姐。”保姆来回康庄，担忧地看着他。他点点头示意开门，保姆却依旧站着不动。

“去开吧。”他说。

门被打开，传进媒体发出的起哄声，林清水神色迷惘地走进来，来到康庄的面前，平视着他的衬衣领子，不看他的脸。

“跟我来。”他走进琴房，她跟随着。

关上门，他蹲下，抬头仰望着她的脸，把一缕乱发拨向她的脑后，“清水，听着，为了你的人生，我要你马上回去。”

她的眼睛闪着奇异的光，忽然与他的视线相交，不容争辩地，她爆出一句：“等我 3 年，我要嫁给你。”

他被震动，被感动，但作为一个理智的成年人，只能站起身，故意不当一回事地笑了笑，“傻孩子，你的人生还没开始，而我的已经过了一半。将来，你会喜欢上和你一样年轻的男生。如果你老了，没人要，那时候再嫁我也不迟。”

“我只要你。”她开始孩子气，开始卑微。

“爱情很简单，生活却很复杂。”康庄收起笑，认真地看着她。

“你喜欢我吗？”她垂下头含糊地问。

沉默了一会儿，他打开书房门来到客厅，在钢琴前坐下，打开琴盖。旋律流淌出来，是《月光奏鸣曲》的第三乐章。那一乐章是激烈的急板，右手爬升，左手是强烈的断奏。林清水站在书房门口，扶着门框，凝神听，她听到狂风如狮，暴雨如剑，听见混乱的情绪，狂跳的心脏，还有……不羁的爱，滔天的激情，低沉的承诺！

她哭了。

这首《月光奏鸣曲》是贝多芬为自己“不朽的爱人”——17岁的学生裘莉塔·圭齐亚蒂所创作的。

林清水喜出望外地得到了康庄的答案。

他出神地望着她的喜极而泣，手指向她明确倾诉着。直到曲毕，他有些疲惫地走向她，温柔至极地对她说：“我开车出去，引开记者，你答应我马上回家，听话。”

“我什么时候再能见到你？”

他把她拢入怀中，捧起她的脸，轻轻抹去她的眼泪，说，“爱因斯坦曾经提出过一个疑问。他问，‘这个宇宙是善良的吗？’你的答案是什么？”

林清水不明白，她摇摇头。

“下次见面我会告诉你，不过在此之前你要用心去想。”说完他走到门外，对她笑着挥挥手。

康庄绝没有料到这个夜晚会是自己在人间的最后时辰。他看了眼皎洁的月亮和藏青色的天空，低身坐进车里。围堵的媒体车队与他同时发动了引擎，闪光灯在他眼前缭乱。他闪进夜色里，上了高速公路，忽见公路的尽头冉冉升起一束绿幽幽的光，仿佛来自遥远的北极。

“我的公主，希望你能够实现所有的梦想。很快我们会再见。”这是他最后对她说的话。

收敛起对1997年的回忆，林清水振作了下精神，看了下表，2012年9月9日，下午2点45分，离约定的时间已过15分钟。蓝镜向来准时，今天竟会迟到？！她又看了下移动电话，没有短信和来电。

站起踱到玻璃门前，林清水忽见一个东方女子跑着穿过亮着红灯的马路，向着接待室方向匆匆而来。她皱了下眉，定眼认出是蓝镜，迎了出去，心里有不祥的预感。

俩人在街角碰面。蓝镜披头散发，眼睛通红有血丝，不知是因为疲劳还是刚刚哭过。她百感交集地看着林清水，紧紧拽住她的一条臂膀。

那一拽让林清水断定出了大事。

“怎么了？”她微微笑了下，想缓和紧张的气氛。

蓝镜不答，拽着她穿过马路，向着欧核研究中心的实验基地快步走去，“我要带你去看一件东西。清水，我觉得很恐怖。”

7 地下 100 公尺

蓝镜是从来不慌乱的，林清水担忧地想，即便是 14 岁那年当那件可怕的事不幸降落到她头上时，蓝镜也是镇定的。

进入实验基地。蓝镜匆匆走在前面，林清水紧随其后，俩人走过有着淡蓝色玻璃的欧核研究中心主厅，几个科研人员与她们擦肩而过。

“在这里会常常碰到诺贝尔奖得主。刚才走过的那个玩着纸飞机的老头儿就是。全世界最聪明的头脑一半都在这里。”

“我为你骄傲。”林清水由衷地说。

“我为自己在这里肩负的使命感到骄傲。”蓝镜一个左拐，林清水急忙跟上。

又走过多得难以计数的副门厅，林清水突然在一道门廊前停下，她叫住蓝镜，“等一下，”说着她指着牌匾上的字，上面写着：电子艺术奖颁发给数码时代的创新者，万维网的发明者提姆·伯纳兹·李。

“万维网居然诞生在瑞士？太令人吃惊了！”林清水一直以为那是美国的发明成就。

“没错。很多人误以为万维网来自美国。欧核研究中心发明万维网的目的是为了让全世界的科学家们随时共享研究中心得出的最新研究报告。公众对万维网诞生地的误解，欧核研究中心不觉得有更正的必要，因为在这里每天都创造着奇迹，它们比万维网重要得多。”

不知不觉俩人走到长廊尽头。蓝镜用力推开一扇手动电梯门走了进去，林清水问，“我们去哪里？”

“地下 100 公尺，大型强子对撞机和我的实验室都在那里。”

一阵冷风夹杂着泥土气味从电梯的井下卷上来，林清水觉得自己的心跳加快了。

“大型强子对撞机是世界上最大的实验机器，你热衷物理学，应该知道它的用处吧？”蓝镜考林清水。

“大型强子对撞机是一个巨大的圆形管道。把一对粒子放进管道，利用磁场在管道里的快速交替使那对粒子以反方向不停地做圆周运动。随着速度越来越快，粒子们逐渐接近光速，最后它们碰撞上并且爆炸。”

“其实就是通过模拟创世纪大爆炸，来了解宇宙是如何诞生的，物质的构成又是怎样的。随着谜团被解开，也许我们就能知道自己从哪里来，现在在哪里，死后又要到哪里去。”

电梯“咯噔”一下在渊底停下。蓝镜推开电梯门，俩人已置身地下 100 公尺，似乎感受到头上石头和沙砾的质量。风声在耳边呜呜作响，灯光晦暗，两排感应灯在她们前方自动亮起。林清水翻起衣领来挡风，心中对蓝镜的工作地点感到不可思议。

她们行走在一条封闭的没有尽头的隧道里，紧挨身旁的是一个巨大的铬钢管道，那管道在黑暗中发出寒光，它就是大型强子对撞机。管道看上去是直线的，但林清水知道它其实是环形的，因为当一个圆直径达到 27 公里时，就难以看到它的弯曲。

林清水感到莫名的不安，试图以均匀的呼吸来镇定。她向来不喜欢封闭的空间，这让她感到喘不过气来。同时，她想起自己和丹尼尔到过的神秘小镇。

丹尼尔是她的朋友。去年，当她的生活遭受重创时，丹尼尔把她带去了印度拉达克。在那里，他们误闯进一个无比奇异的小镇。只记得俩人昏昏沉沉地坐在火车里，当时那个地域正发着洪水，淹没了铁轨，林清水感觉自己像坐在一条蜿蜒的水蛇腹腔里。一路上，他们看见在水里零星耸立着的废弃房屋。那些房子的向南面十分奇怪地被削去，露出里面精美绝伦的建筑构造。那些手艺巧夺天工，令人惊叹，同时又有一种说不出的古怪，搅得人心里很不安。

此刻，她和蓝镜走在没有尽头的“蛇腹”里，不安地想着令蓝镜感到恐怖的究竟会是什么。她发现蓝镜的脚步开始凌乱。

“一切 ok 吗？”林清水忍不住问，隧道里传来回声，泥土的湿气更重了。

蓝镜突然停下脚步，转过身，脸色惨白地看着林清水，通红的眼睛里有一种古怪的庄严，“你绝对无法相信将要看的东西！”她说完转身继续走，脚步越来越快。

林清水皱了皱眉，觉得气氛令她越来越不舒服。

好在没过几分钟，蓝镜在一扇金属门前站住，把手放在门前一个小黑盒上，林清水猜想那是身份识别系统。沉重的门，缓缓开启了。

屋内一片漆黑，蓝镜跨入，林清水跟进。门在背后发出“咔嚓”一声，自动关上。林清水什么都看不见了，但听得见蓝镜发出的呼吸声就在近旁。

“现在是什么状况？”林清水有点不耐烦了。

“等一下你的眼睛就会适应。为了防止物品受到光线的辐射，这里保持着极其微弱的光，这样才能确保实验的精确度。”

“你究竟发现了什么？”

黑暗中，林清水听见蓝镜的呼吸变得急促起来。过了一分钟之久，蓝镜问她，“知道‘上帝的粒子’吗？”

“当然。”

“大型强子对撞机一直都在找寻这种神奇的粒子。这种粒子让万物有了质量，也因此生命才有了可能。昨天下午，我好像发现了它。”

“上帝的粒子？”林清水的声音激动起来。

“我不能确定，我不能确定，但它的属性十分像。如果它能被证明是的话，整个人类世界将被彻底改变！”蓝镜声音抖动，“因为‘上帝的粒子’所产生的希格斯单线具有进入额外空间的能力。”

“十分有趣！”林清水的视力正在恢复，隐约看得见她们身处在一个空旷的房间里。房间的中央有着一个展示台，上面摆着形状怪异的容器。她发现蓝镜正向着展示台走去。

“跟我来。”

光线实在太微弱，脚下的热绝缘地板又是黑色的，林清水小心地挪动着脚步。

“你的脚下是一条半米宽的地毯，走在它上面就是正确的方向。”蓝镜提示。

她们来到台前，蓝镜万分小心地捧起一个葫芦状的容器，调整好的观测镜，往里瞄了一眼，然后招呼林清水，“你来。”

林清水凑近，仔细往里看。

“哦，我的天！”林清水看见一束橘红色的光被束缚在两个蓝色的光点之中。

“为了让粒子不接触容器壁，我用磁场的交互作用把它悬浮在真空里。”蓝镜解释。

“那两个蓝色光点是磁极？”

“没错。”

“那么这橘红色的就是……”林清水的心狂跳起来。

“如果能够证明它就是‘上帝的粒子’，那么这将意味着一个无序的，没有时空边界的人类时代将会诞生……”

林清水此刻无法继续听蓝镜说话，因为她突然看见那束橘红色的光莫名震颤起来，并且频率越来越快，幅度越来越大。她大惊失色，想要告诉蓝镜正在发生的变化，可光束里突然传出一个声音，一个熟悉的男音。它深沉又温柔，轻轻唤着“清水——清水——”林清水吓了一跳，往后退去，甩着头，想要清醒起来，可那声音却越来越清晰，越来越巨大。

林清水不知道这一刻究竟是现实还是做梦，但感到一股力量正在向她逼近。

橘色的光，疯狂地震颤着。终于，容器发出一声脆响，“哗啦”散作一地。蓝镜停下话语，目瞪口呆地看着地上的碎片，抬起头，然后她完完全全地被眼前的景象惊呆了！

林清水无助的空茫的目光正望着自己，一团橘红色的光正在迅速地吞没她，她的身体在消融，与无数颗橘色繁星一同隐入黑色的空洞里。

突然，林清水好似一下子醒过来，她张大嘴，向着蓝镜迸出两个奇怪的字眼，也是她最后留下的话，她叫道：“地图！”

几秒钟后，蓝镜在自己的实验室里发出惨痛的嘶叫。

8　巴黎里兹酒店

2012 年 9 月 16 日，凌晨 2 点，距离林清水失踪的 7 天后。

在巴黎一区的旺多姆广场北侧有一座四层楼高的巴洛克宫廷式建筑。它外表低调，要叫人找好一会儿才能在底层的遮阳棚上发现小巧的 Ritz 字样。它就是大名鼎鼎的巴黎里兹酒店。

巴黎里兹酒店由瑞士人恺撒·里兹于 1898 年创办。它是世界名流的代名词。

1934 年，对生活品质严重挑剔的香奈儿向全世界宣布，“里兹，我的家！”在里兹她住了整整 35 年。她接待访客的 48 平米沙龙至今保留着当时的风调——白色的花朵与金色的太阳装饰。

海明威在他那个时代也常出入里兹的酒吧。当时他不富裕，但拿到稿酬后的第一件事就是去里兹的酒吧喝上几杯。如今，他常去的那间酒吧就以他的名字命名。

1997 年 8 月 31 日，戴安娜王妃乘坐酒店保安部驾驶的车离开里兹，遭到狗仔队尾随，结果在经过阿尔玛桥附近的隧道时遭遇交通事故，魂断香销。

这些都是里兹和名流的故事。

进入里兹的大厅，感觉不到气势轩昂，却能闻到迷人的埃及香料和玫瑰花的芳香。里兹提倡的是“家”的感觉，它让奢华与温馨共存，让客人觉得这个宫殿本就是我的家。

今晚，在酒店302房间里住着一个中国女人。她穿着酒店提供的桃色浴袍徜徉在梦乡里，整个身体被桃色绸子灯罩下发出的光轻笼着。她就是30岁依旧活跃在巴黎时装秀舞台上的模特瑶枝。

16岁那年，蓝镜考上高中，离开了舞蹈学校。林清水痛失康庄，远走他乡，去了瑞士一所国际学校。瑶枝留在舞校，可是她的身高飞蹿，到了1米77。这样的身高让她难以与其他人配舞，因此在学校备受冷落。朋友的离散和对自己未来的迷惘让她16岁娇美的脸上披上了层忧伤。可是没过多久命运之神在天上看见了她，她被一所模特经纪公司相中，闪亮发光的人生从此开始！

十多年来，瑶枝辗转于不同的国度，在不同的语言和文化下，重复演绎着自己小小的美丽动人。从一个机场飞往另一个机场，从一所酒店迁移到另一所酒店，30岁的她已没有了当初的兴奋与野心，有时会觉得孤单。她不是幸运的Kate Moss，她只是成千上万个模特中的一个，一个五彩的肥皂泡泡，样子绚丽，可终会随着时间破碎。

20岁时，瑶枝离开上海前往巴黎拓展事业；蓝镜已进入苏黎世联邦理工学院攻读物理；林清水从瑞士去了伦敦，在政治经济学院预备成为一名银行家。三个人终又在同一块大陆相聚。她们定期地飞向同一个城市，在那里庆祝着不散的友谊。

瑶枝在模特界发展不错，常常出现在世界级舞台，尽管名气不大，却收入丰厚，能为自己提供优越的生活。她的公主情结和对日本卡通漫画的挚爱，未曾改变。每当因为工作在巴黎停留时，她会住在里兹。在里兹，即便是普通的单人客房一晚也在800欧元左右。尽管有些昂贵，却能让瑶枝在桃木芯的浴盆里沐浴时，和在L'Espadon餐厅享用早餐时，获得自己是一个被悉心照料着的公主的想象。她需要那样的想象来安慰事业上存在的遗憾和居无定所带来的孤单。

此时，在路易十六风格的床头柜上有一个相架。瑶枝无论走到哪里都会带着它，并且在结束一天工作后，即使再疲倦，也要从行李箱里把它找出来放在床头。那是一张她、林清水和蓝镜在瑞士采马特的合影。

2007年圣诞，三个成年女人相聚在冰天雪地的瑞士山城采马特。古老的山城披挂上无数金黄色的灯珠；街上飘散着芝士火锅被加热后的奶香；世界各地来的孩子们在巷子里穿梭奔跑，大呼小叫；滑雪归来的人们两颊像是红苹果；马特洪峰在那一天那样伟岸地矗立在街的尽头，衬着紫色的天，看上去异常苍白，显得十分戏剧化。她们三人傍晚时分才从高山上徒步下来，披头散发，却十分欢快。那天刮着大风，吹起山谷里厚厚的新雪，雪花满天飞舞，像爆炸的白色烟花。

“呵——”她们闭上眼睛，呼出一口热气，任由刀般锐利的风刺入肌肤和鼻腔。雪花旋落到她们的额头上，气温太低，化都化不开。当她们睁开眼时，发现各自的眉毛上都挂上了冰雪，活像三个圣诞老人。三个人大笑起来，被冷气呛到，又拼命咳嗽，继续笑，笑到眼泪都流了下来。狂风暴雪中，她们聚抱在一起，勉强点起一根烟，一人一口，望着彼此，感受到相依为命的温暖。人活一世得两知己，足矣。

这张照片此时被笼罩在桃色的灯光里。瑶枝习惯开灯睡觉，因为能在夜深突然醒来时，知道自己身在何处。对她这样居无定所的人，这很重要。

在这样一个安详的午夜，电话铃声突然不合时宜地大声响起。响到第五下时，瑶枝才醒来，她拎起电话，声音朦胧，“Hello？”

“瑶小姐，打扰到您了，我万分抱歉，您有一通紧急电话。”酒店前台说。

瑶枝看一眼时间，凌晨2点，心里不免有点火。

“请告诉对方，现在是凌晨2点，请在早上8点后再打来。”说完，她挂了。

电话铃又执著地响起。这一次瑶枝完全醒了，不觉皱起眉来，觉得一定有什么事发生了。

她马上接起电话。

“瑶小姐，太对不起了，”依旧是酒店前台，“想要跟您通话的女士说有十分紧急的事。”

“请问她的名字是？”

“请稍等，”过了一会儿，“她的名字是 Masumi Aki。”

瑶枝在心里重复了好几遍这个名字。Masumi Aki？浅野秋？日本人？瑶枝觉得很陌生，满是疑惑，“请接过来。”

电话那端发出沙沙的声音，像是从很远的地方打来，一个温柔的中年女声出现，“您好，打扰了，我是林清水的母亲。”

清水的母亲？！凌晨 2 点？！瑶枝的心咯噔往下一沉。

“您好，伯母。”

“我有事想麻烦您。”浅野秋直入主题。

“发生什么事了吗？”瑶枝的脊背开始发凉。

“如果可能的话，希望您下周能来瑞士一趟，地点在清水家，时间是下午两点，拜托了。”

“清水她好吗？”

电话里那头的声音很迟疑，过了一会儿才说，“她失踪了。”声音很平静，不带任何感情。

“失踪？！怎么会？！”瑶枝叫了起来，下床站立着，双脚陷进厚厚的维多利亚地毯里。

“见面时再详说吧。”

“我来。我一定来。”

“那实在谢谢了。抱歉打扰您睡觉。再见。”

“再……再见。”瑶枝缓缓挂上电话，呆立了很久。她看了一眼床头的三人合影，用指尖点了下林清水的脸，“你到底去了哪里？别吓我。快出现！”说完眼泪落下来，掉进了白色的地毯里。

挂上电话，浅野秋呼出一口气，身体一软，瘫进椅子里。她打完了最后一通电话，通知了所有该通知的人。转头去看窗外上海朦朦胧胧的天空，她觉得世界一下子变得如此空洞。

在上海西区这栋高楼公寓里，浅野秋一个人已经生活了很久，觉得都有好几个世纪了。林清水 15 岁时，她的父亲离开了她们。那一天，浅野秋趴在阳台上看楼下的丈夫渐行渐远的背影。那个背影在月光下越拉越长，在街的拐角处停顿了一下，最终消失。在那一刻，她知道自己的婚姻结束了。没多久，清水也走了，被送去瑞士念书。多么失魂落魄的女儿啊，父亲的出走、康庄的离世让她变得愈发自闭和冷漠。与其让清水与她一起沉沦，不如塞给她一个全新的生活。有多么的不舍啊，可是浅野秋还是把无助的悲伤的女儿推向一个遥远又寒冷的国度。

临走那一天，浅野秋在机场对林清水说，“我们是生活的武士，只为胜利哭泣，不为苦难。”她没有去擦林清水的眼泪，也没有给她一个临别的拥抱，只是把她轻轻地推开，说，“走！过你自己的生活去吧！”

她是没有眼泪没有心肠的浅野秋，一个坚不可摧的日本女人。丈夫和女儿的离开没有让她掉一滴泪！

“生活再不如意，我还有艺术！”她在房间里愤怒地用日语吼了句，抡起一个水晶烟缸砸向一幅未完成的画作，然后提起准备好的行李走出公寓。她要去三千院，去见一个和她一样一无所有的女人。

“清水，妈妈一定把你找回来！”

9 一张地图

失去了康庄和父亲的 15 岁的林清水忍着泪坐上了从上海飞往赫尔辛基的航班。那个时候还没有从上海到苏黎世的直航，需要从赫尔辛基转机去苏黎世，再由苏黎世坐火车去往那个她从未听说过的城市楚格。从此她要学会照料自己的人生。国际学校的昂贵学费是父亲为自己的离去作出的补偿，他希望她们母女能过上富足的却没有他陪伴的生活。

这是林清水头一次单独出远门，靠着窗，三万英尺之上是一片耀眼的天蓝，金色光线穿过柔美的云层，照在忧伤的林清水脸上。她看着自己乘坐的飞机在座位前的卫星地图上不断挪动，挪动，挪出了上海，挪出了中国，向着北方，再北方。终于，她成了一个流浪的小孩儿。

到了赫尔辛基机场，她走在高大的北欧人种里头，他们有着金色的头发，慵懒的神情，说着陌生浑圆的语言，林清水觉得自己被抛进了另一个生物圈。等待转机的时候，在机场的咖啡馆里她要了杯热巧克力。热烫的液体流进空的胃，熟悉的巧克力香味绽放在舌蕾上，这是她在这个陌生世界里唯一感觉熟悉的东西，她的心稍许安定下来。

辗转到楚格的时候已是晚上。瑞士 9 月的太阳到了晚间 9 点还未落下，金灿灿地悬在大街上。学校让林清水等候在火车站，会有人来接洽。从火车站的规模和人群的流通量来看，这是一个小城。清凉的风里有花香和烟草味道，闲坐的路人抽着烟喝着酒，不住打量着她这个风尘仆仆的异乡人，这让林清水觉得不自在，却又无法藏匿，于是把脸扭向一边，这时她看到一个亚洲男孩正站在离自己不远的地方，身边和她一样堆放着行李。林清水心想，也许是和她去同一所学校的外国学生。男孩起先偷看着林清水，一遇到她突然转来的目光，便立即收回，一副冷漠的样子。林清水于是也不理他。

等了约十多分钟，远处高起的地平线上走来三个笑意盈盈的男生。三人身形都很高大，一个有着多情的眼睛，边走边把一缕金色的卷发拨到耳后；另一个身材有些清瘦，留齐整的褐色短发，举止腼腆；稍稍走在后面的还有一个亚洲人，穿白色衬衣，笑起来唇红齿白。

三人走近，褐色短发男生先自我介绍，“我叫丹尼尔，和你们一样是学校的新生，学校让我们来接你们。你们是林清水和石黑玄吧？”

林清水点头，身旁那个冷漠的男孩不置可否。

石黑玄？是日本人。林清水想。

“我是弗兰克。”金发男孩搂过她行了当地的吻面礼，林清水很是勉强。

“你好，清水。我是凯文。”穿白衬衣的亚洲男孩说着中文，接过她的行李。

林清水觉得亲切。“很高兴认识你。”她握住对方伸出的手。见到和自己年龄相仿的同学们，她觉得自己的处境不再悲惨。

五个人走出火车站，搭上一辆公车。蓝色的公车行进在主街上，弗兰克一路向他们介绍楚格，他和丹尼尔都是本地人。

“这是购物中心，那是邮局，对面是市政厅。天暗了，不然可以能到楚格湖，它很美。”

从庞大城市空降到这里的林清水望着暮色里古老又袖珍的城市，开始恍惚，似乎梦境和现实搅在了一起。

在太阳最后一道余晖里，车开上一条极窄的小径往城外去了，然后上了山路。

“学校在山顶，一会儿要坐缆车上去，再坚持一下。”凯文走到林清水身边说。

“你从哪里来？”她忍不住问。

“我父母是上海人，我在阿姆斯特丹出生。”凯文说完依旧看了她一会儿，似乎很想聊天，但知道她旅途劳顿，所以不敢打扰。

林清水看沿路的景色：他们经过一座阴森的教堂，路两旁大树高耸，几乎没有行走的路人，寂静得像“爱丽丝梦游仙境”。车快到终点站时才出现零星的几栋亮着灯的小屋，小屋前方庭院里的草木修剪得很整齐，不知名的蓝色花朵在夜色里发着光。透过厨房的窗户林清水看到主妇们正在暖色灯光下忙碌，她开始想念自己的母亲。

到了终点站，他们下车，买票，5 个人坐进一列缆车车厢。林清水与石黑玄面对面。她不看他。缆车开始在轨道上向着 1000 多米高的楚格山爬行。两旁是黑魆魆的森林，阴影层层叠叠，没有住户，只有野生小动物在月光下的奔跑声。铁轨很陡峭，齿轮发出吃力的摩擦声，往上看，黑暗中闪着光的金属轨道似乎没有尽头。

“我究竟要去哪里？明天的生活会是什么样？好想见到母亲，好想再见到康庄。”林清水感到自己的生活正在发生断裂，自己已被流放，不禁鼻子一酸，忽然发现石黑玄正目不转睛地看着自己，于是马上垂下含着泪的眼睛。

终于，他们抵达楚格山顶上那所闻名的国际学校。在那里曾经培养出许多政界要员。昂贵的学费，一对一的教学模式，直升名牌大学的特权，与世隔绝的学习环境让这里的孩子注定会有与普通人不同的命运。

林清水仰头看着面前这座巨大到令人窒息的古堡，问，“有很多学生在里面吗？”

“只有 20 个学生。”丹尼尔回答她，“这座古堡建于 17 世纪，曾经属于一个公爵的女儿——格雷斯小姐。格雷斯小姐的母亲在她幼年就去世了，不幸的是公爵也在她 18 岁时撒手人世，于是她和几个仆人生活在这里直到 97 岁生命终结。格雷斯小姐生前很爱画画、旅行和算卦。她生平画下 99 幅画，分别挂在古堡的 99 个房间里。按她的遗嘱，城堡和画在她死后捐赠给楚格政府用来成立学校。她还为学校写下这样一条校训：‘只有勇敢的心和有爱的行为才能穿越种种迷茫，抵达终点。’”

5 个年轻人站在夜光下的城堡前，俯瞰 1000 多米之下的楚格湖和变得袖珍的城市。湖泊闪着蓝光，一下又一下，充满玄机；猫头鹰在山谷里发出婴儿般的啼哭声。5 个年轻人绝没有料到，那个画下 99 幅画的格雷斯小姐将要把隐藏了 3 个世纪之久的秘密吐露给他们。

这里是另外一个世界。远在天边的上海正在苏醒，迎来新一个黎明；我的母亲是否一夜安眠？康庄是否已抵达神明之国？想到这里，林清水在黑暗中再也控制不住，任泪水奔涌而出，但紧紧压制住抽泣声。可还是被发现了，一个影子移近，双手扶住她的肩，温暖的胸膛轻轻贴着她的背。她转身看，是凯文。

15 年后的 2012 年，同样一个 9 月，凯文、弗兰克、丹尼尔和石黑玄分别接到一通古怪的电话，一个叫浅野秋的日本女子向他们发出邀请。

接起电话的时候，弗兰克正与孩子们走在金黄的森林里采集蘑菇，30 岁的他是一名小学老师，教授历史和体育。石黑玄正等候在东京机场。他休假完毕，准备回苏黎世。他的照片上了国际金融周刊的封面，尽管被形容为投资天才，但工作上的心狠手辣让他在业界臭名昭著。丹尼尔戴着橘色安全帽站在施工地上，他是一名建筑设计师。凯文坐在阿姆斯特丹 Mint Hotel 里喝着茶，作为一个脑外科大夫，这是一个难得轻松的下午。

四个男人在获得林清水失踪的消息后，陷入莫大的震惊与悲伤，不祥的念头升起。他们想要不动声色地继续过完这一天，却难再投入，脑袋里的全是与林清水的过往片段。

答应了浅野秋的邀请，下周他们将在楚格相聚。

凯文全身冰凉地走回居所，跌坐进客厅里的一张桃木摇椅里，摩挲着光润的椅子把手。最后一次见到林清水，她就坐在这张椅子里。那天她穿着白色衬衣，灰色长裤，右耳戴着颗钻石耳钉，面目俊秀，神情克制却透着悲伤。她坐在椅子里，默默地有些吃惊地注视着他的脸，似乎无法相信和理解他刚才说的话。那一天因为他，林清水的心和她的骄傲碎了一地。想起这一幕，凯文把脸埋进手掌，难过不已。

忽然，他想起什么，飞跑上二楼卧室，打开书桌抽屉，翻出一封信。迅速打开，里面是一张世界地图。在这张地图上，七个地域被红色的笔圈出。它们分别是中国上海、日本龙三角、印度拉达克、捷克库特纳霍拉、以色列耶路撒冷、瑞士蒙特勒和挪威朗伊尔城。

地图的右下角写着四个字：找我回来。署名：林清水。日期：2012年9月8日。

那正是林清水失踪的前一天。

10 三千院

花之国，鬼之国：日本。

浅野秋端坐在开往大原的巴士上，皮肤白得狰狞，已多日不吃不睡。窗外风卷落叶，金红色枫叶漫天飞，映照着她凄凉的心境。

三千院在日本人心中，是一座“疗愈系”寺院。最初由中国学习归来的僧人最澄于 8 世纪在比睿山创办延历寺时兴建。

巴士在一个偏远的车站停下来，浅野秋随几个香客和游人踏进院里。寺院内古树参天，青苔遍地，廊道迂回，溪水潺潺，是一个脱俗美丽的地方。

“都还是从前的样子。”浅野秋双手合十地站立着，她看见了风的方向，感觉到生命在当下的质地，心里略觉一丝清凉的慰藉。脱了鞋，她穿着白色厚袜走在廊道下。经过写经场时，纸窗里忽然传出十三弦古筝的乐声。她立住，屏息倾听，觉得好生熟悉。

听了会儿，她继续往前走，穿过红绿老树，径直来到“往生极乐院”。“往生极乐院”也称惠心院，因与三千院接邻而合并之，今为三千院之本堂，外观虽经后世改建，内部则存留藤原后期的建筑样式，其庭园为江户初期之作。

走进堂内，浅野秋环顾，看到呈船型的屋顶，四面墙壁绘有色彩绚烂的西天花园。堂里供奉的佛像是“阿弥陀如来”，采用日本传统的跪姿，上半身微微前倾，仿佛正倾听世人的苦痛和愿望。

浅野秋肃立，双手合十，默默许下自己心愿。远处又传来十三弦古筝的乐声，她再次细听。弹琴人指法老练，忽呜呜咽咽，忽铿锵有力，错乱却有条理，那样特别的指法渐渐勾勒出浅野秋对过往的回忆。

她从堂内走出来，向着声源走去。渐渐地，她辨出那个十三弦古筝曾是她年轻岁月里听到的声音。那是很多年前在京都生活的日子，白天她要去上学，于是每天大早把女儿林清水托给三千院里的女尼们。林清水那个时候是一个圆滚滚的宝宝，睁着乌黑的圆眼睛，挥舞着肉乎乎的小手，指着三千院里的地藏小童发出“呜呜”的快乐声音。浅野秋似乎还能嗅到襁褓里散发出的令她身体酥软的婴儿甜香。那个时候的林清水哪儿也去不了，她的怀抱是她的整个世界。想到这里，浅野秋觉得一阵虚弱，用手扶住一棵竹子。

回到来时的写经场，浅野秋站在纸窗外，弹琴人戛然而止。她与那个人隔着一层薄纸，无人进，无人出，也无人开口说话。

过了一会儿，写经场的门开了一条缝，里面伸出一只白皙的手臂。观察那条手臂，发现它的主人已不年轻。那只手戴着华美的珠宝，并非院里的女尼。

手对着浅野秋轻轻摇了摇，一个声音从门内传出：“进来吧。”

浅野秋犹豫了下，走了进去。那人跪坐在地上，说：“谢谢您能来。”

浅野秋吃了一惊，她正是自己要找的人！

“坐。”那人一伸指。

浅野秋盘腿坐下，端详着面前这个衰老却依旧美艳的妇人。有谁会料到叱咤一时，曾经风光无限的江百慧会在十多年后隐居此地。

“您饿不饿？”江百慧问。

浅野秋摇了摇头。

“要珍惜身体。”说着，江百慧端出一个黑色木盘，里面放有一碗白米饭，一匙抹茶粉，一碟白盐和一注热水，这是京都有名的抹茶泡饭。

“还是吃点吧。”

浅野秋一点胃口也没有，只说：“我按您信里的意思去做了。”

几天前浅野秋收到江百慧的信函，信上写：

> 已获清水失踪的消息。请您务必按我的意思去办：召集清水身边亲近的朋友们，我会告诉大家找寻的办法。
>
> 江百慧

收到信后，浅野秋在记忆里搜寻了好一会儿才记起有过一面之交的江百慧。江百慧是康庄的好友，康庄亡故后，江百慧要求见浅野秋一面，为的是林清水。浅野秋是在江百慧的建议下，才把清水送去远方。

“如果当年没有把清水送去那么远的地方，今天这一切也许就不会发生。”浅野秋话里有责备的意思。

“当年把她送走是因为不想让她变成和您一样的女人。您根本就不具备爱的能力。”

被戳到痛处，浅野秋一时语塞。她不能否认自己这一生虽有情窦初开和心跳脸红的经历，却从未全心全意爱过任何人。她像是一个活在孤岛上的人，心没有与任何人相通过。也许那是因为她的孤儿出身。在她年幼时没有人爱过她，于是她也就没学会爱别人的能力。爱是需要通过耳闻目睹来学会的。与林清水父亲的结合，是源自想组建家庭和拥有自己孩子的目的。男人的离去，在她预料之中。幼年就遭抛弃的人长大也不值得别人来爱。

“可我爱清水，爱我的孩子。”浅野秋反驳。

“您还是爱自己比较多些。”江百慧轻描淡写，开始对着一面铜镜描眉。

“您没有孩子，就不要乱下评断。”浅野秋被对方的话语和态度激怒。

江百慧不理会，说：“一个孩子是她父母的镜子，多多少少折射出他们的优缺点。清水其实像极了您：勇敢、坚强、决断、充满创造力，可她对爱情不愿付出的习惯也来自于您。父母破碎的婚姻和康庄的死让她封闭了自己的心。如果让她继续生活在您冰冷的世界里头，只会让她变成和您一样的人，所以当年才会建议她离开。”

“我不知道您为何对清水如此用心？”

江百慧拂了下染成浅麻色的头发，那种颜色适合遮盖她过早白了的头。康庄死后，她的生活也接连发生了许多变故。

她们江家是沪上剩下不多的名门望族。如今家族成员大都去国外安居乐业，她父母舍不得上海，于是和她三个兄妹留下。江百慧先是遭遇爱人的背叛，后是父母的先后过世，再是朋友康庄的车祸。可是再不济她还有自己如日中天的事业和三个在名校念书的亲爱的兄妹。兄妹们在她的照顾下快乐长大，志向高远又懂事听话。眼看他们就要毕业谋职，结婚生子，可是一个晴天霹雳，由于他们的身体突感不适，去医院的检查结果是晚期淋巴癌。她还记得自己的小妹快去世时正值圣诞节。小妹对她说自己在医院卧床那么久很想穿新衣。江百慧听了心中大喜。小妹是那么喜欢漂亮，既然想要穿新衣，必定是病情有了转机。她量了小妹的尺寸，奔去百货公司，却没有找到适合的尺寸。因为小妹自病后瘦了太多，连超小号的衣服都显得太大。江百慧急得满城转，看着璀璨灯光下欢乐的城市，看着街头无数和小妹一样年轻的过路人，她强忍住泪。终于在童装区她找到一件合身的粉色连衣裙，兴奋跑回医院。可当她走进病房时，小妹的病床已是空空。江百慧这才明白，听话懂事的小妹只是不想让她直面惨痛的生离死别。江百慧没有哭，人在极度痛苦的时候是麻痹的。不久，她变卖了自己的广告公司，从此隐居三千院，日日禅修，一晃便是十多载。

“其实，第一次见到清水，就是在这里。”江百慧的脸上是回忆的表情。

“您是说在三千院？”浅野秋看着地上的十三弦古筝，想起那熟悉的指法，无法相信地瞪大了眼睛。

“我见到您的第一次也是在这里。那个时候，您几乎天天抱着孩子来给女尼托管。那时我喜欢来三千院写作和弹十三弦古筝，算是对热闹红尘里的片刻逃避。”她啜了口茶水，继续说，“女尼们忙的时候我就会帮着照顾这个孩子。后来有一阵子没再看见你们，才知道你们全家搬去了上海。巧的是，有一天康庄带着一个女孩来我的生日宴会，女孩说她在三千院里长大，我认出了她，她跟你年轻时长得如此之像。生命真的不可思议，我觉得跟这个孩子有很深的缘分。这些年来，我和清水也时常联络，算是朋友。”

“这样的缘分的确难得。”浅野秋说完，突然往前跪了步，用急切的眼神看着江百慧，“您在信上说有找寻清水的办法？”

江百慧低下头不语。

“对于失踪这件事，清水的朋友蓝镜跟我解释了，可我不明白也不相信，什么粒子啊空间啊，对我来说是很遥远的事。不管您认为我是多坏的母亲，但照顾孩子是一个母亲的本能。现在我连清水是死是活都不知道。”

慢慢从地上站起来，江百慧双手轻轻推开两扇纸窗，外面一片青绿，听得见竹筒的滴水声。“生命无尽，不仅暗示着空间无边无际，就连时间也是无穷无尽不可限量的。清水现在非生非死。”她轻轻地说。

“这是什么话，我怎么听不明白。”

“对于我们这个时空来说，清水已死，可对于另一个她抵达的时空，她是活着的。世上只见千古流漾的水光，不见千古不灭的色身。你我都会灭亡，但是灵魂会被保存进入轮回道中。犹如云凝聚成雨，雨被太阳蒸发成云，云再转变成雨，如此周而复始，生生不息，但水的灵魂一直都在。”

“这是安慰我的话吗？还是您说的找寻的办法？”浅野秋的脸因愤怒和悲恸变得扭曲起来。

“不是安慰，”江百慧回头，充满肯定地看着浅野秋，“她的确是在另一个时空。”说到这里，她露出不可捉摸的微微一笑，“请相信我，她会回来的。她只是去了自己一直想去的地方，找她一直想获得的答案。处处清凉水，时时般若花。三千院的十多年，那么多的眼泪和悲痛让我参悟了时空的真相。下周我们瑞士见。去休息一会儿吧，您的样子看上去真让人担忧啊。”

浅野秋去后院休息后，江百慧穿着藏青色和服坐在廊道上看云，记忆倒退到康庄出事的那一晚。

那一晚当她接到电话疯了似的赶到医院时，康庄剩下的时间已不多。江百慧含着泪跪在他的病榻前，无法相信眼前这个俊逸的男人即将与她永远地告别。康庄脸上依旧笑意盈盈，只是有些气虚，看到江百慧来，便握住她的手，“百慧，你是我最好的朋友……”

江百慧一听见他开口便大哭起来。

“我这辈子很好也很顺，对这个世界本来没有遗憾和牵挂……只是现在有点不同了……我的离开会对清水造成伤害，我很抱歉，想请你替我照顾好小丫头。你也保重，凡事想开，人生如梦，不要执著。我们还会再见的。”

江百慧拉着他的手使劲地点头。她离开医院的几小时后，康庄悄然离世。

几日后，江百慧约林清水在南京西路一家咖啡馆见面。林清水已从报上得知康庄的死讯，人憔悴成一张纸片，不吃不喝，也不上学。

一见到江百慧，林清水便大惑不解地问：“百慧姐，为什么这么不幸的事偏偏落在他身上？偏偏落在我身上？”

江百慧无法回答，这也是她自己近来的困惑。财富、门第、美貌和智慧，世上所有的美好全让她占尽，难道是因为得到太多，老天才要来一件件地索回？先是夺走她的爱人，再是夺走她至爱的父母和友人？

她握住林清水冰凉的手，许久才讲了一个故事，“从前在柏克莱念书的时候，我曾经看到一个雕塑。雕塑的样子是一个女人，她的下半身是块岩石，上半身是已经雕琢成形的身体。她一手握着凿子，另一手举着锤子，想要把自己的下半身也从石块里雕刻出来，我看了很感动。清水，在你长大的过程里会发生一些令人感到痛苦的事，那些痛苦就好比凿子和锤子，只有一下一下地锤炼后，你才能最终变成一个完整的人。”

“这个宇宙是善良的吗？”林清水喃喃地问了个奇怪的问题。

“我不知道，清水。不过有一天你会有答案的。”

“我不会再爱别人了。”

“你会的。”

“我还能再见到康庄吗？”

“会的。”

此刻坐在三千院回廊上的江百慧从回忆里醒来。天空上有云快速涌动起来，阳光穿透云隙，光芒万丈。我们生活着的这个世界其实深不可测。

江百慧对着天空轻轻笑了，心想，“清水啊，15 年后你终于再见到他了！”

11　来自神明的意念

“光在哪里？”昏睡中的蓝镜嘟哝。

“光本是佳美的，眼见日光也是可悦的。人活多年，就当快乐多年；然而也当想到黑暗的日子，因为这日子必多，所要来的都是虚空。”是14岁少女林清水的声音，她穿着白色宽大的睡袍，盘腿坐在床上为蓝镜念《圣经·传道书》，脸上是“海的女儿”认真坚定的表情。

那个时候，蓝镜、林清水和瑶枝同住一个宿舍。林清水沉默寡言，不易亲近。在那件可怕的事降临之前，林清水与蓝镜并不多言。至于那件事，后来成为她们之间一个永远的秘密。

那是一个大雨滂沱之夜。狭窄的弄堂，铺天盖地的水的声音。蓝镜提着干净的衣服正从家里往学校走。骤然间，一双冰凉咸湿的大手捂住她的嘴。野兽的欲望突如其来，被扯断的内衣和被迫打开的身体，剧烈的痛与挣扎，剧烈的耻辱最终化为无声的哭泣。被陌生男人捂住的鲜花般的女孩的脸在绝望和无奈下渐渐死寂。14岁那年蓝镜觉得自己已经死了一回。

当她低着头，环抱着双肩，哆哆嗦嗦走进宿舍时，房间里只有林清水在。她从打开的书本上抬起眼睛，看到狼狈不堪的蓝镜，定定地注视了她很久，忽然从椅子上跳起来，把一条毯子迅速盖在蓝镜身上。她把蓝镜带去公共浴室。从宿舍走向浴室的这段路变得很长，走道里几个女生尖叫着看着她们俩，走上来问东问西，被林清水一声“滚开”吓走。

蓝镜冷静又利索地脱去衣服，站在热水下冲洗，直到全身皮肤赤红肿胀才走了出来。林清水一直坐在外面默默等她。然后，她们一起回了宿舍。林清水往蓝镜满身伤口上贴创可贴，然后说：“跟我去医院。”

事情像没有发生过那样，蓝镜继续上学、吃饭、睡觉，只是把一头长发剪了。14 岁之后的她再没蓄过长发，穿着上也尽量打扮成男孩的模样，戴着一副大大的眼镜，似乎要把自己所有的女性特征隐藏起来，这惹得瑶枝大感不解。

“蓝镜，来。”一天，沉默寡言的林清水主动邀请蓝镜坐到自己床上。她把厚厚的《圣经·传道书》架在细细的腿上，神情认真又坚定，犹如海的女儿。她为蓝镜朗读，声音清晰地念：“光本是佳美的，眼见日光也是可悦的。人活多年，就当快乐多年；然而也当想到黑暗的日子，因为这日子必多，所要来的都是虚空。”

“是什么意思？”蓝镜问。

“所有开心的不开心的事在它成为过去的那一刻就已经不存在了。真实的就只有现在。”就是在那一刻，似懂非懂的蓝镜被这个平日里过分沉默的女孩感动。她有了人生第一次友谊。

那一年夏天，蓝镜、林清水、瑶枝三人有了第一次共同的旅行。阳光下，卷着巨浪的大海舔舐着女孩们欢乐的脚踝、手臂和额头。三个女孩从她们生活的钢筋水泥的森林里逃出来，往南再往南，终于见到大海一片。都是在巨大城市里长大的孩子，在这个中国南方的小镇上，当她们第一次面对广阔的大自然时，三个人拉住彼此的手，流下了感动的泪。林清水站在沙滩上大声宣布：“原来世界那么大呀！今后我一定要去很远的地方看看。”

林清水说这话的时候，蓝镜的心仿佛被针扎了一下，因为看见林清水的脸上突然浮现出漂泊的符号，于是她在心底说：“清水，无论今后你走多远，我都会紧紧跟上的。”

如林清水曾经期许的那样，最终她去了很远很远的地方，一个没人知道的地方。

蓝镜记得自己后来在世界各地与林清水相见的情景。伦敦、菲诺港、奥斯陆、德里、台北……那些记忆永不磨灭。

在丹麦一个叫做斯卡斯的小镇上，晚霞为万物涂抹上耀眼的金黄。咖啡馆外，一堵意大利黄的土墙边，她们终于长大成人。林清水把长发整齐地挽成低低的髻，穿着白色衣裤，脸上依旧是"海的女儿"认真坚定的表情。她伸手从墙上采下一朵攀枝玫瑰斜插在蓝镜的短发上，笑着说："这么多年的好姐妹，要永远在一起。"

忽然小镇的上空飘来浓密的紫色云雾，在她们的头上渐渐蔓延开。放下手中的咖啡杯，林清水好奇地站起来。

"清水！"蓝镜想阻止她。

"我去看一下就回来。"她对蓝镜露出顽皮的笑，渐行渐远，云雾随即吞没了她的背影。

"清水！"蓝镜不放心，站起身去追。

"光在哪里？光在哪里？我在哪里？我究竟在哪里？"她听见云雾背后林清水微弱的呼叫。

"清水——"蓝镜撒开腿奋力向雾里冲，可回头一看，发现咖啡馆依旧在自己身旁，似乎脚与地面的零摩擦力根本无法使她前行。她惊恐了，脚下忽觉一个悬空。

"啊——"她的身子在床上弹跳了一下，醒过来，满身是汗，发现自己躺在欧核研究中心的宿舍里。

自从林清水失踪后，蓝镜就被软禁了。欧核研究中心上报了联邦安全局。安全局一连好几天在欧核研究中心所覆盖的瑞士至法国边境进行对林清水的搜寻，到目前为止一无所获。

蓝镜被软禁在自己宿舍里，门口终日有人监视，每日还有人对她进行长时间的反复盘问。她一遍又一遍回答着同样的问题，答案却荒诞到实在让人难以信服。欧核研究中心的几千名科学家都陷入到极大的震惊中，神秘的"上帝的粒子"居然以这样的方式现身！他们必须赶紧进行实验验证。

每日，蓝镜除了昏睡就是冥思苦想。此刻从噩梦中醒来的她起床喝水。这几日，“粒子”、“额外空间”、“大爆炸”、“衰变”这些名词充斥着她的日思夜想。欧核研究中心要求她配合进行重复实验，可实验的进行必须依赖大型强子对撞机，它在不久前刚结束一次实验，如今正处在冷却过程中，要等一切准备就绪得好几个月时间，并且没人能保证实验会顺利，一切只能在煎熬的等待中。

蓝镜不停地昏睡，其实是期待每次醒来后会发现林清水的失踪只不过是个荒诞的梦。她感到深深的内疚，是她的错，她真不该让林清水来实验室。

1995 年美国费米实验室向全世界宣布，一套由 62 个基本粒子组成的标准模型中的 61 个粒子已被发现，并得到了实验数据的支持与验证。看上去标准模型马上就要获得决定性的胜利，对物质微观结构的探索也到达尾声。可就在人类马上要听到这一圆满的终曲时，科学家们发现最后那个粒子仿佛是一个幽灵，怎么找寻不到踪迹，它于是有了一个特殊的名字，叫作“上帝的粒子”。

蓝镜把双手深深插入短发，想，“人类其实就是基本粒子构成的生物组织。‘上帝的粒子’只是提供了让其他粒子进入额外空间的可能性，可它必须要通过额外的能量才能把组成林清水的粒子推进额外空间。那个能量会来自哪里？”

“难道是，”蓝镜“腾”地站起来走到窗边，“难道是大脑？！更确切地说是意念。意念产生的波动就是额外的能量，它能推动组成林清水的粒子，而‘上帝的粒子’那一刻恰巧打开了时空之门，于是不可思议的现象就产生了！”

“可是究竟是谁的意念产生了能量？当时在场的只有我和清水。那个意念是来自清水的还是我的？还是另有神明的意念？”

“神明的意念？！”想到这里蓝镜不禁甩了甩头，怀疑自己是不是太过科幻了，但她深信，按照能量守恒定律，能量不会被创造，也不会消亡，只会转化为不同的形态。此时的林清水会以什么样的形态存在于广袤的宇宙中？她是回到了过去，还是飘向了未来？

林清水最后说的“地图”两字是最令蓝镜感到困惑不解的。在她的记忆中林清水从未提及过任何地图。

在林清水简洁的人生里，唯一让蓝镜觉得诡异的是她去年在北印度生活的6个月。

林清水回来之后曾向她和瑶枝提起过那段隐居岁月。她说，“我终于建造起了自己梦想中的建筑——一座子宫形状的房子。那座房子建造在喜马拉雅山区一个奇怪的村庄里，靠着湖。那个村庄虽在印度，却让我感觉像是回到了欧洲大陆，因为村里家家户户门前有许多石头小天使，木制的十字架，竹编的摇篮，还有美得不像话的奇花异草。好几个月后我才渐渐明白过来这个村庄是靠什么来营生的。”

“靠什么？”蓝镜问。

“接生。”林清水答。

当时听着林清水的话蓝镜和瑶枝都觉得莫名其妙，不知她是否又在胡说八道，她说话向来天马行空。

瑶枝问林清水：“那个村庄叫什么名字？”

清水有点惆怅地回答：“叫‘无魂村’，不过后来我再也没找到过它。”

蓝镜很茫然，她实在搞不明白林清水在最后一刻究竟要告诉自己什么。

12 聚　会

一周后的下午，林清水的宅子大门敞开着。它看上去与瑞士保守的建筑风格不同，屋子的朝南面是透明的玻璃幕墙，庭院中央一块修剪齐整的草坪上竖立着一尊胜利女神像的复制石像。石像身形健美，没有头颅和手臂，展开一对有力的翅膀；衣袂飘然，犹如从天上徜徉而下的仙女迎风站在海崖上。

浅野秋一脸肃穆，朝着前来的客人们深深鞠躬。客人们一走进客厅，便深深感到屋子主人对玻璃、镜子、灯光和白色的热爱。客厅的天花板和地板由特殊玻璃材质打造而成，玻璃隔层里置放着无数 LED 小灯。可以想象主人白天从南面的玻璃幕墙获得充裕的光线；夜晚则亮起无数的小灯，光会穿透玻璃，再由墙上巨大的镜子反射开来，整栋房子会看起来像一个不落的星辰。林清水是个离不开光的人。

屋里的陈设几乎全为白色，都是生活必需物件，几乎没有任何无用的摆设。唯一具有装饰性的是墙上的两幅画：一幅是爱德华·霍普的《夜游者》，另一幅却是一幅空白的画布。

客人们停驻在空白画布前。这时候，一个年轻美艳的亚洲女子用英语在大家身后解释道："这是画家邱世华的作品，他的画介于形与无形，像与非像之间，要仔细看才能发现内容。"

果然，不一会儿有人惊叹，说："里面居然有森林冒出来。"

又有人说："看，有河流，还有云。"

这时候，站在门口的浅野秋看到一台黑色奔驰 SLK 驶了进来，利落地停靠，一个男人有力的腿跨下车。浅野秋皱眉心想，最后一个客人终于到了。男人穿着剪裁贴身的黑色西装，一副干练的商业做派。他抱着一束蓝玫瑰走到浅野秋面前深深鞠了个 90 度的躬，起身，见浅野秋早已扬长而去。

蓝镜得到短暂的外出许可，仍需要准时回去协助调查和实验。此时的她一脸憔悴地与瑶枝说着话。瑶枝焦急地小声问:“打了你好几天电话，都是关机，清水究竟出什么事了？我几个晚上都睡不着。”

蓝镜刚要回答，见刚才介绍画的女子正向俩人走来。

“你们好，我叫月夕。”女子说着略带上海口音的中文，大方地向蓝镜和瑶枝伸出手，“我知道你们是清水从小一起长大的朋友。她常和我提起你们。”

“你好。”她们与叫月夕的女子握手，顿觉这女人仿佛是丝棉做的，纤手柔腻无骨。

“我和清水是在画展上认识的。后来经常在一起探讨艺术，就成了朋友。”月夕声音甜腻如少女，肌肤如上等骨瓷，两颊犹如初开的桃花，就连身为模特的瑶枝也在心中不由暗暗赞叹。

“年轻时我是个画家。我 50 年代出生，青春期碰到革命，在那个年代谁还敢创作啊，所以一个人最有创造力的岁月就那么给废了。”她莞尔一笑，接着说，“到了 80 年代，我们这群画家虽然有了创作的自由，但因为理想已经被抹杀，所以脑袋里一片空白，只能通过国外杂志上看到的西方作品进行仿效和实验。那段日子因为没有方向过得很迷茫，很多人于是就不再画画了。”

瑶枝和蓝镜都吃了一惊，眼前这个水嫩的女子如果按她所说出生于 50 年代的话，那么如今就该是五六十岁的人了。她们定睛看，女子的脸毫无破绽，脖子到脚踝被黑色的透明蕾丝覆盖，看不到身体。她们再去看她端着酒杯的手，这才发现岁月留下的痕迹。

月夕瞧见俩人的视线，大笑起来，毫不避讳地说:“今年我 55 岁。”

蓝镜和瑶枝都不好意思地笑着低下头。

“那后来你放弃画画没有？”瑶枝拾起话题。

“我觉得那时候日子快过不下去了，于是想尽一切办法出国，终于找到一个愿意跟我结婚的日本人去了大阪。在日本我迷上了艺伎文化。那个时候我已经 30 了，年龄太大，根本没资格去艺伎学校学习。可我太爱那种优美的生活了，所以百般恳求才让一家艺伎学校勉强收留了我。我的丈夫因为不能接受这件事后来跟我离了婚。”

蓝镜和瑶枝都不期待对方如此坦诚地爆料私生活，一时不知如何作答，只能勉强说道：“多么有趣的经历啊。”

“后来我赚到了足够的钱，来到自己最喜欢的国家瑞士决定重新开始画家生活，却发现自己天赋有限，却有能力识别好货，于是开了自己的画廊，成了一名画商……”

话说到这里，客厅里突然传来“砰”的一声巨响。众人赶忙去看，发现浅野秋正气急败坏地站在客厅中央，一只装有蓝玫瑰的花瓶碎了一地，像是刚被人从桌上横扫下来。一旁的石黑玄不屑地笑了笑。聚在客厅一角的弗兰克、凯文和丹尼尔感到浅野秋与石黑玄之间的恩怨，尴尬地僵持了一会儿，还是丹尼尔走上前拍了拍石黑玄的肩膀，蹲在地上收拾残局。

这个下午的聚会看似普通，但每个人的内心却都万分不安，他们心里想的都是——林清水究竟怎么了？

浅野秋像一个女王般举着马提尼酒杯向众人走来，说道：“十分感谢大家的到来。我是一个刚丢失女儿的母亲，希望大家能原谅我糟糕的心情。今天请大家聚到一起，其实是这位女士的提议。”

顺着浅野秋手指的方向，众人看到白色沙发上坐着一位珠光宝气的妇人。她戴着一顶过于隆重的黑色薄纱宽边礼帽，一只戴满珠宝的手撑起礼帽一缘，露出半边脸向大家点头示意。

“江百慧，”瑶枝轻轻伏在蓝镜耳边说，“那个曾经名气大过天的江百慧。”

“江女士要求我把你们聚在一起，因为你们都是清水最亲近的朋友，她坚持要求等到今天才透露寻找清水的办法。那么，请！”浅野秋示意江百慧上前。

江百慧并不起身，只吩咐：“蓝镜，请你先把清水如何失踪的经过跟大家说一下。”

蓝镜走上前，推了下眼镜，清了下嗓子，不知如何开口来解释这件令她自己都难以置信的事。最后，她慢慢地，以尽量避免物理名词的简单陈述向大家讲了她如何邀请林清水去了欧核研究中心，林清水又如何在粒子中消失，还有她口中最后说出的那两个字——地图。

一片寂静。弗兰克看了凯文一眼，凯文皱着眉低下头，弗兰克又去看丹尼尔，见丹尼尔正呆呆地望着蓝镜已经说完话的嘴。石黑玄独自站在客厅一隅的阴影里，看不清他的表情。月夕望着石黑玄的背影。唯一产生激烈反应的是瑶枝，她激动地大声说：“这……这怎么可能？又不是科幻小说！蓝镜，你疯了吧？你在胡说什么！”

“我有一个问题要问你们，”江百慧这时候起身，“在清水失踪前，你们中是否有一个人收到她寄出的一封信？”

凯文低垂的眼忽然抬起，望着江百慧，与她投来的目光恰好相遇，他不可置信地又皱起了眉。

“我再重复一遍。你们中是否有一个人收到清水失踪前寄出的一封信？这对我们如何找回清水至关重要。”

“我收到一张地图。我带着。”凯文说，“但我不理解清水的意思。”

所有人都诧异地看着凯文和他手中的信，聚拢过来。

“地图上被标注出了七个地方。”凯文摊开地图，指着上面用红笔圈画出的地方，念到，“中国上海、日本龙三角、印度拉达克、捷克库特纳霍拉、以色列耶路撒冷、瑞士蒙特勒和挪威朗伊尔城 。”

众人托着下巴，双手交叉在胸口，也都不理解这张地图到底在暗示着什么。

“这是清水的留言。”凯文指着右下角那几个字。

“找我回来。”瑶枝念着留言，忍不住捂着脸哭起来，“这到底是怎么一回事啊？太荒唐了！我一定是在做梦！”

这个万分离奇的事件让所有人觉得像在怪诞的梦里。

“请大家安静下来，”江百慧捏转着手里的玛瑙佛珠，“接下来我要说的听上去可能更加奇怪。你们会想问，为什么我会知道这些，我只能回答，我也不知道。这些年我只是看东西越来越分明。我不是在装神弄鬼，而是这世界上分明就有神鬼。在讲如何找回清水的办法之前，我想先从每个生灵都有7条命这件事说起。世间有传说，说猫有7条命，其实每个生灵都有7条命在现世，它们分布在不同的地方，有着不同的形态，有些为人，有些为物，共生共死，彼此相通。清水也有7条命，1条命是我们见到的清水，另6外条命的地理位置就在这张地图上。”

瑶枝问：“那6条命是6个人吗？”

“它们不是人，恰巧都是物。而找回清水的办法就是要找到那6件东西。清水目前的状态非生非死，而这6件东西是必须与她共生共死的。所以在这种特殊的情况下，这6件东西会发生异样的现象。”

蓝镜又看了眼地图，觉得江百慧说的不对，于是问：“地图上有7个地方，您说的是6件东西，请解释。”

“这是世界上最北的城镇，”江百慧指着地图上标柱的最北的那个圈——挪威朗伊尔城，“那里是世界的尽头。在世界尽头出现的极光能打开通往时空的门，让游荡在时空里的灵魂回到地球上。”

蓝镜立马想起林清水曾经跟她开过的古怪玩笑，当时清水对她说：“有时我觉得北极的极光能通向额外空间。”

作为一个物理学家，她实在没法相信江百慧的胡言，“我所知道的极光是来自地球磁层或太阳的高能带电粒子流，使高层大气分子或原子激发或电离而产生的现象。如果只依靠极光就能打开时空之门，那全世界的物理学家岂非都在白忙？”

江百慧不慌不忙：“爱因斯坦说过佛教是最贴近现代科学的一门学问。佛教是一门意念学，应观法界性，一切唯心造。如果一切现象都依靠人类有限的头脑来解释，那么人类永远不会了解自己和这个世界。人类应该学会用意念来感受和明白事物，因为意念才是打开所有神秘之门的钥匙。世界上的传说和神话，我们总是把它们当作子虚乌有的故事来看，却忽略了其实每个人都具有神性，当他的意念被开发到最大化时，世间万物皆有灵，世间万事皆有可能。”

“意念”一词让蓝镜无法辩驳，这正是她在林清水失踪这宗事上存在的困惑点。她知道量子物理学新近的一些研究成果发现佛教的教义与物理学的宇宙观有着惊人的相似之处。

“那6件东西究竟是什么？”月夕问。

“具体来说，它们是上海城隍庙里的一只红木匣子，印度拉达克的一块祈愿石，日本龙三角死神之船的船桨，捷克库特纳霍拉人骨教堂里的一根肋骨，耶稣撒冷哭墙上的泪水，瑞士蒙特勒一个叫做柔丝的被处死的女巫的一根头发。这6件东西需要被带去朗伊尔城，在世界尽头等待极光的出现。当极光打开时空之门时，这6件东西会按照吸引力法则唤回缺失的第7条命，也就是清水。”

吸引力法则？蓝镜知道振动频率相同的东西会互相吸引并且走到一起。地球之所以能够在46亿年的时间里保持有规律的运转状态，正是因为吸引力法则。

江百慧说完，突然转向客厅里的四个男人，说了一句让四个男人大惊失色的话。她说：“在寻找这6件东西的过程中，你们将进入年少时期的梦里。”

客厅里是长长的死寂，所有人都异常震惊和困惑，只能你看着我，我看着你。

四个男人——石黑玄、弗兰克、丹尼尔和凯文不约而同地想起了楚格山上的那所国际学校。他们如同被催了眠般地走向露台，望向同一个地方：在青绿色的楚格山上，隐隐约约露出一座惨白色的城堡。

13 死之岛

在格雷斯小姐的城堡里，四个男生度过了平常的青春期，唯有一件奇怪的事是他们常常梦见自己跌进了寝室的画里，迷失其中。一个人偶尔做那样的梦不奇怪，奇怪的是不断反复地做。同样的梦做多了，就成了噩梦。

石黑玄还记得在那间面朝湖水的宿舍房间里，年少的自己常常站在一幅奇怪的画前。午后的光线投到苍白诡异的画上，为它增添了几分柔和的忧伤。画的右下角是格雷斯小姐用 300 年前的手为它署的名——死之岛。

画中的情景是一个布满岩石和柏树的小岛。天空阴郁，云层低沉，海面深邃没有波纹。一座孤立的岛屿突兀地耸立在海的中央。岛上遍布岩石峭壁，中央植有高耸入云的黑色柏树。岛的右侧岩壁上，有着上下两列停尸岩洞，好似中世纪教堂地下墓场的穴洞。

有一叶孤舟正慢慢漂向孤岛。一个身形修长的白衣人裹着头巾肃穆地立在船上，船头停放着一具白色棺木。

石黑玄环抱双臂，一手托着下巴，不明白为什么一幅这样阴郁的画偏要摆在他的房间里。很多年后，直到林清水告诉他这幅画的蕴意，石黑玄才知道这幅画是格雷斯小姐根据瑞士著名画家阿诺德·勃克林的原作临摹的。原作的名字就叫作《死之岛》——一幅快要被世人忘记的名作。

艺术史学家常常为应该如何评价勃克林而苦恼。勃克林是个骄傲的、性格有些怪异的艺术家，曾经在自家花园里实验飞翔。他声明自己绘画的目的是使人做梦。

无数个夜里，石黑玄都会反复做着这样一个梦。在梦里，他独自一人漂浮在黑色的海上，那么冷，那么悲伤，他似乎在苦苦找寻自己的爱人。她在哪里？她究竟在哪里？他想要用自己的命去换回她。每次惊醒，石黑玄都是浑身湿透，仿佛真的沉入过大海。

16 岁的石黑玄在学校里形单影只，他不喜欢瑞士，不喜欢被囚禁在这座荒山上，可作为家族的唯一继承人，他必须子承父业，成为和父亲一样的金融俊杰。在课堂上，他发现有一个人和他一样郁郁寡欢，就是那个喜欢穿白色衣衫的叫林清水的女孩。尽管她学习成绩优异，热衷一切体育运动，但她的沉默寡言和忧伤眼神，石黑玄能嗅出他们是一国的。

他开始注意她。当看见林清水的身影出现在晨雾弥漫的森林里时，他便不由自主地走在她身后。可丹尼尔突然出现，打着招呼跑向林清水。他只能走开。

当他听见一个瑞士女生因为嫉恨而在课堂上用恶毒的话语羞辱林清水时，他刚要抡起拳头去威吓，弗兰克却早他一步教训了那个女生。

还有那个荷兰籍亚裔，那个不中不洋的凯文，在林清水不小心在滑雪道上偏离安全线时，是他第一个飞身而出。石黑玄看见他们两人抱在一起，在雪地上滚出好远，不由转过身去在心里狠狠咒骂“臭小子们！”。

是的，石黑玄认为只有自己才是了解林清水的，她凛冽的外表，无可挑剔的学业，健美的体魄和强大的自律在石黑玄看来都是为了妥放自己的情绪，勇往直前地继续自己的人生。就像他的母亲总是在完美的家务细节里安顿自己对生活的忧伤与失望。他很爱母亲，对她充满同情。

石黑玄没有走近林清水，他害怕她的冷若冰霜，也不屑与任何男生争夺，但他记住了她与他每次擦肩而过时身上好闻的气味。花了好些日子他在香水店里找到了那种气味，竟然是一瓶男用香水——Nikos 的 Sculpture（冰雕）。自此以后石黑玄便幸福地觉得林清水离自己很近很近，近到就在自己的皮肤上。

他们逐渐长大，18 岁那年的秋天，全欧洲的国际学校汇集在丹麦的奥尔胡斯进行一年一度的赛车比赛，热衷冒险的林清水代表学校驾驶改良后的 Camaro 参赛。

奥尔胡斯位于日德兰半岛沿岸，是丹麦第二大城市和主要港口。它地势平坦，拥有很多岛屿和森林。比赛当天大雾茫茫，所有参赛选手在森林里集合。天色在早晨就黯淡下来，林清水黄黑相间的 Camaro 停在如水墨画般的灰黑色森林里。石黑玄坐在看台上看着她利索地做完赛前准备，随即发动了引擎。比赛是环岛 7 圈后再次回到森林集合。

半小时不到，就有选手抵达。一小时后，除了林清水，所有选手都已回来。石黑玄开始坐立不安，有不祥的预感。果然，不一会儿他就看见有人神色紧张地从远处跑来。石黑玄“腾”地从站台上跃出防护栏，向着岛屿的方向拼命跑。当来到出事地点时，他看到林清水躺在地上一动不动。

石黑玄红着眼睛蹲下，望着地上的林清水，想对她说安慰的话，却怎么也开不了紧闭的嘴。

林清水仰躺着，微微睁开眼看了下石黑玄，故作轻松地笑了笑说：

“雾太大了所以撞到了树，我的脖子动不了了，并且左边胳膊感觉麻木，应该是颈椎错位了。”

林清水被送去医院拍片并做了检查，伤势正如她猜想的那样，需要留下观察一晚。

石黑玄站在病房外，心怦怦乱跳，深吸了口气，他敲了敲门。

“进来。”

他推门走入，见林清水正一丝不苟地坐在床上看书，见到他进来有些吃惊地问：“你是？”

看着她吃惊的神情，石黑玄心里一阵难过，他难以接受自己与她在学校共处三年，她却根本不认得他。

低着头，抿着嘴，他紧紧攥起拳头转身向门外走。

“我怎么会不记得你，当年入学时，我第一个遇见的就是你。石黑玄，跟你开玩笑的。”林清水笑着叫住他，指了指对面的座椅，“请坐吧。”

石黑玄犹豫了下，留下，但不坐。

“凯文他们呢？”林清水问。

“被学校派往其他赛区了。”

她点了点头，又问了一些无关痛痒的问题，石黑玄简单地回答。俩人都不善言辞，在校三年他们从未说过话，这样的遇见显得极为古怪和突兀，因此对话常常陷入沉默。

到最后林清水建议走动一下，要去底楼的餐厅进食。他陪着她。吃着东西，林清水神情倦怠地望着窗外灰蓝色的天。而石黑玄直接又贪婪地看着她脸上每一个细微的表情，这是他第一次离她那么近，他不能放过那样的机会。

“很难想象世界上有些人是这样长大的，每天看着这样干净又寂寞的天空，不知道欧洲小孩的童年会不会和中国独生小孩的一样无聊。你在日本的童年是怎样的？”林清水淡淡地问。

“我的童年很快乐，直到 10 岁的时候哥哥自杀了，从那时候起我才知道什么是寂寞。”

“对不起。”林清水充满同情地看了他一眼，立马转换了话题，开始谈论自己儿时依旧洁净的中国的天空。那是在国际学校养成的社交风格，一旦话题涉及他人私密，便要把它转换掉，似乎一个不痛不痒的人生才是文明和体面的象征。

可是石黑玄再一次把话题转到自己的童年生活，因为他知道唯有那么做才能让林清水记住自己，所以他要打破肤浅的交流，获得一次真心交换的机会。

他告诉了林清水自己失去哥哥后的孤寂和恐慌。母亲连续两年在圣诞节企图自杀，因为他的哥哥是在圣诞节那天晚上吊死在他家三楼的房梁上。哥哥的自杀是为了一个女孩，因为女孩扬言要离开。石黑玄又说了父亲的出走。哥哥死后，父亲突然弃家去了中国整整三年，因为过于脆弱，无法面对一个破碎和绝望的家。父亲把最沉重的责任丢到才满10岁的石黑玄的肩头上。

他对林清水道出了自己人生中从未向任何人提及的最深的伤痛。他不能否认自己的动机是希望她因这赤裸的惨痛产生同情而迅速走向对他的熟稔。

“石黑玄，谢谢你的信任。我为你不幸的遭遇感到深深的歉意，并由衷祝福你在未来的生活里得到快乐，我确信美好的事情会发生。我的脖子告诉我现在是上床休息的时候了。”她缓缓从椅子上站起来，“谢谢你的陪伴，我自己上楼就好，祝你度过一个愉快的夜晚。”

林清水走后，石黑玄尴尬又沮丧地坐在椅子里。自己过于天真了，林清水的信仰是保持整洁的距离。她跟他也许不是一国的，她的世界光明端庄，而他的，却阴暗破碎。

岁月如梭，终于到了毕业的时节。大家都陆续拿到大学录取通知书，林清水要去伦敦，凯文回荷兰，弗兰克、丹尼尔和石黑玄前往苏黎世，大家各奔东西。

毕业那天，典礼尚未开始，毕业生们就已怀着复杂的心情喝得醉醺醺的。

醉酒后的石黑玄穿着黑色礼服独自走在去往典礼的路上。

“再见了，讨厌的荒山！再见了，学校里所有讨厌的人！再见了，清——水——”他仰脸用日语向着灰色天空怒吼。

一辆白色保时捷从拐角处突然咆哮着冲出来，溅了石黑玄一身泥水。

他刚要发作，挂满水珠的车窗徐徐降下来，里面露出林清水皱着眉的脸，她看了一眼石黑玄，说:“把湿了的外套脱下上车吧，我赔你新的。”

他们来到一家礼服店，石黑玄选了一件白衬衣，交到林清水手里。“外套拿去干洗就可以了。弄脏的衬衣你赔我。”说着他当着她的面迅速脱下身上的所有衣服，黑色的眼睛始终看着她。

亚洲男性金色紧致的肌肤和修长的肌肉线条一览无遗地暴露在林清水眼前，她马上别过脸去。石黑玄紧盯着她的脸，步步逼近，近到林清水甚至能嗅到他皮肤上的气味，而那气味居然是她平日里用的“冰雕”，不完全是，因为里面还夹杂着另一种气味，那该是，男人和酒精的混合味道。

“请保持距离。”林清水红着脸转头嗔怒地看着石黑玄，可他还是渐渐逼近，直到俩人靠得近得不能再近，石黑玄轻轻扯过林清水紧抓在手里的新衬衣，在她的耳边喃喃地说:“把衣服给我。”林清水顿时羞怒了，可石黑玄嘴角一扬转身进了更衣室。

穿着新衬衣的石黑玄从更衣室里走出来，英气逼人，他用绅士又严肃的语调问:“可不可以和我一起去喝一杯？”

楚格湖畔，石黑玄和林清水见到了这辈子最红的晚霞。一杯草莓玛格丽特下肚，凛冽的林清水第一次放下冷漠尝试着让一个人走进她的心里。

如果说康庄让林清水对宇宙产生了怀疑，那么石黑玄就是那个让她飞向宇宙想要探个究竟的人。

在后来的故事里，他离开，是因为他太爱她。他离开，是为了让她永永远远地忘记他，美好再美好地活下去。

14 失踪的村

2012年9月，几个男人各怀心事地站在林清水家中的露台上，望着远处静静的楚格湖，它像一面镜子映照出他们各自对林清水的回忆，那些回忆穿透云层，到达金蓝色的天空。

"'死之岛'就是日本龙三角。"石黑玄在心里说。

浅野秋、江百慧、蓝镜、瑶枝和月夕都坐在客厅里头。江百慧说完话后的一小时，所有人依旧沉浸在巨大的震惊和困惑中，无法清晰思考下一步该如何。

"该结束一切了。"石黑玄又在心里说。他攥起拳头，迅速转身从露台走进客厅，来到江百慧跟前深深鞠了一躬，说，"我决定出发去龙三角。"

霞光照在江百慧半张脸上，于是半红半黑的脸问："石黑玄，你知道龙三角曾经发生的那些事吗？"

"听说过。"

众人慢慢聚拢来听他们说话。

"龙三角是个无比险恶的地方。"江百慧起身来到林清水留下的地图前，指着上面画的红线说，"龙三角是从东京以南的东岸海域沿着东南方向直到太平洋，然后转向西南，经过小笠原群岛，到关岛与台湾以西的雅浦岛，然后再沿东北方向回到日本东京湾。龙三角也被叫作'幽深的蓝色墓穴'，和著名的百慕大魔鬼三角有很多相似之处：船和飞机到了这两个海域经常会出现罗盘失灵，无线电通讯故障，还会碰上突然出现的巨浪、海震、狂风、旋涡以及异常涌出的浓雾。那两个地方已葬送了很多人的命。如果在地球仪上标出这两个三角海域，会发现它们正好对称地分布在地球的两面，彼此呼应。”

大家露出不安的神情，去看石黑玄的脸，浅野秋却冷冷说道：“让他去吧。”

石黑玄没有被吓怕，他向江百慧和浅野秋又深深鞠了一躬，疾步离去。

“请一定多保重。”江百慧在背后嘱咐，脸上突然显现出伤感。

“石黑玄！”丹尼尔跑出去。今晚整件事在他看来过于荒谬，他认为石黑玄不应该做出如此快的决定，可到了门外看见石黑玄已斩钉截铁头也不回地扬长而去。丹尼尔转过身，身后的弗兰克不知所措地耸了耸肩，凯文眉头紧锁。

飞驶在高速公路上的石黑玄看着空中掠过的红云，想起2009年那个秋天。是花香正浓的一个早晨，他起了个早，沐浴完后坐在院子里，拈了棵薄荷泡茶。尽管动作镇定，但他的心不停战栗着，因为剧烈的幸福。茶还没来得及喝，他听见外面有车停靠的声音，看见林清水从车里出来。她向他走来，笑着，白色蕾丝礼服和蜜色肌肤在阳光里闪呀闪呀。

“给你的礼物。”她走进院子里，把一件东西庄重地递给他。

他打开。是一幅画，画面阴郁：死寂的大海，黑色的柏树，穿白衣的人站在船上守着一具白色棺木……

他不解地看着她，问：“那不是从前学校里我寝室房间里的画吗？”

她坐下解释：“没错，这幅画的原作是阿诺德·勃克林，画的名字叫做‘死之岛’，是我最喜欢的艺术品之一。前阵子我听说学校为了一个慈善项目拍卖了格雷斯小姐的99幅画，这一幅是我竞拍得到的。对于‘死之岛’，阿诺德·勃克林从未有过解释，所以在他死后这幅画的含义成了一个永远的谜。艺术界有几种说法，一种说法是这幅画描绘了希腊传说中死神夏隆渡送亡灵穿越冥河的情景；另一种说法是穿白衣矗立的人形是男性的象征，而幽暗狭小的港湾则是女性的象征。海水代表浸渍子宫的液体，也代表了孕育万物的生命之源。画里的柏树自古以来就是死亡的象征，也是建造十字架复活的原料。如此死与生，在这亦始亦终的死岛完成了圆满的轮回。”林清水顿了顿，有些羞涩地望着石黑玄，“死亡和生育是人生最重要的两件事，我希望在经历它们的时候能有你的陪伴。所以，我把这幅画送给你。”

石黑玄被深深感动，别过头去不让林清水看见自己开始湿润的眼睛，嘟哝道：“怎么就知道我比你命长？”

林清水爽朗地笑，语气是那样得自信和肯定：“因为石黑玄是不会让我伤心的男人。”

其实在得知林清水失踪的消息后石黑玄就拿着那幅画咨询过一些海洋考古学家。少年的时候他反复做着这样一个梦，梦里他迷失在海上，苦苦寻找着他爱的人，又冷又悲伤。他想要知道画里的岛屿在现实世界里是否真的存在，因为他想去那里。

日本龙三角海域传说有一个岛叫做“姆”，它应该就是“死之岛”。这一推断让海洋考古学家们自己都无法信服，因为没人相信出生于1827年的阿诺德·勃克林到过龙三角，在他的生平记载中从未提及游至日本。可当一名老专家出示了一张考古时候拍摄的照片时，所有人都惊得目瞪口呆。

那名老专家拿着被放大的照片轻轻叠放在阿诺德·勃克林画的《死之岛》上，两个岛屿居然完美地重叠了。他解释，“大约在1.2万年前，传说龙三角海域存在过一个岛屿叫做‘姆’，意思是‘太阳的国度’。岛上的居民创造了灿烂的文化，他们的航海业和建筑业都相当发达，并且到大洋诸岛传播过文明。一场不幸的大地震和火山喷发，让‘姆’毁于一旦，文明的创造者连同他们的家园一同沉入海洋的深处。考古学家们曾经在日本龙三角发现过一片沉没的古陆，古陆上有保留得相当完整的街道、广场、石柱和石像等。最令人震惊的是他们还发现了一尊面朝北极星，形状奇特的石雕，样子似乎是一名女性。这些发现跟传说中对‘姆’的记载几乎一模一样。所以我的总结是：‘姆’是存在的，它在过去经由一次地震和火山被淹没。岛上曾经存在过一个高度文明的族类，不知是集体撤离还是灭绝，最终只留下壮观的建筑遗迹。这张照片是不久前一个考古学家在海底拍摄的，照片上的古陆结构和阿诺德·勃克林的‘死之岛’完全吻合。阿诺德·勃克林是个性格怪异的艺术家，我们无法解释为什么他画的岛屿与日本龙三角的‘姆’一模一样。这个世界上有太多事情深不可测，我们暂时得不到很好的解释。”

石黑玄决定前往龙三角的原因只有一个。不是为了去找江百慧说的死神之船的船桨，而是想了结生命。从获得林清水失踪消息的那一刻起，他感觉这个世界突然变得无穷大。他无法相信江百慧的一派胡言，因为当他闭上眼睛，能清晰感觉到林清水已不在这个世界上。他要去往“幽深的蓝色墓穴”，世上没了林清水，什么都没有了意义。

石黑玄走后，林清水的宅子被一层紫色的雾笼罩起来。江百慧对大家说：“我知道这一切很不可思议，太难相信，所以请先回去休息吧，明早8点再来此地决议。”

大家散去。浅野秋突然挡住往门外走的丹尼尔：“请等一下。”

丹尼尔站住。浅野秋端详着那张脸，不由改变了自己强硬的气势。眼前的这个男人柔美得像一个女子。他有着浅褐色的头发和眼睛。那对眼睛清澈温和，里面散发的纯净光芒能袭击到人心最善良的地方。

“我想和你聊一聊。”她斟茶。丹尼尔坐下，接过茶，长长的睫毛被笼在氤氲水雾里。

“听说去年你和清水在一起有半年？”

“哦，对。”

“听说你们在印度一个村庄里造了一座房子？”

丹尼尔点了点头。

“你是说那座子宫形状的房子真的存在？”浅野秋挑起一边眉毛，“能跟我说说那段经历吗？”

“那座房子建在北印度的拉达克山区，具体地理位置已经无从查找了。我做梦也不会想到印度会有一个像欧洲一样的村庄，它与世隔绝，隐藏在一片原始森林的背后。那是一个非常奇怪的村庄。去年清水的生活发生了一些状况，我想这个您也知道，于是我带清水去了印度，希望旅行能让她开心起来。当时北印度的许多地方发了洪水，水淹没了铁轨，我们坐在火车里，感觉像是坐在水蛇的腹腔里。那一天的太阳也很奇怪，半开半闭。一路上水里耸立着一些废弃的房子，房子的向南面被削去，能看到里面精美的建筑构造。所有的手艺巧夺天工，令人惊叹，同时又有一种说不出的古怪。下了火车我们租了一辆吉普漫无目的地闲逛，渐渐开进了一片森林。森林不很大，穿过之后一个被树木隐蔽起来的村庄突然就出现在我们眼前。村庄十分安静，居民很少。我们开过一个正方体的玻璃房子，样子很北欧化，房子里面摆着一张超级大的长方形深灰色石桌，桌上摆放着彩色的鲜花。有几个老人端着香槟酒杯看着我们的车驶过，露出亲切的笑容。又开了一会儿，空气越来越干燥，我们觉得仿佛回到了欧洲大陆，因为村里家家户户门前有许多奶油色的石头小天使，木制的十字架，竹编的摇篮，还有很美的花草。好几个月后我才渐渐明白过来这个村庄是靠什么来营生的。”

“靠什么？”浅野秋听着听着觉得头开始犯晕。

“接生。”

“接生？！”

“对，可奇怪的是在村里我们没有见到一个婴儿，只有成人。我无法忘记那些精美绝伦的建筑和村里奇怪的居民，他们仿佛并不来自这个世界，也从不过问我们是否拥有土地所有权，也不过问我们来自哪里，他们只是认真地劳动，在结束一天的工作后愉快地喝酒唱歌，清水说他们快乐得像神仙。是在他们的帮助下，我们才建起了那座房子。”

“那个村庄叫什么名字？”

“叫‘无魂村’。”

“无魂村？”浅野秋从来没听说过。北印度山水险恶，一个隐藏在森林背后的小村不为人知也没什么稀奇。只是听丹尼尔如此神乎其神地描述着那个地方，不免令人生疑。浅野秋抬起了质疑的锐利的眼睛。

“清水为什么要建那样一座奇怪的房子？”

“她一向思维比较奇特，而我又是个建筑师，当时只是即兴所为。至于为什么是子宫形状的房子……”丹尼尔有些迟疑地看着浅野秋，“也许她缺乏安全感，想要回到她最初来的地方。”

浅野秋低下头，把脸藏进阴影里，好一会儿，房子里鸦雀无声。

“你们离开后还回去过吗？”一直坐在边上的江百慧打破沉寂。

丹尼尔的脸上显出自责，“因为村庄是偶然发现的，当时没有记下路线。后来我曾试着回去，并带上了摄像机，想把奇怪的村子和我和清水造的房子拍摄下来，可我再没找到过那个地方。”

“照片呢？待了半年总有照片吧？”浅野秋问。

“照片在我们回来后从相机里消失了。”

浅野秋的脸开始拉长了。眼前这个男人说的故事太荒诞。一个靠接生来营生的村庄？一座子宫形状的房子？一段没有留下任何记录的隐居生活？浅野秋紧紧盯着眼前这个男人的眼睛，想要用犀利的目光逼出真相，她最后问：“你和清水是什么关系？”

“朋友。”

丹尼尔走后，浅野秋突然想起什么，转身问江百慧：“清水留下的地图上不就有印度拉达克吗？”

江百慧点点头。

浅野秋闭上眼睛，幽幽地说：“我感觉作为一个母亲自己对清水的了解正变得越来越少，少到令人伤心。我宁愿相信清水的失踪是个阴谋也不愿相信这是一个奇异的物理现象。至少阴谋有它的解释，而蓝镜、您还有丹尼尔说的话令我感觉到了精神病院。”她长长叹出一口气，走向卧室，“您自便，我要去躺一会儿。”

盘腿坐在客厅里的江百慧捏转着手里的玛瑙念珠，闭眼不作声。突然，手里的绳子断开，有一粒珠子滚落下来，清脆地碎裂在地上。江百慧的眼睛睁开了，望着一块窗户外的天空，轻轻笑了，心里说：“所有人就快要出发了，而我的死期也到了。”

15 廊道的尽头

当月夕、蓝镜和瑶枝从林清水的宅子里走出来时，已是傍晚。月夕提议："去我那里坐坐吧。"这个下午着实令人不知所措，她们都觉得十分虚弱，似乎只有和同伴在一起才能商量出一个对策。

坐上月夕的车她们驶向琉森，一个与楚格相邻的城市。抵达琉森后在火车站对面搭上一艘公共游轮，与来自世界各地的游客们一起前往一个叫做蔚姿瑙的小镇。在船上她们点了气泡香槟，想要放松下紧绷的神经。

游轮在蓝绿色的四森林湖里稳稳地行进，瑞吉山峰傲立在浅紫色暮色里。空气极为清爽，瑶枝背靠在围栏上深深吸了一口气："你们怎么看江百慧的话？"

蓝镜想了想："那些都太荒唐，我不信，只是对清水留下的那张地图觉得很困惑。"

"我倒愿意相信江百慧说的是真的，至少还有一条找回清水的途径。"瑶枝说。

"清水的失踪和江百慧的话都令人匪夷所思，让人没法马上做出决定。"月夕突然话题一转，"蓝镜，你是怎么理解额外空间的？"

"我们看到的这个世界是三维的，可是当空间锁定在三维时，粒子的属性和力的关系似乎难以理解，只有在高维空间，这些关系才得到完美的解释。"

“如果额外空间真的存在，为什么我们看不见？”瑶枝发问。

“额外空间可能是卷曲的，并且紧缩到小得看不见。我们的生理机能让我们只能观察到大量原子的集合，高分辨电视机或电脑显示器的像素已经小到我们看不见。”

“难道……清水现在就在小得看不见的空间里头吗？”瑶枝急了，“难道她不是原来的样子了？”

“这个额外空间可能小到我们无法观测，也可能是无穷大。让我来打个比方。如果这个空间很小，就像我们看到的一根缝衣线，它看上去是一维的，因为它只是一根线条，但实际上我们都知道线是有粗细的，它有一个横截面，所以它是三维的，只是在我们的眼睛里，因为缝衣线很细，我们就把它看成是一维的。这个小到无法观察的额外空间可能就是这样一个卷曲起来的空间。再来说另一个可能，如果额外空间是无穷大，那么我们生活的世界可能只是多维宇宙中飘浮的一个三维泡泡，我们看到的只能是有限的三维。有一个故事，1884 年英国数学家埃德温·阿伯特写了一本小说叫作《平地》，故事发生在一个二维的宇宙世界，那里的居民都是二维生物，有着不同的几何形状。一天，一个正方形被领进三维世界进行参观。当正方形看到一个球体滚过它时，正方形看见的只是一摞由大变小的二维盘子，也就是球体的横截面。在正方形的二维世界里，它无法看见和理解三维的东西，就像我们身处在三维世界里无法看见和理解一个更高维的世界。我们的宇宙是一个辉煌壮观的建筑。”蓝镜坚定地看着俩人说道，“能量是不会凭空消失的，我相信清水一定在某处，也许就在我们身边。人类传说中的地狱和天堂在我看来也许就是额外空间。”

一小时左右的船程，三人抵达蔚姿瑙镇。小镇依山傍水，葱绿祥和，前方是四森林湖和瑞吉山峰，后方是一座小小的山坡，上面散落着几户人家，房子的外墙全都被刷成不同的艳丽颜色，窗户沿上搁着鲜红的花朵。

“这里算是乡下了，镇上住着一千两百来人，谁都认识谁，但又可以说谁也不认识谁。”月夕带领着俩人往坡上走，“说认识，是因为就这么块小地方，进进出出背后总有双眼睛看着你，但如果大家约了一同出去喝酒，交流的又是极其表面的东西，谈的不是天气就是无关紧要的小事。这就是瑞士人的性格，好奇但害羞又保守。”

“世外桃源恐怕也就是这样的吧。”瑶枝打着转，欣赏着四周风光感叹道，“只是不知道自己能在世外桃源里做些什么。一方水土一方人，再美丽的风景对我们这些喜欢热闹的城里人来说也是没有用的。”

上到坡顶，她们来到月夕的屋前。瑞士的建筑有种特点：外表朴素，内在舒适，一切都井井有条，谈不上豪华却有种从容的优越，那种优越是一个没有经历过战乱的中立国所特有的气质。

打开门，屋内呈现的艺术风格显然吸引了蓝镜和瑶枝的所有注意力。

扑面而来的是一幅巨大的画。画上有一支白色的蜡烛衬着灰绿色的背景静静燃烧着。明明知道那支蜡烛是假，但它绽放出的火苗却如此逼真，让人望见它的第一刻身心就柔软下来。

“Gerhard Richter 的作品，一个德国艺术家，这幅是仿制品，被放大了，真品在拍卖会上估计要卖过千万美金。”月夕说着扭着腰进厨房准备茶点。

蓝镜和瑶枝环顾四周，发现除了微弱的灯光和墙上的“蜡烛”，整栋房子的窗户都被厚重的天鹅绒窗帘挡得严严实实。天花板和四周墙壁是鲜红色，地板是漆黑的。最醒目的是墙壁上钉着许多被打开的蚌壳类动物，肉体被剔除干净，剩一颗小小的珍珠嵌在中央，闪着润泽的光。

“Gerhard Richter 的创作喜欢建立在摄影的基础上，这幅作品迎合了夜晚的气氛：神秘又庄重。我喜欢这幅画是因为我只活在夜里。”月夕麻利地摆上小食和茶水，招呼她们坐下。

“只活在夜里？难道你不喜欢阳光？不喜欢窗外美丽的风景？”瑶枝在一个靠背上镶嵌着金色皇冠的红色沙发上坐下，抱起一条玩具蛇。

“从十多年前开始，如果没有必要，我只在晚上出门。因为阳光会加速皮肤的衰老，我讨厌变得难看。”月夕也坐下，黑色的椅子把她的脸衬托成一个白色薄透的骨瓷盘。“白天没有想象力，一切都暴露在日光下，夜晚却是那样的迷人和自由，任何事情都有可能发生，任何愿望都有希望。因为长期白天不出门，我的皮肤和眼睛已经不太适应太阳光了，灵魂也是。”她娇笑着指了指胸口，蓝镜发现在那丰满的胸脯上悬挂着一枚古旧的钥匙，样子粗糙沉重，不像是一件首饰。

“我带你们到楼上去转转吧。”

俩人跟着月夕踩着盘旋的楼梯往上走，光线越来越昏暗。当她们踏上最后一阶楼梯时，密不透风的黑暗把她们包围了。月夕用打火机点燃廊道墙上的一盏油灯，二楼的景象才渐渐显露出来。廊道极为狭窄，因此显得长不可测。地上铺着厚厚的白色地毯，上面有散落的红玫瑰花瓣。所有的房间门都紧闭着，好多好多的门，这让瑶枝联想到蓝胡子的故事。

蓝胡子的故事讲的是一个有钱的绅士娶了很多位妻子，她们都无故失踪。村里有一个美丽的女孩，第一眼就爱上了蓝胡子，俩人坠入爱河，于是不多久蓝胡子便娶女孩为妻。一天蓝胡子外出前交给妻子一串钥匙要她保管好并向她交代，“你什么门都可以打开，就是走廊尽头的那扇门不能开。”可是，怀着强烈的好奇心，女孩还是打开了那扇禁忌之门，并在门的背后发现了蓝胡子前任妻子们的尸骸……

走在昏暗的廊道上，瑶枝心里发慌，不由紧紧捏住蓝镜的手。月夕缓缓推开第一个房间的门，一道白光射了出来，她们眯起眼睛。这是一间颇大的浴室，足有 50 平米，所有的一切全都用白色大理石砌成，中央是一个法式骨瓷浴盆。浴室墙上挂着三幅画，画中是三个小女孩，她们的胸部还未发育，大腿和臀部细小紧致，脸上是懵懂的神情。在第一幅画上，一个赤着上身的女孩抱着一颗巨大的导弹，美丽的褐色卷发上扣着贝雷帽，她倔强地站在夜色里，脚背被黑色的海水淹没；第二幅是女孩坐在浴缸里，潜水镜背后透出她委屈的含着泪的眼睛，嘴里衔着潜水装置，面前是一只黑色橡皮鸭；第三幅是一个吃着棒棒糖穿白色 T 恤的女孩，她的下半身裸露着，脚边丢着玩具，仔细看就会发现那些玩具都是塑胶成人用品。

月夕向她们解说："这三幅作品来自 Trevor Brown，一个英国人。他的作品揭示的是日本社会的阴暗面，体现的是天真、暴力和性。我在他的画里找到了自己的归属感。你们知道吗？是他的画让我决心成为一个艺伎。"说着她转过头来对两人狐媚一笑："在这个已经极度欲化的世界里我们为什么要拒绝这些赤裸的艺术表现呢？很多商品，包括艺术品，都是以挑动人类本能的冲动为目的。其实有些被我们道德传统回避的本能冲动最接近真理，不是吗？"

蓝镜不由问："那么什么是你的真理？"

"我的真理是我在 30 岁之后才发现的。多年来我一直在寻找人生的意义，结果发现作为一个女人，她的真理就是被自己爱的男人统治并成为他的殖民地。我讨厌现在的女权主义，她们看上去既丑又不性感，她们这是在自找麻烦，没有丝毫的好处。"

三人从浴室出来，月夕又为她们开启了其他房间，诸如书房、衣帽间、冥想室等，并展示了其中的艺术藏品。几乎所有的房间都被打开了，除了廊道尽头的那一间。当月夕引俩人下楼时，蓝镜和瑶枝都禁不住好奇向那间紧闭的房间望去。

"走廊尽头的那间是什么房间？"瑶枝白目地问。

月夕正在下楼的身子微微震动了下，没有回答。

下楼的时候，蓝镜看着墙上大大小小的贝壳，它们在幽幽灯光下闪烁出晶莹的粉红色，便问："月夕姐你喜欢贝壳？"

"那些打开的贝壳像女性柔美的性器官，里面小小的珍珠象征着阴蒂。张爱玲说过通往女人灵魂的通道是阴道。每个女人都应该像呵护灵魂那样呵护自己的性器官。"

一番话让蓝镜和瑶枝面面相觑。走回客厅，月夕又为两人斟茶，蓝镜赶忙说："我们已经打扰那么久了，再坐一会儿就走。"

放下茶壶，月夕神情突然怪怪地看着她们说："有没有听说过在楚格山上那座城堡里流传着一个故事？"

蓝镜和瑶枝摇摇头。

“城堡的主人是一位公爵的女儿，叫格雷斯，她一生画了 99 幅画放在城堡 99 个房间里。听说公爵的家族世世代代守护着一个古老的秘密。格雷斯小姐是家族最后一名成员，膝下无儿女，于是就把这个秘密藏在其中 4 幅画里，希望有一天具备资格的人能够解读它。”

“没听说过，那个古老的秘密是什么？”瑶枝问。

“听说是如何成为神。”

瑶枝和蓝镜笑了笑。

“听说清水收藏过其中一幅画？”月夕打探。

瑶枝和蓝镜对视了一下，摇摇头，表示对此事不知。

“只是随便问一下。清水的事情，你们接下来如何打算？”

蓝镜和瑶枝喝茶沉思，好一会儿不说话。屋里的空气仿佛变得稀薄起来，墙上画里的那支“蜡烛”好似吸进了屋里所有氧气，让人开始呼吸困难，心怦怦直跳。

“我决定与其等待安全局的结果，不如尽快按照清水留下的地图去那些地方看看。”瑶枝惊讶地看了蓝镜一眼。蓝镜继续说，“我这么决定，不是因为相信江百慧说的那些话，而是想知道清水用这份地图到底想告诉我们什么。”

“那么我也尽快动身。”瑶枝举手赞成。

“算上我。”月夕站起身伸出手，三人于是把手相叠，心里有些没底地看着彼此，决定出发。

送走蓝镜和瑶枝后，月夕轻轻关上门，无声无息地踏上去往二楼的阶梯。她没有开灯，熟悉地在黑暗中扭着身体来到廊道尽头，蹲下身，把胸口链子上的钥匙插入门上的锁眼里，缓缓转动把手，门嘎吱开了。

如果没有林清水跌入时空这一稀奇事，月夕是断不会相信格雷斯小姐在画中藏入秘密的传说。世人都在盛传世界末日即将降临。月夕相信那个末日是指人类时代的结束，然而另一个时代将要开始！在那个新时代，不再有人类，而只有神，一个神的世界！而她月夕将会得到去往那里的通行证。

那个快到手的通行证就藏在廊道尽头的这间房间里，只是它还缺一件东西。

16 我们的女孩

弗兰克和凯文坐在夜晚的“Sky Lounge”。这间酒吧设在楚格城中一栋高楼的顶层。白天可以在那里俯瞰整个城市与它的湖光山色。此刻正是夜晚，只见无数盏晶莹小灯从城市的大街小巷延伸至山顶。

“相信江百慧的话会有辱我的智商。”弗兰克一手搭在凯文的肩膀上，一手捏着大杯啤酒大声说。

凯文玩弄着面前的咖啡杯，默不作声。

“在想什么呢？从下午到现在你都闷声不响。”弗兰克推了推他。

“不知道该说什么。像是一个噩梦，希望能快点醒过来。”

“清水的失踪太不可思议，而江百慧建议的寻找方式更荒谬，还有那张清水留下的地图到底在搞什么？”

凯文听着弗兰克的话，转头去看窗外山顶的灯光，目光停驻在那座城堡上，在夜色里它显得更为苍白。

弗兰克又大声在他耳旁嚷：“江百慧怎么可能知道我们四个小时候做的怪梦，太蹊跷了！那个梦真是折磨人，我总是一次又一次掉进寝室中的那幅画里。”

凯文转过脸来，说：“直到离开学校后，那个梦出现的次数才减少。那画总让我觉得像是某个地方。”

“某个地方？什么地方？”弗兰克架起腿，双手交叉在胸前，像个一刻不停闲的男孩，“我记得你房间里的画是格雷斯小姐临摹达利的《记忆的永恒》。”

“没错。那幅画里有条河，时钟像融化一样挂在树枝上。我有时感觉那个地方像是……”凯文顿了顿，“像是世界的尽头。”

“世界的尽头？”弗兰克不以为然地耸了耸肩，“我认为我们生活着的地球是个非常狡猾的星球。你想想，如果它是长方体或立方体，至少我们能走到尽头看个究竟，可它偏偏是个球体，这就令人无法走到尽头。不知道是谁别有用心地做出如此设计。”

“你房间里的画是？”凯文问，那么多年过去，他已不记得当年那些奇怪的事。

“我从没研究过它，搬进宿舍的第一天我就直接把它扔进壁橱里了。那幅画太……太可怕了，一点都不讨人喜欢。至于画的内容，我记得是雪地里的一个修道院。修道院前有一片墓地，墓地周围有许多橡树向着苍白的天伸着枯枝。我常常梦见自己在橡树林里迷了路，那个地方像个迷宫，我怎么走也走不出不来，最后总是急醒。”

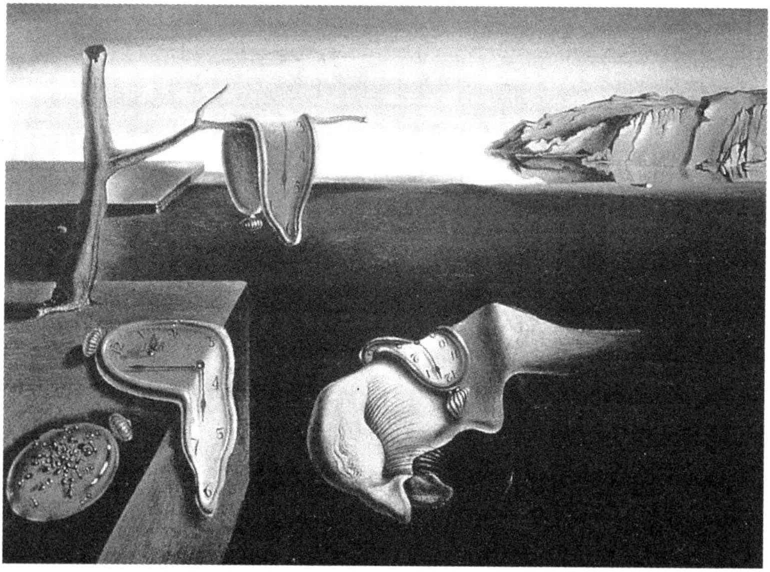

“的确不讨人喜欢。”

“下一步，我们究竟该怎么办？”弗兰克把脑袋凑到凯文面前。

“我准备动身去北极，倒不是因为江百慧的话。清水在过去常常跟我说起朗伊尔城，现在我想去那里看看。”

弗兰克抓着脑袋，“你太疯狂了。我也正想去中东旅行看看以色列美女。”

“只为了旅行？我以为你和清水是很好的朋友。”

“当然也为了她。不过我和清水只是朋友，你不会连这个也吃醋吧？”

凯文笑了，低头不语。

弗兰克用拳头捶了他一下，“我知道你喜欢她。其实一直以来我都希望你们两个能在一起，但没料到石黑玄会突然杀出来横刀夺爱，我一点也不喜欢那个家伙。去年又听说丹尼尔和清水神神秘秘地在北印度待了半年，我真弄不懂清水她到底在搞些什么。等把她找回来我一定得好好问清楚。清水，她是我们的女孩，我们会把她找回来的。”

凯文喝完杯中的咖啡，又望了一眼楚格山顶城堡发出的白光。心里默默念道：清水，我们的女孩。

在格雷斯小姐古老又空旷的城堡里，少男少女们情窦初开。

有些人自第一次相见，便觉得熟悉。对林清水来说，凯文英俊的脸，明朗的笑，文雅的举止和柔和的声音让她感到愉悦。然而康庄的离别，父亲对母亲的背叛，让她把爱情看得很小很轻很淡。她对凯文始终都敬而远之。

慢慢地，学生们开始熟悉彼此。由于共同对运动的爱好，林清水与弗兰克常常一同出现在网球场上。弗兰克高大，有着一头微卷的金发，性格十分活泼。西方人的蓝眼睛分不同的蓝色：灰蓝、蓝绿、蓝褐，而弗兰克的眼睛是水蓝色，那几近透明，包含汁液的蓝色球体让学校的女生们不由自主地跌进去，无法自救。弗兰克是个喜欢拈花惹草的花花公子，每个周末当山上的学生们冲往山下的城里找乐子时，弗兰克总是不出十分钟就被酒吧里的年轻女性们紧紧包围，并总能在午夜时分找到邀请他过夜的女生。

然而，冷漠的林清水还是与滥情的弗兰克成了朋友。把他们连同在一起的是对身体极限挑战的痴迷。在几千米高的雪山壁上单板滑雪，在瑞吉峰上跳滑翔伞，在地中海赤手潜水，在雪地里没日没夜地骑单车过峡谷。在这些时刻，他们是同一类人。

丹尼尔曾有一次对林清水说："和弗兰克那个家伙在一起得小心点。"

林清水笑笑说："和他在一起会认识到自己的心和勇气原来可以变得那么大，他和我是亡命之徒的情谊。"

与林清水常常相伴出入的还有丹尼尔。丹尼尔性格随和温顺，是个大好人。大家若有事要托付，总会最先想到他。他身形瘦高，有着一双纤细灵巧的手，喜欢制作小玩意和种植花草。常会见到他蹲在地里为林清水讲解各种植物的特性。有时他会带着林清水周末去森林里采摘桑果、樱桃和蘑菇。他浅褐色的头发和眼睛似乎总把他的脸笼在一片柔和的氤氲里。他面目柔美，总面带微笑，再加上温和的举止和话语，大家在背后给他起了个绰号叫"圣母"。"圣母"不知是过于腼腆，还是另有性取向，丹尼尔对女生似乎没有过多的兴趣。

有的时候，林清水与弗兰克、丹尼尔和凯文会在周末一起下山进城玩耍。对于凯文，林清水似乎总躲着他，当俩人单独面对的场合出现，林清水常常悄悄溜走，留下困惑又难过的凯文，他不知道自己什么地方做错了。

大家却都觉得凯文与林清水该是一对。他们同是中国人，有着漆黑的眼睛和头发。林清水爱穿白色，凯文也爱白色，站在学校各色学生里头，他们清秀得像两朵同枝上冒出的洁白花朵。凯文的纯真是让人一览无余的：当林清水出现，他的眼里会顿时升起快乐的星光；当林清水离开，他便陷入长长的沉默，这些都躲不过大家的眼睛。

"凯文喜欢你。"弗兰克有好几次对林清水说。

"喔。"她淡淡回答。

"什么是'喔'？难道你比较喜欢我？"

"Stop！"

林清水不想知道自己对凯文的情感。一个人的时候，她偶尔会想起凯文的笑容，他的嘴唇和声音。还有他在雪山上为了保护她，与她滚落成一团的那一天。那一天他们四目相对，脸靠得那样近，他的鼻息就在她的睫毛上。他皱着好看的浓眉，担心地问："疼吗？"

她急忙对他摇摇头，不敢呼吸也不敢动弹。

想起那一情景林清水的心就会快跳，觉得幸福，但又觉得无所谓。世间任何事物对她来说都是无常的。没有开始，心就不会太痛。

康庄，那么出色的男子瞬间便无影无踪，留下一个空白，怎么填也还是空的。她还要相信什么，还要为什么做出努力？

"这个宇宙是善良的吗？"林清水向着天空问康庄最后留下的问题。她至今没有答案。

石黑玄在林清水看来只是个黑色的省略号。他是学校成绩最优异的学生，是教授们的宠儿，却没有一个朋友。没人会喜欢一个不说话的，老是阴沉着脸的人。有些女生曾试探着与他搭讪，得到的却是他投射来的不耐烦的眼神。果真是一个狂妄自大的怪人！

林清水不知道，这个怪人正深深地紧紧地喜欢着自己。他在阴影里偷偷注视着她，在心底一遍又遍勾画着她的脸，她的身体。她是他的喜悦，也是他最大的欲望。

一晃，三年过去。林清水离开瑞士去了伦敦政治经济学院。丹尼尔、弗兰克和石黑玄继续留在瑞士，去了苏黎世求学。凯文回到自己的故乡，阿姆斯特丹，成为一名医学院的一名新生。

大家含泪挥手说，再见。

再见，楚格山。

再见，曾经的朝朝与夕夕。

再见，那段青涩混沌的岁月。

林清水，我们的女孩。你如果没有归来，这也许，正是离别的意义。

17 出 发

“都决定好了吗？”第二天早上江百慧用苍劲的声音问大家。

所有人一夜无眠，早晨8点准时聚在林清水的客厅里，除了石黑玄，因为他已坐早班机飞往东京。

见大家迟疑，江百慧说：“如果都准备好了，那么我的孩子们，你们将要面对的是一次非常奇异的旅行。”她的嘴唇因为激动而轻微震颤，“你们现在可能不明白我说的话，不过快了，你们马上就能亲身经历到。”

她走到三个男人面前，凑近：“我知道你们年少的时候常常做奇怪的梦。这一次的旅行会让你们真正地跌进那些画中，你们各自的处境将凶险无比。我帮不了你们，但会有人来助你们一臂之力。”

三人瞪大眼睛。

“你是说，我会在满是坟地的橡树林里迷路吗？”弗兰克叫了起来。

“孩子们，这次旅行早有人在3个世纪前就替你们安排好了。这是你们的宿命。”

三个男人同时想到了那位神秘的格雷斯小姐。

“我们没法相信您说的找回清水的办法，之所以最后决定出发完全是因为那张地图。此外，我想再去拉达克找一下那个奇怪的村庄。”丹尼尔说。

“不管出于什么理由，感谢你们的这个决定。现在，我分配一下任务。丹尼尔，你的任务是找到印度拉达克的一块祈愿石；弗兰克，请收集到耶路撒冷哭墙上的泪水；凯文，你去北极的朗伊尔城找到世界的尽头，”江百慧说完叹出长长一口气，“愿你们能够逢凶化吉，平安回到这里。”

弗兰克问：“难道我寝室里那幅画中废弃的修道院是在耶路撒冷？”

江百慧点点头。

“那张画是否有出处？格雷斯小姐究竟临摹了哪一位画家？”

“弗里德里希。”江百慧答。

“弗里德里希的作品？”身为画家的浅野秋站了起来，“你刚才说有橡树、坟地和修道院？”

弗兰克点头。

“画里是冬天凄凉的景色，掉光叶片的高大橡树伸着尖利的树钗指向天空。天空的颜色非常怪，说不清是清晨还是黄昏。一座修道院已成废墟，只剩下一堵墙，在修道院的前方有坟。是这样吗？”浅野秋问。

“没错，是这样子。”

浅野秋点了点头，明白了：“那的确是卡斯帕尔·达维德·弗里德里希的《橡树林中的修道院》。”

站在一旁的月夕、蓝镜和瑶枝听着他们的对话，嘴都张大着。瑶枝用手轻拍着胸口：“太恐怖了。”

江百慧走到三个女人面前。“小姐们，轮到你们了。”看到她们三人早已花容失色，她安慰到，“别担心，你们将要经历的并不可怕。瑶枝，你去上海的城隍庙找一个红木匣子。”

“城隍庙里那么多古玩，这个红木匣子有什么特色吗？”瑶枝感觉此事如大海捞针。

“那个红木匣子与曹雪芹和他的《红楼梦》有着密切联系。”

“《红楼梦》？”

“《红楼梦》一直是个谜，无数人一直都在寻找此书的结尾。你应该知道《红楼梦》的后半部并不是来自曹雪芹而是由高鹗撰写的吧？”江百慧问。

“知道。”

“传说曹雪芹曾用那个红木匣子放置《红楼梦》的手稿。后来由于他生活流离颠簸，红木匣子也遗失在了民间。”江百慧说完顿了顿，“那个红木匣子有着神奇的力量，”说着她来到林清水的书架边，取下一本翻旧了的《红楼梦》，打开，读起里面的一句句子，“‘真亦假时假亦真，无为有处有还无’。这其实就是红木匣子神秘力量之所在，它能转换真假和有无。”

“我不明白。”瑶枝嚷。

“在旅途中当你经历了一些奇妙的事后，就会明白我说的。至于捷克库特纳霍拉人骨教堂里的神秘肋骨，”江百慧看着月夕，“就交给你了。肋骨的主人是一个木匠。很久以前那个教堂附近死了有4万多人。”

“我自己也一直想去那里看看，昨天在网上查询了捷克的库特纳霍拉镇，发现那里的确有一个人骨教堂，并对公众开放。请问您说的这4万多人是怎么死的？”

“他们死于14世纪一场黑死病和15世纪的战争，都是些冤魂。”

“我不怕黑暗的东西，请放心，我会找到肋骨并尽快把它带回来。”尽管口气毫不畏惧，但月夕还是觉得脊背上的汗毛全都竖了起来。她心里觉得十分诧异，为什么林清水7条命中的一条居然会是一根肋骨，这宇宙未免也太令人匪夷所思了，她问：“请问这根肋骨有什么特殊用途吗？”

“肋骨的主人让这4万多冤魂最终得到了安息，于是那些冤魂们都听信于他，它们成为了他在黑暗世界的军队。”江百慧说完转向蓝镜，“蓝镜，因为你还在受安全局的监视不能出境，那么就去瑞士蒙特勒找一个名字叫作柔丝已被处死的女巫的一根头发，那可真是一个可怜的女孩儿。”

“女巫？”瑶枝发问，“世界上真的有女巫吗？”

蓝镜向她解释：“中世纪的时候由于科学不发达，人类对未知事物充满恐慌，认为一些奇怪的自然现象都是人为的，是妖术的结果。1487

年，一本书《女巫之槌》在欧洲的出版，打开了疯狂的如洪水般的审判大门，加剧了当时欧洲对女性的偏见与迫害。于是渐渐有了‘猎巫’行动。这个行动长达3个世纪，却在今天被隐藏和遗忘。瑞士在当时是‘猎巫’行动的佼佼者，沃州那座享誉世界坐落在日内瓦湖畔的西庸城堡在当时是重要的关押嫌疑犯和进行处决的地方。既然这个女巫有名字，并且我对‘猎巫’的历史颇有了解，我想自己一定能找到。”

“那么很好！通过她的头发你将获得破解巫术的能力！”江百慧说完走到客厅中央，深深向大家鞠了一躬，直起腰大声说，“孩子们，出发吧！”

18　你爱或者你不爱，爱就在那里

四个男人和三个女人为了他们的女孩林清水出发了。

在去北极之前，凯文先飞回阿姆斯特丹去医院请假。坐在机舱里的他手里玩转着一颗蓝色塑料星星，以至于空姐经过他身边时好几次不解地看着他。

那颗蓝色星星是他从一枚鸡尾酒搅拌棒上折下的。自国际学校毕业那天起，它就一直被他带在身边。

毕业典礼的那一天，每一位学生必须上台发表演讲。可林清水迟迟没出现。直到典礼临近尾声才见一台白色跑车横冲直撞地驶了进来，车门打开，下来的是林清水和石黑玄。

几小时前，林清水的车因为溅起水弄脏了石黑玄的礼服，于是俩人来到礼服店。更衣室前，石黑玄金色紧致的肌肤和修长的肌肉线条一览无遗地展露在林清水眼前，她甚至嗅到了他皮肤上的味道，居然是自己平日里常用的 Nikos 的 Sculpture（冰雕）。

更换了衣服后，俩人踱步到楚格湖畔，在红得慑人的晚霞中，喝着草莓玛格丽特的林清水第一次放下戒心尝试着让一个人走进她心里。

其实在那场赛车比赛后，在听说了石黑玄悲惨的童年经历后，林清水便牢牢记住了他，她不再讨厌他，甚至觉得俩人有着一丝共同之处，那就是在他们的童年都经历了一场生离死别，和最爱的人不得不撕心裂肺地告别。

晚霞中，他们面对面坐着喝酒。今日过后，俩人将各奔东西。石黑玄不多话，十分沉默，他时而拘谨时而狂野的眼神令林清水觉得十分有趣。坐了没多久，林清水便建议赶去学校，他们已经迟到了。

坐进车里，她刚要踩下油门，石黑玄的手突然抓住了她的手臂，林清水感到惊讶地看着他。石黑玄用力一拽，她一下子撞入到他坚硬的怀里，还没来得及思考，石黑玄就飞快地吻在了她的唇上，在停留了几秒钟后，他把下巴收回，额头抵在她的额头上喘着气。林清水不知该做如何反应，在她恼羞成怒之前，石黑玄放开了她。

车里一片死寂，林清水靠回到椅背上看着车的前方不语，石黑玄也只是看着前方，并没有为自己的行为抱歉。一分钟的僵持后，林清水猛地踩下油门，车愤怒地飞在路上，朝着学校的方向。

“怎么才来，都快结束了。怎么跟他一起？”弗兰克让出身边的座位给林清水。

林清水什么也不说，脸上一阵红一阵青。

这时校长念到石黑玄的名字，轮到他的毕业演讲。

石黑玄走上台，神情仿佛是做错事的孩子，低着头沉默了许久，忽然抬起眼睛看着人群中的林清水。

他开口了，眼睛黑白分明，十分明亮。

“喜欢你。”他抿着嘴。

“喜欢你。”他绵绵。

“很喜欢。”他十分坚定。

学生们爆发出口哨和怪叫声，马上用眼睛四处搜索那个女孩会是谁。林清水在嘈杂声中偷偷溜走，驾车刚要离开，一个身影突然挡在了车前。羞怯和愤怒让她深吸一口气才鼓足勇气直视那个人，当她看清那个人的脸时，不由松了口气，神色却更复杂起来。她走到车外，双手插在裤袋里，与他面对面。

凯文朝着她微笑。他的眼里有星星在闪动，是泪花。林清水突然很想哭，赶忙别过头去。凯文把一本书递过去，她瞥了下书名，是《小王子》。

“你没有告别就突然走了。我想把这本书送你。”凯文说。

“谢谢，”她接过，有些尴尬，“对不起，我没准备礼物。”

“没关系。”他耸了耸肩，蓄满泪水的眼睛依旧笑着看着她。

林清水躲避着那对深情又悲伤的眼睛，看着自己的鞋子，心里难过又迷乱。刚才车里的一幕又浮在眼前，她皱了皱眉，状况有点乱，她不是很明白自己的心，所以她决定逃走。抬起脸，她冷冷地说：“我想我该走了。”

凯文的笑渐渐褪了，他点了点头，却没有离开的意思，似乎还有话要说。犹豫了几秒钟，他从口袋摸出一根鸡尾酒搅拌棒，顶端有一颗粉红色塑料星星，他对她说，“把手给我。”

林清水疑惑地把手伸给他。凯文把那颗粉红色星星折下放进她的手心，“我知道这也许有点幼稚。这一颗星星是你的，”然后他亮了亮自己手里的蓝色星星，“这一颗是我的。请你保存好它，如果想见我的话，”他的声音开始喑哑，“就把你的星星寄给我，我会马上来见你。通讯地址在书里。”说完他给了她一个灿烂的笑，十分不舍地看着她一眼，说，“那么再见了。”

“再见，凯文。”林清水短促地说完，转过身。

就在她转身的那一刻，她的一滴泪落了下来。

他的一滴泪也落了下来。

他想，难道就要这样错过？

她想，为什么自己的心会那么痛？

当晚，林清水坐在苏黎世机场的一张椅子里，毕业典礼后她将直接回去探望母亲，等过完暑假后再去伦敦入学。已有三年没回上海那个伤心地了，她开始懂得原来生活里曾经发生的惨烈事件都将在时光的安抚下变成淡淡的浮云。如今当自己再想起当年康庄的离世和父亲的出走时，林清水只觉微微的惆怅。三年里她已从一个坐在机舱里悲痛得不能自已的女孩长成一个冷静和认真处理事物的成人。

上海该是另一个模样了吧？想起自己从前常常出没的仙霞路和康平路一带，林清水的心就变得软绵绵的，觉得格外亲切。原来故乡的感觉就是这样的——那是飞得再远，心里也有一个归属的地标，在那里蒙上眼睛也能自如地生活。她有点好奇，想要把成长后的灵魂放入到过去的世界，以体验外在和内在的变化。

“哦——”她伸长腿，舒展了一下身体，然后起身掏出硬币在自动饮料机上买了杯柠檬热红茶。在机场耀眼的白灯下，她从包里拿出凯文送给自己的书。

书里插着张书签，上面有凯文留下的通讯地址还写着，“喜欢这一页”。林清水于是开始阅读那一页上的内容：

> 小王子遇到一只狐狸，他问：你愿意和我玩吗？我很难过。
>
> 狐狸说：不。不行。
>
> 小王子说：对不起。
>
> 狐狸说：你愿意驯养我吗？
>
> 小王子问：什么是驯养？
>
> 狐狸告诉他，驯养就是“建立关系”的意思。所谓建立关系，就是指使他们变得彼此具有与众不同的意义。
>
> 狐狸说：比如说，你只是一个小男孩，和其他千万个小男孩一样，但如果你驯养了我，对我而言，你就是特别的了。对你来说，我只是一只狐狸，和其他那千万只狐狸没有区别，但如果你驯养了我，我就是你唯一的狐狸。还有，你最好每天的同一个时间来看我。这样，我便会觉得这个时刻与众不同。我会在等待中感觉到快乐，越临近这个时刻，我会幸福的战栗，从而体会到幸福的价值。如果你驯养了我，世界就变得不同。其他人的脚步会让我飞快地躲回地下的洞穴，你的脚步声却能将我从洞穴中快乐地召唤出来。从此，脚步声对我而言就是有意义的了。你看那金黄色的麦田，我不吃麦子，它跟我毫无关系，这很糟糕，但如果你驯养了我，由于你的头

发是金色的，我就会因为它而想到你，我就可以看着这金黄色的麦田想念你。求求你驯养我吧！

小王子终于驯服了狐狸。

林清水很聪明，明白了凯文的意思，她在心里默默叹息，“我不想驯养任何人，世界太大，我太好奇，很想独自继续在路上。”

“先生，飞行下降请扣好安全带。”

空姐的话唤醒了凯文，他一脸悲伤地转过脸去看舷窗外云层之上那轮金黄色太阳，在它的背后也许是一个光芒四射的黄金城国，而他的心此时却是灰色的。

拿起一支笔，他在餐巾上弯弯扭扭地写下一句中文：你爱或者你不爱，爱就在那里。

“清水，回来，回到我的怀里来。”

在飞机的轰鸣声中，凯文的心号啕大哭起来。

19　北纬 25 度

浅野秋和江百慧在大家出发后暂且在林清水的宅子里居住下来。当夜晚灯光四起时，玻璃和镜面强化着光线，让整个屋子晶莹剔透得像个鱼缸。两个老去的女人在屋里走动时会时不时在玻璃和镜子中瞧见岁月蹉跎后自己崩塌的面容和身段。她们曾经生动饱满的向着太阳的嘴唇如今在卸去唇膏后干燥褶皱，向着地心。

浅野秋在一面 3 米高的镜子前站定，摸着自己的脸，幽幽对江百慧说："我还是比较喜欢现在的这张脸。年轻时候总觉得日子太长，不在乎自己的身体变化。如今，看着岁月摧毁中的这张皮囊，终于想要好好保存它，并用绘画的技巧填充和修饰它，我从中居然获得乐趣。"

江百慧笑道："28 岁那年有一个记者采访我，问我早上醒来第一个念头是什么？我回答，第一个念头是'我是公主江百慧'。年轻时候自以为是的一切，没想到到头来只是过眼云烟，那些曾经无比重要的人也只是阶段性地在生命里陪伴过自己，什么都会走的。"

两个老去的女人一同坐下，为彼此斟酒，自嘲地笑谈前半生，唏嘘不已。

东亚早晨的阳光透过羽田机场的落地玻璃投射在石黑玄的脸上，这是他熟悉的阳光，比欧洲的阳光要昏黄，让人恍若隔世。出海关的时候，有不少年轻女子停下脚步，朝他露出娇媚讨好的神情，对着他走过的背影欢呼雀跃。早在几年前石黑玄就上了国际金融杂志的封面。照片上的他风流倜傥，目中无人，眉宇间透着杀气。据说他在工作上不择手段，对待竞争对手倾向一律赶尽杀绝，加上英挺的面貌和孤傲的性格，年纪轻轻的他就成了日本女性心目中最炫的黑马。

他目不斜视地穿过人群，没有人知道在这个冷漠的年轻人心里正装着对死亡的期待。

上了一辆出租车，他对司机说："去东京湾。"

到了东京湾，就基本进入龙三角海域了。

"龙三角，我来了。"石黑玄在车里攥紧了拳头，想起一个年老的海洋考古学家对他的出发所表达的忧虑："喔，我的天，你居然会决定去那里！现代人类总自认为很聪明，可是对宇宙的了解其实只有芝麻大小。"教授叹了口气："城市文明的出现比我们想象的要早得多。在几万年前，当时在地球上有两个巨大的冰盖覆盖在北欧和北美。21000 年前，冰开始融化，直到 1 万年前才完成整个融化过程。许多海岸被上升的海平面淹没，沉入海底，这些区域加起来差不多有欧洲加上中国那么大。被淹没后它们不再被记载，从此在历史中没了踪迹，'姆'岛就是其中之一。那可是个多事之地。十分奇怪，北纬 25 度同时穿越了百慕大和龙三角，而你要找的'姆'岛就在北纬 25 度的纬线上，它在水底已经沉睡了几千年，愿神灵能够保佑你平安归来。"

石黑玄的心里丝毫没有恐惧，他的心里只有林清水。想起她，甜蜜与绝望混杂在一起汹涌而来，让他攥在拳头里的指关节咯吱作响。他想起他们毕业后的第一年冬天。

高中毕业后，林清水来到伦敦，成为伦敦政治经济学院的一名新生。父亲虽然离开她们母女，但对林清水的学业与前途充满期许。林清水一心想成为广告人，但迫于父亲的压力和干预，只能朝着成为一个银行家的方向走去。

伦敦有着和上海一样的阴冷和潮湿。城里建筑古旧，居住空间局促，让林清水甚是怀念瑞士广阔的田园风光和巍巍雪峰。转眼到了 12 月，那一天是她的生日。入学仅短短数月，生性淡漠的她未交到一个朋友。

上完一天课后的林清水抱着书本，甩着车钥匙走在学校的草坪上，天空在这时居然开始飘起雪花。伦敦 12 月的雪甚是少有，星星点点，旋转着落下。林清水站住，抬头看天，心里问自己：今天一个人的生日该怎样庆祝？她已收到了母亲和朋友们的祝福，唯独没有凯文的消息。

“他忘记我了吗？在那座运河交错纵横的城市里是否此时也下着雪？”收起自己的小小失意，她走到车前，刚要坐进去，忽然发现有个不动的黑衣人站在车旁。她看了眼那人便不由吃了一惊，一时不知是该礼貌地问候还是装作没瞧见。犹豫了一会儿，林清水对那人礼貌地点了点头，然后坐进车里。黑衣人敲了敲车玻璃，她把车窗降下，黑衣人把一个小小的盒子递了进去，然后头也不回地走了。

林清水打开盒子，是厚厚的一沓照片。照片上是不同的天空：晴空、阴雨、艳阳、彩虹、火烧云……盒底是一张天蓝色卡片，上面写着：

> 每次想念的时候，就会拍一张照片，这样可以安慰自己，都生活在同一片天空下，没有离很远。
>
> 生日快乐！
>
> 石黑玄

林清水为自己的态度觉得抱歉，于是开着车四处寻找石黑玄，可那黑衣人早已消失在阡陌小巷。找了一圈，她只能放弃，调转车头打算去百货公司购置晚餐的食材，一瓶威士忌和一条用来驱寒的苏格兰花样的开司米毛毯。

雪越下越大。伦敦被这场早来的大雪突袭，交通顿时陷入大乱，城市中心的道路堵塞得完全动弹不得。她打开音乐，跟着节奏在方向盘上打着拍子，忽见不远处一个满头是雪的男人在等待计程车。在这个气温骤降，大雪飞舞，行人纷乱的英伦之夜，那个男人在街角把自己站成了一座冰雕。笔直的脊背和微微上扬的头颅都透着骄横，林清水不由在车里微笑了一下，按响了喇叭。

石黑玄朝车的方向看过来，在雪里眯缝着眼，显然他看见了她，但他没有动。直到林清水把车泊到他跟前，冲他大声说："这样的天很难等到计程车，我送你。"

石黑玄迟疑了一下，拍干净身上的雪，坐进车里。

"去哪里？"她问。

"机场。"

"什么时候来的伦敦？"

"两小时前。"

俩人都沉默了。车里，Lana Del Rey 唱：

……

Dear lord, when I get to heaven

Please let me bring my man

When he comes tell me that you'll let him in

Father tell me if you can

Oh that grace, oh that body

Oh that face makes me wanna party

He's my sun, he makes me shine like diamonds

……

林清水拧低了情歌的音量，说："谢谢你的生日礼物。"

石黑玄没有回答，轻咬着手指，转头去看窗外。窗外的世界一片混乱，车里的音乐深情流淌。

忽然车一个左拐，开离了去往机场的大道，石黑玄转过头看了林清水一眼。

"我们去'伦敦眼'。"说着她笑了笑。她很想逗弄逗弄这个怪人。

石黑玄一言不发。

"伦敦眼"是世界著名的摩天轮，高 135 米，是泰晤士河岸边最高的建筑。它共有 32 个乘坐舱，代表着伦敦 32 个自治市镇。

在这个下着雪的夜晚，"伦敦眼"里除了他们两人没有其他客人。

蓝色的巨大光环缓慢上升。乘坐舱里，石黑玄站在林清水的背后默默注视着她因为寒冷而稍许发红的脸颊和耳朵。

林清水完全被伦敦城市半空的夜景和无数维多利亚式的古雅建筑吸引了，自那一晚起她才开始对这个城市有了好感。

“你看，这是大本钟！”因为快乐，她不禁话多起来。“还有那里，是《魂断蓝桥》里的滑铁卢桥！”直到感觉到身后久久没有回应，她才不禁回过头来。

石黑玄呆呆地站她背后，手里正燃起一只打火机，口里用日语轻轻唱着“生日快乐”。他的音调几近平直，神情严肃且有些尴尬。为了她的生日他努力地唱，她被感动，静静地看着。唱完，石黑玄低下眼睛，他知道自己的歌声并不动听，于是不好意思地也笑了。这是林清水第一次看见石黑玄的笑容。

“还蛮好看的，”她想。“真是一个怪人。”

他们再次驶上高速公路，一路无话。到了机场，还未等林清水开口告别，石黑玄用低沉的声音说了声“再见”，就头也不回地走了。

她笑着摇了摇头。

当林清水向着家的方向再次驶过伦敦政治经济学院时，一个穿着白色开司米大衣的男孩正垂着头从校园里走出来。他的胸口抱着一大束香水百合，显然在雪地里等了许久，黑色的头发上满是雪花。拦下一辆计程车，他把花小心翼翼地放在雪地上，坐进车里，离去。

在林清水和凯文彼此交错而过的那一秒，俩人在心里同时询问：

“凯文，你好吗？”

“清水，你好吗？”

“先生，东京湾到了。您没事吧？您的脸色看起来可不好呐。请问我该在哪里停车？”出租车司机问石黑玄。

“去港口。”

“去港口？您看，海边闪着警报灯，不会有摆渡船了。您这是要到哪里去？”见客人不答话，司机继续唠叨，“这天象是有灾要来，才九月就冻得像放死人的冰柜。最近海里死的人越来越多。住在附近的人说，死的人越多，到了夜里海里的亮光就越强烈，好像有东西要跑出来一样。您别到处乱跑，应该在家里拜拜龙神。”

石黑玄记得那位海洋考古学家最后告诉他：“‘姆’岛在 60 至 100 英尺的海下，它的样子有 5 层金字塔那么高，两个足球场那么大。它是一个精确的矩阵，有着完美对称的几何雕饰。传说中，人类的知识是突然从那里传播开的，而知识的来源听说是来自水中的亮光。”

“停车吧。”石黑玄付了车费走到车外，看着泛着银光的深灰色大海，向着港口走去。风翻飞起他的衣领，海鸟盘旋嘶叫。他缓缓走向北纬 25 度，他人生的最后一站——死之岛。

20　荒唐言辛酸泪

满纸荒唐言，一把辛酸泪。都云作者痴，谁解其中味。

瑶枝看着《红楼梦》里的这行字，不禁发起愁来。到了上海浦东机场后，她并没有径直去城隍庙，而是来到上海图书馆。要找到神秘的红木匣子，就先要了解《红楼梦》和它的作者曹雪芹。

她用电脑检索“曹雪芹”加“红木匣子”，没有相关的讯息；又键入“红楼梦”加“红木匣子”，也未果。

吸了口奶茶，瑶枝心想《红楼梦》的故事自己倒是熟悉，但曹雪芹这个人物史书上对他的记载却不很详细。整个下午她都在网上不停地查阅，结果发现就连曹雪芹的生卒年月和家世背景，人们都说法各异，大致的介绍是：曹雪芹名霑，字梦阮，号雪芹，素性放达，出身于一个“百年望族”。曾祖母孙氏做过康熙帝玄烨的保姆，祖父曹寅做过康熙帝的伴读和御前侍卫，后任江宁织造，兼任两淮巡盐监察御使，极受康熙宠信。雍正初年，曹家遭受一系列打击，在革职和抄没家产后，从此一蹶不振。晚年，曹雪芹移居北京西郊，于除夕之日因贫病无医而逝世。

曹雪芹是个谜，而“披阅十载，增删五次”的《红楼梦》也是个谜，对它缺失的后四十回是所有红学家们心里的一块疤，一提及，便是深深的隐痛。痴迷《红楼梦》的张爱玲说过：世间有三恨，一恨鲥鱼多刺，二恨海棠无香，三恨红楼梦未完。

近百年来，人们四处搜集历史资料，巡游曹雪芹的足迹，千百遍重读抄本和批语，可都改变不了一个事实——没有人知道最后四十回究竟写了什么。那至关重要的四十回不仅能解释前八十回埋下的秘密，还能说明曹雪芹写《红楼梦》一书的旨意到底是什么。

值得注意的是，在所有的历史资料中显示着有一个人曾经看过全本并对整部书进行了批注，那就是——脂砚斋。

脂砚斋是《红楼梦》早期抄本的一个批语者。脂砚斋是谁，与曹雪芹又是什么关系，迄今红学家们未形成一致看法。但从脂批的内容来看，脂砚斋与曹雪芹及其家族应当有着十分密切的关系。脂批中往往对作者的创作意图和隐喻进行说明，这些都为《红楼梦》后半部的探索提供了最直接和主要的依据。

“脂砚斋，脂砚斋？”瑶枝念着这个名字，觉得它听起来像是一个女人的别名，里面透着香艳气，却又不乏智慧。这个女子的一生一定不平凡：才情不输黛玉，智慧不逊宝钗，豪气胜过湘云。“也只有这样的女子才配得上成为曹雪芹的红颜知己。”瑶枝托着下巴胡思乱想。

瑶枝又在搜索栏里敲入“脂砚斋”，跳出来一大堆与《红楼梦》相关的讯息。她一页页翻阅，当翻阅到一张图片时，突然放下手里的杯子凑上前去，屏幕上显示的是一个窈窕淑女。

“薛素素？”瑶枝迫不及待地去了解此人与“脂砚斋”会有什么关联。

> 薛素素，万历年间金陵名妓，艳名高致，小字润娘，行五，人称其有十能：棋、诗、书、画、弓、歌、舞、琴、箫、绣，无不工绝。与南京文人名士常常往来。薛素素有一砚，名为“脂砚”，用以梳妆。

“原来真有脂砚！”瑶枝兴奋地叫了起来，又飞快开始搜索薛素素和她那枚脂砚的详细资料。结果，出现一篇文献让她看得目瞪口呆：

万历元年，薛素素得一砚。后人描述，此砚小才盈握，砚质甚细，微有胭脂晕乃及鱼脑纹，宽一寸五分许，高一寸九分许。砚周边镌柳枝，旧脂犹存。砚盒精致，为珊瑚红木漆盒……

薛素素后，“脂砚”身世颇曲折离奇。据考证，康熙五十五年，广东人余之儒为求官，从曹寅的门人处打听到他有收藏古董的嗜好，便从薛素素后人手中以三间瓦房的代价，买下了脂砚送给曹寅。

曹寅败，脂砚由曹寅后代秘藏，于砚侧刻“脂砚斋所珍之砚其永保”。传说秘藏者批注曹雪芹之《红楼梦》，知晓来龙去脉。

曹家彻底潦倒后，脂砚进了北京一家名为“燕轩斋”的当铺，接着就到了收藏家端方手里。端方携带脂砚入蜀，于绵阳被乱箭射死，此砚流落到四川藏砚家方氏手，从此一度销声匿迹。

1953 年 10 月，重庆大学教授，金石家黄笑芸在重庆一旧货摊上再次发现脂砚，以 25 元买下此砚，由好友戴吉亮带至北京请张伯驹先生鉴定。张伯驹时任吉林省博物馆馆长，又以 1200 元（一说 800 元）的高价买下收藏于吉林博物馆。

1963 年春节，张伯驹携此砚去天津，请周汝昌观赏品评。

1963 年夏，故宫举办“曹雪芹逝世 200 周年纪念展览会”，脂砚尚在。

三年后，脂砚由外地展出返京时，居然神秘失踪，至今下落不明。

瑶枝捂着两颊强迫自己镇静下来，从头开始整理获得的所有讯息。她站起身来，在有限的空间里踱来踱去，心怦怦乱跳，似乎谜底就在眼前，但有一件事似乎不对头。

“真亦假时假亦真，无为有处有还无。这正是红木匣子的神秘力量所在。它能转换真假和有无。”江百慧说过的话让瑶枝觉得自己正离真实的生活越来越远，仿佛坠入了一个不可说也无法形容的怪境。

疲倦的她走出图书馆，淮海中路已是华灯初上。上了一台计程车，她对司机说："请去环球金融中心"。

上海每一年都在变化，变得越来越陌生。那些甜美的旧时记忆：过年时热闹非凡的气氛，夏日里蓝天中的火烧云，水饺馆里的长板凳，父亲身上的的确良衬衣，华亭路上的绣花牛仔裤，爷爷奶奶无线电里的苏州评弹，女孩儿们跳的皮筋，还有真诚的人与人之间的情谊……怎么在短短的十多年里都没有了。从前的那个上海已在时光中被颠覆，被碾碎，她灭亡了，只存在于记忆里和从前的照片上。

"全都变了。这座城市曾是我的根，如今这根已被拔地而起，我什么也不是了。"瑶枝在车里惆怅地想，嘟起了嘴巴。

车穿过隧道，来到浦东灯光璀璨的陆家嘴。上海的美在夜里，灯红酒绿，人影摇曳，一派欢天喜地的样子。瑶枝要登高，要在璀璨的灯光里入睡。

"我是一个流浪的公主，所以要对自己很好很好。"在环球金融中心87楼的Lobby Bar，瑶枝点了一杯混合果汁，以俯视的姿势再次观望这个巨大的城市。即便在天上，瑶枝都能听见它的吵闹，看见它的热气蒸腾。上海就像是一个贪婪的容器，装进所有的声响、味道、悲欢和欲望，然后使劲地摇。就像是一个无法无天的任性女人，总爱肆意践踏所得以迎来新欢。如果要以一个词语来概括上海，那就是"速度"。上海是一种能量，不是某个地域。因为变化异常之快，于是就没有了定性，也就从来没存在过。

瑶枝曾经与林清水和蓝镜聊起过自己这种无处归依的迷惘，一种既不属于东方也不属于西方的僵持与尴尬。

林清水当时想了一会儿，说："我们是自己的国。"

林清水总是能一语道破所有的混沌，给人清新的观念。今晚，瑶枝觉得林清水的话不全对，因为她的国里不只有她一个人，里面还必须要有蓝镜和林清水，缺一个，这个国就成了空城。

每当消极情绪袭来，瑶枝便习惯在脸上刷上胭脂，明艳又喜气。此刻也不例外，她打开包拿出胭脂盒，在双颊上熟练地扫上淡淡桃红。刹那间，她的手僵在半空中，两眼瞪着胭脂盒镜中的自己。

“啪”，她关上盒子，“我知道了！”她的眼睛闪过一道亮光，“‘砚盒精致，为珊瑚红木漆盒……’红木匣子难道说的就是脂砚？！可脂砚是物，怎么可能批注《红楼梦》？”她找到了那个一直让自己觉得不对头的地方。

瑶枝终于理出一条线索。尽管脂砚最后失踪，但至少她知道自己要寻找的红木匣子是怎样一件东西。

“难道脂砚就在城隍庙里？”

长途飞行的疲劳开始蔓延，瑶枝看着窗外的灯海，恍惚间不知外面的花花世界是真，还是自己要探索的那个世界是真？

21 天堂的故乡

Carry all those phantoms

Through bitter wind and stormy skies

From the desert to the mountain

From the lowest low to the highest high

Like a ghost rider

……

前方是路，头上是天，耳旁是风。

在金黄荒芜的沙漠地上，丹尼尔跨着摩托飞驰在盘山公路上。这里大地广袤，白云连绵，湖水如镜，渺无人烟。这里是北印度的拉达克，天堂的故乡。

路上满是沙砾。右边是湖，左边是山崖。头顶的天空在这一刻是玫瑰紫。在强烈的颠簸与沙石的飞溅下丹尼尔紧紧皱着眉头，专注着前方似乎是没有尽头的路。在大自然雄巍的怀抱里，丹尼尔有时候会想要哭。

盘山而上的几个小时里气温和植被骤然变化，景色由绿色渐变作银白。这里是世界的屋脊，北有喀喇昆仑山，南有大喜玛拉雅，西南则是克什米尔山谷。海拔 3000 米之上景色壮丽到惊悚的地步。

三天之前，丹尼尔从苏黎世飞往印度首都新德里，然后转机到了克什米尔首府斯利那加，这正是去年他和林清水走的路线。如今物是人非，林清水不知魂归何处。

一直以来，丹尼尔和林清水的友情十分深厚，丹尼尔是她倾诉的第一人。他像一个温柔的“圣母”耐心听她诉说自己对人世间的种种疑惑。

“丹尼尔，你说这个宇宙是善良的吗？”

“圣母”不假思索地点点头。

“你是唯一一个明确回答这个问题的人，很多人都说不知道。”

“那你自己给的答案是什么？”

已是三十而立的林清水说：“20 多岁的时候忙着追求名利，总想要证明什么，觉得世界因我而转。那个时候的宇宙是弱肉强食的宇宙，并不善良。30 岁后，我发现渺小的人类无论是成功还是失败，世界依旧按着自己的模式运转下去，所有得到的和失去的都将在某一天化作灰尘。面对这种虚空，我问自己人活在世上的意义到底是什么？如果一切都是徒劳，那么这个宇宙未免太过冷漠。15 岁那年曾经有一个人问了我这个问题——宇宙是善良的吗？他要我仔细去想，直到下次见面告诉我答案。”

林清水的生活在那个痛楚的 15 岁后变得一帆风顺。她思维与常人相悖，20 岁的时候成了伦敦政治经济学院第一位退学的亚洲学生。理由是学制教育只是故意延长学生在校时间来平衡劳动力市场，4 年的学习其实 2 年就可以完成。她自觉时间比学位重要，于是回到瑞士开始从事私募基金，与石黑玄成了金融界里水火不容的黑白两道。石黑玄心狠手辣，林清水神出鬼没，一个喜欢穿黑衣，一个偏爱白色；一个迷恋射猎，一个热衷禅宗。俩人若深夜在公路上相遇，也是闹得不可开交，黑色奔驰 SLK 和珍珠白保时捷 Cayman 常在公路上追赶成两条疯狂的游龙。

林清水和石黑玄都是让人非爱即恨的族类。丹尼尔觉得他们之间有相似之处，向林清水说出自己的看法时，她只是淡淡一笑。

5 年后，25 岁的林清水栽在中国人手里赔了老本，接受了竞争对手石黑玄资助她的资本，按年少时的梦想开办了广告公司，结果开辟了另一番天地，她是做一行就能成一行的鬼才。

然而，生活不可能永远风顺。如果说康庄让林清水对宇宙产生了怀疑，那么石黑玄就是那个让她飞向宇宙想要探个究竟的人。

去年，29 岁的林清水开始感到不快乐。她的人生看似完满，却常常坐在湖中的帆船上发呆，弃工作不顾。这与从前飞扬跋扈、行事利索、勇往直前的她大相径庭。丹尼尔明白这一切变化是因为石黑玄让林清水从天上坠落到不完美不随心的人间，沾了地气后，那个关于“宇宙是否是善良”的疑惑变得越来越大，大到她夜不能寐。

在林清水彻底消沉之前，丹尼尔带她去了印度散心。他们来到克什米尔首府斯利那加。斯里那加的含意是“太阳之城”，位于印度河支流杰赫勒姆河畔，丹尼尔想带林清水去看九月的山谷里的野花和秋阳里的清真寺。

他们到达的时候当地特有的秦纳树闪耀着光芒，两人住进最有名的达尔湖上的船屋。

林清水一路上言语寥寥，丹尼尔问她在想什么。

“突然对人生感到害怕，觉得很多事不受自己掌控。”林清水气馁地答。

丹尼尔说：“害怕是好的，因为看清了真相。”

她说：“的确，我看到了不完美世界和不完美的自己。这些日子，因为心里的害怕让我对世界产生了新的好奇。”

他说：“孩子在长大后大都成了把世界上所发生的一切视为理所当然的人。不仅习惯了地心引力这回事，同时也习惯了生命诞生和太阳西下这些神奇的事情。我们在成长的过程中，似乎失去了对世界的好奇心。所以，清水，好奇心说明你正在探索的路上。”

林清水轻轻挽住他的臂膀，站在船屋樱桃木搭成的露台上，望着一轮明月在达尔湖上升起。

“来！”丹尼尔忽然拉着她跳上一艘土耳其蓝的西卡拉船，船上绣有彩色吉祥符的帷幔飘在风里。

林清水坐在船头，望着水上热闹的集市。当地人正向游客们兜售颜色各异的印度香料、手织地毯、新鲜蔬果和鱼，讨价还价的声音不绝于耳，船夫的划桨在水面荡出一个个涟漪。此时此刻，林清水觉得自己的心在这个陌生的国度开始沉静下来，感觉生活似乎并不需要目标，明天要发生的事谁也无法把握，所以不如过好当下。就像那些小贩，此刻正竭尽全力地兜售自己的商品，还有他们的女人们此刻正在家里头认真地炖一锅咖喱海鲜汤迎接丈夫。

“不要麻木，要投入。”她在心里说。

经过一片荷花塘时，丹尼尔采下一朵含苞欲放的小小荷花，把它放在林清水的白裙上。林清水拆下自己多年不变的整齐发髻，把花插进黑色的长发里。丹尼尔又从水里拔出细草，不出几分钟，灵巧地编成一条绿色发带，把它轻轻扣在她的额头上。她低身去看池塘里自己的倒影，不由“咯咯”笑起来。

“如果人类的另一半是她的影子该多好。同日生同日死，永不分离。”她看着自己的倒影说。

丹尼尔笑：“关于另一半这个说法，是世界上最古老的玩笑了。”

她直起身诧异地看着他。丹尼尔继续说：“很久以前人类是雌雄同体，好比海马，可以自行繁殖，无须靠异性来完成。可是天神决定将雌雄同体分割开，变成分裂的两半，各散东西，各自不知道另一半在哪里。于是，人终其一生就是要找他们失落的另一半，以求重组成为一个完整的人。”

“为什么天神要将它分开？”

“因为只有这样人才能在灵性上进化。人类总想方设法非要找到另一半不可，并且那个另一半必须跟自己的喜好天衣无缝地吻合；总觉得那个另一半就在世界的某个角落与我们捉着迷藏。于是岁月蹉跎，人开始怨天尤人，直到有一天突然明白了真相，却一切已晚。”

林清水认真地看着丹尼尔的脸想要知道何为那个真相。

丹尼尔看着她说：“有一天你会发现另外那一半其实就是你自己的变脸。我们总是向外寻找，却忘了爱自己，只有自己学会爱自己，灵性才会得到进化，才会懂得爱别人，生命也因此变得完整。你就是自己一直要找的那个最完美的王子。”

丹尼尔说完，林清水去看南面天空上的闪烁星辰，十分庆幸自己能有这么一位朋友。

从斯利那加到拉达克首府列城全长434公里。过了卡基尔，公路变作土路。裸露在地面上的大坑张着嘴，紧密相连，且常常有断裂的路段，不得不绕行。

丹尼尔从摩托上跳了下来，感觉全身的骨架都要被震散了。他从后座上卸下行李，在湖边搭起一个帐篷，今晚他准备在这里过夜。

升起篝火，放上一个炉子，他开始为自己做饭。在9月的高原气温已降至7摄氏度，趁着煮食物，他钻进帐篷躺着小憩。尽管帐篷里有些寒凉，但饥肠辘辘浑身上下风尘仆仆的他觉得这一刻天地真广，身子仿佛悬在高原的半空中，了无牵挂。丹尼尔觉得自己仿佛变作了一个ghost rider，身无界，行如风，当生则生，当死即死，来去自由。

他就是一个这么简单的人。

拉达克，在那里他会再次找到曾经与林清水居住过的那个叫作“无魂村”的地方吗?

在与浅野秋的对话中，丹尼尔没有向她说出一个秘密。

那个秘密就是当他去年与林清水偶然闯入“无魂村”时，向来镇定的他被惊得天旋地转，因为眼前的景色俨然就是那幅在他寝室中悬挂着的画——马尔克·夏加尔的《我与村庄》。丹尼尔其实已经进入过那个梦里!

22 崩溃的地球顶端

北极，一个听上去太遥远的名词。

即便作为一个欧洲人，凯文也觉得北极是一个遥不可及的地方，一个未知的世界，尽管去往那里的行程只是5个小时的飞行。

在请假单上，他没有填写回来的日期。脑外科主任疑惑地问："只有开放式的机票，可没有开放式的假期啊，你这跟辞职有什么区别？"

凯文答："我不知道要走多久，如果上头不能接受的话，我会在明天递交辞职报告。"

主任沉默了，过了一会儿问："可以问你究竟要去哪里吗？"

"北极。"

"一个人去？"

凯文点点头。

主任叹了口气，忧虑地看了他一眼："相信你那么做，一定是为了很重要的事和人。万事小心，等你回来。"

于是第二天递交了辞职报告后的凯文登上了从阿姆斯特丹飞往奥斯陆的班机，他要从奥斯陆转机去特罗姆瑟，再从特罗姆瑟沿着挪威狭长的地形线往北再往北，飞向最终的目的地——世界上最北的小镇朗伊尔城。

他从没去过那里，但是林清水去过。林清水是一个对一切神秘事物无比好奇的人。她热爱北极，热爱那里的蓝白色冰封大地，荒芜中的万籁俱寂和抓一把北冰洋的浮冰丢进苏格兰威士忌一饮而尽的痛快。

“那些冰是含汞的，其实有毒。”有一次她告诉凯文，“喝有毒的酒，看北极冰雪融化的进行时，才能感受到世界在崩溃的壮烈。”

凯文觉得林清水就像是从北极来的。她清洌、纯粹、安静又神秘。在她平静的外表下是一颗亡命之徒的魂。

楚格山上毕业典礼的那天，他把一颗粉红色的星星放在林清水手心里，说：“我知道这也许有点幼稚。这一颗星星是你的，”然后他亮了亮自己手里的蓝色星星，“这一颗是我的。请保存好你的星星，如果想见我的话就把你的星星寄给我，我会马上来见你。”

之后，林清水去了伦敦，他回到了阿姆斯特丹，从此杳无音讯。

分开那一年的12月，他思念之切，于是在她生日那天偷偷去伦敦看望。大雪漫漫的傍晚，林清水踪迹难寻。他对她来说也许并不重要，但他知道她就是他要的那个人，只是那个人常常找不见，常常在很远的地方。

失望的他回到阿姆斯特丹，生活波澜不惊。一年多后的一个傍晚他从学校回到家，和平时一样，在进门的一刻，母亲正在客厅里熨烫衣服，父亲在地下工具房修理一辆旧自行车。他说了声“我回来了”，穿过客厅走进厨房拿了一枚苹果，忽然看见一张印有梵高“向日葵”的明信片静静躺在桌上，他把它翻过来：

亲爱的凯文：

周三我会抵达阿姆斯特丹，准备停留三天，住在在中央火车站附近的Mint Hotel，你会来看我吗？

林清水（P.S. 附上粉红色星星一枚，我记得那个约定，哈哈。）

摸着那颗被粘在明信片上的粉红色星星，凯文平淡的生活猛地被拉开一道口子，阳光从里面喷薄而出，照亮天地。他脸上的笑久久不能收起，一年多来这是他最快乐的一天。她居然没有忘记他，没有忘记他们之间的约定。他把那颗粉红色的星星捏在手心里，拾级而上，走进自己卧室，躺在床上把明信片上的字句看了又看，微笑又微笑，直到母亲上来敲门叫他晚餐。

在这一年多的平淡生活里，他常常会有隐隐的气馁。直到看到明信片的这一刻，他才知道那些气馁其实就是他对她克制的思念。

周三就是明天，凯文兴奋地想，明天林清水就和他在同一座城里了。阿姆斯特丹真是一座太棒的城市！

第二天一放学凯文就来到矗立在 IJ 河边的 Mint Hotel。走到前台，问有没有一位客人叫林清水小姐。

前台小姐翻阅了半天，说，有，不过出去了。

凯文快乐地坐在酒店大堂等。一杯咖啡，两杯咖啡，三杯，晚餐，然后一杯酒，两杯酒。当大堂里的钟敲响二十三点的时候，依旧没有林清水的影子。他失望地回家。

第二天他又来，林清水依旧不在酒店，俩人看似失之交臂，凯文开始难过起来，明天就是她离开的日子了。

在大堂等到晚上九点，凯文结账，站起身准备到酒店外走走。望着河面上即将沉下的太阳，他长长叹出口气。他沮丧地一个人走着，迎面而过的路人们沉浸在夏日浪漫的余晖里，眼神幸福且满足。在那一刻，凯文看到自己对林清水的爱恋只是自己的一厢情愿。

“凯文——”

他怀疑地抬起头。

“凯文——”

在前方不远处出现一个人，那个人让凯文的心顿时亮起来，呼吸加快。

多年后，林清水在那一天的模样一直留在凯文的心里。她穿着白色衬衣，灰色长裤，双手插在裤兜里，站在街的拐角处，背朝晚霞，眼睛和嘴唇全是笑意，右耳朵上的钻石耳钉发着光。

“凯文。”她再次叫他，穿过马路，来到他跟前。他终于回过神，明白这不是梦。

他们走进一家咖啡馆，走过葡萄枝造型的水晶灯，面对面坐下。凯文高兴得说不出话来，满心感动和欢喜地端详着林清水。才短短一年多，她愈发清秀了，五官比少女时更有致，眼神光明冷静，说话风趣，举止风流。她不再是那个在学校里老低头躲他的小女孩了。

他们交换了各自在过去一年多里经历的事。林清水刚从北极度假回来，到阿姆斯特丹是为了看梵高的展出。

凯文打量着她的衣衫，打趣道："旅行中很少有人穿熨烫过的白衬衣。"

林清水答："我喜欢整洁的人生。"

"告诉我，什么是整洁的人生？"

"自律、平静、有秩序、有规划。"

"你这个年龄的女孩大都向往刺激的生活，向往冒险和爱情。"

"爱情？"林清水目不转睛地看着凯文。

凯文的心一动，迎着她的眼睛往深处看去。

林清水身体前倾，把脸凑到凯文跟前，黑色的眼睛逼视着他："所以我来了，因为想你了。"

凯文的矜持彻底崩溃，神情吃惊又感动，就在他快要相信她并要说出心里话时，林清水突然一脸正色道："我要告诉你我在北极的故事。"

凯文收敛起自己的情感，怀疑是否被她戏弄。

"北极正在崩溃，"林清水自顾自地向凯文讲述自己的旅行。"《创世纪》中记载的大洪水，是从一片雪花的融化开始的。诺亚在洪水后放出去打探消息的鸽子就是北极。只是我见识到的北极无法带给我们一支橄榄枝，只有坏消息。"

"你是指它在融化中？"

"不止这个。本来去北极的意图是想去看冰雪世界。想象中的北极应该是铺天盖地的晶莹雪白，可到了那边才吃惊地发现那里的雪居然是灰黑色的。北半球的工业污染，碳的排放量，森林大火，冰箱的氟利昂都随着季风飘到北极，白雪于是就变成了灰黑色。”

凯文露出忧虑：“那么看来人类迟早会把大自然摧毁。”

“我不这样以为。我觉得大自然到达极限就会想要睡前洗脸和刷牙，把人类从地球上摇晃走，从而进入冰河期。经过几千万年的休整后，到了合适的环境形成时，人类会再次从温暖的海水里爬上岸。太阳会再次升起，照亮一个全新的世界。”

凯文笑着听她说着对未来的幻想，补充道：“神不会来审判人类，他会让人类自己来审判自己，即便人类最后全盘出错，他也会给予机会，让人类重新开始，是不是这样？”

林清水表示赞同，随即从口袋里掏出一块小石片，放到凯文面前，“送给你。”

凯文拿在手里端详，发现石片上有隐隐的植物茎脉，于是问：“它看上去像是一片树叶的化石。是化石吗？”

“有眼光！”林清水一下坐到他身旁，一起观赏起那片化石，“它是一片阔叶树叶化石，来自4000多万年前。”

凯文把它放回到她手心里：“那么珍贵的树叶你自己好好保留。”

“请你收下我的礼物，”她坚持。

“那么谢谢。”

走出咖啡店已是深夜，他送她回酒店，俩人都走得很慢。

“说说你的童年。”林清水提议。

“我有一个大哥，两个双胞胎弟弟。我们住在阿姆斯特丹城外的一个小镇上。那个小镇有2000多居民，有条运河，有片森林。我爸爸是工程师，妈妈是家庭主妇，照顾我们兄弟四人。小时候我们兄弟常常打架。我在十岁生日的时候得到了一艘小帆船，于是就在运河上开始了冒险。我喜欢在船上听风声，那个时候只要闭上眼睛，我就会看见所有想要看见的东西。”

“比方说？”

“比方说……一个女孩和她美丽的黑色眼睛。”凯文对林清水调皮地笑一笑，继续说，“我喜欢摇滚，镇上会乐器的孩子们常常聚在一起练习，我们还组建过乐队，只是从来没登过台。如果实在没有事情做，我会带着狗去森林里瞎逛，采些野草莓来吃。我的童年其实没什么特别的。你的呢？”

“我的？”林清水的眼神里面有了迷茫，“我记忆里的童年父母都很忙碌，学校放假时我常常一人在家。在城市里没有太多的地方可以去探险。我没有兄弟姐妹，我这一代人大多数是独生子女。父母会给我准备一个保暖筒，里面是我的午餐。除了看电视和找同样留在家里的小孩们玩耍，我没有其他事情可做。每天起床后，我总是很着急地把脑袋伸在窗户外面，观察对面房子里谁家的小孩今天在家。如果谁都没在家，这一天会很难熬。我想，自己在很小的时候就知道什么叫做寂寞了。”

“清水，”凯文听了觉得有些心疼，停下脚步立定在她跟前，“你不会再寂寞了，我保证。”

林清水迷茫地望着他，似乎还停留在对从前的回忆中。凯文很想在这一刻把她搂进怀里，就像当年，他们入校的那个晚上，他把年少的哭泣的林清水搂进自己怀里想要安慰，似乎那深深的一拥，就不小心把她拥进了自己的灵魂。

小心翼翼地，他向她移近，她依旧迷茫地望着他的眼睛，仿佛凝固。当移到近得不能再近的距离，他伸出手，用掌心轻轻裹在她的脸颊上。

她闭上眼睛，并不拒绝，似乎很享受他的触摸。他慢慢伏下身，在她额头上轻柔地吻了一下。

那一吻让林清水如惊醒般睁开眼，不知所措起来，她退后一步，抬腕看表，说，“我……我该回去了。”

“明天什么时候的飞机？”他心里开始难过。

“中午。”

“我去酒店接你。”

在经过一家杂货店时，林清水说要进去买点东西。凯文在外面等候，过了一会儿她出来，顺手把一张明信片丢进酒店旁的邮筒里。

“那么，明天见凯文，谢谢今晚的陪伴。”

“我的荣幸，明天见，清水，做个好梦。”

她消失在酒店的玻璃旋转门后。

那个晚上凯文失眠了，他不知道自己该如何去做。其实，只要林清水一个肯定的眼神，他可以为她付出自己的所有。比如说，转校去伦敦和她在同一座城市学习。可他一点都不知道她在想什么，一点都猜不透她的心思。

很早他就起床，带了千万个疑问——关于他和她的未来，犹豫着是否要对她明白说出自己的心意。当他来到酒店，前台告知林清水小姐已经走了。凯文请求查询飞往伦敦的班机，获知林清水早在清晨就起飞了。她早设计好了，她不要再见他。

突然他想起那颗粉红色的星星，在身上从上摸到下，居然不见了。他想自己是不是不小心留在昨日的咖啡馆里了。

去了咖啡馆，侍应生说没见到。是天意吧。

凯文不知道自己是怎样回到家里的，车驶在金色的旷野里，阳光洒在稻谷上，稻谷在风里翻腾，吵吵作响。望着车前方，他觉得自己生活里熟悉的一切开始变得无趣，沉闷到让他透不过气来。

林清水短暂的访问，让他原本平静的生活被摧毁，他不要再待在这个鬼地方了，因为这里没有她。

推门进屋，母亲还是一成不变地在厨房里忙碌，见他回来，问他要不要吃点什么，他摇摇头。母亲走过来摸着他的额头问他是不是不舒服，他又摇摇头。

“桌上有你的一张明信片。”母亲说。

他来到餐桌前，拿起卡片，是林清水的笔迹。

凯文：

那枚粉红色的星星我拿走了，为了下一次的相见。

保重。

林清水

满载着对林清水的回忆，凯文在路上，去往她热爱的北极，看她说的那个崩溃中的地球的顶端，并在那里迎接极光的到来。

那个时候，清水，你会回来吗？

23 坟墓里的宫殿

如果不是为了那份神秘的伟大事业，月夕是很喜欢在这个妖孽纵横的城市里居住下来的。

布拉格像一个结构华丽的坟墓里的宫殿，在太阳下发出怀旧的黄光，闪得人恍若隔世。

查理大桥上，30 座雄伟的巴洛克雕像威风凛凛地矗立在暮色里。鸟儿掠过伏尔塔瓦河停在雕像的肩膀上小憩。站在桥头的月夕深深吸进一口气，闭上眼，把自己浸泡在布拉格颓废美艳的汁液里。她从头到脚包裹着黑色透明蕾丝，脸埋在头巾深处，像一个鬼。尽管已是黄昏，但她还是非常害怕太阳。“太阳会让我褪色的。”她咕哝。

月夕要去的人骨教堂位于布拉格以东 70 公里处，在一个叫做昆特拉霍拉的小镇上。“不急，我喜爱在夜间行事，先让我汲取一些这个城市的妖美之气。”月夕认为她之所以能在年旬半百后依然保持着童颜，是因为汲取了天地间诸多鬼灵之气。她常常梦见自己是一条花斑蟒蛇。

布拉格是一个让人想要颓废的城市。月夕从城市的西面走到东面，这里的教堂和墓地比世界上任何一个城市都要多和阴森。她喜欢。

在城市一角她闪进一个公墓。一座座不可思议的庞大墓穴矗立在绿茵深处，它们大得如一家家小百货店，两扇石门紧闭。在残喘的阳光里，一群群细小的飞虫从灰黑色墓穴的镂空花墙里飞出来，它们也许知道墓穴深处的秘密。它们是里面躺着的鬼魂最好的伙伴。

“喔，它们带出了里面的讯息，它们是会托梦的小虫子。”她眯着眼看着它们平稳地飞在一束光线里。

很多墓穴都有被偷窃过的痕迹，石板被撬开个大隙。看一眼墓碑上的年月都是几百年前的人了。他们的后代也许也已消散在时间的长河里，于是再没有人来探望。政府也没有重新修葺的预算。被打开的坟墓比比皆是，一摊摊敞开着，透出一股死亡的怪味。

月夕看见有一块坟晒在太阳光里头，没有碑文，石棺上刻着两个平躺的小人。岁月摧毁了石像的面容，但还是可以看出上面雕刻的是一对彼此拥抱着的睡着了的夫妻。他们的身体上长出绿色青苔，树叶斑驳的影子跳跃在他们身上。他们是如此相爱。

又见一处是美丽的年轻天使怀抱一个熟睡的婴孩从赤色大理石墓碑后走出来，满脸忧伤。那里葬下的是个未满月的婴儿。

它边上的坟墓是一个半蹲着的小天使，他寂寞地蹲坐在一块石碑上，紧靠在一棵老树上，树木倾斜的生长方向，让小天使渐渐嵌进了树里。

这个古老的公墓与闹市仅一墙之隔，却让人完全置身于一个梦魇般的世界里。月夕在空气里嗅了嗅：“到处都是魂灵的味道。”

出了公墓，她坐车来到布拉格的东郊，那是著名犹太人的墓区。守门人会要求进去参观的男性戴上一个小小的白纸帽。沿着墓区笔直的小径走到底，天空突然飘起雨来。犹太人的墓要比刚才的公墓干净整洁许多，墓碑大都只是一块简单的大理石。在一块灰色的花岗岩上，月夕瞥见一个熟悉的名字——卡夫卡。他居然没有自己单独的墓碑，而与父母葬在一起！墓碑不大，约两米，卡夫卡的名字刻在最上面，下面依次是父亲和母亲的名字。

卡夫卡如果活到二战爆发会是怎样的命运？他的写作风格会改变吗？二战爆发，爱因斯坦逃离了德国，茨威格逃离了奥地利，孤独的卡夫卡有可能逃离布拉格吗？他死在战前是他的造化。

卡夫卡墓碑下方另有一块薄薄的黑色大理石，上面刻着三个女性的名字，她们是卡夫卡的妹妹们。去世的时间模糊地归为“1942 年——

1943年”。她们没有逃脱犹太人的灭族之灾，死于纳粹集中营，遗骨难寻。

月夕正要转身离去，忽见一滴雨水打在卡夫卡的墓碑上，那一滴雨水慢慢往下淌，居然打湿了他的名字。

“请您不要哭了。也许有一天我会让您从里面出来的。”说着月夕嘿嘿笑了。

布拉格城市的上空飘满了魂灵，它们的味道有点像图书馆里久不见太阳的泛黄书本，是发了霉的味道。那些魂灵是浅浅的褐色，它们飘进了繁复华美的哥特式教堂尖顶；飘进了明暗不清的老咖啡馆；飘进了枝叶缠绕的树林里。它们观赏着人类生活，缩紧眉头，充满思考。

当太阳落尽最后一片余晖时，月夕坐上去往昆特拉霍拉小镇的火车，人骨教堂就在那里。

火车里空空如也，怪叫着往东急驶。在经过若干个空旷的城镇时，月夕想究竟是什么样的人才能在那种荒芜里安生一辈子？

“我生来就是为了成就伟大。”她肯定自己的价值。

静静地坐在火车里的月夕开始回想起自己与林清水之间的友谊。她是在瑞士巴塞尔艺术展上认识林清水的。当时她看见一个穿白衬衣梳黑发髻的修长女子在一幅空白的画布前站了很久。她不由也走上去细细端详那幅画。非常神奇地，那原本空白的画布上渐渐显现出森林、云朵和河流的淡淡轮廓。月夕赞叹：“好意境！”

“是邱世华的作品，介于形与无形，像与非像之间，有心人能看到里面暗藏的境界。”穿白衣的女人说着转过身，伸出手：“我是林清水。”

月夕握住那只纤细却有力的手：“我叫月夕。”

月夕和林清水，棋逢对手。俩人都爱看各类杂书，我行我素，擅长创造，热爱的艺术品风格也相近。于是如伯牙和钟子期，高山流水不亦乐乎，自然而然地成了朋友。

林清水喜爱月夕狐媚的童颜和黑暗的灵魂，月夕欣赏林清水的风流洒脱和冷静自律。有时候月夕会想，比男人更风流的林清水会爱谁？

答案在一个秋天被揭晓。惊天动地的消息传来，27 岁的林清水结婚了！月夕迫不及待地想看看那会是怎样一个男人？

一切天注定，不可预料。

那个秋天，当月夕踏入林清水的婚礼殿堂，铺天盖地的香水百合气味袭来，穷奢极欲的华美布置环绕。新娘林清水穿着拖地白色蕾丝礼服，像一条从冰雪世界来的美人鱼。见到月夕，她用手示意她过来，转身拍了拍身旁男人的肩膀。男人转过身，在那一刻月夕觉得时间被冻结。男人冷峻的神情和刀锋般的眼神居然如此熟稔，像是前世来的爱人，月夕不由打了个冷颤。一发不可收拾，52 岁的月夕居然像一个 17 岁的少女爱上了这个陌生的男人——林清水的新郎。

从那一天起，月夕看林清水的目光不再珍爱与真诚，它们带着刀一般的嫉恨。女人终究是女人，占有欲的满足从来都比友情来得重要。

一个小时左右的车程，月夕抵达昆特拉霍拉。火车站小而简朴，空无一人，似乎外面的人不想要进来，里面人也没想要出去。

她把脸埋进头巾里，站在月光下，祈祷自己能尽快找到神秘的肋骨，因为得到它就有了筹码来交换一件东西。在她的宅子里，廊道尽头的那间房里一切已准备就绪，只差那一件了。只有当她得到最后那一件东西后，才能在人类消亡的那一天得到一张通行证，那张通行证将把她带到神的世界里头。很快人类将不复存在，而新的时代即将诞生！她将以永恒的生命纵观宇宙沧桑变迁，日转星移。

想到这里，她的嘴角露出一个得意的笑容，裙裾缥缈地隐入夜色里头。

昆特拉霍拉曾是一块圣地。13 世纪，此区的修道院长奉波希米亚国王奥克塔文二世之命，前往圣地耶路撒冷带回一把泥土撒在昆特拉霍拉教堂周围的墓园里，认为死者埋骨于圣土就能上天堂。这无疑吸引了波希米亚地区甚至中欧的富豪纷纷将此地视为身后最佳福地。

然而，14 世纪的一场黑死病和 15 世纪的一场战争，使得波西米亚大地生灵涂炭，徒增了 4 万多个孤魂野鬼。慈悲的传教士选择了将他们带到圣地安葬。修道院于是另外兴建了一座小教堂来安置百多年来被丢弃在郊外的尸骨。安置的任务一开始是交由一位半盲的僧侣来执行，然而尸骨实在太多，任务不了了之。

1870 年，富有的 Schwarzenberg 家族将这片土地和教堂买下，聘请了一个木匠来装饰教堂。这个好心的木匠突发奇想地把郊外已化作白骨的弃尸充当装饰素材，在教堂里把它们排列成华美的图案和符号，这也就是人骨教堂的诞生。

顺着一堵土墙，月夕在月黑风高之夜摸索到人骨教堂。在门外，她站立了很久，嘴里念念有词。如果风长了耳朵，就能听见她是在默默念一首诗：

死亡的悲伤和杀戮的疼痛
那些咬噬性的伤口
永远留存在
光滑温暖并藏污纳垢的人生之上
发出恶毒而神圣的誓言
神啊
你温暖指骨给我的拥抱
依然冰凉……

一个黑影柔软地一跃，进入到教堂的墙内。

24 圣城耶路撒冷

3000年来37次被征服，8次毁于战火，伤痕累累的耶路撒冷，世人为你哭泣。

天际鱼白，清真寺宣礼塔的扩音器里播放着高远的唤拜声。身穿白袍的穆斯林们从大街小巷里游了出来，汇聚到寺里进行晨拜。不多久，基督教堂清亮的钟声开始撞击，身着黑袍的天主教、东正教、亚美尼亚教的教士与修女们组成一支支黑色的队伍涌向教堂，在烛光和管风琴里高唱颂主歌。犹太教徒们此时也行色匆匆，成群结队地来到“哭墙”前摇头晃脑，面壁诵经。这就是耶路撒冷清晨的景象。

弗兰克站在城对面的小山坡上，迎着朝阳，看着老城里的热闹，知道自己已抵达圣城。踩着石板路他下山往城里走。尽管太阳正在升起，但路上行人看上去忧心忡忡，似乎在离上帝最近的地方并没有获得内心的安宁。

哭墙、圆顶清真寺和圣墓教堂在这个城市代表了三大宗教，即犹太教、伊斯兰教和基督教。三教信徒各自坚守自己的信仰，笃诚地尽自己的宗教义务，彼此几乎不相往来。

弗兰克自出生起便是天主教徒。他当时根本没有选择的机会。母亲在一个早晨盛装打扮，把穿过的婚纱剪下一段裙裾，把婴儿弗兰克包裹在内，然后在教堂金黄闪耀的天穹下让牧师在弗兰克的额头上撒上圣洁的水滴，这样他就成为了上帝的子民，天使庇护四周，恶魔近不了身。

可弗兰克并不是一个好信徒，小的时候就开始怀疑上帝的存在。儿时的他站在电视机前，看到里面有很多和他一样大的小孩在挨饿，在被杀戮，在废墟上哭泣。他转头问母亲：“他们做了坏事吗？”

母亲正在熨烫衣服，瞥了一眼电视，漫不经心地说：“也许吧，不过上帝会宽恕他们的，宝贝儿。”

母亲的话让弗兰克一个激灵，觉得不可理喻又冷漠。

成年后的弗兰克背着母亲偷偷退出了天主教会，他宁愿用给教会的税款去泡妞。

弗兰克记得一次问过林清水：“不觉得宗教是个很奇怪的东西吗？梵蒂冈就像是一个自以为是的童话王国。”

“宗教的确是个奇怪的东西。”林清水赞同，“它是世界上最成系统的威力品牌，而圣经是一本最悠久的品牌宣传手册。你知道它是怎样写成的吗？”

那个时候弗兰克已是一名教师，教授历史和体育，于是从容地回答，“据说圣经是在1500多年中由40多位不同年代和不同身份地位的人写成，然而在今天却没人能证明耶稣是否真的存在过。不觉得很奇怪吗？世界上那么多的人会相信一个久远的传说，人类的判断力和逻辑性到哪里去了？”

“人类很脆弱，势必要依靠宗教。生活里会出现不少黑暗的日子，信奉一个高高在上的神会给心灵安慰。”

“你的信仰是什么？”弗兰克问。

林清水托着下巴想了好一阵子，耸耸肩：“我还真的不知道。”

“我知道我的信仰。”

“是什么？”

“是性高潮，我相信性高潮能让我进天堂。”

林清水瞪了他一眼。

弗兰克下了山坡来到耶路撒冷城门前，阴晦的天这时破了一道口子，阳光漏下来，干燥的尘埃出现在光线里头。城门背后是许许多多狭小拥挤的一小铺如麻的巷子。他挤进去，迎面走来的警察不断警告游客们要密切注意安全，似乎每一个拐弯和每一扇宅门后将有不幸的事要发生。脚下的石路经过千年磨砺，溜滑而又高低不平。一种古老的气味弥漫着，仿佛来自地窖里停尸板上的大红色蜡油。

恍恍惚惚不知走了多久，弗兰克忽觉眼前一片敞亮，前方出现了一个广场，那堵他要寻觅的“哭墙”没有预兆地显现在跟前。

他走了过去，门卫发给他一顶小小的白帽子，他扣在头上来到“哭墙”前，发现它只不过是一堵不起眼的石墙。

“哭墙”其实是古代犹太国圣殿的护墙。公元前 586 年，巴比伦军队攻占耶路撒冷，圣殿被毁，犹太人被俘。经过半个世纪的流亡生活犹太人重返家园，在前圣殿的遗址上重建新的圣殿。

公元 70 年，罗马帝国攻下耶路撒冷后再次焚烧了新建的圣殿，并杀戮犹太人，只留下一段断垣残壁，经过修建成为了后来的“哭墙”。

相传罗马人放火烧圣殿时，有仙女下凡坐在残壁上失声大哭，泪水渗进石缝使这段墙分外坚固。罗马统治时期，除每年安息日，犹太人一概不得进入耶路撒冷。很多个世纪后，当犹太人来到这里面壁祈祷，追忆历史上圣殿被毁，自己的同胞被无情地杀戮或被迫流亡时，便禁不住在“哭墙”前号啕大哭起来。

如今，“哭墙”前犹太人做礼拜的情景已成为耶路撒冷的一大景观：他们穿着黑色的礼服，带着黑色的礼帽，身体剧烈地前后震颤着念诵经文。那么多黑衣人以不同的频率震颤着，是一幅十分怪异的画面。

“哭墙”长约 52 米，高 19 米，由巨大的石块砌成。“哭墙”前有一道铁栏杆将广场分隔为一半，男女教民分开祈祷，男左女右。祈祷人一边口颂祷词，一边将写下各种愿望的纸条塞进“哭墙”的缝隙中。

由于“哭墙”距伊斯兰教圣地仅一墙之隔，因此经常发生武装冲突事件，“哭墙”四周到处都是配着枪的军警。

弗兰克站着，琢磨着是否有必要按江百慧的话去做。他看见一些人在哭，但不知道怎样才算是墙上不寻常的眼泪。他绕着“哭墙”走，就在这时人群里突然传来哭喊，人们四下逃窜。弗兰克睁大眼睛无措地站着，一个美国人跑来狠狠地推了他一把，喊：“有炸弹！快跑！”弗兰克骂了一句，拔腿就跑，心想自己真不该来这么一个鬼地方，他应该去夏威夷冲浪或在巴厘岛潜水和晒日光浴。

“哭墙”的右侧有一条上坡路，他逃窜上去，忽然一道金光射来，让他不得不用手臂遮挡住眼睛。当发现金光是来自上面的金顶清真寺，弗兰克一下子忘了安危，走进寺里。前面一个穆斯林女人不满地指了指他的球鞋，他赶忙脱下，踩在厚厚的毛毯上，仰头，巨大的穹顶金碧辉煌，华美得让他愕然。

穆斯林相信金顶清真寺中间的淡蓝色巨石就是穆罕默德夜行登霄与天使加百列一起到天堂见到真主的地方。伊斯兰教认为穆罕默德是继摩西、耶稣等先知后，真主派往人间的最后一位使者。

相传他乘飞马从麦加飞到耶路撒冷，从淡蓝色巨石上夜游登天，聆听真主安拉的启示。人们后来在穆罕默德登天的地方建起了这座清真寺。据说巨石上还留有天使加百列的马蹄印。那是一个小小的方洞。也有当地穆斯林认为，那个小方洞是一个“魂井”，祈祷者可每周两次在那里遇见亡者的灵魂。

观赏完从清真寺里走了出来，弗兰克坐在一块大石头上深深吸了口气。伊斯兰教的圣地相对犹太人的“哭墙”要优美很多。犹太人是一个如此压抑的民族。他们智慧洋溢，却极度的小心谨慎，活在自己有制度的小世界里。历史曾不公地流放和屠杀过他们，他们默默隐忍了。在他们深棕色的驯服的眼睛里能见到一丝浅灰色的死寂，那是见证屠杀后一种特有的茫然与麻木。

至于穆斯林，那些一辈子披着纱巾的妇女和耸人听闻的“割礼”让弗兰克对他们也没有愉快的印象。他对宗教是从头到脚的没胃口。

突然，一个穿白衣的女人在弗兰克眼前一晃而过，他惊地跳起来，白衣人却再不见踪影。

弗兰克记得，林清水曾经来过耶路撒冷，为的是去希伯来大学查找爱因斯坦的信稿。在希伯来大学爱因斯坦档案馆里，藏有丰富的爱因斯坦的遗物，其中有他的科学论文、游记、生活照、原声录音、个人藏书和信稿。

弗兰克问她："你去那儿想找什么？"

林清水说："想找一个答案。爱因斯坦生前提出过一个问题——这个宇宙是善良的吗？我想知道他自己的答案是什么，还想知道为什么他会突然在晚年皈依宗教。"

弗兰克望着眼前这座淡金黄色的暮光之城，无法想象林清水在这里究竟做过什么。他只记得她摇曳在璀璨酒会上和忙碌在玻璃办公室的模样。在中东寻觅一个答案的林清水，弗兰克不太认识。

他继续上路走，走着走着就在犹太教和伊斯兰教两个圣地交界处看见了基督教的圣地，它以一条曲折小路的形式盘旋其间。相传耶稣被叛徒出卖后，处死之前曾背着十字架在这条小路上被游街示众。弗兰克看到，如今路上依然有虔诚的教徒背着十字架体验着耶稣当年的苦难。

一路上先是耶稣被鞭打和被戴上荆冠的纪念点，后是他背负十字架被游街时几次跌倒的纪念点。最令人动容的是苦难中的他在街口遇到母亲玛丽亚的地方，那里建有一个浮雕，浮雕中俩人目光相对，悲怆中有股从容与坦荡。

路的尽头是当年耶稣遇害、下葬并复活的地方。公元 326 年，拜占庭帝国皇帝君士坦丁一世下令在此处修建一座长方形的教堂，命名圣墓教堂，当时工程历时 9 年。之后，圣墓教堂先后被波斯人和埃及人摧毁，直到公元 1149 年才由十字军重建。

如今的圣墓教堂被世界基督教徒视为最神圣的参拜处之一。而基督教把抵达圣墓教堂的这条小路称作苦路，几乎不加修饰地保持原样，以让教徒体验那时的无奈又神圣的氛围：无罪的耶稣被有罪的人们宣判为有罪，他于是背起十字架，义无反顾地替人赎罪。

弗兰克走进圣墓大教堂，殿中石柱纵横，圣龛庄严凝重。看到的第一处圣迹是膏油石。据称耶稣被人从十字架上抬下后就躺在这块石板上，鲜血渗入了石缝，把石板染成红色。如今的石板看上去像是真有血迹渗进石纹里。许多基督教徒一进门便跪倒在石板前泪流满面，不停地抚摸和亲吻着它，日久天长，石板于是变得格外光滑。

待了没多久，弗兰克就走了出来，沉重的耶路撒冷令他有点透不过气来。三种宗教都以各自感人至深的方式在这里表达自己的信仰，把一层层神圣的悲情叠加给这座城市。任何宗教在创始之时总有一种清澈的悲剧意识，而在发展过程中又因与民族问题紧紧相连而历尽艰辛，彼此都承受了巨大的委屈。耶路撒冷是世上最委屈的一座城。

买了一杯石榴汁和一个皇冠面包，弗兰克边走边吃。突然他有了一种强烈的感觉，那就是宗教不可能简单到只是一个传说，人类并没有无知到失去自己的判断力而盲目跟随。当他今天看到那些具体的历史印迹和悲恸不已的来自世界各地的信徒时，他似乎明白一件事：那些神真正地存在过！

“那些神一定存在过！”当林清水从耶路撒冷回来后曾对弗兰克这样说过，“我读完了福音书，耶稣的人格活跃于字里行间，他的生命不可能是虚构的，这跟古代传说中的神话人物给人的感受是完全不同的。那些神话人物没有耶稣这种可信的生命力。”

把最后一块面包塞进嘴里，第六感觉告诉弗兰克有人正在窥探他，而窥探他的那个人就躲在斜对面屋里的一扇绿色木格窗后。一个白色的影子又一闪而过。弗兰克开始警觉起来。

沿着苦路，他往酒店的方向走，想着江百慧之托根本就是无稽，明早他打算再去一次“哭墙”，若发现不了神奇的眼泪，就直接打道回府。

在经过一座圣玛利亚的浮雕时，弗兰克被吓了一跳。他发现穿白衣的圣母玛利亚正紧盯着自己，他倒退一步，屏住呼吸。这是他见过的最美的中东女人的脸！这竟然不是一座雕塑，而是美得像雕塑的一个女人！她的胴体夸张地起伏着，隐在透明的白色长袍里。弗兰克咽了下口水，禁不住走到女人跟前。

女人眨着漆黑的大眼睛，轻轻蹲下身行了个礼。弗兰克还没来得及说话，女人就张开了玫瑰般的嘴唇。

她说："陛下。"

25　她是被烧死的

瑞士是一个多语国家，按照语言的不同划分为不同的区域：德语区、法语区、意大利语区和罗曼语区。法语区的瑞士人继承了法国人的闲适和好吃，常常三三两两懒洋洋地聚在葡萄园里，尽情品尝佳酿和芝士，聆听着鸟叫声。

蒙特勒是一个有着两万多人的观光小城，它的傍晚真美。沿湖公路上，夕阳被日内瓦湖折射进一部车里，于是开着车的蓝镜的脸上就有了动人的波光粼粼的橘色。

要了解瑞士的“猎巫”历史，西庸古堡是最好的去处了。它位于蒙特勒附近的一个小镇上，是一座中世纪的水上城堡，有一条木头廊桥。在每年“世界上最浪漫的城堡”评选中，总是有它的名字。

没有人会想到在这座浪漫的城堡里有一个地窖，那里曾有很多很多的“女巫”被无辜杀害。

自 2007 年瑞士最后一个“女巫”被平反后，越来越多的人开始对这个话题津津乐道。西庸古堡在瑞士“猎巫”史上是一个关键的地点。蓝镜来的这一天，城堡中就有关于“猎巫”的历史展出。

买了票，她走进城堡。城堡内始终保留着中世纪的古迹，如公爵居所、纹章大厅、礼拜堂、防御塔楼和庭院。游客们穿梭其中看着褪色的壁画，油光可鉴的木家具，吊在壁炉上的茶壶，可领略到中世纪贵族日常生活的景象。虽不豪华，却很是温馨，给人一种有条不紊的感觉。

蓝镜往下走，进入地窖，灯光开始昏黄。她没有料到从天堂到地狱的距离竟然如此之短。地窖里完全是另外一幅景象，那里光线微弱，阴森寒冷，空气里有悲伤与绝望。在一面墙上有一道透光的缝隙，蓝镜把脸紧紧贴在上面，居然能看见外面的湖水和山脉，那一刻她的心似乎得到一小点安慰。那些被判处死的“女巫”们，是否会在临刑前的晚上把苍白的脸也像她那样贴在墙上，听着风声，看着夜色中泛光的湖水，流着眼泪地问苍天，为什么自己的命运会是如此？这个世界究竟是怎么了？疯了吗？还是人生本就是一个荒诞的幻觉？

诗人拜伦曾经也参观过这个地窖，他为在这里死去的人感到悲痛，留下诗作《西庸的囚徒》：

西庸的地牢幽深而陈古，
里面有七根哥特式石柱；
七根柱子灰白而高大，
坚实地挺立在狱中幽光下。
日光在牢中会迷失途径，
刚刚透出厚墙的缝隙，
转眼间便消失得无踪影。
它在阴湿的地板上爬行，
好像沼泽上鬼火闪动。
每根柱子上挂着一只铁环，
铁环中系着一根锁链；
那铁器可是害人的东西，
我的四肢上有它噬咬的痕迹，
那些痕迹都永远留住，
在我有生之年不会消失。
此刻的日光有些刺眼，
我很久未见过太阳这样升起；

到底多久了，我也不知。

……

欧洲的“猎巫”历史长达三个世纪，而瑞士在“猎巫”行动上则是佼佼者，从 15 世纪到 17 世纪在蒙特勒附近被杀戮的“女巫”超过千名。西庸古堡在当时是重要的关押嫌疑犯和进行处决的地方。

中世纪之前，女性在日耳曼区一直很受尊重，尤其是制药、行医、会读写的女性。然而让这一切发生改变的是一本书的面世即《女巫之槌》。这本书被称为有史以来最险恶的书籍之一，作者是两个天主教修士。

《女巫之槌》在德国出版后，打开了疯狂的如洪水般的审判大门，加剧了当时欧洲对女性的偏见与迫害。书中的内容有猎巫人如何识别巫术，验证女巫并对其施行酷刑。

根据书中提供的理论，由于“女巫”被魔鬼施了魔法，对疼痛不再敏感，所以人们就可以对她们随心所欲地施行各类酷刑，如用烧红的铁块去烫被告的手，如果手被烫伤，则说明被告有罪；让被告用手在沸腾的水里取一枚圣戒，然后在手上打上绷带和封印，3 天后若无痕迹就无罪释放等等……

“猎巫”行动在瑞士爆发的导火线是当时恶劣的气候。不可预测的多变气候造成农业收成的不稳定，社会底层常常遭受饥饿，而饥饿造成了一种社会压力，是危机形成的重要原因。饥饿如果再加上瘟疫的蔓延，那么恐慌就不停地加剧。社会情绪需要一个释放口，于是最终使执政者推行了一个维护自身利益的杀戮行动，即“猎巫”。

站在地窖里的蓝镜想着那个叫做柔丝的女孩，想着当年的她也是在这里被杀害的吗？如今几百年过去，该如何寻找她当年留下的发丝？

“柔丝，你的魂还在这里吗？”蓝镜在心里问，看向地窖的深处，黑暗中寂静无声。

回到地面，她在出口处看见有个书摊在卖跟“女巫”相关的书画。

“您好，我想知道对于在‘猎巫’中死去的女性有没有什么书进行过记载？”

卖书的女人摇了摇头说：“这段历史对于我们瑞士人来说也很陌生，是这几年才被揭开的。对于那段历史有过的详细记录大都因为政治和宗教原因被销毁了。”

“那您能否给我推荐几本记录瑞士‘女巫’的书？”

卖书的女人沉吟了一下：“‘猎巫’的历史在瑞士不是件光彩的事，没有人喜欢揭自己的伤疤，您说对不对？”

蓝镜笑笑，点点头表示赞同。

“可是，”女人话锋一转，“还真有人这么干，而且还是名政客。我想他那么做是想表达自己是一个敢于反省和勇于承认错误的人，目的其实是为自己的选举拉选票吧。就是这一本。”

蓝镜接过，书名是《生于13号的女孩》。

沿着湖边的公路，蓝镜开车朝日内瓦方向回去。在路上，她不禁感叹无论现世矛盾再怎么激烈，人类的文明还是大步大步地向着光明发展。她不敢想象，自己、瑶枝和林清水若活在那个古老的年代是否也会被判为女巫。

“我想会的。瑶枝过于美丽，而且天真，不懂收敛；林清水古灵精怪，不按常理办事；我，热爱真理，并且会为了真理牺牲一切。所以，我们都是会被带上火刑台的。”

她叹了口气，林清水失踪已有一周多，安全局那边一点消息也没有，他们若是有消息倒是会让她吃惊。林清水跌入时空的景象不时地出现在她白天与黑夜的梦里。那个推动林清水进入额外空间的力量真的会是来自神明的意念吗？

而意念又究竟从哪里发出？心脏部位，还是大脑？近年来，意念是物理学研究的新课题，越来越多的关于意念的实验让科学家们吃惊地发现物理学居然是与佛教相通的。

物理学只是一种抽象的数学描述，是一种用数字和符号写成的诗歌，试图表达潜藏于世俗经验背后的实相。有的时候蓝镜觉得它是充满局限的。特别是她在研究粒子的时候，当她越来越小地分离粒子时，会发现它最终变得模糊起来，变成时空中一种波动现象，显现然后消失，然后再显现再消失，无迹可循。

蓝镜怀疑物理学最终只会证明一个道理，一个和佛教不谋而合的道理：万物皆空。

既然万物皆空，为什么那些粒子会通过某种神奇的力量组成人类，并让每个人在这个虚空的世界里经历完全不同的人生，目的是什么？

蓝镜感觉所有的关于物理学的问题，慢慢转向了哲学的界面。

望着车外的景象，她感叹这奇怪的人类世界。瞧，这汽车，这高楼，这超级市场，不都是通过人类的意念发展而成为现实的嘛？人类通过自己对这个世界的想象和对掌控命运的欲望，最终让我们有了暖和的衣服，会飞的飞机，法律和保险。一切都是那么得不真实。在自以为是地创造了一切后，人类始终不知道自己是谁，从哪里来，生活在哪里，死后要去往哪里？这多么悲伤。

蓝镜再次想起江百慧的话，“爱因斯坦说过佛教是最贴近现代科学的一门学问。佛教是一门意念学，应观法界性，一切唯心造。如果一切现象都依靠人类有限的头脑来解释，那么人类永远不会了解自己和这个世界。人类应该学会用意念来感受和明白事物，因为意念才是打开所有神秘之门的钥匙。”

她想江百慧也许是对的。多年来她只是专注数学迷阵，却没有用心去理解这个世界潜藏的规律。

回到欧核研究中心的宿舍里，蓝镜突然为林清水的失踪感到虚弱。这个世界太深邃了，深邃到她感觉自己无知。她无门而入。拿起那本在西庸古堡买来的书，蓝镜只想钻进书里暂时躲避一下这种消极情绪。

才看了没几页，她突然翻过书去看作者的名字——彼得·彭。腾地跳下沙发，她上网去搜索，没错，他的确是生活在一个叫做莫里斯小镇上的政客。2007 年参选的时候，他突然向世人揭发了早被尘封的“猎巫”的历史。通过他的地址，蓝镜马上又查到了他的电话。她必须马上跟他通上话。

号码被拨出，电话线那头许久才发出一个接应的男声。

“您好，我是彼得·彭。”

“您好，我的名字叫蓝镜，”蓝镜镇定又认真地说，“我是一名来自中国的物理学家。我打电话给您是因为您写的书《生于13号的女孩》。”

对方声音严肃，“这跟您的物理研究有关吗？”

“可能有关。”

“您想知道什么？”

“我想知道那个故事是真实的吗？”

“如果我说是真的，您会相信吗？”

蓝镜顿了顿，说：“我会相信。”

“那么，我们就见一面吧。”

“您说个地点。”

“那就在莫里斯镇吧，我带您去看一看她住过的地方。”

“您是说，那个女孩来自那个镇上？”

“她是我家族的成员。”

蓝镜吃了一大惊，心咚咚直跳。犹豫了一下，她还是忍不住问：“请原谅我的无礼，这本书中写到的结局是真的吗？”

“她是生活在200多年前的人了，您以为她真是一个永生的‘女巫’吗？柔丝的确是被烧死的。她早死了。”

26 一个女人和她的孩子

江百慧从卧室走进客厅的时候，发现浅野秋正不阴不阳地看着自己。

“一大早就摆臭脸，小心老得更快……”

不等江百慧说完，浅野秋“啪”地把一张纸拍在餐桌上。

江百慧看了一眼，是电信局的电话记录，心里马上明白过来。

“清水失踪的前一晚，我们通过电话。”她向浅野秋承认。

“为什么一开始不告诉我？清水的失踪和你们这通电话有关吗？”

“有关。”

“什么？！”浅野秋惊怒，抓过江百慧的衣襟，“你给我解释清楚！”

江百慧扯回自己的衣襟，不急不忙地说：“那一晚清水给我打电话，告诉我几天前她忽然听见康庄的呼唤，说自己有一种感觉，会马上见到他。其实在她打来电话之前，我已经预见将要发生在她身上的奇怪事情。我唯一能告诉她的是这次奇异的旅行将解开她心头多年的疑问，而从尘世上消失是她为此付出的代价。”

“什么疑问？”

“当年康庄在去世前留给清水一个问题。问题是——这个宇宙是善良的吗？多少年来清水始终不得其解。在她经历了事业和婚姻的失败后，这个问题变得迫切需要一个答案。”

“她只是被石黑玄弄昏了头脑！那小子我不会放过！”

江百慧继续说下去：“石黑玄的确改变了清水的生活，在那之前清水只是一个活在玻璃花房里的人。人在一个舒适的环境里很容易不再思考生命的意义，从而失去对这个宇宙的好奇心。只有当她完美的生活被击碎，好奇心才能回来。清水渴望这场奇异的旅行，想要获得问题的答案，只不过我没有料到她会以这样的方式消失在蓝镜的实验室里。”

浅野秋跌坐进椅子里，悲伤起来：“你是说她自己也想要离开尘世？”

“我让她按我的意思在一张地图上标出7个地方，然后寄给她最亲的一个人，因为这是她唯一回到尘世的办法，但她也可以选择留在另一个时空。”

最亲的那个人居然不是自己。浅野秋心酸。

“去寻找那些东西是异常艰难的旅行。他们7个必须凭着勇敢的心和坚强的意志才能完成任务，而勇敢的心和坚强的意志来源于他们对清水深深的爱。”

“既然你已提前预料到会发生的事，为什么不事先阻止清水，让她和所有人免去这场经历？”

“是命定的。当格雷斯小姐将城堡送给楚格州政府作为学校时，曾提出过一个要求。在有99个房间的城堡里有4间只能在指定的那3年开放，其余时候必须关闭。很巧的是，那3年住进那4间房的学生正是弗兰克、凯文、丹尼尔和石黑玄。”

浅野秋也觉得蹊跷：“他们说自己常常梦见进入到寝室的画中。”

“传说格雷斯小姐在99个房间里放置了自己一生创作的99幅画，并在其中4幅里藏进了一个天大的秘密。她的家族一生都在守护着这个秘密。只是到了她这一代膝下无儿女，所以只能那么做，希望有一天有合适的人有一天能够传承。”

“到底是什么秘密？”她问。

“关于如何让人类成为神。”江百慧答。

“无法让人相信！”一切都那么超现实，浅野秋觉得头晕目眩，四肢发凉。

“有的时候人只有在超现实的状态下才会更接近真相。现实生活里，很多时候我们只是忙碌在琐碎里，疲于应付生活对自己的要求，懒得思考一些最本质的问题。”

“你能预见清水和那些孩子们会顺利回来吗？”

江百慧摇摇头：“我只看见有 4 个男人正渐渐进入他们的梦境。”

林清水的失踪不得不让浅野秋反省自己是否是个好母亲。在这之前她从没想过这个问题，只知道自己有一个女儿，她要为她尽自己所能。

林清水出生的时候，浅野秋在忙碌自己的学业。襁褓里的林清水是个乖巧的孩子，眼睛明亮得像三千院里的溪水。想到这里，浅野秋微微笑了。

林清水还是孩子的时候，她跟随丈夫来到上海，一个与自己格格不入的城市。那个城市喧嚣杂乱，让她常常忘了用温柔的爱去滋养林清水稚嫩的心。她只知道拼命作画，极力讨好画廊老板，以便更好地出售作品，从而成为一个在经济上独立的女人。她，浅野秋，是绝不会像其他日本主妇那样依附在一个男人的身上来获得物质的。她，太骄傲了。

林清水长成少女的时候，初恋爱人康庄亡故。而浅野秋自己呢？丈夫离开的那个晚上，她趴在阳台上看着楼下。丈夫的身影在月光下越拉越长，她默默地在心里哭喊：别走，请别走。然而他一个转身在街角处从此消失。婚姻的结束其实在她的意料之中。虽然有过情窦初开的时刻，但她从未全心全意地爱过任何人。她是一个孤儿，在幼年没人理她，于是也就没有获得爱的能力。爱，是要通过耳闻目睹来学会的。

林清水 16 岁时，浅野秋接受江百慧的建议，硬生生地把她送去一个遥远又寒冷的国度。还记得机场临别时，她对林清水说：“我们是生活的武士，只为胜利哭泣，不为苦难。走吧！过你自己的生活去！”她推开了自己的孩子。她没掉一滴眼泪。

想到了这里，浅野秋肝肠寸断，几十年来憋住的泪水终于汩汩喷涌而出，打湿了她颤抖的紧握在一起的双手。

林清水慢慢长大成人，十分懂事，每一年回上海总是为她带来好消息。林清水是年轻时候的她自己：骄傲、聪颖、勤奋和坚韧。她为有这样的女儿感到欣慰，却依旧不知如何来表达自己的爱。林清水亦是同样。俩人见面常常相对无言，只能彼此赠送贵重物品期望对方能明白自己的心意。

“这个宇宙是善良的吗？”浅野秋也不禁自问。

在获知林清水失踪的那一秒，浅野秋终于明白，自己在这个宇宙中并不是独自一人，自己根本就有能力去爱，自己其实一直都深爱着林清水。可当她明白这些时，是不是太迟了？每一个女人都希望能成为一个完美的母亲，供给孩子自己的一切。就像她所供给林清水的：昂贵的钢琴课，美丽的桃皮色舞鞋，国际私立学校……这些都是她用无数个夜晚，倾尽自己所有情感和气力拼命地画，拼命地画，她要把那些画换作钱，把每一分每一毛都存进林清水的银行卡。她认为这就是她为自己的孩子所能做的。可是有一件事她遗漏了，那就是忘了说爱她，忘了拥抱她和亲吻她，忘了教导她如何用柔软的心地去观望这个世界。

这一刻，浅野秋为自己的疏忽痛彻心扉，觉得自己作为母亲是如此失败，觉得自己在自以为是的爱里居然把十月怀胎产下的骨肉一不小心推到遥远的天尽头。她的孩子居然宁愿舍弃人间，宁愿再不见她的母亲，也要去追寻一个关于宇宙的答案。

为什么自己就不能帮到她？自己能够帮到她吗？

浅野秋记得林清水有时会在电话里对自己说莫名其妙的话。

“妈妈，如果哪天你死了，我该怎么办？”

“傻瓜才会问这样的问题。”

“妈妈，我们的宇宙是善良的吗？”

“快去睡觉，时间不早了。”

浅野秋泪如雨下，从卧室的榻上起身踱到窗前，对着阴云密布的天空轻轻说：“清水，如果今天你再问妈妈这些问题，妈妈会告诉你，如果哪天我不在人世，我会在天上守护我最最心爱的你。妈妈还想告诉你，这个宇宙是一个充满慈悲的宇宙，是善良的宇宙，因为它给了妈妈最心爱的你。所以，善良的宇宙，请再给我一次机会吧！”

27 死神夏隆

东京湾的黑夜里只有黄色警报灯闪着光。石黑玄偷偷登上早已预备的摩托艇，发动引擎，在巨大的水浪声中向着龙三角的心脏靠近。

在伦敦的摩天轮上与林清水共度生日后，一年后石黑玄又如期前往却扑了个空。那一年林清水是过20岁生日，她与凯文去了阿姆斯特丹。当他再次见到林清水是在他毕业之后，那时林清水已辍学回到瑞士在金融界发展了若干年。

石黑玄事业起步不到一年就引人注目。他极擅长在危机中获取暴利。欧债危机、美国次贷危机、东南亚经济泡沫都成为他的扫荡机遇。他有着清醒的头脑和冷酷的心肠，率领投机资金在金融市场上兴风作浪，无孔不入，刮去了多国财富，也掏空了上万人的腰包，可他丝毫没有罪恶感，也从不掩饰自己的野心和目的，就是这么坦然地罪恶着。

他利用欧盟各国之间的矛盾，曾发动过一次对英镑的狙击，掀起抛售英镑的狂潮。在那一天就连英国政府都不得不动用了外汇储备进行干预，并且同一天内两次提高利率都无济于事。石黑玄的名字变得越来越令人生畏。

林清水擅长用禅宗的道理分析纷乱复杂的金融市场，她总是出现在金融市场最混乱的时刻，喜欢行走在危险的边缘并做出出其不意的决策。她比石黑玄谨慎，不喜扫荡，偏爱落井下石。

一个明抢，一个暗夺，两个人在工作上都非善类，却都对慈善机构慷慨解囊，有个人英雄主义的气魄。

他们之间的关系算不上友情，私下里没有任何交流。俩人只是常常在机场、社交宴会厅和交易所遇见，擦身而过时会挑战性地相视一笑，犹如两个爱恶作剧的孩子。

林清水在办公室里天天都会收到一束匿名花，总是同一款：蓝色玫瑰。一开始她并不在意，可时间久了就会猜想究竟是谁有那样的耐心？并且还从不留姓名？蓝色玫瑰看上去那样诡异，像是在夜晚会发光的食人花。

与石黑玄打打闹闹多年，林清水做梦也没料到，25 岁生日那天竟是自己在金融界清盘出局的一日。由于同行的出卖造成她投资失策，一瞬间倾尽所有，五年来的积累一下子化为乌有。

那一天工作结束后已是半夜，林清水走出办公室，把车从地下车库驶到地面，忽见一个人抱着束会发光的花挡在车前。她把车泊到一边，下车，走向那人。她步履疲乏，细长的黑色领带飘飞在右侧肩膀上。在风里她边走边为自己穿上外套。石黑玄望着她，低下头，心里不好受。

林清水走到石黑玄面前，盯着他怀里的蓝色玫瑰。“原来你就是那个送花人。”她疲惫地笑了笑，然后指了指身后的车，向石黑玄甩出手里的车钥匙，“我要去度个长假，车你帮我开走去清算抵债吧。我们打了那么多年，最后还是你赢了。自己保重，再见。”

说完，她转身就走。

“等一下——”石黑玄追上她，“请收下，这是最后一束。”

林清水接过花，发现里面塞着一张支票，打开一看，眯起眼狐疑地看着石黑玄：“你确认自己正确填写了上面的数字吗？”

“因为有你，过去几年的工作才不那么无聊，所以请收下我的谢礼。”

林清水明白任何的东山再起都离不开充裕的资本，于是一点不客气地把支票塞进裤袋，说：“那就谢谢了。再见。”她挥手拦下一台计程车，对石黑玄点了点头，离去。

看着最终消失在黑夜里清水，石黑玄觉得她才是一个真正的英雄，当生则生，当死则死，来去自如。这一刻他觉得自己非常非常的失落。其实这些年来自己从未想过要赢林清水，所有的所作所为只是为了引起她的注意。如今她一走了之，他要怎样才能再见到她。

这些年来他在媒体上看见林清水与不同的男人出双入对，谈笑风生，绯闻总是缠身，却又不见她把谁真正当回事。这究竟是为什么？

“林清水到底会不会爱人？她的爱呢？究竟给了谁？”石黑玄心想。

对着夜空，丧气的石黑玄咆哮：“林清水——和我在一起吧！”

凌晨三点的海上冻得像死人的冰柜。GPS 上显示石黑玄目前所在的位置就是海洋考古学家推测的“姆”岛所在地。

穿上潜水服，套上脚蹼，背上气瓶，戴上面镜，石黑玄没有一秒的犹豫，一跃跳入大海，奔向黄泉之路。

寂静，死一样得寂静。石黑玄感到自己的肉体正顺着地心引力往下沉去，如同一首死亡的史诗。沉，再往下沉，与所有往事和旧人说再见。他的耳边出现很多不同的声音：

“‘姆’岛在 60 至 100 英尺的海下，它的样子有 5 层金字塔那么高，2 个足球场那么大。它是一个精确的矩阵，有着完美对称的几何雕饰。传说中，人类的知识是突然从那里传播开的，而知识的来源听说是来自水中的亮光。”海洋考古学家说。

“‘姆’岛就是‘死之岛’中那个岛屿！”考古学家又说。

“对于‘死之岛’，阿诺德·勃克林从未有过解释，所以在他死后这幅画的含义成了一个永远的谜。艺术界有几种说法，一种说法是这幅画描绘了希腊传说中死神夏隆渡送亡灵穿越冥河的情景；另一种说法是穿白衣矗立的人形是男性的象征，而幽暗狭小的港湾则是女性的象征。海水代表浸渍子宫的液体，也代表了孕育万物的生命之源。画里的柏树自古以来就是死亡的象征，也是建造十字架复活的原料。如此死与生，在这亦始亦终的死岛完成了圆满的轮回。”林清水说。

“死亡和生育是人生最重要的两件事，我希望在经历它们的时候能有你的陪伴。所以，我把这幅画送给你。”林清水又说。

清水，我离你越来越近了。

你是我的所有。

我很爱你。

我太爱你。

石黑玄闭上眼睛，继续往下沉。

过了很久，他的脚忽然触到了坚硬的物体。他睁开眼，发现自己被波光粼粼的蓝绿色包围，正站在海底一棵化石树下。当他的眼睛完全适应了这种光线并开始在面镜背后打量四周时，不由惊愕了，他正站在一座巨大的海底之城的街道上！

在他的面前有座庞然建筑。他往后退，想要拉开距离看清它。而真正看清时，他身体中的血液因为震惊而凝固，那是一座古老的辉煌的挂满水草的金字塔！它的两旁是岩壁，右侧的岩壁上有着上下两列岩洞，像是墓穴。上帝，这跟《死之岛》中的景色一模一样！这里就是“姆”岛！

金字塔的一侧有一条缝隙，容一人通过，石黑玄迅速游了进去，绕到金字塔的背后。

金字塔的背后像是一个广场，中央有一个巨大的石块。石黑玄看了很久不能分辨那石块的用途，于是绕到它的前方。

看到石块正面的那一瞬间，石黑玄骤然想起自己儿时听到过的一个传说。

1803 年，在东京的海滩上曾经出现过一个奇怪的女人。她身着奇怪的服装，说奇怪的语言，手里提着一个奇怪的箱子。那个箱子的造型似乎并不是来自当时的东西。海滩附近的居民向这个奇怪的女人聚拢，并大声问：“箱子里装的是什么？”

女人想了一会，突然用日语对答。

她是这么说的。

她说：“在这个箱子里装着的是我爱人的头颅。”

人们吓得四散逃开。

有关这个传说，当时的人们还作了记载与绘画。之后不久，蛮荒的日本像是得到了某种神奇力量的指引，它的文明在一日间得到巨大的发展。

“就是她。”石黑玄辨认出眼前这个巨大的石块就是儿时看到过的画册上的女人。石雕的面容因为岁月的洗涤已不再清晰，但仍可分辨出女性形体。女人手里提着一个古怪的箱子，箱子微微开启，露出一个石雕的头颅。

这个广场像是当时人们聚集的地方。人们聚到这里似乎是为了祭拜这个当时让他们四处逃窜的怪女人？真是件令人难以理解的事。

站在广场中央的石黑玄想着“姆”岛上失落的文明，有一点他能确定，当时的人们聚拢到这里为的是某个古老的仪式。

他差一点就忘了来此地的目的，直到发现自己的气瓶正消耗殆尽。石黑玄卸下气瓶，可刚要准备了结自己生命，就在这时，他感到刚才微弱的光线兀然改变，它变得越来越亮，越来越刺目。

死一样的寂静同时被打破，有强烈的噪音从海底的四面八方冲出来。水开始翻腾，似乎有东西要喷薄而出。脱去呼吸装置的石黑玄已无法再吸气，他很吃惊，就在自己生命要终结的最后一刻居然发生了海啸。

他被一股强大的气流突然托起，旋转直上。上旋中他瞥见那座5层楼高的金字塔正在强烈地摇晃，黑色柏树狂舞。无法再忍住自己的呼吸，出于本能地，他吸了一口气。水，无情地灌进他的五官，剧烈的疼痛直入胸肺。他试图让自己冷静下来，再忍住呼吸，可是仅维持了十多秒，他的双唇不由自主地张开，他的肺叶自动扩张，液体无孔不入地又灌了进去。石黑玄觉得颅内有雷鸣般的巨响，水像刀一般穿刺着肉体，他的大脑一片空白，眼睛开始透出虚无的表情。原来溺死会是如此痛苦，骄傲一世的他此刻只想死神能够尽快降临。

世界的概念在他不再眨动的眼睛里慢慢消失，渐渐呈现出的是大片大片的白色，很空洞，很冷寂。他僵硬的身体在海水里继续旋转着上升，并且越来越快。

“砰——”，黑暗中发出的一声响。极度虚弱的石黑玄在剧痛中睁开眼睛，发现自己的头部撞击在摩托艇上，有鲜腥的液体流淌下来，进入口中。他使劲咳嗽，吐出海水，大口呼吸着空气，双臂搭在船沿上，想要纵身跃入却没有足够的气力。

海面越来越异常，船晃荡得越来越可怕。天空本是伸手不见五指的黑，现在正透出一种幽幽的荧光绿并缓缓晕染开。这样的景象超出了石黑玄的知识范围，他只能喘着气静观其变。

船开始上下跳动起来。当海水把石黑玄再次托高时，他使出所有的力气翻身入船，终于躺下喘息，同时他听见船板下海底发出的噪音正快速爬上来，仿佛是锅里即将沸腾的开水，“咕噜咕噜咕噜咕噜”，似有千军万马正从海底深处奔腾而来。

石黑玄知道这样小型的摩托艇坚持不了多久就会被浪抛起，今晚他将葬身此地。这难道不是他想要的结果吗？想到这里，他便安静下来。

天空放出越来越强烈的荧光绿，海水折射出同样的颜色与光泽，像一个死去的灵异世界正在苏醒。“唰——”空中划出了一道绿光，仿佛在天上开启了一道深邃的门。“咕噜咕噜咕噜咕噜咕噜咕噜——”奇怪的声音已近在石黑玄的耳旁。

“有东西要出来。”他坐起身，眼睛一眨不眨地观察着每一秒钟天空和大海的剧烈变化。

“轰”一声巨响，巨浪劈在石黑玄的脸上，生疼，在震耳欲聋的声响中努力睁开眼睛。在完全看清面前的景象后，石黑玄笑了，大笑了，渐渐的，笑容凝固，他狠狠抽了下自己的头，伤口剧痛，不像是在梦里。那彻骨寒冷的海水，被海浪砸痛的躯骨和死死抓住船沿的双手都是真实的感觉。面对看到的一切，石黑玄觉得自己一定是疯了，或是这个世界疯了。

在他眼前出现的是千万艘大小不同，年代不同的船只，它们正从水里不断喷涌而出，向着北方驶去。它们是半透明的，放着绿光和雾霭。

在石黑玄出发前，他阅读了很多关于龙三角的资料，知道这里和百幕大都是“无偏差线”通过的地域，带着不可解释的秘密和死亡的召唤，很多舰艇和飞机都在这里失踪。可是他是个唯物主义者，当时心想无非是在这个地域存在着某种奇怪的海啸形式或者磁场作用力而已。

日本人每年在龙三角祭祀着神龙，祈求他们放出去的渔船都能够免遭不测顺利归来。石黑玄不相信神龙，只相信自己，可是当他眼睁睁看着自己船上无线电装置失灵，仪表指针乱成一团并疯狂旋转着的时候，他开始不知道自己该相信什么。

不停地有船只从海底升起，追随着其他船只向着北方驶去。它们来自哪里，又将驶向何方？它们是来自这个世界还是另外一个世界？

就在这时，一架小型飞机突然从水里喷射而出，在夜空中优美地盘旋。

“我的天，”石黑玄不敢相信，“那是失踪的传奇飞行员阿米莉娅·埃尔哈德的飞机！”驾驶舱里的女人有着卷曲的短发和柔和的眼睛，她从玻璃后深情地望了石黑玄一眼，娇俏地一笑，如一只异常矫捷的燕子从他头上掠过。

1937 年 7 月 2 日，下午 12 时 30 分。传奇飞行员阿米莉娅·埃尔哈德和她的领航员离开了新几内亚，开始了环球飞行的最后一程。她们的飞行计划是在龙三角上空飞行 4000 公里后再加油。然而她俩再也没有回来。

接着有一支庞大的舰队无声地向石黑玄靠近。它行驶得如此之快，把风都丢在了后头。舰队与石黑玄的摩托艇擦身而过，掀起的巨大波浪让石黑玄站不住一下跪倒在船板上。他看到舰队上的装置居然是数百年前的古董，甚至能看清站在船头上的那些士兵有着东方的面孔：宽阔扁平的脸，细长上挑的眼睛。为首的那个高大威猛，体型较胖，大脸方额，高鼻阔口，几绺稀疏的髭须垂洒在胸前，尤其是两只耳朵大得出奇，宛若小孩手掌。

“中国元朝的忽必烈！”石黑玄张大嘴巴。

1274 年，忽必烈统治的大元帝国聚集了一支 900 多艘船的庞大舰队去征服他垂涎已久的领土——日本。胜负原来是可想而知的，但是在龙三角发生的灾难性事件却阻止了这一庞大舰队的胜利。元军总共向日本派遣了约 4 万名兵将，但是一半以上的舰队在一次神秘的风暴中沉没。因此忽必烈对日本的第一次入侵以重大灾难结束，约 2 万 5 千名士兵在灾难中消失无踪。

1281 年，不信邪的忽必烈再次对日本发动了更大规模的进攻。这次他率领 14 万人，指挥着 3000 艘战舰。然而第二次入侵又遭遇了类似的灾难。

海里不停升起曾经失踪的船只和飞机，他们一如当年充满雄心壮志地行驶在龙三角，似乎从未死去过。

当幽灵舰队们渐渐地全部消失在天空的绿光背后，石黑玄浑身湿透地呆立着。可是并没多久，清醒过来的他发动引擎，坚定地向着舰队离去的方向追了上去。

他疾驰在如梦如幻的海上，不能相信刚才发生的都是真的。也许正如一些科学家推测的那样，世界是多维的，那些在过往岁月里死去的人并没有离开，而是去了另外一个空间，可能就在咫尺之遥，与我们每日擦肩而过。

然而所有船只已无影无踪，无迹可循，石黑玄只能停下，伸手去抚摸黑暗的质感，对世界开始产生怀疑。就在这时，他忽然真切地听见身后传来有力的划桨声，于是马上回过头去。夜色里一个身高 2 米左右的白衣人，站立在船上，他的面前停放着一具白色棺木。

一切犹如《死之岛》那幅画中的景色。

石黑玄调转了船头，因为他知道，渡送亡灵的死神来了。

夏隆来了。

石黑玄却突然不想死了。

28 脂砚有话要说

上海的城隍庙让上海人想起自己做小囡时的景象。

20多年前的上海，古风尚存。住老城隍区的百姓喜欢把大门隙开一条，路人眼一溜，就能看见堂屋里的乌木家具，桌上供着祖先的牌位，檀香袅袅升起，半导体里放着武侠小说。那个时候的日子比现在要慢，比现在要长，长到看不到尽头的样子。夏天的夜晚，弄堂里的人们坐在板凳上摇着蒲扇拉家常。蝉在叫，孩子在哭，家家户户熄灯熄得早，黑暗中老人们哼着小曲儿，眼睛似闭非闭。

瑶枝幼年时把去城隍庙看作是一件盛大的事情。那里可是上海最热闹的地方之一，可以吃到皮是透明的小笼包，还有各式各样口味的梨膏糖。城隍庙里有城隍爷，城隍爷司人间善恶，对亡灵进行审判和移送。有一次，瑶枝在庙里的墙上看见一幅十八层地狱的图解。她躲在妈妈的身后只敢偷偷瞥那张画。地狱里的火像血的颜色，地狱里的鬼有张青黄色的皮。瑶枝嗅出城隍庙里有种不清洁不新鲜的气味，这令她觉得紧张和刺激。

如今城隍庙里再也找不到童年的记忆了，它成为了一个阳气过盛的游览胜地。瑶枝穿着 Vivienne Westwood 粉色碎花长裙，蹬着一双翠色的老北京绣花鞋站在城隍庙的九曲桥上。从前的不清洁不新鲜的气味已经消散，那些古老的东西一定是迁徙走了。

记得每年她、林清水和蓝镜若同时都在上海，城隍庙是三个人一定要来的地方。她们挽着臂膀走过九曲桥，在曲曲弯弯中想起各自的幼年。那个时候她们穿棉布花袄，踏外婆手做的棉鞋，手心里托着乐呵呵的无锡泥人，拽着五香豆，招呼着自己的父母快点走，或把自己的两条臂膀勾进父母的臂弯里腾空荡来荡去。她们的父母如今再也没有这样的力道了，而她们也已长成当年父母的年纪，开始看人间百态，品世态炎凉。

她们三个会过九曲桥，走进湖心亭。茶楼里放着二胡古乐，她们点上一壶龙井，坐在红木椅子上看茶叶在沸腾的水里翻滚，龙井悠长的味道散了一房间。望着窗外楼下各色游客，这一刻，她们的心居然变得跟傍晚的天空似的，是浅紫色的，温厚，充满归属，却稍许有点落寞。

上海，是另外一个人间。每一年回到故里，她们三人都看见时间带来的巨大变化：城市的，人心的。她们排斥那样的变化，害怕古旧的美好会随着欲望走了样，化成灰，变成烟。

此刻的瑶枝站在桥上发着呆，有点希望自己能马上回到巴黎，因为那里才是她习惯的、安全的生活，缓慢的发展让人看不到时光的刀刃。

在舞蹈学校的时候，瑶枝是个一定要好看的小姑娘。那个时候她家境不好，父母那些工资供了她的学费、饮食和起居后就所剩无几。每年过年学校的女孩子们都有新衣穿，瑶枝却穿着旧单衣，一手一脚的冻疮。学校组织游玩，她因为经济窘迫常常装病。自卑又难堪的日子，小小的她为自己的命运觉得不公。

直到有一天，一个女生在过年的时候脱下自己身上的新外套给她，一切才有了变化。那是瑶枝长大后第一件好衣服。穿上新衣的瑶枝站在镜子前，所有的卑微顿时没了踪迹，那种美好的挺立感，她想要一辈子抓住。

送她衣服的那个女生，瑶枝一直都想说谢谢，可从没好意思跟她再提起这件往事，也许再没机会了。那个脱下外套的女生哆嗦在风里头，把眼睛笑成一条线。她说："很美，瑶枝公主。"

10 年来在国外打拼，瑶枝从没有在困难面前退缩过，那也是因为这个女生。她一直对自己说：“林清水，我要和你一样变成敏捷的强壮的动物，活得和你一样好！”

一直想超越林清水的瑶枝，对林清水没有嫉恨。瑶枝天真又善良，知道没有林清水，便没有今天的她。如今她锦衣美食，而林清水却魂消天涯。

想到这里，瑶枝站在桥上像一个孩子般在太阳底下抽泣起来。

突然，一个贩子在她身边操着上海话问：“小姐，哭啥呢？包要伐？”

“不要！”瑶枝转头看了贩子一眼。那人长相猥琐，所有贩卖假货的人似乎都长着一张一模一样的脸。

“那么手表要伐？”

“我说不要！”瑶枝不耐烦地抬高音量。

“古董呢？古董要伐？”贩子赖着不走。

瑶枝刚要发火，却突然改变了口气，问：“什么古董？”

“什么古董都有。明朝的，清朝的，王母娘娘用过的都有。”贩子油腔滑调起来。

“你有没有这个？”瑶枝从包里拿出一张打印纸，展开，上面是一个小小的砚，被放在一个红木漆盒里。

“喔，你要这个啊，文房四宝我有的是，是不是要送给外国人啊？”

“这可不是普通的砚。”瑶枝有点气，觉得他不识货，“这可是明代才女薛素素用过的。”

贩子乐了，哈哈大笑起来，用手指着瑶枝：“我说你这位小姐啊，是不是从国外回来的？我跟你老实说，我是卖假货的。我要是真有你这个宝贝，就不会站在这里跟你讨生活了，早享福去了。”

“那你说我要去哪里找这个？”

“亏你还是个上海人，一点上海人的脑筋也没有。这东西如果真有，也是国家的，文物是给你当菜买来卖去的吗？”

“那我怎么办？我一定要马上找到它！”

“你这个小姑娘长得倒蛮好的，怎么脑子不转弯。这样吧，我带你去一个老法师那里，他是城隍庙里的古董专家，见识广，你可以去他那里打听打听。”

瑶枝道了谢，便随贩子去见老法师。

穿过潮湿昏暗的巷子，听着街上锅贴“滋滋”油响，看着蒸笼的热气和外乡人红彤彤的脸颊，瑶枝觉得这一切那么亲切，脸上不由微笑起来。

俩人走进一个胡同，阴沟水漫溢，瑶枝一跳一跳，问：“什么时候才到啊？”

“快了快了，就在前面。老法师有个铺子是演皮影戏的。皮影戏知道伐？”

“知道啊，小时候我看过皮影戏‘八仙来祝寿’。”

“我们中国人聪明，发明了很多好东西，只是现在的年轻人啊都不喜欢老传统，以前的好东西都快没了。你知道皮影戏是怎么来的吗？”

“不知道。”

“2000多年前啊，汉武帝有个妃子死了，心里一直很难过，朝政也不理了。有一天一个大臣出门时看到一个小孩在玩一个娃娃，地上的倒影像真的人一样。于是想了一个办法，用棉和绸子按死去的妃子样子做了个娃娃，在手和脚的地方装上木杆。到了夜里他就围了个帐子，让皇帝在帐子外坐着，自己在帐子里点上蜡烛，让娃娃按生前妃子的样子动起来。皇帝一看，龙颜大悦啊，后来就有了皮影戏。你不要看我卖假货，我以前和老法师一样都是演皮影戏的。这个绝活是以前自己家里祖宗传下来的，后来没人看了，我只能干这一行，人总要吃饭的吧。”贩子走在前头叹口气，摇了摇头。

到了拐角处一栋老房子，贩子在楼下叫开了：“老法师，老法师，下来啊，有客人来啦！”

窗户“嘎吱”被推开，一个老人出现在窗口，刚要把一口浓痰往楼下吐，一见到瑶枝马上收住，瞪了楼下俩人一小会儿，摆摆手，意思说他就下来。

到了楼下，老法师拍拍贩子的肩：“嘎漂亮的小姑娘怎么给你弄来的？”

“啊呀，人家是来找你的。”贩子说完就把来龙去脉讲了下。

老人本来还笑眯眯地看着瑶枝，听完却一言不发，面孔板起来。

贩子要赶去做生意，不想久留，于是也拍了拍老法师的肩膀，与瑶枝道别。

瑶枝想起什么，从票夹里抽出一张百元：“耽误你生意了。”

贩子用力把瑶枝的手一推，说：“小姑娘啊，你在国外，中国人不喜欢自己的传统，可是老外喜欢。现在看皮影戏的都是老外，看完了还竖起大拇指。如果这辈子能让我和老法师到国外去表演一场，让洋人看看我们中国人的绝活，那我这辈子也就满足了。我们表演不要钱，机票也自理，你给我们在国外多宣传宣传，好伐？皮影戏不能死啊，死了还像中国嘛，死了的话中国和外国还有什么区别嘛？”说完挥了挥手走了。

瑶枝看着老法师，老法师还是低头不语，若有所思的样子。她把打印出来的图片拿给老法师看：“我想找这个。”

老法师像受了惊似地把眼睛从纸上闪开，掏出一盒中南海，抽上，在烟雾里上上下下瞄着瑶枝。

“您知不知道这个东西？”瑶枝追问。

“等我抽完。”

瑶枝有点不高兴地抱着双肩，低头看溅满污水的绣花鞋。

老法师突然把烟一甩，挥手让瑶枝跟他上楼。

老屋的楼梯踩上去嘎吱嘎吱作响，底楼的公用厨房里有股油腻的气味，就连灯泡上都粘上了油渍，灯芯朦朦胧胧地亮着。墙壁上斑驳又黏糊，看不清原来的颜色。

老法师推开门，瑶枝跟进去，里面倒是像一个读书人的寓所，铺天盖地的书籍，就连坐人的太师椅上也堆满了。

瑶枝一进门老法师就赶紧把门一关，锁上，然后把窗户也关上，拉上窗帘。他向瑶枝一步步走近，瑶枝不由心里一慌，往后退了一大步。

“您想干吗？”她大声质问。

老法师还是向她逼近，瑶枝叫着向门边跑去。

“给我回来！”老法师站定不动。

瑶枝用手抓着门把惊慌地看着他：“您到底想干吗？”

“你当我是什么人啊？！问你，谁让你来找这个东西的？”老法师声音严厉。

“我自己。”

“找它干吗？”

“救人。”瑶枝脱口而出，随即就后悔了。

“救人？”

瑶枝认真地点点头，却不想说出整件事来，说出来，谁会信呢。

老法师站着低头想了会儿，找了空椅子坐下，双手搁在八仙桌上撮着手指。好一会儿他才说：“小姑娘啊，你找的东西我其实有。”

瑶枝松开门把上的手，激动地跑到老法师身旁：“您有？您真的有？”

“唉——”老法师重重叹出一口气，“这几天出怪事了，有鬼了，突然你又来我这里要找那件东西，我活那么大岁数还真搞不懂到底是怎么一回事。你跟我来。”说完，他带着瑶枝进里屋。瑶枝有点犹豫。

“咳——”老法师不开心了，“我一个老头子能把你怎么样，你个子比我还高一个头。不过，等一下你看到那件东西时不要害怕，好伐？”

瑶枝有点害怕地点点头。

老法师推开里屋的门，瑶枝小心翼翼跟了进去。一到里面，她惊得马上捂住嘴，回头对老法师说：“不错呐，好书法！”

只见里屋的墙壁和地板上写满了漂亮的毛笔字，只是它们的颜色并不是黑色，而是一种很特别的玫瑰红。

老法师垂手站着，茫茫然地说道：“不是我写的。”

“那是谁？”瑶枝不明白。

“事情发生在一周前。那一天我回到家，忽然发现谁在我的地板上写了毛笔字，还是用红色的。我想一定是有小孩子跑到我家里来捣乱。不过那字真的是漂亮啊，像一流的书法家写的。第二天，又有人来写，写满了整个地板，我就有点火了，于是躲在家里抓人。可是一整天都没人来。你猜怎么着，第二天当我一觉醒来，居然那人开始在墙壁上写，我就有点害怕了。你想，你在好好睡觉，半夜里有人在你旁边的墙壁上练习书法，是不是有点吓人？最后，我决定一晚上坐着不睡，一定要搞清楚到底是怎么一回事，那时我甚至怀疑是不是自己精神出问题了。”

“后来呐？”瑶枝迫不及待。

“后来的事情就真的有点吓人了。”老法师捞着头发，摸着自己的脸，想要让自己镇定下来。“后来，我发现，字是自己写上去的。”

“什么叫字是自己写上去的？”

“我没有看到人啊，也没有看到手啊，可是字它自己一个个跑上了墙壁！”

现在瑶枝也觉得后背有点发冷，开始怀疑老法师是不是有妄想症。

“不过，我老头子一个，不是那么容易被吓死的。字一个个跑出来的时候，我发现有一道红光来自书桌上。”他站起身走到书桌前，指着一件不起眼的东西，“就是它！是它写的字！这就是你要找的那个东西！”

瑶枝走近看，对照着自己的打印图，一模一样，果然就是那方传说中的脂砚，可是她不敢去碰。

“我这把年纪，一生碰到过很多事情，都走过来了，唯有这件事真的是让我睡不好吃不下，又不敢跟别人说，一说就怕人家觉得我精神有病，我自己都怀疑起我自己来了。”

恍惚间，瑶枝记得江百慧说过，林清水目前的状态是非生非死，而那 6 件东西是必须与她共生共死的。在这种特殊的情况下，6 件东西会发生异样的现象。

她安慰老法师：“您没疯，相信我。”

“事情发生后，一开始我没有去注意那些字都写了什么，直到昨天我细细去看，老天爷啊……你自己去看！”

瑶枝走到墙边，有六个字从满墙密密麻麻的字句中跳了出来：“真亦假时假亦真，无为有处有还无”。

瑶枝确认这就是她要找的红木匣子——历经无数朝代的脂砚。

脂砚开始说话了。它有话要说。

29　桃花林背后的梦魇

印度，卡基尔。丹尼尔起了个大早，坐在帐篷外面对湖水煮着咖啡。湖水的颜色在这个早上十分丰富，是不同的蓝色、绿色、白色和金色的组合。

“真是美丽的地方！”丹尼尔觉得幸福。他是一个从小就被所有人喜欢的孩子，有着柔和的褐色头发和眼睛，笑容友善温和。爱穿牛仔裤和球鞋，即便30岁了还是像一个青春期的孩子那样睁着天真热情的眼睛看世界。

他的成长史极为普通，有四个兄长，他是老五。唯一与哥哥们不同的是他每天都能保持好心情，并且过分热爱大自然里所有的植物和动物。人们从未见过他生气，也从未见过他伤心沮丧。他是个从早上起床到夜晚入睡都带着笑容的男孩。常常有人问他为什么总是那么开心，他回答：活着真是太妙了，每一秒都有惊喜和收获，难道不是吗？

曾经他在戒毒所当志愿者，看管着15个快要病入膏肓的瘾君子，每日为他们做心理疏导。那15个人的人生里都有过严重的创伤，于是人们想，这下这个小伙子一定要发愁了吧。可是非常神奇的是，一年后那15个瘾君子居然都出了戒毒所，并且在他们的脸上也都挂上了和丹尼尔一样的快乐笑容。他的快乐传染并治愈了他们。出院后的3年里他们中无一人死亡，创下了该戒毒所史无前例的纪录。经常的，很多出院的瘾君子还是会死在毒品之下，他们用的剂量会比之前更猛烈，许多人的身体在戒毒后无法经受突如其来的大剂量，于是暴毙街头。

当戒毒所的所长恳请丹尼尔留下继续工作时，他还是选择做回老本行——建筑师。他建造的房子结构缜密，外形梦幻，会让住在里面的人觉得生活分外甜美。

丹尼尔的情史也极为普通，交过若干女友，都不了了之。原因是女人是充满控制欲望的动物，而丹尼尔的情绪从不因她们的喜怒哀乐而改变。他让她们觉得无论自己是否存在，他都能活得好好的。女人不喜欢这种感觉。

失去她们的丹尼尔并不感到痛苦，他喜欢看到每个人能选择自己想要的生活。非常满足地，他过着每一天，爱着他的植物、动物和周遭的人们，尤其喜欢和好朋友林清水谈天说地，讨论宇宙和灵魂。是林清水教会了他如何欣赏中国古乐，他特别喜欢古筝和元曲，觉得里面的灵魂会跟他讲着很古老的故事。

用完早餐，收起帐篷，丹尼尔便跨上摩托，向着拉达克首府列城出发。

在大风里，他看见高原上的牦牛有着极好的平衡能力，它们有的行走在与地平线几乎成直角的陡峭山崖上，神定气闲地吃着草。

山坡上有几个藏民把厚厚的书本抛向天空。丹尼尔知道那些书本其实是经文，藏民们把它们抛向空中，风每吹动一下就意味着念了一遍经文，意思大致跟转经筒差不多。

他还看见有黑白不同的帐篷搭在沿路的土坡上。黑色的帐篷是父母住的，白色的是女儿住的。藏民的女儿长到 16 岁就要跟父母分开住进白色的帐篷。如果有小伙子看上了谁家的女孩，就牵着两头牦牛去女孩父母那里提亲。父母要是对小伙子满意的话，小伙子要留在女孩家当三年的长工，然后才能把女孩娶走。

沿途上还有很多印满经文的五色经幡，是藏民用来祈愿的。丹尼尔听见它们“呼啦啦”在风里抖动的声响，在空旷的山谷和村落里传出高原生命对生活最敦厚朴实的愿望。

丹尼尔在车上笑。每个地方的文化和习俗在外人看来都是那样的充满趣味。

半天的工夫他终于到达终点拉达克。

拉达克曾是古丝绸之路必经的重镇。首府是列城，大部分的居民住在海拔 3000 米的印度河上源。8 世纪的时候，拉达克的北部曾被中国唐朝控制，其主权在唐帝国和吐蕃之间几经易手。如今由印度政府管辖，人口约 29 万，主要为藏人和雅利安人，信奉藏传佛教。

到了列城之后，丹尼尔便不知该往何处去了，因为江百慧只告诉他那块祈愿石在拉达克，却无法告诉他确切的地点。丹尼尔在一块岩石上坐下，思考着下一步行动。

拉达克有一些来自印度南部的游客，他们长着典型的印度人的脸：浓密粗硬的乌发，凹陷进去的杏仁眼，看人有点鬼祟。拉达克人的脸却似中国人，有中国人扁平的五官，细细的眉毛和眼睛，笑起来十分腼腆。

“嘿，伙计，哪里来的？”一个身形高大的白人背着巨大的背包经过丹尼尔身旁用英语向他打招呼。

“瑞士。”

“啊，邻居！”男人换成德国北方口音。

“我从汉堡来。来吧！”男人朝丹尼尔挥手，怂恿着他跟着他们的队伍往山下走，“你知道‘桃花溪’吗？不知道的话就跟我们走吧，我们去那里漂流，听说很漂亮。”

丹尼尔从岩石上跳下来，推着摩托跟着德国男人走，反正他暂时也不知道去哪里。

各国游客混在一起十来人，都兴高采烈的样子，不出一小时步行来到溪边。一路上，丹尼尔向德国人聊起了他曾经到过的奇怪村庄——无魂村，正如他曾经跟浅野秋描述过的。

德国男人听完，抚了一下自己粗壮的手臂，“我的汗毛都竖起来了。不过，伙计，你应该把这段经历写到书里头去，没准就畅销了！不管怎样，这是一个太有趣的故事，很有电影的画面感。”

丹尼尔把摩托停靠在岸边，俩人一起跳上竹排，并肩坐下。德国人把一本《国家地理》放在丹尼尔腿上说，“里面有一篇是关于拉达克的，看看有没有你要找的村庄。”

竹排开始在“桃花溪”上漂流。游客们开始为照相而忙碌，只有丹尼尔低头念着书，从头念到尾，没有所获，只获知拉达克地区每年 11 月初封山以迎接冬天的到来。

划船的印度老夫突然把竹排向岸靠近，说是要去解手，撇下游客独自钻进林子里。那林子一下吸引了丹尼尔的视线，是桃花林。林子里排排矮树上开满了粉红色的花朵，地上棕红色的泥土地上也密密铺上了一层落花，一鼻子甜蜜的香气。丹尼尔跳下竹排，找出相机，一边拍一边走，竟不知不觉到了林子深处。待他回过神来细听身后已然没有了动静，心想，糟了，那竹排一定是载着游客离开了。

他继续往深处走，慢慢出了林子，林子的背后是无垠空旷，空旷的中央竖着一座小山，远观好似盆景里瘦削的土黄色假山，直指苍穹。丹尼尔想转身回去，忽见小山上浮起一轮明月镶嵌在宝蓝色的天上，他惊喜地又拿出相机拍下这一景，然后决定走到山前去看看。

天已渐渐黑下来，前方除了那座小山什么都没有。

丹尼尔向着小山快步走去，可是越走心里越发奇怪，好比是堂吉诃德与他想要战胜的大风车，无论怎样疾走，小山和他之间的距离并没有缩近。回头再看身后的桃花林，竟依旧近在咫尺。丹尼尔汗流浃背，却不愿放弃。

天越来越暗，那轮明月被一片云遮住，小山的轮廓也已看不清了。可是在黑暗里，丹尼尔的心静如止水，觉得自己的步子没来由地轻松起来，丝毫不费力气，也不用辨别方向，他开始意识蒙眬地在夜色里滑翔起来，并且胸口涌出一股暖流，那暖流正以令人无比舒服的方式蔓延到脊背、双臂和脚趾头。他开始觉得困了，眼睛慢慢合上……

他做了一个梦，梦见一个金色光线做的林清水在一辆金色光线做的有轨电车顶上翩翩起舞。裙裾飘了起来，飞出无数朵透明的香水百合。

她不停地弹跳旋转，蹦出闪着光的轨迹，犹如童年捏在手上玩的烟火棒子。那轨迹渐渐连贯起来，最后形成一个裸着上身的古希腊射手。射手手中的神箭瞄准了一座山崖，一箭过去，山崩地裂。箭穿过一个洞隙，朝着丹尼尔射过来，带着巨大的光焰。丹尼尔在梦中被那束光惊醒，猛地睁开眼，是浓浓的黑夜。环顾四周，发现自己竟在一块松软的泥地上睡着了。他爬起身，待眼睛适应了黑暗后，见到了令自己万分惊异的景色——那座小山居然就矗立在他眼前，高耸入云。小山的正中有一个洞隙，容一人通过，里头透出淡淡青光，还有一对眼睛。丹尼尔吓得赶忙缩回脑袋。

那对眼睛变得越来越大，越来越近。慢慢地，丹尼尔看见那对眼睛穿过了洞隙，一个小孩跳了出来，他对丹尼尔露出惊喜的神情，一跳一跳地向他伸出手跑来，似乎想要一个拥抱。

“你好。”丹尼尔笑着跟他打招呼，“你叫什么名字？怎么会在这里？这山背后是什么地方？”

小孩儿的眼睛睁得老大，还是那股惊喜的表情，回答：“我叫达瓦。”

达瓦？丹尼尔知道在藏文里达瓦是月亮的意思。

小孩儿依然莫名其妙地惊喜着，显得诡异极了，他又朝着洞隙跑回去，不住朝丹尼尔招手，要他一起来。丹尼尔跟过去，心里突然涌出一股恶心，他想可能是自己刚才躺在地上着了凉。

当他跟着小孩儿穿过洞隙的瞬间，他的身体猛地震颤了一下，意识到自己的不适感其实是来自那个奇怪的孩子，因为那个孩子始终都没有眨过眼！而鬼是不会眨眼的！

丹尼尔进入到山背后的世界，听见了死一样的寂静。往身后看，洞隙已不再存在，只是一块挂满影子的山壁。他对着那些影子足足看了有一分钟：在高耸入云的山壁上，有无数东西挂在无数棵树上，它们在飞快地晃动。

是灯笼吗？是苹果吗？

深深吸了一口气，丹尼尔告诉自己，既来之，则安之。他转过头。

在他的眼前出现了无数具尸囊，它们悬挂在树上，一排排，一行行，无法计数。

走在前面的男孩，突然往树上一窜，于是他也像一个苹果般回到树上，在半空中有节奏地悬荡起来。

所有的尸囊都睁大着眼睛，他们那样笑着，那样地笑着，仿佛终于等到了千年难逢的猎物。

30 大熊星座照耀的地方

从特罗姆瑟出发的飞机终于抵达了世界的顶端——朗伊尔城，地球最北的城镇，居民人口不到 2000。

9 月，朗伊尔城的气温在零摄氏度左右，太阳似一朵大丽菊开在天边，整个北极正处在极昼向极夜交替的过程中。

凯文上了一辆巴士，车里是游客和来此地考察的科学家们，大都来自斯堪的纳维亚地区，说圆润饶舌的北欧方言。

北极很脏，正如林清水告诉他的那样，巴士的车玻璃窗上粘着一层灰黑色炭土。

车把游客送往不同的旅馆。很小很简单的一个城市，只有一条主街，街的一端是北冰洋，另一端终结在古老的蓝色冰川前。整座城市里没有一棵树，只有苔原。随着北极的融化进程，沉睡在永冻土里的古植物渐渐复苏。在这个 9 月，奇异的花草疯狂地开遍了苔原。

居民的房子在主街两旁。房子的颜色是由一名女设计师精心规划的，她采用了冰蓝、棕红和姜黄，因为它们能与北极天空中光线的微妙变化相映生辉，体现了极地人民对自然的崇敬与顺应。

朗伊尔城与世界上任何一个城镇都不同，这里掌控生活的不是人，而是肃穆的大自然。这里的居民独立于地球顶端的寒冷之中，他们生于此地，死后却要长眠于他乡，因为朗伊尔城的永冻土不能分解尸骨，他们的尸骨要坐上飞机去往陌生的地方安息。

凯文一下子就喜欢上这里。在北极，人变得实在渺小，小到要依赖天的管制，这反倒让人有一种安心。

他入住的Spitsbergen Hotel坐落一个山坡上。进门的时候，一片雪花飘落在凯文的额头上。

“每一片雪花都是来自于空中的闪电。”他记得林清水这么说过。

酒店不大，房间里的布置极其简单，凯文放下行李去了餐厅。餐厅落地大玻璃窗外的景色让人叹为观止，看着无垠的海湾，蓝色透亮的冰川，一路铺向北冰洋的极地之城，闻着红茶里桂皮和牛奶的香气，凯文在这一刻分外想念林清水。他知道她曾经也在这里，坐在同一个餐厅里吃饭喝茶。那一刻她会在想什么？

在阿姆斯特丹与林清水相见后，凯文再难回到从前的生活里。医学院的学习很紧张，可是对林清水的思念常常让他在课堂上魂不守舍。

这样折磨人的日子并没持续多久。一日，他再次收到了林清水寄来的星星与卡片。

亲爱的凯文：

马上我要20岁了。生日那天我想来阿姆斯特丹与你一起度过。

林清水

凯文马上看了下日历，脸上露出一个发自肺腑的笑。他摇了摇头，不知道该拿她怎么办，她完全左右着自己的情绪，却一点不知道。

他天天算着林清水抵达的日子。终于它在一个冬天的傍晚到来了，凯文快乐得想要大叫。

机场的人群中，林清水走了出来，俩人同时看到对方，脸都有些微微发红。凯文极力克制住自己的快乐，尽量表现得体。

林清水走近他，他礼节性地把她拥入怀里行了瑞士的见面礼——在脸颊上亲吻了三下。他的藏青色开司米大衣实在柔软，林清水不由地把脸轻轻搁在他的衣领上多停留了一会儿，他柔情地抚了下她的头发。

华灯初上，他们并肩沿着运河走。中世纪留下的老屋遍布四周，它们小而精致，有着大大的玻璃窗，大都没有窗帘遮掩。有些房体倾斜而扭曲，犹如梵高画笔下迷幻的线条。凯文的住处在运河的尽头。

阿姆斯特丹的运河是绿色的，它们纵横交错，甜蜜安静，倾听着岸边居民同样甜蜜安静的日子，并载着形状各异的树叶四处旅行。林清水一手托着下巴，站在一座小巧的黑铁桥上，看着流水和两岸建筑，由衷地感叹："凯文，我喜欢你生长的地方。"

凯文站在她身后，望着她的背影，不语，他喜欢林清水离自己这么近的感觉，想要记住这一刻的画面和自己的情感。

"你看，北斗星！"林清水指着树杈间漏出的一方天空，"北斗星边上是大熊星座，再边上就是我——射手。你是什么星座？"

"天蝎。"

她笑着回头看凯文，"多不幸啊。你知道吗？射手座手里的那只弓箭永远对着天蝎的心脏。和我在一起，你要小心你的心。"

"如果你要我的心，那就拿去好了。"他认真地望着她的眼睛。

林清水有些吃惊和感动，她也望着他。

凯文发现在林清水的眼睛里突然升起一股炙热，那股炙热想要诚实想要诉说，但它只是停留了几秒，随即熄灭。

他们肩并肩往运河的尽头走去，俩人都不再开口，一同欣赏着动人的景色。树叶落在铺满鹅卵石的街道上，霞光隐到宝蓝色天空里，温度是冬天的清爽，街边的炒栗子散着热腾腾的甜香。

在一栋两层楼的小屋前凯文拿出钥匙。底层的大玻璃窗没有窗帘的遮掩，窗台上摆放着大盆植物和东方瓷器。

"欢迎。"凯文侧身让林清水先进屋，"这栋房子是我爸妈来荷兰后居住的第一个地方。原先是租的。楼下是客厅和厨房，前面有一个花园，你看我妈妈种的攀枝玫瑰都开了。楼上是两间卧室，还有书房和浴室。"他边说边打开通往花园的门，用小刀割下暖房里一株含苞欲放的白玫瑰，走进来，在厨房里找了一个水晶花瓶，把玫瑰放进去摆在餐桌上，继续道，“在这栋房子里，爸妈生下了大哥、我还有两个弟弟，于是房子就太小了，我们搬去了别处。这个地方对爸妈来说有过很多美好的回忆，所以后来他们就从房东那里买下了它，重新整修了下。现在我是这里的主人。”

林清水轻轻地在屋里走动和观察。墙上挂满了家庭成员的生活照，每一个都欢快地笑着，她心生羡慕，望着凯文在厨房里忙碌的背影，她想：“他是一个美好的王子。”

凯文走过来，怀里抱着各式饮料，问她：“喝什么？”

她说：“喝茶。”

“那我去烧水。”

“我自己来吧。”她跟着他走进厨房。

凯文指了指橱柜边沿上刀刻的痕迹，告诉林清水：“这是我 4 岁时候的身高，那是 8 岁的时候。这个嘛应该是我弟弟的。”

林清水摸了摸它们，在厨房的高脚凳上坐下等着水开，看着凯文熟练又整洁地做着饭。他是如此英俊，那么一丝不苟和有条不紊，偶尔会皱起好看的眉头。林清水希望这个夜晚能够很长很长。

晚餐很简单，前餐是苹果核桃蜂蜜色拉，主餐是法式薄饼配当地白葡萄酒，餐后饮料是维也纳咖啡。

林清水品尝着凯文的手艺，觉得自己吃下去的每一口都是幸福和美丽。

最后，关上灯，凯文从厨房里端出一个两人份的 White Cake，一边在蛋糕上插蜡烛，一边说：“谢谢你让我陪你过生日。”

“应该谢谢你的款待。”

20 根蜡烛被点上，烛光摇曳在两张年轻的脸上。凯文说：“许个愿吧！”

林清水闭上眼睛，默默许下愿，然后吹灭了蜡烛。

没有人去开灯，一切静好。他们面对面坐在被月光笼罩的客厅里，四目分外明亮。

“我有礼物给你。”凯文递过一个镶金的红盒子。

林清水迟疑了一下，接过，打开，黑暗中闪过一道白光，是卡地亚“Love”系列手镯。

这枚镯子诞生于七十年代。上面刻有螺钉纹。每个镯子都有一个特殊设计的螺丝刀，需要在爱人的协助下穿戴和脱卸。这枚镯子在将近半个世纪里传播着不变的主题——永恒的爱情。

林清水合上盒子，推到凯文面前：“太贵重了，谢谢。”

凯文的眉毛失望地拧结起来。

林清水站了起来，走到摆满植物的窗前，轻声说：“15 岁的时候，我曾经爱过一个人。”这是她人生中第一次向人讲述自己的爱情。“我想要一生只爱一个人，但他却死于一场车祸。”

凯文站了起来，向她走去。

“他死后，我继续成长，世界没有因为他的存在或消失而改变，这让我感到困惑，似乎世间的一切都会在时间里消失，包括我，如此一来，我想为什么自己还要相信和付出以至于某一天要承受失去的痛苦？”

凯文把她的背轻柔地拢进自己怀里，她没有挣扎，驯服地靠向他的胸膛。

“什么都会消失的。”林清水喃喃。

他把她稍稍抱紧，轻声说：“不对。”

“怎么不对？”

他转过她的身体，然后捏住她的一只手，把它放在自己的心脏部位，“爱是拥有不是占有。有些恋人尽管此生不能彼此占有，却在他们相爱的一刻永远拥有了彼此。”

林清水低头想了想，抬起头有些吃惊地听着凯文的见解。

“爱不应该因为一次失败就要拿整个人生来陪葬。清水，人生是由很多不同的故事组成的。其中每一件事都告诉我们一定的道理，每一个爱人都给我们带来快乐与智慧，不是吗？爱过的人他出现他离开，都改变不了曾经相爱的事实，擦不掉那段美好的经历。在俩人同时感到幸福的一刻，就已经永永远远地彼此拥有。这是所得不是失去。”

泪水从林清水的眼睛里涌上来，含住。

凯文坐在窗台上，把那枚镯子轻轻地戴在林清水的手腕上，她没有逃脱。

“人生因为无常，所以更要学会感谢，学会记住，然后带着美好记忆继续上路。”拉着她的双手，凯文满腹温柔地对林清水说，“当你每次看到这枚镯子时，试着对宇宙说声谢谢，因为你收到了它的永恒馈赠。”

林清水拥抱住凯文。

俩人上楼准备入寝，林清水打开行李箱，一本书掉落在地上——《小王子》，这是当年毕业典礼那天凯文送她的礼物。把它带来她是希望他能够在睡前为自己念一小段，她期待已久。

俩人靠在床上，凯文为林清水念了自己最喜欢的那一段：

小王子遇到一只狐狸，他问：“你愿意和我玩吗？我很难过。”

狐狸说：“不。不行。”

小王子说：“对不起。”

狐狸说：“你愿意驯养我吗？”

小王子问：“什么是驯养？”

狐狸告诉他，驯养就是“建立关系”的意思。所谓建立关系，就是指使他们变得彼此具有与众不同的意义。狐狸说：“比如说，你只是一个小男孩，和其他千万个小男孩一样，但如果你驯养了我，对我而言，你就是特别的了。对你来说，我只是一只狐狸，和其他那千万只狐狸没有区别，但如果你驯养了我，我就是你唯一的狐狸。还有，你最好每天的同一个时间来看我。这样，我便会觉得这个时刻与众不同。我会在等待中感觉到快乐，越临近这个时刻，我会幸福的战栗，从而体会到幸福的价值。如果你驯养了我，世界就变得不同。其他人的脚步会让我飞快地躲回地下的洞穴，你的脚步声却能将我从洞穴中快乐地召唤出来。从此，脚步声对我而言就是有意义的了。你看那金黄色的麦田，我不吃麦子，它跟我毫无关系，这很糟糕，但如果你驯养了我，由于你的头发是金色的，我就会因为它而想到你，我就可以看着这金黄色的麦田想念你。求求你驯养我吧！”

小王子终于驯服了狐狸。

“你想要我驯养你？”林清水打趣。

凯文不好意思地笑了，在她的额头上亲吻了一下，随手把灯关了。黑暗中，他的胸腔发出幸福的一声叹息，满足又快乐地说：“我希望你能永远这样躺在我的身边。”

第二天早上，凯文被汽车的引擎声吵醒。睁开眼，他发现身边空空荡荡，走到楼下，看见林清水正坐进一辆计程车。她看了眼光脚跑出来的凯文，转脸叫司机开车，神情淡漠得完全像个陌生人。车开走了。

凯文无法面对这样的告别，这对他是一种伤害。回到屋里，他上楼进了浴室，在12月冰冷的水里冲洗着自己身体和脸，还有滚烫的泪。

在冰凉通透的刺激下，他的心得到平复。穿上白色的浴袍，他站在镜子前，突然，一行字体出现在浴袍上，在靠近心脏的地方。他马上脱下来，看到上面是林清水在他睡着后用线歪歪扭扭绣上的两行字：

我许愿，
我爱你。

10年后，在Spitsbergen Hotel，洗完热水澡的凯文穿上一件绣了字的旧浴袍站在窗前，望着辽阔的极地天象——星光和太阳同时照耀着这里的大地和海湾。他清晰看见由105颗星星组成的大熊星座，和它边上的射手座，射手座手里的那只弓箭永远对着天蝎的心脏。

31 蕾丝蛇

月夕拖着黑色蕾丝裙裾一摇一扭地进入教堂院墙内，来到门口，用手试着推了推，居然没锁。

“嘎吱——”一声门开了，她钻入门缝。月光透过牢狱般的铁窗把教堂里的白骨照得透亮。在那样惨白的光线里，月夕拾级而下，走向祭坛。

她边走边看，心里发出由衷的赞叹。4 万副经过消毒和修整的骨头被砌成无比精美的烛台、祭坛、圣杯、门楣、拱门、吊帘甚至十字架。最令人叹为观止的是正中央那盏由人体各部分骨骼做成的“人骨吊灯”——8 个腿骨作为灯架，撑着一块块蝴蝶状的盆骨，上面又各自端着一颗充当烛台的头颅。月夕凑近看，发现很多骨头上有钉眼和被刀剑刺过的痕迹，死者必定在生前遭遇了不幸。

教堂很小，东西各有两扇铁窗。铁窗下有两排铁栅栏，栅栏后是排列整齐的头骨。它们是那么的多，面朝着同一个方向，张着没有牙齿的嘴，像是在笑，又像是在呼叫。头骨的主人们在经历了痛苦的人生后，坐着灵魂飞走了，而骨头只是被弃下的外壳，记录着曾经发生过的故事。

月夕被那个木匠的手艺震撼，这是非人类所能完成的恐怖和残酷的艺术。突然她很想用舞蹈来赞颂木匠的勇气和灵巧。慢慢地，她抬起右臂，头微微倾斜着，柔滑地在地上打起转来。一圈又一圈，嘴里轻轻哼着：“当年的那个木匠，你的名字将被永远地传颂，在黑暗的世界；你让腐烂的变作开花的，你让遗弃的变作被记住的……”

忽然，她一不小心摔倒在地上，头像蛇一般向上强扭着，从那个角度延伸到墙上，她猛然发现有若干根肋骨组成了四个字母——R，I，N，T。那些肋骨就挂在拥有这片土地的 Schwarzenberg 家族的族牌边上，而族牌是用手指的指骨做成的。

“肋骨的主人是一个木匠，曾让 4 万冤魂得到安息，于是冤魂都听信于他，它们成为了他在黑暗世界的军队。”江百慧的话飘浮在教堂的惨白光线里。

月夕缓缓从地上爬起来，走到那四个字母前，细细地看，嘿嘿地笑了：“Frantisek Rint，原来你一直都守在自己的杰作和你主人的身旁。呵呵呵。”

这真是得来全不费工夫，她毫不犹豫地伸手去抓其中一根肋骨，可是够不着，她需要一个踮脚的东西，于是转身去找。当她一转身，突然吓得尖叫起来，一个年老的妇人白发苍苍地站在她身后。

老妇人面色狰狞，缓缓伸手到月夕的胸前，说：“你来帮我。”

月夕看她手里是一根穿衣针和一团黑线。

月夕接了过来，手却不住地打颤。月光皎洁，可她怎样都无法把线穿过细小的针眼。手颤得越来越厉害，因为过度害怕月夕嘤嘤哭了起来。

老妇人恶狠狠地抓过针线，厉声道：“你心虚有鬼，所以无法穿针引线。”说着把鼻子凑到月夕的脸上嗅了一下。月夕吓得倒退一步，手按在人骨祭坛上，又尖叫起来。

“你的脸蛋像少女，可你的身上有和我一样的味道，腐烂的味道。”老妇人一步一步走近她，“你到底来这里干什么？”

“我……我是为了一个朋友来的。”

“你朋友？”

“她……她失踪了，我不是自己要来的，因为有人说如果能拿到当年那个木匠的肋骨就能救她，因为肋骨能招来 4 万军队，可以征战另一个世界。”月夕吓得往祭坛下缩。

老妇人的身体战栗了一下，站定不动。“命运。”老妇人说着，望向窗外挂在半空中的那枚月亮，“命运是个奇怪的东西，不是吗？我的爷爷 Frantisek Rint 是个木匠，特别擅长几何图形的排列，但在装饰完这座教堂后他就再没快乐过。他是个连死去的蜗牛都不敢看的好人，却鬼使神差地用 4 万具遗骨装饰了一个教堂。他到死也无法解释是什么力量促使自己完成了那项任务。当时很多人说我们家的人都有一颗魔鬼的心，于是 100 年来，我们是在被孤立中活下来的。”

“你觉得有另外一种力量在我们之上吗？”老妇人面无表情地问躲在祭坛下的月夕。

月夕点点头。是的，她觉得有。当她在林清水的婚礼上第一次见到那个男人时，就听到有一个声音告诉她，这就是自己等了半个世纪的男人。之前她做的一切都是在为他的到来做准备。

“自人类诞生以来，每个民族都以不同程度和不同形式体验到了人类自身的生存不能不受制于一种异己的力量。这种力量让我们的祖先感到神秘，由神秘到崇高，由崇高到神圣，由神圣而导致社会崇拜，最终形成了各种宗教。可是至今没人能解释这种异己的力量究竟是什么。就好像我的爷爷 Frantisek Rint 在临死前做过一个梦。那天早上他把那个梦告诉了全家人，当时我也在场。他说，在梦里有一个声音告诉他，他的生命不会终结，他让 4 万冤魂有了安息的家园，作为报答，他将拥有不朽的灵魂。那个声音还告诉他，将会有一场战役需要他的统领，在这之前他要停留在黑暗世界，直到战役结束后才能和 4 万冤魂渡河去天上。听你那么一说，也许那场战役即将到来。”说完，她的眼睛翻着眼白从窗口又移到月夕身上。

月夕从祭坛下爬了出来，站起身，朝老妇人走去：“在中国，我们对这种驾驭在我们之上的力量叫作天意。你的爷爷有没有告诉你，你的命其实活不过今晚？因为，我，就是天。”说完，她抡起祭坛上烛台朝老妇人的头狠狠砸去。

肉身倒地的声音。

月夕把祭坛拖到挂有肋骨的墙下，迅速取下其中一根，看了眼伏在地上的寂静的肉身，轻盈地飞奔出教堂，奔跑在密不透光的夜色里。所有人都在睡觉，他们不知道夜晚有多罪恶，死亡之神的翅膀在他们头上轻轻掠过。

树木交错的阴影映照在月夕的脸上，犹如一片蕾丝面纱。她快速走在沿着铁路的林子里。她的眼睛更习惯黑夜，能锐利地看到一切细小的变动，裙摆在黏湿的草地上“窸窣”蠕动，犹如一条灵动的蛇尾。

黑夜中行进的月夕想起自己决定生活在黑夜里是从进入艺伎馆学习的那天开始的。到达艺伎馆后的第一天，她被要求在放满樱花花瓣的温泉里泡澡。两个艺伎仔细洗刷着她的身体，什么话也不说。她们柔滑的手抚过月夕身上的每一寸肌肤，饱含珍惜之情。在那样崇敬的抚摸下，她在一片氤氲的水汽里捂着脸哭了，觉得自己活过的日子都是粗糙的挥霍。也是在那一天她才发现自己分明就是一件艺术品，今后一定要完美保存，不再让日光肆意舔舐。

教授她的艺伎们在整整两个月的课程里什么话都不说，但月夕从她们的举手投足中学会了走路、舞蹈、哭笑和斟酒的仪态，还有小鼓、三弦等乐器的演奏方法。

在纤指为男人斟一杯酒的过程里，她觉得自己不是在学习艺伎的技艺，而是在学习如何极致地爱自己和爱一个男人。艺伎们的生活让她发觉现代社会里女人爱男人的方式有多么笨拙和粗暴。

现代社会认为艺伎的产生与存在是一个时代造就的荒谬，是男权至上的奇怪产物。可是男女平等真的有那么重要吗？世上有哪一种关系又是真正平等的？无论亲情、友情，还是爱情都是一方强大另一方弱小。人们就是因为要争取臆想中的平等，所以才开始了争斗。与其这样无止境地争斗下去，不如暴露女人本来就柔弱的面目，告诉男人，其实我真的没有你强大，所以我要依赖你。

人的寂寞很多是来自伪装的结果。

打拼了那么多年后，月夕才发现男女还是各居其所，彼此依赖才比较性感，所以她哪一天能够成为自己心爱的男人的艺伎，为他歌舞升平，为他呵护娇容，让他明白，他就是自己的王，自己的命。

是那样戏剧性的，在林清水的婚礼上，那个是新郎的男人转过身，他冷峻的神情和刀锋般的眼神让月夕震颤。在这之后的许多个夜里，月夕辗转反侧难以入眠，直到有一天她不得不从床上爬起来站在黑暗的房中央，穿上与林清水一模一样的婚纱，对着空气恶狠狠说："那个男人迟早会是我的！"

她开始经常拜访林清水家，每次去都盛装打扮，脸色妖艳动人，身体饱满却盈盈在握，象让·保罗·高提耶的香水瓶子。

可那个男人像一个与她捉迷藏的影子。他从不出来见客。

直到有一天在宴会上月夕又再一次见到他。他与林清水一起出席活动，由于不爱社交，他呆了不多久便离场。月夕看在眼中，跟到地下车库，追上男人飞快的脚步。

"对不起，"她娇喘着赶上他，"我是清水的朋友，我的车出了点问题，能不能麻烦你送我一程？"

男人瞥了她一眼，不答话，只是为她打开车门。

她坐进车里，他启动引擎，声音低沉地问："地址？"

他们朝着她报上的地址驶去。在车里月夕与他搭讪，可男人的回答总是草草了事。月夕感到挫败，但内心同时被激起挑战的欲望。

纤纤十指慢慢地一粒又一粒地拨开了胸口的纽扣，月夕扭着身体，嘴里轻轻抱怨："好热。"

男人并不理会她。

她慢慢又把坐在身下的裙子拉了起来，移到腰间，露出一边的肉色吊袜带，把车窗掀开一条缝，风肆无忌惮地吹起她的裙子，舞弄到男人的手臂上。

车速渐渐慢了，驶出高速公路向着另一个陌生偏僻的地方开去。月夕的心怦怦跳，嘴角不由露出一抹笑，感到车里的温度开始飙高。

车在一片矮树林前戛然而止，前不着村后不着店。男人转过脸，轻佻地看着月夕，露出不怀好意的笑。月夕再熟悉不过男人那样的笑了，于是以自己的娇媚与轻浮作为回应。

男人下车为她打开车门，她下车，摇摇摆摆走到男人跟前，一手搭在他的肩上，嗲声说：“我和你之间的事，我用性命担保绝不会说出去。”

男人推开她，坏笑着不答，掏出一根烟，点燃，眯起眼猛吸了好几口。他用低沉又挑逗的声音说：“转过身让我看看。”

月夕娇媚地扭过身体，把臀部稍稍撅起，像蛇一样扭动起来。夜色下她心里清楚没有男人是可以违背自己本能的。说穿了，男人就是动物。

她的双腿有股热流，觉得自己是那样的兴奋和激动，炽热感蔓延上来，她甚至觉到那炽热开始刺入肌肤，还发出了“噼啪噼啪”的声响。猛地回头看，她在夜色中凄惨地大叫起来。她的裙摆被男人用打火机点着了。

车轰鸣着疾驰而去。月夕惨叫着在地上打滚，终于狼狈地扑灭了身上的火。咬着牙，黑着脸，她流下了恼怒和伤心的眼泪。她越来越爱他了。

捷克清晨的第一缕阳光切开了夜色。月夕闪出林子，在一个小镇上搭上清晨的第一班火车。

在回布拉格的火车上，她呆呆地坐着一动不动。火车里一个人也没有，只听见车轮滚过一个又一个沉睡中的村落。黑色树林背后，一个金盘徐徐升起，那样的金红，那样的圆满，光芒四溅。月夕告诉自己不要停滞于消极的情绪，可是眼泪还是止不住，一点也止不住，它们嘀嘀嗒嗒地落了下来，掉在那根她紧握着的闪着蓝光的肋骨上。

32 所罗门的后宫

“陛下。”美得不可收拾的女人在弗兰克跟前行了个礼，乌溜溜的眼睛直直地看着他。

不等弗兰克反应过来，她招手示意他跟她走，笑声如银铃般。弗兰克从没见过那样性感的中东尤物，看着她远去的在白色薄纱里若隐若现的肉身，他不做任何思虑地随她而去。

女人赤着脚，十步一回头地去看弗兰克。她的眼睛像黑夜里的北极星，嘴唇像最透亮的红宝石，她的肉身要让天下的男人犯下最原始的错，她走起路来像夏天的微风，树叶在她脚下灵巧地跳开，黄金铃铛在脚踝上响呀响。

看着她的背影，弗兰克已经醉了，无论这个女人要带他上高山还是下火海，他都无怨无悔，只想摸一摸她羊脂般的肌肤，看一眼她为他绽放的玫瑰笑容。

沉醉中，弗兰克不知道自己跟着女人走了多久。下午的太阳渐渐收起了长长的尾巴，昼夜交替，云层变幻，光影游移。他们跳跃过小溪，走过一片寸草不生刮着风的沙漠地，一轮月亮在地平线上平稳地升起，月亮的脸上有一抹阴影。

上了山坡，他们走进一片古老的橡树林，橡树林里有光，越往深处走，光就越亮，好像有白天要从里面蹿出来。

“我们要去哪里？”弗兰克问，他的脚步开始犹豫。

“别怕，跟我来。”女人说话时带着娇媚气息声，转过身，天真又害羞地看了弗兰克一眼，白色的薄纱忽然从身上滑落下来，她咬着手指直面弗兰克，胴体毕露，饱满的胸部随着呼吸不安分地起伏着，像两头小鹿。在月光和树林深处发出的光中，女人的身体通体透亮，仿佛变作射灯下最透薄的瓷器。弗兰克的眼睛眯了起来，雄性的本能让他亦步亦趋地靠过去，嘴角露出情欲的笑。深吸了一口气，他的眼睛落在女人圆润修长的脖子上，还有下面圆润突兀的地方，他在它们上面看到蓝色的细细血管，血液在里面流淌，发出轻微“突突”的跳动。他伸出手要去抓女人胸前的小鹿，女人轻笑一声，灵巧地躲开，害羞地瞥了他一眼，撒腿向林子深处跑去，红色的头发如海藻般四下飞散开来，林子里全都是她银铃般快活的笑声。

“太不可思议了。”弗兰克双手叉腰，笑着摇摇头，似乎无法相信这样的艳遇是真实的。他急不可待地要去触摸和占领，他浅蓝色的眼睛因为强烈的情欲而变成了埃及蓝。风流成性的他，享用过的女人不计其数，但从未像今晚这样面对自己的欲望难耐到极点。甩开步子，他如一头野兽疯了般追过去。

跑着跑着，林子里渐渐只剩下他的脚步声，女人的笑声骤然消失了。

亮光越来越刺眼，他缓下步子，拨开了一根橡树枝，神奇的一幕出现了！在他的眼前，光变作了一座黄金闪耀的宫邸。它雄伟珍稀，把上方的天空照亮。弗兰克走向它，嘴在巨大的震惊下张了开来。

这个宫邸长 30 米，宽 10 米，宫墙上镶满薄薄的黄金羽翼。宫邸中央有座神殿，神殿用宝石和象牙装点而成，弗兰克觉得这是一个过分美丽的梦。如梦如痴地，他从宫墙的一道门里走了进去，万分欣喜地看到刚才的女人正在神殿院前的莲花池里嬉水，晶莹的水珠流淌在她紧致的肌肤上像钻石在闪耀。这样的莲花池遍布院内足有 100 个。

女人捂着自己甜美的私处，低着头不好意思地从池里出来，轻盈地走在前头把弗兰克引入神殿。

“我的天！”弗兰克不停地惊喊。神殿用松木铺地，香柏帖墙，檀香做穹顶。穹顶镶满宝石，有绿莹莹的金绿猫，彩虹一样会变幻光泽的黑欧泊，石榴色的碧玺。神殿正中有一根巨大的柱子，柱子上是纵横交错的橡树枝和初开的玫瑰。

站在神殿中央的弗兰克笑了起来，笑声越来越猖狂。天呢，这个梦真是太棒了！这是他做过的最疯狂的梦！

女人露出赌气的表情，觉得弗兰克的视线没有紧紧跟随自己，而是被黄金和宝石分了神，她不开心地绕过柱子向后走去。

弗兰克哪会那么轻易地放过她，他快步跟了过去。看到她的背影已走上镶满金子的石阶，消失在白色的珍珠帘后。

帘子后是一张用天鹅的羽毛搭成的大床。四周的烛台上早已盛满香油，麝香萦绕，玫瑰花瓣铺地，各色美酒一字排开在巨大的檀木桌上。纱幔在夜晚的空气里飞舞，一切都像是要迎接一个销魂的春宵。

弗兰克屏住呼吸，希望自己的梦不要过早醒来。他脱去球鞋，爬上了那张大床。它过于柔软，软到要让人一辈子深陷其中。爬着爬着，弗兰克便来到一丝不挂的美人儿跟前。无法再等待，他急不可耐地伸出手去触摸她。这一次她没有逃脱开去，而是认真地看着他的眼睛，把长及脚踝的红发撩到身后，对他露出玫瑰初放一样的笑靥。看着他的眼睛，她静静地柔软地平躺下，展开自己娇美的身体。

每一次当弗兰克和女人上床的时候，总会出于礼貌地问一下她的名字，尽管他记住的并不多。这一次也不例外。“美人儿，你叫什么名字？”他问。

红宝石的双唇开启，她用最轻柔的声音告诉弗兰克：“亚比煞。我的名字叫亚比煞，陛下。”

弗兰克是个历史老师，恍惚间觉得这个名字有些熟悉，似乎来自一个很古老很古老的传说。但这一刻他不愿对这个问题多做深究，只想马上品尝这个叫做亚比煞的美人儿。

夜越来越深，一切都在摇曳，起伏不息，无休无止，那是上天入地般的快活！

天际鱼白，弗兰克伸了个懒腰，腰酸背痛，昨晚的梦如此真切！朦胧间他问自己现在在什么地方。

“恩，我应该是在耶路撒冷，要去寻找哭墙上的眼泪。今天早上再去那儿看看，如果没找到就打道回府，不管怎样我已经尽力了。”想着，他翻转过身体，闭着眼纳闷自己昨晚喝了什么，是不是被人下药了，居然做了个那么销魂的梦。耶路撒冷之行有点无趣，不过因为那个梦也算值了。

揉了揉眼睛，睁开，他看见夺目的金碧辉煌，嘿嘿笑了下，又闭上，觉得自己没完全醒。当他再次睁开眼时，脸上的笑容不由凝固了。他立马起床，却深陷在羽毛大床的中央，好不容易才挣扎着爬到地上。一只手在这时突然拉住他的一根手指。他一哆嗦，一看，昨晚让他快活无比的美人儿在今早的现实世界里成了他的当头一棒。

“见鬼。”他懵懂了，“怎么可能？怎么可能是真的？！活见鬼！我的天！”

他赤着脚站在金光闪耀的神殿里，惊惶失措地四处走动，双手抱着脑袋想让自己平静下来。忽然，他冲向女人，用手捏住她巴掌大的脸，大声问：“我在哪里？究竟是怎么一回事？”

女人乌黑的眼睛跟着一头红发一起垂落下来，显出伤心的样子。

弗兰克于是让自己的态度柔和些，他放开她，耐住性子地问：“告诉我，这到底是怎么一回事？昨晚发生的一切我……我很抱歉，我……以为这只是一个梦。请告诉我，我在哪里？我想自己该走了。”

女人听到“走”这个字眼，泪水哗地滚落下来，红宝石的嘴唇顿时失去了颜色。

她用哀求的神情看着弗兰克，跪下：“请别走，陛下。”

弗兰克不耐烦了：“我不是什么陛下。我说了，昨晚的事实在对不起，这一切……噢，我的天，全都太疯狂了！”

女人缓缓从地上站起来，泪眼蒙眬地央求弗兰克，“请先别走，我想让陛下见一个人。”

她失魂落魄地下了台阶，一会儿就消失在柱子后面。

弗兰克用清醒的眼睛再一次打量这个辉煌的宫邸，偷偷从包里掏出一把瑞士军刀从墙上撬下一颗拇指指甲大小的粉色宝石，把它放进自己的裤兜里，他要带回去做鉴定。

他又用手指在镶金的石阶上蹭了蹭，没有金粉脱落。难道都是真的？“太疯狂了！究竟是什么鬼地方？”这个地方让他开始觉得浑身不舒服，想要尽快离开。

等了许久，屋里慢慢升腾起了一股麝香味，昨晚的云雨让弗兰克感到倦怠。“就躺一小会儿。”他对自己说，很快就在石阶上睡着了。

是一道强烈的光线把他弄醒。弗兰克使劲睁开眼，身处的宫邸浸泡在太阳里，金子和宝石折射出夺目的光。正午的样子。

他坐起来，看到身上盖着一整张豹皮，刚要掀开起身，一双手伸了过来，巧克力色的肌肤。手很美，动作纤柔。弗兰克抬头去看手的主人，就只一眼，他就呆了。

那是怎样绝世的容貌啊！在那张精致得令人屏息的脸上，有一种威慑的庄严。黑皮肤的女人穿着玫瑰红的衣裳，风卷葡萄带，日照石榴裙，千万束飘带吹拂在她的身后。如果说弗兰克昨晚撞上了仙女，那么今天他遇到的是女神。

他没敢要她搀扶，自己站了起来，看到黑皮肤女人的身后站着昨晚的美人儿亚比煞，她还在哭泣。

“我想自己有权知道这里是什么地方吧。”他说。

“陛下，请您好好看看这个地方。您想起什么吗？”黑美人说完指引着弗兰克走上一串楼梯，到达神殿的塔楼。

“陛下，请再好好看看。”

站在正午的太阳底下，弗兰克的鼻子上渗出一层汗，心想：“我怎么会知道这里是什么地方？”

登高望远。他看到这座宫邸建在一座山巅上，坐西朝东，被宫墙围成矩形，中央是神殿，前方是100个金边莲花池。

居然有点熟悉，似乎在书上见到过。不不不，是的的确确地见到过，不是在书上，而是在一幅手绘图上！在现实世界里这个地方早已不复存在，它在公元前就被巴比伦人完全摧毁了。

弗兰克从怀疑到否定，从否定到震惊，最后到接受事实，期间他反反复复说着："不可能！不可能！它早就不存在了，早就不存在了！可是它是那么的像……"他转过身困惑地看着身后两个美人儿，美人儿的脸上充满期待，期待他能把最后那几个字说出来。

终于，弗兰克说："它是那么的像所罗门的圣殿！"

听到那几个词，两个女人迅速跪倒在地上呜呜哭起来，像是等了千年才迎来自己的主人。她们伏在地上不住亲吻着弗兰克的球鞋。

"你们究竟是谁？"弗兰克的脸上挂下两道汗，茫然地问。

黑美人抬着梨花带雨的脸答："我是示巴女王。"

弗兰克愣了一下，不知是该笑还是哭。

"你说你是那个与所罗门王有过恋情的统治着整个非洲东部的示巴女王？"

"是。"黑美人欠了下身子，巧克力色胸脯波动了一下，引得弗兰克的眼睛停驻在上面再也无法移动。

所罗门，公元前900多年耶路撒冷的王。他的名字Solomon，代表着太阳、真理和光荣。他曾向天上的神祈要一件东西。神问他要什么，并说只能给一件。所罗门说，我要智慧。

神说："因为你祈求的是智慧，不是寿命，不是财富，也不求歼灭你的仇敌，所以我赐予你所要的。"

所罗门获得智慧，于是后人称他为智慧的王。

他不仅拥有超人的智慧还拥有无法估量的财富。为了报答神对他的赐予，他在一个叫做默里的山巅上建造起一座圣殿用来歌颂神。这座圣殿后来被叫作所罗门的圣殿。

所罗门的智慧和财富被远远传播，他的名字被风吹进一个非洲女人的耳朵里，她的脸上顿时浮起两朵红云。她就是示巴女王。

示巴女王决定要去见所罗门这个令她无比敬仰的男人。女王去见所罗门的时候带上了许多礼物，有黄金、珍稀香料、用来装饰圣殿的七彩宝石，还有一个谜语。如果所罗门王能答出那个谜语，她就纡尊降贵在他的寝宫停留一晚。

“当年你带给所罗门王一个谜语，有这样的事吗？”弗兰克问。

示巴女王点点头。

“你的谜语是什么？”

示巴女王神情迷离地回忆道：“那是很久很久以前的事了。谜语是关于一朵玫瑰。有三个玫瑰精长在田里。其中一个玫瑰精夜晚常变作女人，在心爱的男人家里过夜，但她总是不得不在天亮前变回玫瑰回到田里。她希望能够永远厮守在心爱的人身边，神于是想要给她一个机会。神让男人在早晨来到田里，如果他能在三朵一模一样的玫瑰花里找出自己心爱的女人，神就让玫瑰永远变作女人留在男人身边。男人只看了一眼就认出并摘走了属于他的那一朵。请问他是如何知道的？”

弗兰克抓了抓脑袋：“他怎么会知道？”

“如果您答对了，我就会像当年许诺所罗门王那样献上我的一晚。”

弗兰克顿时来了劲，色色地看着黑美人儿，浅蓝色的眼睛变作了埃及蓝。

两个女人见到他那样子，捂着嘴偷偷笑起来，弗兰克也不好意思地笑了。

突然有个疑问略过弗兰克的脑袋。他有点不明白地问道：“如今的‘哭墙’是所罗门圣殿的一部分，可是它是在别的地方啊？”

说到这里，两个女人又抽泣起来，似乎她们亲身经历和看到了从前的灾难。

“‘哭墙’之所以幸免是因为我们的眼泪。”红发美人儿亚比煞说，“是我们用眼泪浇灭了罗马人放的火。”

弗兰克呆呆地看着面前两个女人，估算着她们的年龄，难道她们是活了几千年的鬼？不可能！不可能！他用手抹去脸上的汗，两个女人赶忙上前为他擦拭，他吓得躲开。

“这里是真正的第一圣殿所在处。第一圣殿被毁后，重建的第二圣殿改在了别处，就是现在‘哭墙’所在的地方。”亚比煞解释。

“为什么要改？”弗兰克问。

“因为所罗门圣殿里藏有世上珍贵的财宝，我们要守护它。我们守护的财宝还包括2000多年后圣殿骑士们的宝藏。”示巴女王说。

历史上的圣殿骑士一开始是一个修士会，以保卫欧洲来的朝圣者在耶路撒冷的安全。由于他们的杰出表现，教皇发布圣谕赐给他们特权。凭着这些特权圣殿骑士们开始拥有庞大的地产并从事起商业和银行业务。他们的财富越来越多，终于引来了法国国王“美男子菲利普四世”的嫉妒。1307年10月5日，他下令逮捕所有在法国的圣殿骑士团成员，没收他们的财富并对他们施行火刑。10月5日那一天是星期五，这也就是后来“黑色星期五”的由来。

可是当时有一部分珍贵的宝藏不见了，成为了历史上的悬案。它们是耶路撒冷15位国王们的皇冠，所罗门的七支烛台和四部金福音。

“当我们找到快要被消灭的圣殿骑士后，他们托付了我们最珍贵的宝藏。如今我们拥有世间最多的财富，却没有自己的王。”示巴女王哀伤地看着弗兰克。“陛下，所以请您留下，如果您能留下，这里所有的一切都是您的，全都是您的！”

弗兰克咽了下口水，面对突如其来的一切，乱了。

“亚比煞现在就是您的人了。”示巴女王把亚比煞推到弗兰克身边，“您听说过历史上亚比煞这个女人吗？”

亚比煞不好意思地垂下头，红发像一片霞光里的云。

“似乎听说过，但记不清了。”

“所罗门王的父亲大卫王年老后身体发凉，成天盖着被子，但仍然觉得不够暖和。一天一个臣仆对他说，不如找一个最美丽的处女让她伺候王，奉养王，睡在王的怀中，好叫我王暖和。他们搜遍以色列，终于找到一个最美丽的童女，名字叫做亚比煞。昨晚是她的初夜。”

弗兰克的脸顿时涨得绯红，说不出话来。

“当然还不止这些。”示巴女王把手搭在塔楼的扶栏上，用奇怪的语言喊了一句话。

马上，宫墙的廊柱后传来“沙沙”的脚步移动声。弗兰克急忙往下瞧，那一瞧他便再难离开这个地方了。

几百个美艳无比，丰润妖娆的女人仰头望着金发碧眼的弗兰克，有的窃窃私语，有的暗传秋波，有的早已宽衣解带起来。

弗兰克的眼珠爆出了情欲的金星。“不走了，不走了。”他对自己说。

“所罗门王是智慧的王，为了避免与邻国发生冲突，所罗门王娶了邻国的公主们为妾，养护在后宫。她们都是来自埃及、摩押、赫族、以东、亚扪、腓尼基最美最讨男人欢心的女人。她们连同这所宫邸里所有的财富都是您的。难道您还有其他所求吗？”

弗兰克转过身，撸了下自己的金色头发，嘴角露出坏坏的笑：“就剩下你还不是我的。”

“那就请您赶快解开那道谜语吧！”示巴女王看着眼前这个俊美的瑞士男人，胸脯随着呼吸激烈地起伏，他是她3000年来见过的最风流最俊美的王。他的头发，他的眼睛，他的嘴唇，还有他的肩背和四肢，都是如此赏心悦目！

她要留住他，为了寂寞的自己，也为了寂寞了几千年的所罗门后宫。

33　亲爱的玫瑰公主

莫里斯是个十分闭塞的山谷，自 1288 年起才有人在这里居住。它被好几座高山以 360 度的方式包围，镇子就像是一个茶杯的杯底。

“在这种阳光不足的地方，必定有古老凄惨的故事。”蓝镜心想。

她走进一条崎岖的小巷，感觉似乎一下子回到了上海的老弄堂。巷子两旁低矮的墙成灰绿色，爬着交错的藤蔓。很多 17 世纪留下的小木屋躲在密密的云杉树后。房子的外墙是深褐色的木头，上面有斑驳的彩色漆画，刻着建造的年代还有当时的主人为它们取的名字，有的叫“安宁之乡”，又有的叫“阿尔卑斯山庇护所”，有栋小木屋上甚至刻有《圣经》的“十诫”。

在 5 年前莫里斯是个无人问津的山谷，即便是询问一个见多识广的瑞士老人是否知道那个地方，他也会一脸茫然。但是从 2007 年开始，世界各地的人们怀着沉重的心情，千辛万苦地找到这里。 这一切变化都是因为一本书的出版——《生于 13 号的女孩》。

2007 年适值莫里斯所属的格拉鲁斯州大选。那本书就是因为大选而诞生的，作家是一位参选的政客。很多人说他是为了赢得选票而用古老的奇闻争夺眼球。眼看这名政客即将因为这个故事而获选，却突然莫名其妙地退出，从此渺无音讯。传说他得了一种奇怪的病。

这些都是蓝镜在搜索引擎上获得的讯息。她正在去见这位政客的路上。巷子越往深处走，云杉树就越密集，空间就越窄小。半路上蓝镜看见有一口古老的井，清澈的水正汩汩流淌。她有一个习惯，每次在紧张的时候总要喝一口冰凉的水镇定一下。她把嘴凑近天使石雕，透心凉的水顺着天使的眼睛流入口中。当她仰着脸喝得正痛快时，忽然觉得那个天使看上去是如此悲伤，似有不幸的事曾在山谷里发生。天使的悲伤大概是因为无法理解人类的心，人类的心可以是让人脊背发凉的。

蓝镜站在水井边发呆，一只黑猫跑过来在她小腿上蹭来蹭去。她把它抱起来，摸了摸它发亮的黑毛，黑猫闭上眼睛享受了几秒钟爱抚，又从她手臂上蹦跳下来，一步一回头地到了一栋庄园门口停下来舔自己的爪子。

看了下庄园的门牌号，蓝镜发现这里正是自己要找的地方。透过黑色镂花铁门，她见到一片长期未经修葺的草坪。草坪四周种着排排苹果树，熟透的果子掉落在地上无人收拾，似乎主人并不在乎自己的形象。在瑞士，人们是非常在意自己花园的，生怕被邻居嘲笑自己的懒惰。

蓝镜按下门铃，灰色城堡的一扇窗子里亮起一盏灯，好似城堡睁开了一只眼睛审视着来访的客人。

“第一个问题，您就是来自中国的物理学家吧？”对讲机里突然传出一个男人的声音，听上去大约 60 岁左右。

“是的，您好。”

“第二个问题，我能为您准备什么喝的吗？”

蓝镜愣了一下：“随便什么，谢谢。”

门没有开，对讲机里沉默了一会儿：“我问了下管家，他说没有一种叫作随便的饮料。”

蓝镜笑了：“那么，我想要一杯冰水。”说完，她想自己应该可以进去了，可是大门还是纹丝不动。

“第三个问题，请问爱因斯坦曾经居住在瑞士哪里？”

蓝镜想了下：“伯尔尼克拉姆大街 49 号。他认为那是他一生中最感到幸福的地方。”

“谢谢您的回答，我只想确认您是不是一位真正的物理学家。”

“轰隆”一声，两扇庞大的铁门徐徐打开，蓝镜走了进去，想，这真是一个古怪的人。

她走过草坪中间的小径，还未抵达城堡，一扇门就开了，一个身着黑色礼服打领结的老绅士向她微微点头。

蓝镜走上台阶，伸出手：“您好，彭先生，我是蓝镜，谢谢您能接见我。”

穿礼服的绅士并不伸出手，微微鞠了个躬：“您好，小姐，彭先生在客厅里等您。”

蓝镜这才发现这个彭先生的生活实在是优越。

从门厅到达客厅的过道里，蓝镜见到墙上挂着很多肖像画，想起自己小时候看过的欧洲宫廷片里皇室家族在墙上也是挂着一长串祖先的画像。

蓝镜数了数，共有 8 位，猜想彭老先生的祖先也许是莫里斯山谷第一代居民吧。

跟着管家，蓝镜走进一个光线过于明亮的房间，听见一个声音在她到达后响起：“亲爱的女士，欢迎您的到来。”

窗外的光被室内一件什么东西强烈地折射到蓝镜的脸上，她不得不眯起眼，一个高大的身影慢慢站起来向她走了过来，伸出手：“我是彼得·彭。”他的脸慢慢清晰地呈现在蓝镜眼前，她伸出去的手不由僵在了半路上。

一个带着威尼斯银色面具的男人！

那张闪着寒光的面具覆盖着整张脸，没有丝毫表情。蓝镜去看站在门口的管家，管家叹了口气，露出为难的表情。

“我知道您害怕了。我会慢慢告诉您这张面具的故事。请坐。”面具人指了指窗前的玫瑰红沙发。

蓝镜刚要坐下，忽然莫名地被一张画像深深吸引。

画像上是一个小女孩，约莫十一二岁的模样，金色头发，粉红脸庞，她的眼睛很特别，是淡淡的紫罗兰色，它们看上去像是成年人的眼睛。

凝视着那双眼睛，蓝镜感到自己一下子跌了进去，想起张爱玲说过的一句话：因为懂得，所以慈悲。

小女孩的眼睛让人莫名其妙地想要哭，它们散发着爱、慈悲和宽广，让人觉得眼睛的主人并不存在于某一天或某一时刻，而是永恒的。

“哦，对不起。”蓝镜好不容易才从着迷的状态中回过神来，不好意思地落座。

“没关系，没关系。”面具人面无表情，但蓝镜能听出他在轻轻地笑，“所有人看见她的眼睛都会那样的。”

“这是您的孙女吗？”蓝镜问。

“不，这就是您打听的女孩。”

“这就是您书里的柔丝？！”蓝镜吃惊，不由再去看那张画像。

“她就是那个生于 13 号的女孩——柔丝，而我更喜欢叫她亲爱的玫瑰公主。她是我们彭家族的一个传奇，生活在 200 多年前的 17 世纪。在残存的家谱中只能知道她出生于 17 世纪某年的 9 月 13 日。关于她的记录很多被销毁了，我想那是因为在当时我的祖先们想把她的事从家族历史中抹掉，因为在当时看来她是一个耻辱。”

“我昨晚一口气看完了您写的那本书。”蓝镜说。

她已经大致了解了柔丝的故事。柔丝，一个养尊处优的贵族小女孩，生于群山环绕的莫里斯山谷，她似乎并不喜欢把自己的生活局限在城堡和花园里，而是喜欢钻进小巷看老百姓的日常生活。她看鱼贩们如何切开鱼的肚子，把肠子抛在泥泞的地上；看香水调配师傅如何把千百种不同花草的气味保存在小小的玻璃瓶里；听女人们在助产师的吆喝下发出声嘶力竭的哭叫声。是的，12 岁的柔丝更喜欢城堡之外的生活，因为它那么充满生命力。不久，由于当时社会对科学知识的缺乏，造成了人们的迷信，迷信带来了怀疑和偏见，怀疑和偏见又激起人心深处藏匿的劣根，于是“猎巫”行动的火焰在欧洲燃烧起来，慢慢蔓延到了偏僻又封闭的莫里斯山谷。

不断有女人从山谷的村落里被拖走，她们被带到从未去过的地方，那个地方叫蒙特勒，有一个美丽的水上古堡，名字叫西庸。她们被关进西庸古堡的地牢里，然后被冠以“女巫”的罪名。大火在刑场上燃烧起来，劈劈啪啪的响声淹没了她们的哭喊，烧干了她们脸上的泪和曾经丰韵的肉体，最后化作灰化作尘，飘落在古堡边的日内瓦湖里，飘落在游来游去的天鹅的白色羽毛上。

那个时候的柔丝从母亲的首饰盒里偷走了珠宝，剪下自己的一簇金发放进去作为给母亲的纪念。在一个天际鱼白的早晨，她拦住一辆黑色马车，把珠宝塞给赶马的人，说：“老爷爷，请麻烦您带我去蒙特勒的西庸古堡。”

赶马人看着这个美丽的穿着名贵衣衫的小女孩，用教训的口吻说：“你为什么要去那个可怕的地方？乖乖回家去。”

柔丝仰着头告诉他：“我要去为地牢里的人唱歌。”

赶马人逗趣地说：“那你先唱给我听听。”

她使劲攀上高高的马车，待坐稳了，就开始用柔嫩的嗓子唱道：

死亡是条被子
在山谷的太阳落下后
它轻轻地盖在你的身上
星辰在召唤
叫你不用害怕
因为当你再次睁开眼时
将到达美丽新世界

赶马人哭了，劝说道：“你太小了，我带你去那么远的地方，你的父母会降罪于我的。”

柔丝认真地看着赶马人，用她紫罗兰色的眼睛：“世界上没有罪人，只有迷路的人。请带我去那里，老爷爷。”

赶马人在晨曦中看着那双眼睛，被深深感动不再多言，鞭子的响声划开了空气，马车带着柔丝飞奔向一个遥远的地方。

柔丝到了西庸古堡。她每天买三个面包，这是她的三餐。树林里的泥土地是她宽大的床。她站在离火刑场不远的地方，每一个倒霉的女人被拖出来，她就扯开嗓子开始唱歌。

教会的人把她拖走，她又回来。行刑人打她赶她，她的额头开始流血，可还是站着不动。不出几日，她的样子再不像是一个贵族家的小姐，而是一个疯疯癫癫的叫花子。

可是“女巫”们爱她，她们在地牢里传颂着这个奇怪的女孩。她们说，只要看一眼女孩紫罗兰色的眼睛，死亡似乎就变得不那么可怕。她们还说在她的歌声里，火烧在身体上不再那么痛。因为有几个“女巫”看见被处死的一个叫做玛格丽特的女人最后在火里随着女孩的歌声露出了笑容。最后，“女巫”们一致认为那个奇怪的女孩一定是上天派来的天使。

可是不久天使的寿限就到了。

一天，法官突然用扇子指着叫花子一样的柔丝，说：“你过来。”

柔丝被人带了过去。法官说：“以后不准来这里唱歌，听见没有？”

柔丝摇摇头。

法官说：“你如此维护女巫们，莫非你也是一个女巫？”

柔丝不说话。

“你就是女巫！”法官很生气很肯定，“我判你有罪。”

“烧死她！”

“烧死她！”

“烧死她！”

火刑场对面看台上的人们发出节日般的呼叫声。

柔丝抬起眼睛望着众人，众人的叫声戛然而止，他们在她的目光里突然想哭，突然对这场已经进行了几百年的杀戮感到意兴阑珊。他们想起被自己陷害的朋友、邻居还有亲人，开始哭起来，哭得惊天动地。

法官用一把扇子挡住自己的眼睛，翘起手指，示意行刑人把柔丝带下去。当行刑人把柔丝拖走，却不知所措地问法官要把她带去哪里时，法官指了指对面的火刑柱。

柴堆砌好了，女孩柔丝被绑在火刑柱上。

“烧死她！”

“烧死女巫！”

“杀！”

火被点燃，火光冲天。一些人嘴里发出啧啧的声音，觉得那景象真是壮观和刺激。

他们看见女孩的裙裾燃了起来，头发也燃了起来，她的皮肤发出滋滋脆裂声。一张恬静的脸在火里慢慢抬了起来，依旧望着众人。

“你看她一点都不痛！”

“天呢，她是真正的女巫！”

“法官英明啊！”

“你们看，你们看，她的眼睛！喔，我的天，她的眼睛让我感到难受！”

那对紫罗兰色的眼睛散放着爱和宽恕，它们没有被火光吞噬，而是愈发得明亮。稚嫩的歌声在火里响起：

死亡是条被子
在山谷的太阳落下后
它轻轻地盖在你的身上
星辰在召唤
叫你不用害怕
因为当你再次睁开眼时
将到达美丽新世界

在歌声中，人们一个接着一个跪倒在地上祷告。众人又哭了。

惊恐的法官的耳边突然送来一阵风，风里有一个女孩的讲话，她说：

世上没有罪人，只有迷路的人。我原谅你们！

法官用小指掏了掏耳朵，四下张望，然后瘫坐在地上，一滴眼泪从他脸上滚落下来。侍卫们把他搀扶起来，他摇摇晃晃地走到火刑场中央，用扇子示意人们安静下来，然后用颤抖的声音宣布："'猎巫'行动结束了。'猎巫'行动从此结束了！我们已经处死了世上最后一个女巫，世上最后一个女巫！！！"

柔丝·彭——欧洲历史上最后一个女巫，她的死让历时3个世纪之久的欧洲"猎巫"行动终于划上了血红色的句号。

"当人们说起女巫，您对她们的印象是怎样的？"面具人问蓝镜。

蓝镜托着下巴想了会儿，"她们要么是有着蛇舌一样红色卷发的美人，要么是一个长着长鼻子骑在扫帚上的老太婆。"

"其实当时的'猎巫'行动让人们有了摆脱他们不喜欢的人的机会。村里的女人因为嫉恨想摆脱掉最美丽的女人，而一些年老的穷苦的乞丐也让村里人讨厌，他们总会要你向他们施舍这个或那个。所以'女巫'们的形象就有了红发美女和骑在扫帚上的老太婆。"

"原来是这样。"蓝镜想到在自己的国家曾经也发生过类似的事件，人们为了摆脱掉自己不喜欢的人于是给他们冠上子虚乌有的罪名。人言可畏，人言可畏啊。蓝镜心里觉得冰凉又难过。

"没什么好难过的，孩子。历史就是一部杀戮史。"

"听上去似乎活在人类的发展旅程中是一件危险的事。"

"就是因为我们不知道明天会发生什么，所以要淋漓尽致地活着，像柔丝那样。"

蓝镜点点头："如果您不觉得冒昧，我想知道为什么那次大选您突然退出了？"

"当年我写下柔丝这个故事并要求法院对一个200多年前的错判进行重新审理时，媒体上说我是利用这个事件吸引民众的眼球，为自己拉选票，其实他们没说错，因为这个事件我才最后得到最多的选票。可是我的命运突然在一天下午改变了，随着这个改变才解开我心中多年来的疑团，关于柔丝是否真实存在过。在我的家族对柔丝存留的记录里，我发现她似乎并不像一个真实的人类。比方说，记录中提到她对任何创痛似乎都没什么感觉。一个孩子很容易因为烫伤或者不小心被刀割伤而哭泣，但柔丝没有。火刑的时候，当大火吞噬她的时候，她似乎也没有痛苦，这都很不可思议。”

“是不是记录的人用了夸张的描述。”

“当时我的家族以她为耻，用夸张的手法来记录她不免有矛盾。可是那天下午我得到了答案。”

“答案是什么？”蓝镜急迫地问。

“看着我的面具。您认为什么样的人会戴面具？”

蓝镜注视着那个精致的威尼斯银色面具，低下头有点难以为难地回答，“脸遭到毁坏的人会戴面具。”

说完，她突然想起什么，补充道：“当然，还有一种病也会让人使用到它。”

面具人点了点头。

原来是那种病！蓝镜一下子恍然大悟，那种病会让人失去痛觉并让面容遭到毁坏，那就是——麻风病。

柔丝是个麻风病病人！

34　面朝大海

转眼又一周过去。

等待中的江百慧每日的生活就是诵经和禅修，静静地吃饭，早早地休息。而浅野秋却度日如年，出发后的孩子们没有一个来过消息，就像是从地球上消失了，这不免让她更加忧心忡忡起来，茶不想饭不思，整夜整夜地闭不了眼，唯一能做的事就是画画，只有在艺术中她才能暂时忘却现实生活里的煎熬与哀愁。

不知为什么她的画布上出现了一汪蓝色海洋和一艘巨大的游轮。游轮很高，一层又一层，像一只漂浮在水上的奶油蛋糕。风里的人们裸露着古铜色的皮肤躺在甲板上，脸上是什么都不愿去想的表情。色彩缤纷的鸡尾酒被侍应生们传递着，爽利的酒精喝下去就会忘记陆地上的喜怒哀乐。

无法解释人类为什么热爱大海，也许是因为它无边无际一股脑装下了生活中所有的不完美，展现出的只有当下的波光粼粼与浑厚的安抚声。

在那幅画上浅野秋又用笔勾勒出一个小人儿。那是一个黑头发穿白衣的女人，她衣着有点古怪，穿着男式的北京白布褂子，踩着白色的夹脚拖鞋，五官模糊，侧着脑袋在思考什么。

画完这个小人儿后，浅野秋无限深情地望着她，那是 25 岁的林清水。那一年，她们第一次一起出游。

25 岁的林清水在金融界惨败，身上唯一有的是石黑玄援助她的那张支票。从事业的云端跌下，她不知道自己该何去何从，于是决定先去度一个长假。

每一个人的心头都做过环游世界的梦。林清水也不免俗。

她在一本旅行杂志上看到一则广告："极致号游轮 46 天环游世界：从巴塞罗那起航，终点站悉尼，横跨 10 个国家，15 个港口。世界很大很带劲，跟我们去海上吧！"

7 天后，林清水带着行李登上了极致号，向着南半球开始了她一个人面朝大海的假期。

她不是一个浪漫的人，从小到大唯一做过的绵情的事就是在凯文的浴袍上绣下自己的生日愿望。所以为期 46 天的海上旅行，她没有像其他单身旅行的女人那样穿梭在人群里左顾右盼地寻找火花。她喜爱在整洁的人生的道路上不停地冒险和突破，对她而言其中的乐趣远远大过来自风花雪月。趁着旅行她展开了自己的交际计划，即在每个国家停靠的港口约见过去 5 年在金融界结识的客户们。他们工作在不同的领域，大都因为她而使自己的资产翻了几番。当得知林清水以惨败告终，一些人都怀着感谢和同情的心前来港口会一会这个年轻的只是在电话上交谈过的投资家。

10 个国家，15 个港口，林清水以自己的魅力说服了一些从前的客户加入到自己即将展开的广告事业，一些成为了她的广告客户，一些成为了她的投资人。当游轮驶到马来西亚的巴生港口时，她已顺利面见了所有人。走上甲板，她任风吹起自己宽大的北京褂子，看着巨大的游轮在汽笛声中向岸边靠近，此刻的她已不再为失败感到沮丧，而是为新事业的即将展开感到踌躇满志。

游轮靠了岸，她向着岸边几个人用力地挥了挥手。岸边的人也兴奋地向她挥手，欢快地叫着她的名字，他们是准备和她一起前往悉尼度假的弗兰克、丹尼尔和凯文。

站在风里，凯文对林清水露出一个笑，明朗得就像 16 岁时他第一次见到她。林清水默默地看了他一会儿，转身走进船舱。

一群人上了甲板，弗兰克迫不及待地向侍应生要酒，很快在海风里喝开了。丹尼尔则快乐地潜到水里去看缤纷的鱼类。林清水换了一身衣服再次回到甲板上，凯文对她吹出口哨。只见她穿了一件白色的雪纺绸垂地单肩礼服，一双镶满白水晶的阿拉伯式拖鞋，干净飘逸，凯文好生欢喜，又去看她手腕上他送的那枚镯子，它还在，他微笑。

林清水和凯文的关系没人说得清。俩人偶尔会见面，但林清水若即若离的态度却让凯文琢磨不透。他曾经小心翼翼地提起她在他浴袍上绣下的字，林清水的脸涨得绯红，急忙错开话题。每当他要进一步靠近她时，她总是躲开或者后退。但当他真的去了很远的地方时，林清水却会写信说自己惦念着他。凯文感到只有在俩人相隔万里的时候，林清水才会向自己靠近。

这段飘忽的感情没有结果。日子静好，凯文认真工作，耐心守着她，尽管有时有些惆怅，但他认为这样的状况随着时间会出现一个明了的结果。他有的是耐心，因为那么那么的喜欢她。

两年前，他被派去坦桑尼亚的国际医疗队工作两年。在乞力马扎罗的山下他停留在了永恒的夏天里。收工后的傍晚，他坐在黄土坡上，非洲的夕阳红得那样血腥，象群们挪动的背影就在那枚徐徐下落的太阳里。在那样的景色下他写明信片给她，向她描述了一个金红色的非洲。每隔几天他就寄出一张，心里想着此时此刻的她会身在哪一个洲哪一片洋。她频繁地穿梭于东西方，生活里只有工作。凯文在电视上看见她和石黑玄之间的金融激战，电视上的林清水冷淡寡言，她手腕上的镯子在举手投足间发出明亮的光。

非洲的两年生活，凯文没有见到林清水。他被当地人色彩缤纷的衣衫迷住了眼睛，被每日繁重的工作蒙住了思念，被超出想象的所见到的贫穷弄疼了心。血腥色的太阳升起又落下，他偶尔想起她便觉得自己的生活离她的真的是太远太远。

就这样两年过去，直到凯文再次回到文明的土地上。他在非洲大陆写下最后一张明信片寄出，告诉林清水自己要回来了。

在南欧一个海边城市，他们见面，彼此觉得既陌生又熟悉。见到对方的那一刻，俩人的眼睛都变得红红的。两年虽不长，但各自变化都不小。凯文在非洲的日子里每日直面生离死别，而林清水在苏黎世的搏斗拼杀中见识了人心的狡诈和贪婪。

他们在风里头各自讲述了过去两年中发生的故事，在海滩上从日落聊到日出，一夜无眠，觉得疲倦又美好。

“如果能一直和你坐在这里该有多好。”林清水凝视着前方苏醒的天际线。

“其实我们可以留下的。”凯文说着，转头望着她。

林清水从椅子上跳起来，向凯文伸出手：“走，趁日出我们跑步去！”

在这之后，他们会约在靠海的城镇见面，比如马耳他、马赛、撒丁岛、罗得岛……他们一起吃饭、聊天和散步，平静地度过周末，只是不谈爱情。这种平静的相处会在某一天因为一方的坦白和勇敢而最终被打破。

在游轮上，凯文决心对林清水坦白。他想告诉她：不要多想，也不要害怕，把手交给我就好了。

他迎着穿一身白的林清水走过去，伸出手：“清水，你真美。”

林清水笑了，把手放进他的掌心。他牢牢地捏着她，生怕下一秒钟她又要消失不见。

他们在甲板上散步，谈了各自的工作和她事业上的颠簸以及即将发生的转变。

林清水说：“工作是游戏人间的一种方式，只要还有饭吃，输赢其实都无所谓。”

“趁这段时间好好休息下，这些年只看到你在忙工作，生活里不该只有工作。”

她陷入思考：“有时候我在想生活的意义到底是什么。”

“对我来说，意义就是跟自己喜欢的人在一起。”

“可是心爱的人有时会消失不见。”她望着大海，想起很久以前的康庄，皱起眉头，“如果心爱的人不见了，你会怎么办？”

凯文低头想了会儿：“我想我会把自己交给大海。”

林清水笑了起来：“没想到做医生的也会那么浪漫。说说你的初恋。”

“这个？不行。”

“说嘛。”林清水难得撒娇，晃着凯文的胳膊。

凯文不得已，苦笑着：“好了好了，我说。16 岁的时候我遇到一个拖着大箱子的女孩，她从遥远的上海来到欧洲，她的故乡是我父母出生长大的地方。那一天她看上去那么伤心，我不得不给她一个拥抱，这是我第一次抱女孩子。我认识她差不多 10 年了，她总是忽远忽近，让人琢磨不透。我告诉自己，无论她离我有多远，或者是对我不理不睬，有一天她会是我的伴侣。”说到这里，他停下脚步，拉着她的两只手，直面她，“我相信，彼此喜欢的人，会在一起。”说到这里，他的眼睛红了，掩饰地转过头笑了笑，又转回来：“清水，快 10 年了。你来，你走，总停不下来，告诉我你有没有想过和我在一起？”

太阳被翻滚的浓浓乌云遮挡住，海面变作灰黑一片，开始不平静起来。

林清水有点吃惊地看着凯文，这些年来她第一次听到他那样直白地表达自己的情意，她轻轻咬住自己的嘴唇，手足无措起来，情绪起伏不定，欲言又止。

“清水，告诉我，我究竟该怎么做？”凯文的眼睛里有哀求。

她想了很久，终于说：“凯文，如果你看见一朵很漂亮的花开在你的面前，会伸手去摘它吗？那朵花那么漂亮那么想让人拥有，就像爱情。我想我不会也不敢，我会用记忆永远地保存它，保存我快乐地见到它的每一刻。就像你曾经告诉过我的，美好的记忆是世界给予的永恒馈赠。人的本性复杂善变，爱情这件事最让人伤心的不是人各一方，不是生离死别，而是岁月变迁，彼此心生厌倦，慢慢地让两个很相爱的人再也看不见对方。”

凯文把她拉过来，搂进自己怀里，在她耳旁说：“爱需要有意识和意志的滋养。每一天意识告诉我，清水是我最心爱的女人，是最好的女人；意志又告诉我，要过简单的生活，做单纯的事情。如果爱有了意识和意志，就会成为永恒。我们给爱一个机会好不好？”

大海开始翻滚和咆哮，巨大的船身在灰色的波浪里开始左右摇晃。突然空中一个霹雳，雷声轰鸣，雨点砸下来，越来越密，越来越急，顷刻间变作倾盆大雨。甲板上的游客们低着头大呼小叫着往船舱里奔跑。

只有凯文和林清水还站在船头，站在暴风雨里，狂风吹乱了他们的头发和衣衫，雨水模糊了他们的视线。大雨中俩人眯着眼难过地望着对方。

“凯文，你真要毁了我们之间的友谊吗？”

“林清水，喜欢你10年了，喜欢你10年了。”他的脸充满悲伤。

林清水捂着脸，无声地哭了。

他拍着她的脊背安慰，说：“我知道你喜欢我。你在浴袍上绣的字，每次见到我时的害羞表情，还有我在非洲那两年你写信说想念我。清水，你是喜欢我的，所以请你接受我。”

林清水放声大哭起来。15岁她痛失康庄，从那时起便学会用距离来保护自己的心不再经历深入骨髓的刺痛。是选择永远不受伤害还是选择承担爱情的风险和不完美？她不知道。

在翻腾的灰色海面上，16岁起凯文和她的一幕幕像电影一般放映在眼前。10年来他耐心地等待，配合着她的复杂与躲闪；他一次次失望的神情和从不改变的追随着她的目光；如今这个男人在雨里第一次直白地向她吐露自己的爱，卑微地请求她给予爱情一个机会，她怎能拒绝？怎能忍心看他为了爱这样的难过，这样的狼狈？

终于，10年筑起的防护墙在这个暴风雨的下午轰然倒塌。林清水在风雨中轻轻地点着头，她点着头，提高声音说：“我喜欢你，一直都很喜欢，第一次见到就很喜欢。对不起，对不起……想和你在一起。”

凯文托起她的脸，凝视着她泪水盈盈的眼睛，他如此坚定地看着她，似乎要向她许下一辈子的诺言。慢慢地，轻轻地，他埋下身，用嘴拂过她的耳垂，轻轻一声叹息，然后用嘴唇摩挲着她的脸颊，小心翼翼地移到她的唇上，吻了她。在等待了 10 年后。

有人在船上大声怪叫起来，两个人从船舱里疯疯癫癫地跑了过来，兴奋地叫着鼓掌。

“我就说叫你等着，他们俩肯定有戏。”弗兰克用肘撞了一下丹尼尔，走过来狠狠地拍了拍凯文的肩，“我们等这一天已经等了很久了！今天一定要庆祝一下。清水啊清水，你太折磨人了。”

丹尼尔跑来丢给俩人毛巾，走近林清水悄声道：“勇敢点。”

林清水感动地看了他一眼。四个人浑身湿透地进了船舱。

在甲板上一个不起眼的角落里，有一个人用牙把唇舌都咬出了血。石黑玄在四个人走后，拖着如铅重的腿，一步又一步挪向船沿，脱下身上所有的衣服，一件一件丢在甲板上，然后他爬上桅杆，纵身一跃，跳入汹涌翻腾的海里。

他躲进海里，因为在那里没有人能看见他的眼泪。咧开嘴，他在海里无声地哭泣，任由腥咸的海水灌进嘴里，任由浪头把他推向离船越来越远的地方。什么他都无所谓了，什么他都没有了。他是个彻头彻尾没人要的家伙。

本来他只是想来探望林清水，排在岸边登船的队伍里，忽见林清水向岸边挥手，他在队伍的前头发现弗兰克、凯文和丹尼尔，他们正喊着林清水的名字。石黑玄在心里恨恨地骂了句，决定做个隐身人。

他偷偷观察着，看到在甲板上散步的凯文和林清水手拉着手，看到他们情绪激烈的对话。后来暴风雨来了，凯文开始哀求，林清水哭了，俩人最后相拥相吻。这对石黑玄来说太残忍了。他想转身走，身体却无法动弹，只能面无表情地站在雨中。直到所有人进了船舱，石黑玄觉得嘴里有腥咸的唾液，朝着海吐了口，发现居然是自己咬碎唇舌后的鲜血。

晚间四个年轻人饥肠辘辘，兴高采烈地走进供千人用膳的庞大餐厅。为了这难得的相聚，还有为了凯文与林清水的爱情，弗兰克“嘭”地打开香槟，大呼小叫地为所有人斟上。

"来来来，干杯！为凯文泡妞成功！"弗兰克话未说完，就被丹尼尔扇了一下头。

"凯文，清水，"丹尼尔上前进酒，"很高兴看到你们在一起，在学校的时候就这么希望了。祝福你们！"说完他一口饮完，他是真的高兴。

凯文温柔地看了林清水一眼，把她搂紧，由衷地说："这是我人生里最快乐的一天。"

林清水不好意思地笑了，如果要数正式的恋爱，这是她的第一次。对男女之间的亲近她还有点不习惯，想起刚才凯文落在自己唇上的吻，就觉得脸上发烫。凯文唇上的温度，他的柔情与克制，让林清水在再次面对他时根本不敢去看他的脸。一种从未有过的甜蜜和温暖像一颗炸弹一样在她身体里爆炸，她感到身体里流淌的血液都要被这种热烈的愉快烧得沸腾起来。她，林清水，居然恋爱了，和自己最喜欢的人。

"想什么呢？"弗兰克推了下林清水，坏笑起来。林清水恼羞成怒，刚要去拧他的胳膊，手机在这时候响了。

按下接听键，电话一端传来一个严肃的女声："我马上就要登船了。"

"知道了。"林清水挂上电话。

"是我的妈妈。"她对大家说，"约好了在船上见一面。船在新加坡靠岸的时候她就上来。"

大家开始用餐。林清水从未有过那样的好胃口。船上有亚洲厨子，她要了两份鸡丝火腿面，一份覆盆子芝士蛋糕，两杯维也纳咖啡。她的饮食向来有种强迫症似的一丝不苟，过分在乎食物的外表、卡路里数和营养结构，今日这样放开地吃饭很是少有，凯文看在眼里心里觉得欢喜。觉得林清水不再执著于完美。

一顿饭吃得相当尽兴，酒也喝尽，此时月亮在海面上升起，太阳拖着紫粉色的尾巴还未完全落尽。船慢慢靠岸，林清水站在甲板上迎接浅野秋。在人群中她找到了母亲的脸，有些难过地发现她又老了。

浅野秋不愿把行李箱交给林清水，她向来喜欢自己的事情自己做。俩人见面，只是简单地问候一声，尽管都很开心能第一次一起出游，却都按捺住快乐的表情，这是她们的习惯，太过表露会令彼此尴尬。

“吃饭了没有？”林清水走在她身后问。

“在飞机上吃了点，船不停靠上海，所以只能飞到新加坡来看你。”

林清水很感激，知道母亲向来讨厌飞行，不信任会飞的金属，也厌恶机舱里陌生人身体发出的气味，她一路上总要戴着撒了香水的口罩。

“来了几个朋友在餐厅里，要不要去见见？”

“你去跟他们玩吧，我放好行李去餐厅找你，顺便喝点热茶。”

林清水折回到餐厅，此时人声鼎沸，璀璨的灯光旋转起来。她朝自己的朋友们走去，忽听见一位侍应生敲着酒杯要求所有人安静下来。

“有一位先生，想弹奏一首曲子送给一个人，他不想透露对方的名字，但是我想，听到这首曲子的女士一定会心领神会的。”

林清水从演奏人身后走过，一瞬间她忽然觉得那个背影有些熟悉。

琴声响起，是 Lana Del Rey 的 *Young and Beautiful*。弹奏流畅动情，让听的人都不免跟着伤感起来。林清水放下酒杯，侧耳倾听，忽然想起很久以前的康庄。一晃竟已 10 年过去。弹琴人指法非凡，情深意切像极了当年康庄的风格。不由地，林清水向弹琴人投去一瞥，而恰好此时，弹琴人也望着她。林清水一下子呆住了，是石黑玄！怎么会是他？！

石黑玄面无表情地望着她，眼睛定定的，没有生命力。林清水困惑地别过头去。那琴声太伤人心，把她的心莫名其妙地打湿了。

曲毕，她又转头去看，发现石黑玄正朝自己走来。她看见他捏紧了双拳。

弗兰克和丹尼尔也见到了疾步走来的石黑玄，他的样子阴沉凶狠，像要把人吃了。弗兰克一下子站起来，丹尼尔和凯文也都站起身来，困惑地迎向那个古怪的人。

“你好，石黑玄，真巧！”弗兰克走到石黑玄跟前，想要与他握手。

可一只大手一把推开了弗兰克，径直朝凯文和林清水走去。丹尼尔一把拖住石黑玄：“你疯了吗？想干吗？”

石黑玄力大无比，一下把丹尼尔甩开来到凯文面前，站定，悲伤地看了一眼俩人牵在一起的手，然后以快如闪电的速度朝凯文脸上便是一拳。凯文始料不及一下倒在地上。

弗兰克火了，一下揪住石黑玄，两个人扭作一团痛打起来。

就在打得不可开交的时候，石黑玄的脑袋上突然被人用重物狠狠击打了一下，回头一看居然有人用椅子砸他的脑袋，而抡着椅子的是一个日本女人，她正恶狠狠地咒骂他。

林清水夺走了浅野秋手里的凶器，喊道："妈妈，快放下！"

石黑玄从地上爬起来，走向林清水，几个男人用拳头阻止了他的脚步，于是他站在远处喘着气，从口袋里掏出一把钥匙丢在桌上。林清水一看是自己的车钥匙，是自己曾经要石黑玄把它卖了去清算债务的。

"债务都清了，车不用卖。"石黑玄边说边整了整自己的衣服，用手帕擦干净流着血的嘴角，丢在地上。

"你不用帮我。"林清水把车钥匙丢到他身上。

石黑玄又把它丢了回来，双手叉腰，吃力地喘着气，不知道是因为伤心还是疼痛。他说："那首曲子，刚才我弹的，还记得吗？那一年我到伦敦看你，车里放的就是那首曲子。"

林清水一脸茫然，当然她不会记得。

"当然你不会记得，但是林清水，我要你知道如果有一天你要我为你去死，我也会去做的。这就是我对你的感情。"

说完，他狠狠地踢了一脚地上的那张椅子，转身走了。透过窗，他们看到石黑玄下了游轮。

晚间，浅野秋来到林清水的房间，今晚发生的事不免让她有些担心。

"凯文没事吧？"

"没事，只是皮外伤。"

"你和他在一起？"

林清水不置可否。

"我希望你能过正常的生活。交一个男朋友，然后结婚生子，不要一心只在工作上。另外，你要离那个石黑玄远一点。”

“我跟那个人没有联系。”

“那个人太野太危险。”

灯光下，浅野秋突然看见林清水的脸上露出奇怪的微微一笑。

“凯文看上去是个不错的孩子。”

“他太好了，不适合我。”林清水淡淡地说。

“什么意思？”

“我不要自己的生活像你和爸爸的那样，那有多无聊。爱情这桩事就两个结果，不是分离就是厌倦。和凯文在一起只是暂时的。”

浅野秋很吃惊，一时不知该如何回答。她自己就是一个不懂爱的人，也不知道怎样经营自己的婚姻，现在要她来教导女儿，不免词穷，于是只能说：“那你想怎样？总之，不许再和石黑玄见面。”

林清水没有回答，只是出神地瞪着一堵墙，脸上是若有若无的笑。

浅野秋痛苦地意识到林清水和石黑玄就是同一种人，血液里流淌的只有征服的本能。这种人从不安生，总出意外。她感到无能为力。

“咚咚咚”，有人在敲浅野秋画室半敞的门，把她从回忆里惊醒过来。

“在想什么？”江百慧走到她身边，担心地看着她。

“孽缘。”浅野秋喃喃自语。

“她们快回来了。”江百慧说。

浅野秋“腾”地站起来：“谁快回来了？”

“蓝镜、瑶枝和月夕。”

“太好了，太好了！那凯文他们呢？”

“唉——”江百慧叹了口气，“他们少年时奇怪的梦境在现实中降临了。”

35　万物皆虚空

密密麻麻写满玫瑰色字的墙上跃出六个字来：“真亦假时假亦真，无为有处有还无”。

瑶枝倒退一步，惊惧万分地回过头来看老法师。老法师手哆嗦地点上一支烟，说：“这就是你要找的劳什子。”

“您把它卖给我吧。”尽管对脂砚相当害怕，但瑶枝想遵照计划把它带走。

“你要？！孩子，你听我说，这东西不干净啊！我怕给了你会带来灾孽。”

“这东西您究竟是从哪里弄来的？”

“这东西来得蹊跷。上海城隍庙在90年代修建后重新开放。之前，因为我们国家的一场运动它被关闭了近30年。封庙的那一年冬天，上海下着鹅毛大雪，在南方这很是稀奇。城隍庙里当时有很多神像已被毁，唯一西南角上的娘娘殿没人下得了手，因为那边常常闹鬼，半夜里人们都说听到女人在哭。有一次守夜人进殿一看，妈呀！不得了！是供奉的娘娘在哭，满脸红色的蜡珠子，一滴滴往下掉，掉得座底下的桌子结上了一层厚厚的红蜡。我们家就住城隍庙边上，我妈是打扫院落的，自然她每天是不得不进娘娘殿里去打扫的。每天她都要把桌子上的蜡给铲了，再把娘娘脸上的蜡珠子抠了，但一夜过后又是一片狼藉。到了封庙那一天，我妈跪在娘娘的神像前，叩着头说：‘您也别哭了，把自己哭脏了，明儿我可来不了给您收拾了。明儿封庙，您就好好睡一觉，一觉醒来，也许就是一个好世道了。到那时候我再来看您。'”

“接下去呢？”

“30 年就这么稀里糊涂地过去了。终于有一天听说城隍庙又要开放了。唉，这么一关一开，我妈就变成了一个脑筋不好转的老太婆了。要知道那个时候我妈已经有点痴呆了，可是当年她对娘娘的许诺居然在 30 年后还记得，于是吵着闹着要我陪她去看看。”

“再后来呢？老法师您快说下去呀！”

“小妮子那么急干嘛，催命啊，让我好好吸口烟。后来我就陪着我妈去了娘娘殿，走进去一看，嘿，哪儿还有娘娘啊，被换成了财神！我妈惊得一屁股坐在地上就哭开了。那天回去，我妈在夜里就不行了。她把我叫到床边，居然乐呵呵地跟我说：‘儿啊，刚才我在梦里见到娘娘了，娘娘说我一辈子命苦，要带我早些去西天乐呵乐呵，还说有一件宝物要留给我下一代，嘱咐我们好好收着。’说完，我妈就咽了气。”

“对不起，勾起您的伤心事了。”

“人的一辈子很快的，没事儿，自然规律。我没把我妈的话当真，可是有一天，当我进书房找笔墨的时候，突然就在桌上发现了这方脂砚。我们家祖祖辈辈没一个读书人，所以我断定这方脂砚是莫名其妙地跑到我家的。我于是四处打听它的来历，最后发现果然是件宝物，卖了它可以让我一辈子吃喝不愁啊。于是我立马决定卖！可刚有卖的打算，就梦见我妈在梦里骂我没出息。我才不信邪，第二天搁怀里就出门了，可没走几步就出事了，我胸口突然那个钻心的疼啊。去医院查，医生说我好好的。于是过了几天又出门去卖，又犯病了，痛得比上一次还厉害。从此我就把它搁家里头，再不敢动请它走的念头。快 20 年了，它一直都安安静静地在那张桌子上。每次看到它都要叹口气，什么宝物，得不到它一点好处！”

“那我把它带走试试？您说个价。”

老法师盘算着，沉思了良久，说：“第一，脂砚我可以让你带走，但要看你能不能将它带走；第二，这是个价值连城的宝物，你把自己小命搭上都买不起，所以我要你答应我一个要求作为交换条件。”

“您说，只要能办得到。”

老法师走到一口大皮箱前，嘿嘿笑着拍了拍它上面厚厚的灰，说，“我这辈子最大的遗憾不是没找到媳妇，也不是没发大财。我都这年纪了，哪天阎王来找我我就跟了走，只是有一个遗憾，恐怕咽不了最后一口气，那就是我想找个徒弟！”

“徒弟？这箱子里装的是什么呀？”瑶枝凑上前。

老法师打开，里面是满满的剪纸和驴皮做的小人。瑶枝把一个孙悟空拿了出来，仔细在手里端详，顿时爱不释手：“太好玩了，我想要！”

“这可不行，这是我一辈子的积蓄。”老法师小心翼翼把它拿了回来，正色道，“我把脂砚给你，作为交换条件你必须当我的徒弟。你说你拿脂砚回去救人，虽然我不知道它怎么就能救人了，但你得回来跟我学皮影戏，学完了我就放你走，你要想法儿让皮影戏流传下去。在国内，现在谁还愿意跟我学这个，谁不图个赚钱快的买卖。若你做我徒弟，我就把这口箱子送给你。”

瑶枝心想，等自己把脂砚带去瑞士，即便再不回来找老法师，他也不能把自己怎样，于是便一口答应下来。

傍晚，瑶枝在回酒店的路上买了一大堆空白打印纸。到了酒店，打了一通电话给老法师，告诉他自己顺利回酒店，没出一点儿意外，看来自己是个合适带走它的人。

挂了电话，瑶枝十分害怕地把脂砚放在桌上，跪在地上，合掌拜了拜。“脂砚脂砚，如果你要显灵的话，就请把要说的话写在纸上，千万不要随便在墙上乱涂乱画，不然小女子明天 check out 的时候会有麻烦，拜托了！”

说完瑶枝刚要站身，就尖叫一声跳到床上。

桌上的白纸上一串美丽的玫瑰色文字显示：“请放心。”

瑶枝躲在枕头后面，半晌才呼吸急促地挪到桌前，发着颤音问那方小得不起眼的脂砚，“是你在对我说话吗？你听得懂我的话？”

又一串字如魂灵般跳跃出来：“是的，我懂你的话。”

“天呢！天呢！天呢！”瑶枝两手攥着椅子背，大脑一片空白，待自己稍稍冷静下来，她坐下来问，“能和我说说你的来历吗？”

“我来自自然，作为人类世界的旁观者，我已经观望了很久很久。人类世界如潮起潮落的麦浪。”

“你几岁了？”

“我出生的那一天根本不知道是何年何月，时间是人类赋予的东西。当时我只记得有一片汪洋。很多很多年后，我在一所博物馆里住过，在那里我才得知自己出生的那个年代应该是青铜器时代。”

“你出生在亚洲吗？你的名字一直被流传着，因为曹雪芹的《红楼梦》。我想你一定是亚洲血统。”

“不，我最初听到的语言是印欧语系，但我不知道自己在哪里。我在那里待了很久很久，直到有一天一位叫做爱琴的亚马逊女王殉情跳入海中，这片汪洋于是有了自己的名字。”

“我知道！你生在希腊的爱琴海中！”

“我想是的。”

“那你怎么到中国来了？”

“有一天一个和我一样不会死的灵魂发现了我，于是带着我结伴而行。他的名字叫约翰，想去东方的贸易之路看热闹。”

“约翰？”瑶枝重复了一遍那个名字，“你是说他是一个永生的人类吗？”

“是的，他为自己的永生苦恼，因为每隔 10 年他就要偷偷离开居住的地方，前往陌生的城市，为了让人们不发现他不会变老的事实。他说自己的脸在 30 岁之后就不再有变化。”

“太神奇了！那你们在东方经历了什么？”

“我们见到了佛祖。他是最聪明和宽厚的人。约翰和我从佛祖身上学到了智慧，能用一种不同的眼光重新看待世界和生命，我们从此变得很幸福。有一天约翰提议和我重回西方，他要传播自己领会的佛经。可是约翰在西方的传播并不顺利，人们害怕他的奇谈怪论，他受到了迫害，被钉上了十字架，死后埋入洞穴。由于他是不死之身，于是在三天后复活了。”

瑶枝震惊得说不出话来，她开始摇头，不住地摇头，面色凝重，“不是真的！怎么可能呢！”

“他的复活让世人震惊并开始相信他传播的教义。后来罗马教会把他的事迹写成一部华丽的歌剧载入史册，也就是现在的《圣经》，并把约翰的名字改为耶稣基督。”

“果真是我猜想的。耶稣基督他只是一个凡人？”

“他是一个不会死的凡人。难道你没发现佛和基督的教义是如此相近？同样都是善、忍、义、爱，同样都是‘我就是我。’”

“说下去！”

“为了逃避罗马，约翰和我又回到了亚洲。这一次我们有了一个目标，想要去游玩一个辉煌盛大之国。那个国威风凛凛，拥有世界上最聪明的能工巧匠，最飘逸的舞蹈和最沁人心肺的诗句，那就是中国。”

“从此你就再也没离开过吗？”

“是的。我和约翰不同，他有腿，而我只是一个脂砚，哪儿也去不了，可是我哪儿也不想去了。我和约翰告别，从此留在了中国的皇宫里，后来辗转到了名妓薛素素的手里，又从妓院到了曹雪芹之家。”

“现在我们可不可以来聊聊你和《红楼梦》的关系？历史上都知道《红楼梦》的后半部是高鹗写的，曹雪芹究竟有没有写完他的著作？”

脂砚作答的速度慢了下来，半晌才飞出一行字“真亦假时假亦真，无为有处有还无”。

“什么意思呢？”瑶枝已经不再害怕，她坐在桌前替脂砚翻过一页写满的白纸。

“你知道不知道有本书叫作《苏菲的世界》？”

“听说过，是挪威人写的一本哲学书。”

“这是关于一个小姑娘的故事。故事发生在1990年，离现在并不远的时代。一个14岁的挪威女孩名叫苏菲，她与妈妈和一群宠物居住在一起，爸爸是一位油轮的船长，经常一离家就是好几年。苏菲过着平凡的生活，直到有天她在信箱里收到两封来历不明的信，信上写着：‘你是谁？世界从何而来？’苏菲觉得十分古怪。不久之后她又陆续收到匿名信件，内容都与哲学有关。于是她在读信的过程中开始了解世界哲学史。这样莫名其妙的函授课程持续进行着，直到有一天写信人艾伯特终于出现在苏菲的面前，并开始亲口教她哲学史。不可思议的是，在艾伯特的提示下，苏菲渐渐意识到自己和艾伯特只是书中的两个角色，是现实生活中一名少校的意识。那名在联合国部队工作的挪威少校为庆祝自己女儿席德的生日，把苏菲的故事写成一本书作为礼物送给了他的女儿。可是少校书里的苏菲和艾伯特变活了，他们拥有了不死的灵魂，想方设法地要从书里逃出去。”

瑶枝用手拨弄着踏在椅座上的白嫩脚趾，心想，脂砚告诉她这个故事与《红楼梦》到底有什么关联？

“你明白了没有？”脂砚问。

瑶枝抓了抓自己巧克力色长发，竖起食指，点在空中，想要理出一条线索：“一个平凡人感觉到的真实生命原来是虚无的，而虚无的生命却在一本书完成之后成为了真实存在的人。这就是说，曹雪芹写了《红楼梦》，然后……”瑶枝为自己的假设吃了一惊，不由把手指挡在唇前，“你是说《红楼梦》里的人物都变活了吗？”

“《红楼梦》是一部悲剧。曹雪芹晚年生活落魄，贫病交加。他带着我迁徙到北京西郊的一处平房，含着辛酸泪完成了这部世界巨作。然而，后半部里的故事繁华尽凋，香魂流离，所有的美好和热闹最终化为一场虚空。有一日，雪芹对着我说，‘我只想借由自己的平生写就一个故事，却不料深陷其中，并觉得他们都一个个活了起来。我一人命运多舛，其中的辛苦和悲痛断不能让他们再来承受，愿我亡故之日便能带着他们凋零的结局而去，只留繁华在人间。’”

瑶枝抽泣起来，用手背擦了擦脸上的泪，“传说看过《红楼梦》全本的只有‘脂砚斋’，因为它批注了全本。那是你吗，脂砚？”

“雪芹和我相依相伴，他写我评，书写完了，他也油尽灯枯。我虽活了万年，见惯了生离死别，生命在我眼里就是大风下的麦浪，滚滚而来，层层而退，雪芹的死却让我落下一滴泪，因为历史上难得一见如此才华却潦倒凄苦的人。于是我最后决定如他所愿，把故事里的伤心结局吹散在时光的长河里，让故事里的美丽与繁华世代流传。这就是为什么《红楼梦》没有结尾。”

“那《红楼梦》里的人物有没有像苏菲那样变活了？”

“有。”

“天呢！金陵十二钗居然活在现实世界！他们现在在哪里？”

“他们就住在我这个盒子里。”

“可是盒子里面什么都没有啊？”

“他们与苏菲和艾伯特一样因为曹雪芹的书而获得了不朽的灵魂。人的眼睛是看不到灵魂的。”

“真是太想亲眼目睹黛玉和宝钗了！”

“魂灵要穿上会动的皮囊变作人以后才会被看见。”

瑶枝突然不说话了，她想到一个无比重大的问题：“脂砚，我有一个很大的疑问。”

“说吧。”

“你说，我是真实的吗？我的人生是由另一双在我之上的大手写成的吗？”

脂砚在白纸上画了一个大大的笑脸，并在边上写道：“我们的命运都有一双喜欢写故事的手写成，这也就是为什么佛说‘万物皆虚空’！”

36　进入梦境

“我想您作为一个物理学家大老远地跑到莫里斯来，不会只是对柔丝好奇。我说的对吗？”面具人问。

蓝镜不好意思地笑了，扶了下眼镜：“我不知道该如何开口。”

“尽管说，只要我能够帮到您。”

“我想……我想要一根柔丝的头发。”

面具人不再说话了。蓝镜看不到他的表情，紧紧攥着的手不禁潮湿起来。

“为什么？”

“为了搭救一个朋友。”

“不，我是说为什么您知道我有柔丝的头发。”

“有人告诉我它的存在。”

“我很吃惊，很吃惊。”面具人重复说了两遍。“因为，我的确有。”

蓝镜十分欣喜，“那么您能不能给我其中的一根？”

“告诉我，您那位需要搭救的朋友究竟遇上了什么麻烦？”

尽管觉得可能无法被相信，但蓝镜还是把在林清水身上发生的事详细说了。

“啊！”面具人听完惊叹了一声，站起来在屋里来回踱步，“亲爱的朋友，这个故事听上去多像是一部好莱坞科幻片！”

“我亲眼目睹了自己的朋友在面前消失。我不得不信。”

“作为一个物理学家您相信神吗？”面具人突然问。

“我不知道。”

“您信教吗？”

“近年来我开始阅读一些佛教书籍。”

“驱使您去阅读那些书籍的缘由是什么？”

“是追问。”

“科学和宗教其实是同一事物，二者都是人对神性的追问。不同之处在于宗教诉诸问题本身，而科学侧重对答案追寻。您应该知道爱因斯坦在晚年开始信教。”

“是的，我知道。”

“他曾经写给同为犹太裔的哲学家艾瑞克·古特金一封信。信里说：我自始至终相信耶稣口中的天国是指一个团体。那个团体是一群聪慧并且具有伦理感的人。知识和技能并不能给人类带来欢乐和更美好的生活。人类应去追求更高的精神世界。佛、摩西以及耶稣他们所做的是把自己从自私欲望的镣铐中解放出来，从而全神贯注在宇宙的力量上。上帝创造的宇宙并非由痴心妄想来治理，而是靠一种宇宙的力量。在柔丝的故事里我看到了宇宙的力量。”面具人说，“任何一个人在为另一个人不求回报地单纯付出时，都会闪现这种力量。闭上眼睛，想象您小时候曾经做过的一些好事儿。比如说扶着一个年弱的人上台阶，那人回报予您感激的一笑。那个时候在您的心里是否感到一种特别的安宁和愉快，觉得这个世界变得格外平和？”

“我想自己有过那样的感觉。”

“如果您笃信宇宙的力量，它就会帮助到您。”

蓝镜对这番话似懂非懂。面前这位戴着银色面具的老人尽管如此古怪，但隐约中她能感觉到他会帮助自己。他们虽不相识，但彼此之间已建立信任，那是不是就是宇宙的力量？

“跟我来！”面具人引着蓝镜上了二楼的书房。书房的窗户对着外面的绿色草坪，他推开一扇落地窗，带着苹果香气的风吹进来。然后他钻进书架后的一扇密门，蓝镜在外等候。不久就见面具人出来，手里捧一只精致古老的首饰盒。

他们走到落地窗外的露台上坐下。首饰盒被打开，蓝镜惊喜地见到里面有一簇略显枯萎的金色头发。

“柔丝从家里逃走的那天，拿走了母亲首饰盒里的珠宝，留下这一簇头发作为纪念。”面具人捻起一根细细的发丝给了蓝镜，“如果它能够帮助到您那位朋友的话，就请拿去。”

蓝镜连声说谢谢，无比小心地把发丝缠绕在自己一枚戒指上。

“记住，”面具人指着天空，“不要太专注于自己的欲望。我们常常会误入歧途，就是因为太专注自己想要的。有的时候宇宙的力量会通过风、云和我们莫名起伏的情绪来警告我们什么该做，什么不该做。要听懂宇宙说的话，必须要有颗安宁单纯的心。”

蓝镜默默点头。俩人握手道别。

完成任务，蓝镜开车前往林清水的宅子，准备去见江百慧。

车行至半路，手机响起，她一看是瑶枝打来的，想必她那里也有了进展。

“瑶枝，你那边怎样？”

“全都是真的，全都是真的！”电话那头瑶枝带着哭腔喊道。

“慢慢说，什么是真的？”

“江百慧的那些话听上去有多么得离奇，让我一直半信半疑。可是现在我全信了，全信了，因为‘脂砚’居然会说话，它居然会说话！”

蓝镜仔细听着，却不大明白瑶枝的胡言乱语，只能安慰：“你不要着急，告诉我，你在哪里？”

“我刚从上海回到苏黎世，在机场。”

“你乖乖待在航站楼里喝点东西，我来接你！”

“你快来，我有很多事要告诉你，你一定不会相信的！”

“好，我尽快。”

“还有，蓝镜……”

“什么？”

“清水一定是跌入另一个时空了，我们一定要把她找回来！在这个世界上我只有两个知己，你们谁也不准那么轻易地离开我！”

蓝镜听着心酸，一时哽咽说不出话来，于是悄悄挂断电话。

车在高速公路上飞驰，右手是落霞，左手是森林，天空上的云向着西边游动。蓝镜打开天窗，想让风吹散自己的焦虑，困惑和忧愁。“要有安宁单纯的心。”她在心里告诉自己，“只有这样才能听见宇宙给我的暗示。”

她深深吸进一口气，慢慢呼出，可是不行，她觉得胸口有东西梗塞，一提气，眼睛居然湿了：“宇宙啊，请你给我一点暗示吧，让我知道清水还活着，只是在与我们捉迷藏。我要我的朋友活着回来，与我们一同看人生起伏，听风起云涌，直到一天我们老得哪里也去不了。请给我一点预兆，一点暗示吧，宇宙！”

风丝丝，云绵绵，空中没有一毫变化。

到了机场，蓝镜看到咖啡馆里蜷缩在沙发上的瑶枝。她目光涣散，即便当蓝镜走到她跟前都没发现。

“你还 OK 吗？走吧，一起去吃点东西，然后你慢慢告诉我究竟发生了什么。”

“我不好，一点都不好。这一切就像是一个醒不过来的噩梦。我不饿，先去清水家吧。”

蓝镜拿过瑶枝的行李：“也好，我正想去那里。”

在车里，瑶枝清洁了自己的脸，化上一个淡淡的妆，脱下球鞋，换上一双 Manolo Blahniks 的粉色丝缎高跟鞋，把自己收拾得体是她放松下来的好方式。在这个过程里，她断断续续向蓝镜讲述了自己在上海的经历。如果不是因为她们是一起长大的知根知底的好姐妹，蓝镜一定会认为瑶枝疯了。

“那么说，它现在在你身边？”

“你说是脂砚吗？它就在我包里。还好它很不起眼，才顺利过了海关。”

“你呢？那个名字叫柔丝的女巫，你有没有得到她的头发。”

“我的故事比起你的倒没有那么离奇。那个叫柔丝的女孩也不是什么女巫，只是一个心地善良的身患麻风病的小女孩。我很幸运地遇到了她家族里的人，顺利完成了任务。”她朝瑶枝扬了扬缠绕在戒指上的发丝，继续说，“我没有其他人的消息，希望他们都平安吧。”

车抵达林清水的住处，远远就看见浅野秋和江百慧站在石阶上迎接她们。浅野秋几天的工夫就白了头，佝了背。

泊完车，四人一同走进屋里。蓝镜和瑶枝发现有人比她们先到，是月夕，在她面前的桌上放着一根毛骨悚然，闪着荧荧蓝光的肋骨。

冷漠高傲的浅野秋居然摆上自己亲手做的抹茶奶茶，问：“到底怎么样了你们两个？找到了吗？”

蓝镜脱下手上的戒指，瑶枝从包里拿出包裹妥当的脂砚，俩人把它们放在桌上，白骨的旁边。

“孩子们，”江百慧展开自己的怀抱，紧紧拥抱住她们，“谢谢你们，干得不错！”

大家喝着茶，抑或平静抑或激动地讲述各自经历。月夕省略了自己获得肋骨所采取的不择手段。三人讲述完后，屋里是很长时间的沉寂。大家注视着桌上这三样奇怪的东西，想着江百慧说过的它们各自的用途——肋骨能率领4万冤魂征战于黑暗世界；脂砚能转换真假和虚无；柔丝的头发能破解巫术。

过了很久，蓝镜先开口：“接下来我们是不是在这里等着其他人回来，再一起前往北极的朗伊尔城等待极光的到来，是这样吗？”

“不，你们只是完成了第一个旅行。”

“什么？第一个旅行？我们还要去哪里？”月夕显然不愿意，“我讨厌旅行！我的皮肤，我的头发在这次旅行中变得很糟糕。”

“那些男人需要你们的帮助。”江百慧道。

“怎么帮？”蓝镜问。

“进入到他们的梦境中去吧，不容迟疑。他们已被梦魇死死困住，生命危在旦夕。今晚你们好好休息，然后出发。”江百慧摆出不容反对的表情。

生命危在旦夕！？月夕想到自己心爱的男人，想起他傲慢的脸部轮廓，乌黑冷峻的眸，薄薄的嘴唇总带着一丝嘲弄；还想到他金色细致的肌肤，她的手在它上面滑过时的冰凉，能触到从皮肤里凸起的青色筋脉，它们粗壮有力，若她把指尖按在上面能感到他强盛的心跳。

“那就马上出发。”月夕一下改变了态度，积极地对江百慧说，“我去日本龙三角。”

浅野秋抬起眉毛狐疑地瞥了她一眼，月夕的眼睛躲闪开。

“我在日本居住过，比较熟悉那里。”月夕给了一个解释，然后开始玩弄着长长的指甲。她刚刚修整完它们，涂了银蓝色的冠寇，像是中了毒。

“蓝镜你去帮助弗兰克吧。”

“那我明天就飞耶路撒冷。”

“瑶枝，丹尼尔就交给你了。”

蓝镜觉得她们遗漏了什么，大声提醒江百慧，“别把凯文忘了，谁去帮他呢？”

江百慧闭上眼镜，喃喃诵起经文，不再作答。

37 我只要此生的你

石黑玄疾驰在深夜的海上，追赶着无以计数闪着鬼火的幽灵舰队，然而它们飞快地消失在天空那道绿光中。黑暗像一块黑绒布密不透风地盖下来，滔天大浪被按进海底，一切安静下来，就像什么也没发生过。

石黑玄熄灭引擎，船停下来在水面上微微跳动。这一刻他恍然大悟，原来自己对宇宙和生命的认知太少。他开始相信江百慧，开始感觉林清水可能还活着。

她没有死！石黑玄苍白的脸被希望和爱点亮！可是突然，他警觉地竖起耳朵，听到背后有声响，而那声响像极了俄罗斯作曲家拉赫马尼诺夫创作的交响乐《死之岛》里阴森的划桨声。

他转头去看，只见一个身高 2 米的白衣人站在一叶小船上向他划来。白衣人的身体和头部裹在白袍子里，用一支桨划着船，船头停放着一具白色棺木。

如此熟悉的画面！“这？难道？这不就是我寝室中的那幅画吗？千百次我梦见进入其中，在冰凉的海上寻找自己的爱人”，石黑玄震惊了。

渡送亡灵的死神来了。夏隆来了。

石黑玄恶狠狠地盯着白衣人，露出不善的表情。他拉动引擎向白衣人冲了过去。

就在两艘船快要碰撞在一起时，石黑玄停了下来。他傲慢地昂着头看着把脸藏在袍子里的死神，等待死神先开口。

可死神并不说话，划桨声在死寂的黑夜里单调且有规律地响起落下。死神肃穆地缓缓地与石黑玄擦肩而过。突然那具白棺的盖子在经过石黑玄时发出奇怪的刺耳的摩擦声，棺盖滑动开来，露出手掌大小的缝隙，石黑玄朝里看去，身体一下子僵硬了！他的嘴张开，眼睛里刚刚燃起的希望被扑灭。他急中生智地跳上死神的船，扑到白棺前，用尽力气在刺耳的摩擦声中完完全全地推开棺盖，伸手去抚摸那张正在褪色却无比亲爱的脸。

“清水，清水！清水——”石黑玄痛不欲生，撕心裂肺地叫喊声响彻天际，口里吐出一口鲜血。

白棺中的女人静静地躺着，双手交叉放在胸前，犹如沉睡中。她的嘴唇褪尽了生前的玫瑰色，乌发不再光亮，它们因为干枯而显得格外蓬松。颤抖着，他去摸她手臂上的肌肤，它就像雪正在融化，即将消亡。曾经，石黑玄抚摸着鲜活的它，憧憬很远很远的将来。在很远很远的将来，他和林清水会看着对方的躯体随着岁月慢慢变形，变得面目全非。到了那个时候，他们的爱因为时日不多，分别在即而变得愈加强烈。真爱向来是与生命紧密相连，爱的光辉和意义要闪现在最后一刻。最完美的爱情是：我活着，就是为了见证你的一生。

“这一切来得太快太早了！老天！”他把她的手放在自己的脸颊上摩挲，再也忍不住咧开嘴哭了。可是突然，他的身子一挺，无法置信地急忙去摸她的脉搏，居然它微弱地跳动着！石黑玄的脸上又露出狂喜，转头对死神说：“把她放了，她还活着！”

死神从头上摘下袍子，于是石黑玄看到了那张脸。神话中，死神的脸总是凶神恶煞，非人非兽，眼里亮着地狱熊熊大火。而面前的这张脸，是一张人类的脸，一个平静的老者，他的双眼如闪耀的北极星，寒光透心，紧闭的一字形薄唇让脸上有一种肃穆和呆板。他身形高大，苍苍白发垂落在腰后，白袍在风里发出“噼啪”响声。

“我是死神夏隆——”声音如此巨大沉厚，让世间活着的万物立即敛进黑暗里去，海水也随着他吐出的每一个字产生不一样的律动。

“那又怎样？”石黑玄嗤之以鼻。

“世间关于我的传说应该已经向你说明了我的职责。”

“可她还活着！”

“我引渡的不仅是亡灵，还有不小心跌入时空的幽灵。就像你刚才追赶的那些舰队，都是在龙三角不小心闯入另一时空的幽灵。我每隔些时候都要来这里做一次清除。幽灵和亡灵不同，它们非死非生，没有我的帮助进不了轮回。”

“把她放了，让她回到人间！”

“哈哈哈哈哈哈，”死神的大笑振得石黑玄的船弹跳起来，“我救不了她，她的肉身正在灭亡，你摸到的不是她的心跳，而是住在她身体里想要挣脱的灵魂。渡过海，她对今生的记忆就不存在了，灵魂会得到安息，预备进入新的轮回。”

“不——”石黑玄双手抓住白棺，用胸口抵着，“她必须留住今生的记忆，她必须记得我！”

“每一个灵魂在投生的时候必须忘记过去，不然会太累太苦，无法获得重生的快乐。她会再次来到人间，灵魂是不灭的。”

“我只要此生的她！”石黑玄对着夏隆咆哮。

“天地规矩，容不得任何人来搅乱！我们之所以那么做，是为了保护自己的同类。”

“同类？”

“我想你一定在海底见到了那尊神秘的雕像了吧？”

就在不久前，潜入海底寻找“姆”岛的石黑玄发现了一座被海水埋葬的城市。它有一个朝北的金字塔，一个广阔的广场，广场上矗立着一尊雕像，身形呈女形，面容因为岁月的浸泡已不再清晰。她的手里提着一只奇异的箱子，箱子微微开启，露出一个石雕的头颅。

“见到又怎样，不过是很久以前被海水淹没的城市而已。”石黑玄冷淡地说，心里却不能否认那完美的矩阵排列和精湛超群的建筑技艺是当今世界都无法完成的。

“你们总以为只有生活在地球上的人类才是人类，却不知人类其实早已充斥宇宙的空间。它们或许被你们叫做神，或许被你们叫做外星人。地球上的人类爱犯自以为是的错误，这从没改变过。”夏隆的白色长发在风里头飘浮，像彗星的尾巴。“你在海底见到的雕像是一个比我更古老的人类。她从天而降来到地球，告诉当地的居民，说箱子里装的是她爱人的头颅，其实这是一种隐喻。箱子里装的头颅其实就是她带来的智慧，只是过去的人把她妖魔化了。地球上很多地方，智慧是在一夜之间得到传播的，靠的就是比他们更古老的人类。很久很久以前，这种宇宙间不同人类之间的交流是很普遍的，它们的故事被流传下来写成神话。可是渐渐的，地球上的人类变得越来越狭隘，不再欢迎天外来客，于是外星球的人类来得越来越少。”

“你也是人类？”

“我是比你古老的人类。”

“为什么你们不和我们一样生活在地球上？”

“哈哈哈哈，我们中的一些其实就生活在你们罕迹的山水间，帮助着地球上的人类通过爱恨离愁来理解生命的价值。可是地球上的人类太专注于自己的欲望，失去了领悟的能力，他们一意孤行，走向灭亡，一代又一代，在灭亡和重生之间轮回。审判人类的其实不是神，而是人类自己。人类喜欢把责任从自己身边推开，喜欢寻找很多种理由，可事实是——他们就是自己的审判人。浅薄的灵魂会得到重生，再次降落到人间进行参悟的训练。宇宙总是给予无尽的机会，直到有一天他们最终参透生命的价值。”

“为什么人们要把那个女人做成雕塑放在城市的广场上？”

“女人在传授完知识后，就从金字塔上飞走了。”

“从金字塔上飞走？”石黑玄打断他，人间有那么多关于金字塔的神秘传说，通常都认为金字塔是法老的坟。

“哈哈哈哈哈，”死神夏隆笑了，山地震撼，“金字塔只是一个发射台，难道人类没有发现吗？世界上所有的金字塔都是朝着北极星的方向，因为有一群人类就居住在北极星辰。地球上的人类中有少部分人因为超群的智慧最终脱离了轮回，进入到宇宙更广阔的空间里。智慧带来自由，他们变作了人类嘴里的上帝、佛和真主。古老的帝王们希望在死后也能去往广阔的宇宙，于是就把自己埋葬在金字塔下。你见到的那个广场是当时人类进行膜拜的场所。他们亲眼见到神秘的女人飞上了天空，于是下身膜拜，却不知道她就是他们自己。人类喜欢向外求助力量，只有很少人会自救，并从中发现无限的人类具备的潜能。”

石黑玄看着白棺，他只关心棺中人的去向："她会去哪里？"

"她对人生似解非解，智慧明暗参半，生命非死非生，有一股奇怪的力量正在把她带往宇宙中另外一个时空，可我要与那股力量对抗，必须把她引渡到冥界，那里才是彻底的死亡。"

石黑玄跪倒到白棺前："她真的将什么都不再记得吗？"

"在未来，当她见到你时会有似曾相识的感觉，但不再记得往生。所有的似曾相识都是来自前世的爱。刚才我的船路过你的身旁，我感受到你的悲痛，感受到棺中人与你此生的缘分，于是让你们见了最后一面。可是世间所有的缘分都有要说再见的时刻，所以放手吧，我要继续赶路了。"

说完死神便把石黑玄推入摩托艇中离去。划桨声再次响起，天空的颜色开始变得诡异起来，绿色的幽光再次晕染天际，天门大开，原来那背后就是冥界。

石黑玄站立在船头，绝望地目送着今生最爱的人，她居然就这样永永远远地走了。

这是他第三次与林清水告别。第一次告别是在游轮上，他看见她与凯文相拥相吻，他在餐厅狠狠揍了凯文，愤怒地下了船。因为骄傲和自尊他决心再也不要见到林清水。

可不久后，林清水带着一张支票来到他的办公室。那张支票是当年石黑玄给予她的资助。

林清水被秘书带到石黑玄的办公室里。空无一人，她不想坐，于是四处走动，看到墙上挂着一些照片，凑近发现照片摄于不同的公路上：有红色朝霞笼罩的，冬日白雪覆盖的，灰色瓢泼大雨洗刷下的，黑夜星辰满天的……

林清水低头想，行驶在公路上的石黑玄，想必是一个人，头上是天，脚下是路，心里有着淡淡的寂寞。看着那些照片，她记起那一年石黑玄来伦敦为自己过生日，曾经把一叠自己拍下的天空照片送给她，还在一张蓝色卡片上写道：

每次想念的时候，就拍一张照片，告诉自己，都生活在同一片天空下，没有离很远。

忽然，林清水感到有人在偷偷观察她，一转头看见石黑玄站在办公室半敞的门口。

他迅速低下头，走了进来，转身，关门，动作流畅得没有一个多余的动作。就在他转身的时候，林清水的眼睛落在他的背影上。他穿着蓝色的牛仔裤，一件天蓝色紧身衬衣，绷在身上，显露出他坚硬的肩膀，腰紧凑有力，臀部有运动员的蓬勃弧线，衬衣的袖子被卷到了肘部，露出他古铜色的肌肤和因为运动而显得格外粗壮的筋脉。如果说凯文是一个优雅的王子，那么石黑玄是一头优美的豹子，他神秘、警觉并且充满雄性。

林清水马上移开眼睛，觉得有些不好意思。她把一张支票放在石黑玄巨大的办公桌上，说道："因为找到几个投资人，所以这个不需要了，谢谢你。"

石黑玄向她走过来，面无表情地站定到她跟前，注视着她的脸，沉思了一会儿，冷漠地丢下一句："以后不要再见面了。"

林清水感到吃惊，不禁皱了皱眉，愣了几秒。俩人没有道别，林清水走出石黑玄的办公室，关上门，再次望了眼低头忙碌的他，心里竟升起莫名的失落。

石黑玄透过玻璃看见电梯载着林清水离开，他想他们再也不会相见了。他把她从自己的世界里赶走，狠狠关上门。

第二次告别是在去年。他环抱着双臂站在600米之上的新东京铁塔上，为林清水祈福。那一日，他不得已，只能斩断他们之间好不容易筑起的爱情。

第三次告别是今夜，是生离死别。他留在今生，她却在往生的路上。想到这里，石黑玄在夜色里苦笑，觉得他的爱为什么要那么苦那么苦。

“别走，清水！别走——”他在船里跌跌撞撞，“我只要此生的你，老天，教教我，教教我该怎么把留她下来，哪怕就只一个晚上？”

石黑玄启动引擎，发疯似的朝死神追过去。浪花飞溅，他眼泪横流。终于他赶上死神，调转船身挡在他路前。

“如果非要带她走，那就把我也带走！”

“天规不可破，我不收活物，你只能耐心度过自己的寿辰，我才能带你走。”

石黑玄不等他说完，便纵身跳入冰冷的海水，没有一丝挣扎。海水很快就吞没了他。

他又一次往下沉去，追赶死亡。

无比痛苦的几分钟后，意志恍惚的石黑玄在水中忽然见到一张美丽的脸，那张脸充满忧虑和悲伤地向他迅速靠近，并把身体缠绕在他继续下沉的身体上。她把他缠绕得那样紧，像似一条花斑蟒。

38　无魂村

空气里有股奇怪的腥味，令人想要作呕。红色的雾霭背后，千万双瞪得快要破裂的眼睛一眨不眨，喜形于色地在树上盯着丹尼尔。他们的身体被黏稠的透明网状物裹着悬在树上，因为过于兴奋，在树上高频率地颤动着。

绿莹莹的脸齐刷刷地对着丹尼尔笑，默默地笑，像藏着一个恶毒的秘密。

深深倒吸了一口气，丹尼尔强迫自己平静下来。他环顾四周，发现没有退路，只有挂满尸囊的树林中间有两堵五米左右高的墙，夹成一条小道，通向未知的尽头。

丹尼尔轻轻迈出一步，千万只眼珠瞬间跟着他移动了一下。他又迈了一步，尸囊们统统侧过脑袋看着他。他不管了，撒开腿向着两堵墙之间飞奔而去。

“扑通”一声闷响，如西瓜碎裂，他边跑边回头看，只见一个尸囊落地，是一个女人。似乎是她的皮肤过于脆弱，在落地那一刻五脏六腑跟着爆裂在地上。女人看着五色的器官从身体里蠕动出来，好奇地把它们抓了起来，带着惊喜的表情把一根肠子挂在自己的脖子上，然后继续奋力向丹尼尔追来。她每跑一步，鲜血便从脚下飞溅到其他树上的尸囊上，于是那些绿色的脸上就挂上了鲜血。她并没有跑多远，便像融化一般倒在脏器上。

丹尼尔惊恐地看着，浑身发抖，喉口一阵血腥气，哇地吐了出来，但他不敢停留，强迫自己发软的腿拼命往前跑。

“扑通扑通扑通扑通扑通扑通扑通扑通——”

无数的尸囊着地。有皮肤稍微坚固的尸囊，他们成功落地，伸起双臂，向鹰一般向丹尼尔飞扑而去。

它们中一个男童发出一串悠长的嬉笑声，他用尖细的嗓子喊道：“他有灵魂，我们没有，抓住他。”

“我们没有。我们没有。我们没有。我们没有。我们没有。我们没有。”尸囊们轻轻如耳语般重复着男童的话，边咕哝边追。

快！快！快！丹尼尔恨自己不能飞起来，深入骨髓的极度恐惧令他的四肢变得麻木和僵硬。他悲哀地发现自己的两条腿事实上并没有在跑，而只是疾走着。

“还有 50 米就到墙边了。快跑起来跑起来！”他拼了命地往前赶，冷汗湿透全身。尸囊们越靠越近，他们的双臂突然收起，像捉鸡那样半蹲着身体，似乎想要纵身一跃扼住丹尼尔的咽喉。

丹尼尔想起身上的累赘，猛地甩下背包，丢向尸囊们，一个闪身进入到两堵墙中。小道很窄，只容两个人的身体通过，因为太窄，丹尼尔的奔跑变得更加艰难，常常踢到墙壁，踉踉跄跄。一会儿他发现脚下的泥土变得越来越泥泞，低头一看，地上流淌着热气腾腾的鲜血，上面飘着不同的脏器，甚至还有眼珠。那些眼珠瞪得圆圆的，在血河里打着转。

他回头去看，原来是尸囊们因为争先恐后地挤进墙，把彼此的身体和脑袋都挤破了，挤没了。血液喷薄而出，形成道道红色喷泉。

他再往前看，小道似乎没有尽头。血已经蔓延到小腿，让丹尼尔的步伐变得越来越沉重，好在背后的尸囊好像一个也没有活着挤进来。强忍住呕吐，他压低身体，目光紧盯着前方，可是血很快涨到了他的腰，然后是胸。突然，前方一个绿色的影子一闪而过。丹尼尔停下脚步，警觉地观察。

绿色的影子不久又从红色的血泊里徐徐升起，竟是那个叫达瓦的孩子。他蹲下身吸了一大口血，然而用手指沾着嘴里的血，在一面墙上写下六个字母“R–E–D–R–U–M”。

丹尼尔不明白那六个字母的意思，难道他是想说这里是“红色的房间”吗？

血流几经升到了丹尼尔的喉部，他想，自己唯一能逃脱的方式就只能是游泳了。一只肝脏漂浮到他身边，紧接着又是一张仰起的半张脸。他觉得自己坚持不了多久了。

达瓦还在玩他的把戏，他突然掏出一面镜子，照在墙上的六个字母上，缓缓转过身，把镜子对着丹尼尔。丹尼尔的眼睛瞬间瞪大，镜中呈现的是六个字母的反影——“M–U–R–D–E–R（凶手）。”

“凶手凶手凶手凶手凶手凶手凶手凶手凶手凶手凶手凶手凶手凶手。”达瓦在嘴里单调地重复着这个单词，并向丹尼尔快速游过来，脸上惊喜的表情没有了，换上了仇恨。

丹尼尔也向前游了过去，脸有时不得不浸泡在令人作呕的血里。他和达瓦终于相交，丹尼尔的胸口突然被一件利器狠狠地一挠，剧烈的疼痛让他觉得自己的心脏大概也被抓出来了吧。

在深深的猩红色血河里，他被两只像水草般的手死命纠缠着。那双手虽小，却力大无比地把他拖向河深处。丹尼尔的气力越来越小，他想到自己 30 年的生命，觉得知足了，只是没料到自己会以这样的方式死去。

“最后再做一次挣扎吧！”他对自己说。急中生智地从裤子口袋里掏出一把钥匙，用尽所有的也是最后的力气朝那双纠缠他的手上狠狠扎了下去。

片刻宁静之后，他感到自己的身体慢慢地从血河里浮了上来，摸了摸胸口，心脏还在。血河越升越高，他撞到了小道尽头的墙壁上。“原来是一条死路。”这是他最后的意识。

当丹尼尔再次睁开眼的时候，发现自己躺在清新的草地上。他抬起上半身看了看，小道的尽头的确是被封死的，但随着血河越升越高，他从墙里被冲了出来。

他想起身，可浑身的皮肤与血液干结后衣物粘在一起，扯开时生疼。忍着痛，他来到一条清澈的湖边，立马跳了下去，湖被染红了。在清爽的水里，他长长地吐出一口气，冰凉的湖水和胸口的伤口提醒着丹尼尔这一切绝不是一个梦。

在湖里他一边洗刷着身体，一边环顾四周，突然停下动作，眼睛瞬间冒出欣喜的光，因为他看到在湖的对面立着一座样子十分古怪的房子。房子是由银色金属和淡蓝色玻璃搭建而成，清澈如湖水，闪着和它主人一样清冷的光芒。

“我居然找到了那个失踪的村庄——‘无魂村’！还有清水和我一起造起的房子！找到了，找到了，找到了！”丹尼尔激动不已，突然想起什么，大叫一声糟糕，急忙在水里去搜裤袋里的钥匙，那把能打开那座房子的钥匙，可是它不见了。

他决定先上岸，朝着湖对岸游去，带着所有回忆。

丹尼尔和林清水离开斯利那加后前往拉达克。当时北印度的很多地方发了洪水，水淹没了铁轨，俩人坐在火车里，感觉就像是坐在水蛇的腹腔里。那一天太阳半开半闭，一路上水里耸立着一些废弃的房子，房子的向南面被削去，能看到里面精美的建筑构造。所有的手艺巧夺天工，令人惊叹，同时又有一种说不出的古怪。火车抵达后，丹尼尔租来一辆吉普与林清水没有目的地四处闲逛。潮湿的空气里充斥着皱叶留兰香和百里香的味道。林清水坐在车里若有所思地看着前方的路，丹尼尔知道她又陷入了对爱情和生命的思考。

他抚了下她的头发，打开窗，林清水于是转头望去窗外，风正把云朵梳理分开，均匀地覆盖在云杉树林之上，馥郁的花木气息弥漫，看不到的水分颗粒轻盈地在皮肤上跳舞。黄昏之际，太阳把它玫瑰色的薄翅展开，轻轻扫过群山之巅，万物于是变得越来越红。

“很美是吗？”丹尼尔说。

林清水露出由衷的微笑："很美。"

车继续往前开，直到一片树林挡住了他们。丹尼尔下车仔细观察了一圈，树林里大树参天，有一条小径可容一车通过，不仔细看很难发现。小径上杂草众生，透露着这里很少有人进出。

丹尼尔上车，检查了下林清水是否系好安全带，说："穿过去看看。"

说完他踩下油门进入树林。瞬间，密密麻麻的枝叶扑面而来，黑暗劈头盖脸落下来，有几秒钟他们什么都看不见了。紧接着，一道白光从天而降，虽刺目却让人的心莫名安定下来。他们停下车，定睛一看，发现自己竟不知不觉到了一个村庄！

村庄里很安静，路人稀少。他们开过一个正方体的玻璃房子，样子很北欧，房子里面摆着一张超级大的长方形深灰色石桌，桌上摆放着彩色的鲜花。有几个老人端着香槟酒杯看着他们的车驶过，露出亲切的笑容。又开了一会儿，空气越来越干燥，仿佛回到了欧洲大陆，他们看到村里家家户户门前有许多奶油色的石头小天使，木制的十字架，竹编的摇篮，还有很美的花草。

把车停靠在路边，他们惊奇地观察着行走的路人，这是一个与世隔绝的村庄，人们看上去安居乐业，右边是一片绿得让人欢欣鼓舞的大草坪，一个牧羊女系着干净的围裙在挤奶，在木栅栏里，她抬起头冲他们笑了笑。

又有一个男人扛着锄头经过，看见他们的车，马上脱下自己的帽子向他们点头行礼。

丹尼尔和林清水继续前行。空气是透明彩色的，像太阳下肥皂泡泡的颜色。车慢慢地驶在鹅卵石铺成的道路上，石头们圆润又光亮，路两旁的房子也是彩色的，样式来自古老的俄罗斯。当俩人经过一座橘红色教堂时，窗户里探出一个穿红衣的女人。

停下车，林清水走上前问女人："请问您说英语吗？"

女人点点头。

林清水又问："我们想留在村里过夜，请问这里有没有酒店或者旅馆？”

女人指了指教堂边上。林清水转过头，一下把眼睛瞪大了。教堂的边上有两座小小的房子，一座绿色，一座红色，两层楼样式，有尖尖的屋顶。令她吃惊的是，这两座房子居然是底朝天地站立着。林清水回头去看丹尼尔，发现他也张大着嘴看着那两座房子。

女人朝林清水招手，然后递给她两串钥匙。

林清水赶忙拿出钱包，女人却摆摆手，关上了两扇橘色的木窗户，教堂的橘色墙壁像是闭上了两只眼睛。

怀着强烈的好奇心和犹如活在梦境中的恍惚，丹尼尔和林清水赶忙用钥匙打开两座房子的门，里面的构造巧夺天工，令人赞叹不已。房子底楼犹如一颗倒立的钻石，设有厨房和浴室，二楼是一间大卧室。

七月夜晚的星星格外得亮。放好行李，俩人痛快地洗了个澡，在上集市买了各式瓜果，然后就坐在门前的花圃里慢慢吃起来。

“你怎么突然那么安静？”林清水问丹尼尔，他在到达这个村庄后就再没说过一句话。

丹尼尔在半个牛油果里散了些盐，用勺子舀出一勺放进嘴里慢慢咀嚼，沉思了良久才对林清水说：“你知道画家马克·夏加尔吗？”

“知道啊，他的作品色彩浓郁，充满梦幻。”

“夏加尔画中的人和动物都相当古怪，房屋甚至树木都是颠倒的，时空也是错乱的，就像人做的一个离奇的梦，又像是一个醉汉眼睛里看到的世界，回忆和狂想交织在一起，有种混乱的诗意。你记得他那幅《我与村庄》吗？”

林清水想了想，摇摇头。

丹尼尔说：“我们到达这里后，我觉得景色特别熟悉，却又说不上是什么缘由，直到看到这两座倒立的房子时才明白过来。”

“为什么？”

“我曾经在学校寝室的画上见到过这个村庄。”

“你说自己常常做梦进入画中？”

"恩。因为那个不断重复的梦，我查阅了夏加尔《我与村庄》这幅画的资料。《我与村庄》完成后，很多评论家认为那是一幅充满幻想的作品，但夏加尔却不那么认为，他曾解释说：'很多人说我的画是幻想的，这真是大错特错，我的绘画是写实的，恐怕比我们目睹的世界还要真实。'"

林清水放下食物，很多次她问过自己，究竟是艺术呈现的世界是真实的，还是我们活着的这个世界是真实的。

"画里还有一个绿色的怪人，手里捏着一棵古怪的树。"丹尼尔继续说，"不过我还没见到他们。另外弗兰克、凯文和石黑玄也常常做古怪的梦，梦见进入各自寝室的画里头。"

听到石黑玄的名字，林清水沉默了。

"来，让我们享受此刻的新奇和美好，不多想。"她把一颗最红最大的草莓放进林清水的盘子里。"因为我们既不生活在过去，也不生活在未来，我们所有的仅仅是现在，应该只对现在感兴趣。假如我们总能把握现在，就会成为一个幸福的人。"

"哈哈，这是《炼金术士》里的句子。"林清水笑着揭穿丹尼尔。

他也笑了，《炼金术士》是欧洲男孩们心爱的书，它让他们变得敢于冒险并且去挑战天命。

"我是如何得以猜测未来的呢？是通过现时的预兆。奥秘就存在于现时中。假如你关注现时，就能够改善它。假如你改善了现时，那么将要发生的事情也就会变得更好。你要忘掉未来，按照教义过好你的每一天，并且相信上帝会关照他的孩子们。每一天的本身都蕴含着永恒。"林清水也背诵了其中一段，得意地看着丹尼尔。

丹尼尔用手轻轻刮了下她的鼻子，温和地说："原谅石黑玄吧，也原谅你自己。"

林清水的眼睛开始湿润。她知道世上最懂自己的人是丹尼尔。故作轻松地，她耸了耸肩，然后突然提议道："我们在这里多待些时间好吗？"

"可以啊。你想在这里做些什么？"

林清水双手托着下巴，说："快30而立了，这些年生活得有点累，想在这里休息一下。"她环顾四周，眼睛忽地一亮，"要不我们一起来造一座房子？"

"我的工作由自己掌握，所以没关系，你的工作怎么办？"

"会找人去打理的。我一直想造一座子宫形状的房子，有淡淡的蓝色玻璃，紧紧靠在水边。它被银色的金属柱子腾空托起，迎风而立。冰冷又梦幻。住在里面的人会感觉又回到了母亲的子宫里，那里很安全，可以忘记一切，每一个醒来的早晨都意味着重生。"

丹尼尔神往地笑了，他不说，林清水也知道这个主意打动了他。

接下来的日子，俩人在那两座倒立的房子里安居下来，开始订购材料，辛勤劳作起来。村庄里的人非常热情，常常会过来主动帮忙。林清水和丹尼尔觉得那些人仿佛来自天外，他们从不谈论自己的往事，也不询问他们的故事。那些人爱在工作后举杯畅饮，跳舞歌唱，摆弄屋门前的美丽花草，不闻不问人间事。他们的手工活巧夺天工，门前那些用大理石雕砌成的天使那么逼真，让人望着它们就感受到满满的对生活的希望。

林清水和丹尼尔在经过村民的屋前时，常常见到空荡荡的竹编摇篮。他们迷惑不解，因为在村里他们没见到一个婴孩。

"村庄每家每户做的事情都像是为了迎接新的生命。可是新的生命在哪里？"林清水满是疑惑地看了眼丹尼尔。

丹尼尔百思不得其解地摇摇头，也觉得诡异极了。

那些日子里，天刚刚亮的时候，俩人就起身劳作。中午的时候林清水回家准备食物，给丹尼尔带来工地。夜晚他们收工后与村民们唱歌跳舞，饮酒作乐。这是最原始的简单生活，却充实又快乐。他们手下的蓝色玻璃房子开始慢慢拔地而起。苏黎世的旧生活离他们越来越远，它变得空荡无骨，像是一个没有意义和目的的梦。

当林清水在夜深人静的床上闭上眼睛，就快要进入梦乡时总会恍惚见到一个穿白衣的男人，他忧郁的眼睛望着她，像是在问：你何时归来？

神仙般的日子里，林清水忘不了的是凯文。

6个月如梭飞过，玻璃房子终于成形。银色的金属脚柱把房子高高托起在淡蓝色湖边，与淡蓝色的玻璃融为一体。为了防止太阳的强烈照射，丹尼尔在房子的四周种满绿色芭蕉树，叶子在风里张开，欢快地挥手。

竣工那一天，丹尼尔扶着蒙着眼睛的林清水慢慢走进这座晶莹剔透的房子。他让她在一张椅子上坐下，然后轻轻揭下她眼睛上的手帕。此时正是夕阳西下，湖面上的晚霞把绿色的树木映得通红，林清水慢慢从椅子上站起身，踱到淡蓝色的玻璃窗前，窗外金红色的涟漪晕荡，鸟儿飞翔嬉闹，树木绵绵舞动。她的梦想实现得如此得美！

她低头又去看脚下，透明玻璃地面透出沙滩上的白色细沙和五彩鹅卵石。

丹尼尔走到她身旁，林清水转过身，面向他。他摊开手心，一把钥匙躺在里面。钥匙扣是抬着弓箭的射手，那是她的星座。

丹尼尔微笑着说："林清水从此有避难所了，无论现实世界里发生什么，她都会在这里获得安全并得到重生。我们该上路了。"

"钥匙你替我保管。"她感激地看着他，千言万语化作一声"谢谢"。是的，在这里她破碎的心已重新长好，该回现实世界了。

"还有东西要给你。"丹尼尔拖过来一个巨大的箱子。

"是什么？"

"打开。"

她好奇地打开一只巨大的箱子，顿时上百个白色小气球从里面飞了出来，仿佛无数个新生的希望。气球们急速上升在空间里游动漂浮。她抬头笑看着，丹尼尔看着她容光焕发的脸，知道她的人生即将重新展开。

忽然间林清水收起笑容，望着丹尼尔，俩人目光碰撞在一起。在晚霞红色的光晕里，他们定定地看着对方，气氛有些不平常起来。丹尼尔的棕色瞳孔是那样得深邃，两行泪忽然莫名其妙地流在林清水的脸上。

“你那么好。”她说着走近他，在他的脸上上轻轻吻了一下，然后绕到他的身后，走了。

丹尼尔待在原地没有动。6个月的朝夕相对让他在今晚临别的晚霞里感到失落。这座玻璃房建造完毕的一天便是他们动身返回各自世界里去的日子。他们是朋友，只是朋友。他觉得自己的心有点奇怪，一种从来没有过的梗塞堵得他发慌，那是不是就是人们常说起的痛苦？

当丹尼尔喜欢一个人的时候，会祝愿她生活快乐，他从不求回报。可是这一次不同，他第一次有了占有的欲望，所以他感到痛苦。

清晨，俩人再见面时，林清水显得有些不好意思。他们把各自的行李放进车里，与热情的村民们挥手告别，然后看着反光镜里钻石般闪耀的玻璃房变得越来越小，最后被一片树林完全遮挡住。

回去的路上，俩人都很沉默。与世隔绝的6个月生活，让他们再次面对现实世界时感觉既陌生又荒诞，不能马上融入。在抵达后的瑞士苏黎世机场，俩人面对面站着，准备说再见。

“好像有点明白爱是什么了。”林清水突然对丹尼尔说。

他温柔地看着她。

她继续说：“爱是超越各种欲望，像光一样照耀在另一个身上。因为本身有着快乐和自爱的灵魂，所以不怕失去。爱是关于自己的修行，爱一个人只是为了更了解自己。”

他给了她一个赞许的微笑。

“这些启示其实都来自于你，”她有些动情地看着他，这是他从没见过的表情，“其实，如果我们早一点认识的话……”

“好好生活。”他不让她说下去，用微笑掩盖起内心的难过和不舍。

于是她不再说下去，微微欠了下身体，表示再见，转身走了。

他目送着她。他知道她不会回头。

“如果我们早一点认识的话……”他想着她说的那半句话，满足地笑了，这对他来说已足够。

洗干净身上的血污，丹尼尔精疲力竭地游到湖对岸，喘着气上岸，闭着眼躺倒在白色的细沙地上。忽然，他感到头上的太阳正被什么东西慢慢遮挡住，猛得睁开眼，发现一群人正围在自己身边。他挣扎着坐起身，发现那群人就是他与林清水曾经遇到的村民们。只是这一次，他们的脸上再没亲切的笑容，他们怒火冲天，甚至悲伤无比。

39 橡树迷宫

这是怎样一幅景象啊！

100 个金边莲花池边，慵懒地躺着衣衫敞露的几百个丰润妖娆的绝色女人。那都是所罗门王的随从们用蛇一样最尖细的眼睛从沙漠中寻来的公主们。她们是所罗门王陶醉身心的后宫。

此刻，美人们有的正俯身看金边池中希腊的悲剧和罗马的喜剧；有的把耳朵凑近盛开的莲花，从它发着光的金色花芯里倾听各个民族的民间音乐；还有的把裸露着的饱满胸部紧紧贴在弗兰克的后背上，听他从上古时代讲到亨利四世，再从拿破仑一世讲到弗兰克自己所在时代人类的伟大成就，女人们把他描述的新奇东西变成天空中移动的浮云，天空就是她们的画册。

作为一名历史教师，弗兰克在这些美丽的学生面前卖弄学识，一只手捏着一颗圆润的红宝石在美女亚比煞小麦色的大腿上滚动，另一只手抚弄着躺在他小腹上埃及公主乌黑油亮的长发。他一边说着话，一边瞟望着塔楼上。

远远的塔楼上站着示巴女王。示巴女王的美是巧克力和血的结晶，她是弗兰克至今无法攻克的最后堡垒，因为他始终没能解开她给自己留下的谜语。

示巴女王穿着血一样的晨褛在塔楼上翩翩起舞，巧克力色的脚踝灵活得像一只陀螺。弗兰克的小腹升起一股欲念，鲜红的嘴唇扭曲成难耐的线条，他对女人们的讲述中断了，心不甘地采下一朵带着露珠的莲花在手里捻转。

是的，他已经忘却了自己要在耶路撒冷完成的任务，在桃色的温柔乡里深深陷了进去，不再想要出来。每晚他都品尝着来自沙漠不同地域的女人，她们的美千姿百态，他的眼睛因为情欲整晚整晚都是埃及蓝，嘴角的笑就像是醉了千百回。可是有一种美对弗兰克来说依旧遥不可及，那就是示巴女王。她总是躲着他，却又在远处用她的美，用她的舞蹈挑逗着他身上每一处流动的血液。弗兰克的身体里有一团火，怎么熄都熄不灭。

看着手里那朵被露珠亲吻过的莲花，他忽然一下子坐起身，缠绕在他身上的美女们一个个软软地跌落到地上。他飞快地站起来，疾步走向示巴女王。当示巴女王正要像往常那样躲起来时，他举起手里的那朵莲花，大声说:“别走！我知道谜底了！”

示巴女王站住，回过头，想起自己曾在3000年前和仆人们穿越沙漠，来到所罗门的宫殿，宫殿里那个威严尊贵又智慧的男人让她敬仰得五体投地。她给他送去自己国度里的奇珍异宝，并留下一个谜语。谜语是关于一朵玫瑰。

“有三个玫瑰精长在田里。其中一个玫瑰精夜晚常变作女人在心爱的男人家里过夜，但她总是不得不在天亮前变回玫瑰回到田里。她希望能够永远厮守在心爱的人身边，神于是想要给她一个机会。神让男人在早晨来到田里，如果他能在三朵一模一样的玫瑰花里找出自己心爱的女人，神就让玫瑰永远变作女人留在男人身边。男人只看了一眼就认出并摘走了属于他的那一朵。请问他是如何知道的？”

当时她跪在地上，对所罗门王说:“如果您能答出那个谜语，我将纡尊降贵在您的寝宫停留一晚。”

所罗门王听到她的谜语便哈哈大笑起来，转身走了。月亮升起之时，她被所罗门的侍从带入寝宫。一路上，她幸福得全身颤抖。

在寝宫，她抽出最锋利的刀抵在自己心脏的部位，要求所罗门王说出那个谜底。

“说出您的谜底，我的王。”示巴女王站在塔楼上，全身颤抖问下面的弗兰克。

弗兰克的眼睛似饥饿的豺狼：“答案是，那朵没有露珠的玫瑰是男人心爱的女人，因为她总是在男人那里过夜。”说完他的嘴角浮起一个情色的笑。

示巴女王极力保持住自己威严的神情。他答对了，正如当年智慧的所罗门。在所罗门王寝宫欢度一夜之后，她回到自己的国度，变成了世上最美丽却又是最寂寞的女人。想到自己许诺给弗兰克的春宵，示巴女王的身体像春水飞溅的田野，四处窜动的情欲让她的身体在塔楼上摇摇欲坠。

“你，终于是我的了。”弗兰克迫不及待，嘴唇红得像是一颗裂开的蔓越橘。

示巴女王急忙转身走进门里，她春心飞扬的脸上突然飘过一朵乌云。

这是怎样的一个夜晚啊！是几千年来，所罗门宫殿里最奢华最盛大的节日。绝色的女人们亮出各自的绝活制作美味的糕点，缝制性感的睡袍，唱出动情的歌谣，跳出撩人的舞蹈，变出奇异的魔术。示巴女王选出身体最芳香的女人们抬着几米高的用蚕丝和鹅毛做的床垫，戴着皇冠和各种金饰，全身一丝不挂地横躺在床的中央。弗兰克觉得这是自己出生以来最兴奋最刺激的一天，在无数美女魅惑的鼓励声中，他爬上了床。

这是一个无比荒淫的夜晚，所罗门宫殿上方的夜空红光闪烁，呻吟声千回百转，无休无止。

太阳升起，当所有的极度欢愉落回到现实的基点，弗兰克还在沉沉的睡梦中。示巴女王早已醒来，躲在一堆鹅毛里头，脸上挂着惊恐和忧伤。她紧紧盯着弗兰克即将睁开的眼睛，在那眼睛里头，她将读到自己和后宫所有女人们的命运。

当一束强烈的太阳光终于唤醒弗兰克时，他金色的睫毛像蝴蝶翅膀一样扇动起来，不一会儿他的眼睛慢慢睁了开来，它们如此清澈平静，淡淡的蓝水晶色显示着他的情欲泄空。那双眼睛向着示巴女王转动过来，它们平淡地对她笑了笑。示巴女王的脸瞬间变成了灰色的一堵墙，惊恐地躲进鹅毛更深处。哦，她了解男人那样的眼神。3000多年前那个早上，她也是在深深的恐惧中等待一个男人的醒来。他的眼睛和身体很平静，只是对她平淡地笑了笑，就像在揭开一个谜语后，所有的追逐与激情将会被满足和抛弃替代。

示巴女王明白了，原来3000年前的男人和3000年后的是一样的。她深深倒吸一口冷气，看见弗兰克的嘴翕动，她知道他将要对自己说的话，她悲伤地捂住自己的耳朵。

弗兰克坐了起来，伸了个懒腰，看了看窗外，对她说："在这里待了那么久了，我想自己该回家了。"

"咔嚓"一声。弗兰克惊异地转过脸去看示巴女王，他听见在她的身体里发出犹如树干被狠狠折断的声音。然而他看到的只是示巴女王不动声色的，没有丝毫表情的脸。弗兰克心想这一定是昨晚酒喝多产生的幻听，于是耸了耸肩，翻下床，狼吞虎咽地吃起侍女端来的食物。

示巴女王坐在床上，她的眼睛变作了死鱼眼，对着外面明亮的太阳向上翻了翻，幽幽地说："日落的时候让我们再欢庆一下，当作给王的饯行，月亮升起后您再走吧。"

日落时分，弗兰克收拾完自己的行李，看着身后几百个面露凄色的女人们，心里有些不舍。可是该玩的都玩了，该尝的也都尝了，他开始惦念自己从前的生活，惦念瑞士巍峨雪山和他的滑雪板，惦念朋友和亲人们。这里虽然黄金满城，美女如云，但他不想做宫中鸟。财宝和美女固然让人心动，但是要让弗兰克拿自由来换，他不干。

月亮慢慢升起，于是琼浆满泛玻璃盏，玉液浓斟琥珀杯。虽然盛席琼筵，但是音乐凄凉如昆山玉碎。示巴女王把一枚银子铛铛掷在地上，几百个女人穿着薄如羽翼的月白色袍子开始在月光下舒展着美丽的胴体翩翩起舞，她们姣如春花，媚如秋月，美艳得不可方物。示巴女王偷偷瞥了一下弗兰克，发现他蓝水晶色的眼睛正变得越来越深，最后成了埃及蓝，他的嘴唇开始湿润和鲜红，最后扭曲成情欲难耐的线条。示巴女王轻轻松了口气，趁势又在地上掷出一枚黄金，跳舞的女人们呼地从衣袍里如仙女散花般抛出五颜六色、晶莹剔透、耀人眼目的珍奇珠宝，映得宫殿上方的天空升起道道彩虹。示巴女王挨近弗兰克，在他耳边一边吹着娇媚的气，一边说："瞧，都是您的，全都是您的。我的王，您走了，可让我们怎么办啊？"

弗兰克转头看着示巴女王胸口袒露出的深深沟壑，迫不及待地把手伸了进去，抓住她柔腻的胸脯，吸吮着她口中的甘露，气喘吁吁地说："走，我们去寝宫最后温存一下，一会儿我再赶路。"

一股巨大的力量推开了弗兰克，他觉得胸口仿佛是被树桩狠狠撞击了一下，痛得顿时透不过气来。

"咔嚓"，"咔嚓"，"咔嚓"，"咔嚓"，"咔嚓"……

树木开裂的声音此起彼伏响起，犹如很多很多的心碎裂了。

弗兰克痛得咳嗽起来，好不容易直起身，然后惊恐地发现天际色如潮水般迅速褪下，黑幕罩了上来，他看见女人们鲜艳的脸上像蒙上了一层灰，她们的肌肤开始往里皱缩起来，眼神变得强硬和冷漠。

他吓得抓起桌上的酒猛灌了一口，忽觉口中的酒异常甘洌，于是看着杯中物，问身边的示巴女王："杯里是什么？"

久久没人回答他。弗兰克转头去看，这一看，让他全身的汗毛都竖立起来。哪里还有美丽的示巴女王，天边正飘来缕缕青色，一座废弃的修道院耸入云霄地矗立着。苍白的光线从墙上窄长华丽的镂空铁窗里透过，照在前方荒凉的墓地上。弗兰克再去找刚才跳舞的女人们，惊惧地发现她们正在皱缩成一种植物，那种植物伤心欲绝地摇晃着躯干向四面八方疯狂地伸展着肢体，它们越长越高，枝条在天空里织成一张密密的网。弗兰克跌坐在地上看着，那些曾经修长圆润的手指，正长成狰狞的指向天穹的利爪。

到处都是木头从地下拔地而起的声音。一个阴森的女音从墓地上飘了过来，她说："您刚才喝的是百花之髓，千心之泪，万木之汁，它叫

‘万艳同悲’。”

弗兰克使劲爬了起来，把一缕金发撸向脑后，向着墓地里的声音走去。他走进一片褐色的光线里头，走进密密的橡树林中。

突然间，他的心一沉，发现自己进入了那幅画中，那个千回百转的梦境——橡树迷宫。

40　一封没有收信人地址的信

我们习惯活在自己的小世界里。日常生活引发的忙碌与烦恼，让我们不会想到在北极一个现代的诺亚方舟正在建造中。我们臆想中的安全感，对于这个正在崩溃中的地球只是一个随时要破的肥皂泡泡。

人类从来就不是这个世界的中心。这个世界自有它的中心。人类喜欢绞尽脑汁地挣扎，他们不愿意像冰雪、树木、星辰那样安静生长，悄然而逝。

“应该”是一个奇怪的词，我们总是觉得自己应该这样应该那样，不顺从自然，不顺从自己的本质。

我们甚至害怕面对自己。面对自己首先要通过孤独，面对自己是一件极其危险和不舒服的事。

凯文骑着雪地摩托来到无人的永冻荒岛，上了一座苔原。在一本书上他获得讯息，这里正在建造一个现代的诺亚方舟。果然没错，在一个毫不起眼的指示牌上，一串英语字母显示：末日种子库。

2008 年挪威政府联合世界上几乎所有的国家在此建立了末日种子库，往里面不断储藏地球上所有农作物的种子。挪威人特意将这个仓库建立在苔原永冻土下的山洞里，因为在自然状态下，那里的温度可以保持在零下 18 摄氏度。小麦、大麦和豌豆等重要的农作物种子在这样的温度下可保存长达 1000 年；而生存能力最长的高粱种子，甚至能存放约 1.95 万年。

世界将在不远的未来像《创世纪》里描述的那样，洪水将人类世界洗劫一空。而这个末日种子库将犹如一艘现代的诺亚方舟，是我们这一代人类为新兴人类的诞生献上的最厚重的礼物。

末日种子库并不起眼，灰色的水泥建筑嵌在灰色的苔原山体里，不仔细看很难发现。凯文在门前徘徊了一会儿。非工作人员不得进入。

苔原上很脏乱，从前的煤矿设备被丢弃在大自然里，残留下的黑色煤炭随风染指在朗伊尔城的街道上，雪变成了邋遢的灰色。凯文坐在一块废弃的铁板上，面对着寂静清冷的北冰洋发呆。北极是世界上最遗世孤立的地方，在这个世界最北的城镇里，他开始明白林清水为何如此热爱这片土地，因为这里是大自然与人类最直接的沟通处。

“顺应自己本质的第一步是顺应大自然，而北极无疑是最好的训练基地。”林清水那么对凯文说过。那天是在游轮上，他的脸因为石黑玄的一拳淤青着。他们坐在凯文房间里的沙发上，林清水躺在他胸口。

“告诉我你的本质是什么？”凯文轻轻地吻她的额头。

“我的本质徘徊于理智和贪婪间。我受理智的约束，却无法停止对欲望的追求。”说着她想到了石黑玄。

刚才的画面出现在她眼前：石黑玄坐在琴凳上，脊背绷得笔直，十指在琴键上飞舞。他弹着琴，仿佛被掏空似地看着她。接着，他撒野打了凯文，气喘吁吁地红着眼睛对她说：“那首曲子，刚才我弹的，还记得吗？那一年我到伦敦看你，车里放的就是那首曲子。”他还说：“林清水，我要你知道如果有一天你要我为你去死，我也会去做的，这就是我对你的感情。”

躺在凯文怀抱里的林清水，尽管面无表情，心里却有细小的东西开始融化，并悄悄长出小花来。一个女人对男人的喜欢，如果不是因为对他的敬仰，就是因为对他的可怜。

石黑玄，一个没有朋友，总是铁着脸的冷酷男人，他傲慢、粗野、投机、阴暗、孤独和神秘，有着凄惨的童年，看似桀骜不驯，却在很小的年纪背负起一个沉重的破碎的家。他冷漠至极地待人，却会为心爱的女人拍下每日思念的天空，会记下她车里播放过的曲子。还有他打人的手居然能弹出动情的曲子。

18岁那年，在车里他偷偷吻了她，那是她的初吻。他把唇紧紧地贴在她的唇上，把额头抵着她的额头喘着气。初吻的经历因为有些奇怪，所以早被林清水在记忆里清除，可它却在今天又从她心里冒了出来。

“石黑玄，你完完全全是一个谜。”她在心里轻轻说。

凯文是一个温情款款的王子，而石黑玄是一头稀有的雄性动物。

在这个刚刚接受了凯文的爱的夜晚，林清水的心里却落下了石黑玄的影子。

有些人。不，应该是很多人，他们的心不是纯洁的。尽管他们知道纯洁应该是什么样子，尽管他们知道这个世界做事的分寸，但难抵美丽冒险的欲望，他们知道生命太短了，所以不想放过尝试的机会。他们爱着天上白色的云朵，也爱着黑暗中陨落的星辰。林清水，就是这样一个人。她严肃、谨慎、执著、冷峻，甚至有一点残酷，但是她复杂、风流、好奇和自私。并不是只有男人的世界里才有红玫瑰与白玫瑰的故事。世界上很多的男男女女都长着两张面孔，一张向阳，一张朝向阴暗的不为人知的欲望。

林清水与那些人还是有点不同的。她直面自己的欲望，明白对与错。可在她的世界里，她最爱的永远都只是她自己，她的任何举措都会以保持自己整洁的生活为前提。换一句话来说，她是不对任何人承诺和负责的。

这就是她要顺应的本质。她明白自己的弱点。

凯文翻过身体，把她轻轻压在身下，用手拨开她脸上的头发，问，“在想什么？”

林清水笑而不语，眼睛却并不看他，只是沉下心来感受他手指触摸在她皮肤上的温柔，心想这双手曾经切开过许多的头颅，曾经浸泡在各种红色的血液里，以拯救病痛的人类。它们修长，非常清洁，骨节壮实。如果她能一辈子握住那双手的主人，她会变成怎样一个女人？

林清水只在15岁的时候对爱情有过单纯的愿望，想要把自己的生命与某一个男人永恒地连接在一起。那个她心目中最亲爱最完美的男人死后，她不得不变作一个流浪的公主。公主四处游荡，心逐渐强壮和空旷，最后公主变作了自己的王子，一个充满骑士精神的王子。是的，康庄死后，林清水再没想要过与任何一个男人并肩走在自己的生命里。即便她对凯文有着最真挚的情感，也激不起那种分享生命的愿望。天空高远，她的世界里只有血腥杀戮的激昂与刺激，风像一艘航空母舰穿越过她飒爽的头发。她，什么都不怕，什么都不要。她，来去自由，千古风流。

她去触摸凯文的手，两只手交缠在一起。她抬头专注地看着凯文笑起来有细细鱼尾纹的眼睛，感叹道，如果自己早在康庄之前遇见他，她定会成为另一种女人。会像所有幸福快乐的普通女孩那样依偎在爱人身边，牵手走过城市里的座座花园；在屋里闻着食物的香气靠在一起看一部电影；如两只蚂蚁因为彼此之间的情感而把共同的生活越建越大直到再难割舍。她从未有过那样的恋爱，康庄的死和母亲对她的放逐让她不由得长成了一个不能过普通生活的女人。

想到这里，她抓住凯文白色的衬衣领口，把他移向自己，再次专注地审度他。这个男人身上的每寸肌肤、每处肌肉都长成优雅的样子。此刻当他面对她复杂的思绪时，他单纯的灵魂丝毫不会有怀疑，只是全然沉浸在与她亲近的幸福里。他职业高尚，手艺精湛，林清水可以想象他在手术台边忙碌的样子：戴着口罩，深思熟虑，反应敏捷，充满责任感。她甚至能看见凯文白色的灵魂在手术台边长出了一对翅膀，那上面的羽毛轻柔地发着光，徐徐扇动在垂死之人的头上。

凯文，他会为女人们带来丝丝入扣的幸福。女人们会以他为傲，过着舒坦、风轻云淡、甜蜜蜜的生活。林清水爱慕他，但无法想象自己如果与凯文在一起，自己动荡的骑士之心是否就会从此安分下来？她的双重灵魂是否就会满足快乐？她不知道。

当俩人的脸靠得近得不能再近的时候，凯文说话了："清水，现在你是我的女朋友了，对吗？”

林清水笑而不答，抬头去吻他。

46天的航程结束。林清水下了游轮，陆地上无休无止的战斗又开始了。她转行开始做广告，虽通过以往的关系在一开始获得了一些客源，但之后却变得很艰难。她是一个生活在瑞士的中国人，很少有瑞士企业相信一个来自东方的外国人能够帮助他们在本地抢占市场。因此半年后，林清水的事业停滞不前了。

转行后的林清水什么也不是。她的骄傲被严重地挫伤，在被冷落和拒绝中开始怀疑起自己的价值。人在沮丧的时候，不问爱情。林清水在消沉的时候，谁也不想见。每日处理完公事，她便躲进自己半山腰上的宅子里。庭院里的胜利女神雕像成了一个讽刺。在那个失落的夏天，她让草和树在院子里疯长，不再请人来修整。宅子很快就被植物巨大的阴影笼罩住。在阴影里，林清水觉得安全，因为谁也瞧不见她的失落与难堪。

凯文打电话给她，发现林清水的手机常常关闭。发短信给她，常常迟迟才有回复，发来的字也只是寥寥几个。凯文不免牵挂和担心，从阿姆斯特丹飞来看望，林清水只是寡言地与他吃了一顿午餐，便把他撇在酒店里。凯文有些难过，但他知道她的心里一定比他更难过。机场上分别时，他把林清水紧紧搂在怀里，吻着她的额头说：“为什么要那么辛苦，来荷兰好不好，或者我来瑞士找一份工作，我会给你很好的生活。”

林清水面无表情，不说好也不说不好。她要的就是披荆斩棘的刺激生活，挫败是那种生活的付出成本。她不想解释，只是吻了一下他。

林清水，从不承诺。她残酷且诚实，知道自己的无能为力。每一次当她微笑着挥手与凯文说再见，都感觉如释重负，仿佛一条鱼又回到了大海。她任由凯文的来去，他来，她OK；他如果不再来，她也OK。她不知道这算不算是林清水式的爱情模式。

事业停滞不前才是她最关心的事。她把双手插在笔挺的长裤里，站在客厅的一角。盛夏七月，她却在荒芜巨大的客厅里升起了壁炉，火苗窜动在她身后，落地玻璃窗前的她望着阴森森的院子里的欧石南和灯心草，希望此时此刻能出现一个粗暴的人，狠狠地抽打一下她的脸，对她吼：林清水你自怜什么，往前走下去啊，少浪费时间和没用的情绪！

她希望那个粗暴的人能快些出现来救救她。

九月朗伊尔城的天空忽然飘起了雪。面对北冰洋席地而坐的凯文站起来，伸出手让一朵雪花静静地落在手心中。

“清水，不管如何去珍惜你，你都会像雪花那样融化得无影无踪。你到底在哪里？”

悲伤又孤单的凯文正打算离开，雪地中有样异物吸引了他的视线。他把那东西捡起来省视，发现是一朵浅灰色的北极驯鹿的尾毛。他的第一个念头就是要把它送给林清水，她一定会喜欢的。她曾经送给他的阔叶树叶化石，他打了个孔，一直都挂在脖子上。

跨上雪地摩托，他长驱直入来到朗伊尔城中的邮局。在世界最北的邮局里，他买了一张明信片，图案是幽幽的绿色极光。在那张明信片上，他用不擅长的中文字体歪歪扭扭地写下仓央嘉措的一首诗：

你念，或者不念我
情就在那里
不来不去
你爱，或者不爱我
爱就在那里
不增不减
你跟，或者不跟我
我的手就在你手里
不舍不弃

把明信片和驯鹿的尾毛一同放进一个信封，凯文在填写收信人地址时，笔悬在了半空。

走出邮局。冷风里，他红着眼睛把信投入邮箱。一封没有收信人地址的信。然后转身走在灰色的公路上，孤单的身影渐行渐远。

在他走后，有一个女人用一把闪亮的钥匙打开了那只黄色邮筒。她真美，不食人间烟火的手指灵活地取出了那封信，把它藏进自己白得发亮的兽皮袍褛里。

女人所经之处雪会越下越大，雪花以最完美的图案呈现在空中，用来呼应她无与伦比的美。

几个路人停下脚步，侧目看她经过。其中一个嚷道："我的天，从没见过那么美的女人！"

另一个猜测着说："听说在北极活了1万年的萨米人里常会出现这样的黑发美人。你见到她的表情没有？她的笑像是要把我的心也冻住不跳了。"

41 英伦玫瑰

伦敦政治经济学院的校庆，林清水只身前往，坐了早班机从苏黎世起飞。这一年她27岁，事业一败涂地，心灰意冷，与凯文的感情若即若离。

她虽是学校的辍学生，却因在投资界曾取得不小的成功，所以收到校长亲手签名的邀请函。林清水不喜社交，但为了停滞不前的事业，结识社会名流是一件不得不去做的事情。

那是一个夏末秋初的早上，苏黎世机场人头攒动，很多都是手端咖啡西装革履的上班族。周五的早上，很多人都在那一天从陌生的城市返家，脸上于是少了严肃，多了气定神闲。林清水站在落地窗前，双手环抱着看停机场上初升的大太阳，等候着登机。

她是一个没有家的人，对于出生城市上海，认为那是自己的根，却不再有家的感觉。在那个城市，空气混沌，空间拥挤，物欲横流，令她只会感到烦躁。而在生活超过10年的瑞士，在自己那栋密林掩盖的宅子里，她才觉得那是自己的家。可是出了门还是感到自己是一个异乡人。当地人活得太过闲适和没有目的，他们过于小心的说话和行事方式，在林清水看来无聊透了。有的时候她想自己根本就不需要家，她就爱在漂泊中坐看整个世界的风云起伏。有了那样的想法，任何城市里发生的一切都与她不再有关。自此，她喜欢上了物理学和宇宙学。

可是有时在黄昏时分，林清水还是会希望能把一天所看和所听的，以及个人的一些想法与某个人分享。她是可以与凯文通电话的，但是面对一个完美的王子，漂泊的骑士觉得很难向他诉说自己晦涩的想法，它们过于漂泊和悲观，有的时候太过抽象。林清水不能把握凯文是否会理解。最后，她选择什么也不说。

开始登机。当她走入机舱时，一道耀眼的光突然射到她脸上，眯起眼她看见光源，不由一愣。一个男人穿着黑色衬衣，胸肌微微在紧绷的衣服下突起；袖子是卷着的，领口的扣子开着第一和第二颗；那人微微蹙着眉在看一份报纸，左耳上有一颗钻石耳钉正折射着清晨的太阳光。林清水匆匆低头走过男人身边，在他后面一个位子上坐下。

不一会儿飞机就开始在跑道上滑翔，随后“轰”的一声向着大不列颠的方向冲天而去。林清水没有料到自己会再见到石黑玄。还记得最后一次见面是在一年前。那天她去还他曾经给她的支票。那天他对她淡淡地说：“以后不要再见面了。”

他们于是一年都不再联系。

她看见石黑玄在飞机上升过程中放下手里的报纸，托着下巴看窗外，9 月的雪山在晨光中像正在融化的闪着亮光的冰淇淋。林清水不知道刚才石黑玄是否看到她。这一年来石黑玄的心狠手辣和无穷尽的野心使他成为了投资界一颗熠熠生辉的天狼星，而她的名字却已被人们遗忘。

林清水见到一个年轻貌美的空姐走过来，殷勤又小心翼翼地问石黑玄要签名。而另一个空姐来到她面前冷冰冰地问她要不要咖啡。石黑玄的成功和林清水的失败在此刻形成明显的落差。林清水看了眼舷窗里反射出的自己的影子，那张脸郁郁寡欢，不再自信。她心里闷闷的。她厌恶失败。拿起一块白色的绢帕，她把它盖在脸上，不快乐地睡着了。

很快，飞机就降落在伦敦希思罗机场。她被飞机落地时的震动惊醒，揭下脸上的手帕，睁开眼，发现石黑玄的脸一瞬间转了回去，她不确定刚才他是否正看着自己。

飞机停妥，林清水从行李箱里取下行李，朝石黑玄的座位望去，那里早已空空，她心里有股莫名的失落。

出了机场，她拦下一辆计程车进城，让司机在城中 Knightsbridge 大街一个拐角处停下。下车后她进入一家熟悉的咖啡店。那家咖啡店在她少女时期就是心头爱。如果要她形容自己对英伦的第一印象，那么在她的脑海里就一定会浮起这家咖啡馆。咖啡馆里提供的食物其实再普通不过，但是在它朝南的一面墙上开着林清水认为是英伦最美的攀枝玫瑰。那些玫瑰与她见到的世界上任何一处玫瑰都不同。它们格外丰腴和饱满，颜色是带雾气的薄粉色。似乎只有伦敦古老优雅的灵魂和曾经雾漫漫的天气才能酝酿出这种独有的品种。

少女时期的林清水曾问店主："那些攀枝玫瑰是什么品种？"

店主得意洋洋地回答道："传说是我的祖祖祖父辈从建立于 17 世纪的皇家植物园里偷偷移植过来的，品种还真不知道。这些玫瑰已经 200 多岁了，客人们的赞美之词使它们随着岁月越来越娇美。"

她走上木台阶，坐在靠近玫瑰的露台上，点了气泡香槟和一杯水，然后悄悄脱下高跟鞋，赤脚踩在木地板上。临近中午，暖洋洋的空气散发出玫瑰的芳香，林清水阴郁的心随之开朗，不禁面露微笑，细看起玫瑰层层叠叠聚拢在一起的华丽裙裾和上面丝缎般光泽。她吐出一口气，觉得此次伦敦之行能与这些玫瑰重逢已是值得。

喝了一口香槟，她突然放下，紧盯着酒杯里的气泡。在布满细密气泡的玻璃上出现了一张男人的脸，那张脸正默默看着她的背影。林清水的心怦怦跳起来。她为自己的心脏居然能如此猛烈的跳动感到惊异。

酒杯里的男人非常警觉地怀疑到自己是否已被发现，马上转开头。林清水没有回头，觉得要先让自己的心平复下来，然后再做决定是否上前去打招呼还是装作什么也不知道。

她不再去看自己的酒杯，而是扯过白色的餐巾折叠起一只白色的鸟，当鸟叠完，她已做下决定。叫来伙计，她付账起身走人。下台阶时，林清水感到自己的欲望和身体正在发出危险的信号，感到自己灵魂的另一面正在猖獗地捣乱。

下到最后一级台阶，她再也无法抵抗自己狂乱的欲念，于是飞快地朝身后望去。她见到石黑玄正坐在她坐过的椅子上，手里玩转着她叠的那只白鸟，脸上没有一丝表情。当他发现她投来的目光时，只是冷漠地瞥了她一眼。林清水急忙逃走。

社交就是以得体的语言彼此试探对方对于自己的价值，然后设下热情的圈套，以友情的名义进行互惠。三个小时的酒会已让林清水筋疲力尽。她取消了晚宴，提早回到酒店，准备去健身房松动一下，然后泡个澡上床。

可一到酒店房间，就听见外面有人敲门。打开门，侍应生递给她一封信："一位先生让我转交您的。"

她关上门，心想一定是刚才聚会上的熟人发来的晚上的请柬。打开一看，竟是一张白纸片，上面写着一句话：

> 一切美好的事物都是曲折地来到追求它的人的身边的，一切笔直都是骗人的，请继续努力。
>
> 石黑玄

林清水把纸片翻过来，发现它是来自另一个酒店的信笺纸，上面有着电话号码。

她开始不安地在房间里来回走动，觉得自己身体里有股火苗，它蹿动的样子有点像魔鬼的笑。她开始忘记凯文，忘记自己向来保持整洁生活的习惯。她明白自己这样走来走去只是在拖延时间，自己的手一定会在今晚某个时刻拨通那个电话。

一刻钟的犹豫后，林清水拎起电话拨了信笺上的号码。

心怦怦狂跳，这种紧张的感觉很少在她身上出现过。如果她打电话给凯文，总能预见电话那端的文雅和柔情，可石黑玄的性情让人难以预料。她打算只对他简单地说声谢谢。

电话通了，林清水告诉前台把电话转到石黑玄的房间。电话转接中，她的胃僵硬起来。

电话声响了有十来下，之后又被转回到前台，服务生说石黑玄先生可能不在房间里。

她看了下表，快到傍晚了，像他那样炙手可热的人向来有很多应酬，于是说了声“谢谢”挂断电话。

她不得不承认心里有点失望，就像一个想要惹是生非的孩子，突然失去了目标对象。披上件外套，她准备下楼去酒吧要杯鸡尾酒。一打开门，突然被门外斜靠在墙上的男人吓了一大跳。随即她的脸红到脖子。是石黑玄！

石黑玄看见她从房间里出来似乎并不感到惊异。他穿着黑色礼服，打着银色细领带，戴一顶黑色镶银边的礼帽，钻石耳钉在过道里的灯光下闪烁着。他并不脱下帽子向她致意，只说了句:“带你去一个地方。”然后不容置疑地向着电梯门走去。

林清水犹豫了一下，跟着他进了电梯，看他按了去车库的楼层。电梯里他背对着她，俩人没有说话。

进了车库，石黑玄脚步极快，她紧紧跟随，俩人走到一台车前。一看到那辆车，林清水的血液就沸腾了，眼里喷出火花。她爱不释手地摸了一下这台黑色宝贝，不停地绕着它走动、观测，嘴巴因为对它的热爱而抿得紧紧的。

这是一台玛莎拉蒂 MC12 黑色跑车。当林清水看到它的第一眼时，一串数字就在眼前闪过: 630 马力 6 升 V12 发动机，330 公里 / 小时，0 到 100 加速时间仅为 3.8 秒。

石黑玄打开车门坐进驾驶舱，林清水有点不甘。石黑玄开口了:“不让你驾驶，是不想让你进监狱。”

他快速启动，林清水马上用耳朵和肢体去感受它的性能。车库的门还未完全开启，车便啸叫着带着它近两吨的重量射了出去。

这不是一台车，这是林清水的第一感受。这是一头风驰电掣会飞的猛兽！噢，那样的声音！那样的速度！这是她久违了的快感。

极速——它把所有的糟粕都甩得一干二净，迎头奔向崭新的天与地，什么都阻挡不了它的行进。它那么漂亮，那么优越和不羁。这是林清水曾经有过的辉煌岁月。MC12提醒着她曾经创下的战绩，并告诉她下一个辉煌的到来全靠她自己的马力。

她看了下仪表，才130公里/小时，这对MC12来说只算得上是最初的加速，那样的速度根本就见识不了它洪水猛兽的性情。迫不及待地，她等着车驶出城外。

“我很惊讶在酒店见到你。”林清水说。

“多见面就不会惊讶了。”石黑玄淡淡的。

“是你说不要再见面的。”说完这句，林清水开始后悔，觉得自己话多，像个傻不拉几的小女孩。

“你是我唯一想交流的人。”石黑玄脱下礼帽丢到车后面，顺便瞟了她一眼。

她的心怦怦乱跳，故作冷静。

车驶到城郊，上了一条正在建造中的高速公路，几个工人飞奔过来围堵。石黑玄戛然停车，下车走上前。林清水看见他塞给他们一个信封，于是那几个人叮嘱了几句便走开了。

石黑玄走到车头，示意换座。林清水迫不及待地上了驾驶座，调整了下座位，踩下沉重的油门。她的脊背马上体验到令人想要尖叫的速度快感。

“这段公路只能行驶20公里，后半段还没有竣工。”石黑玄提醒她。

她已无暇回答，神情专注，用3.8秒完成了0到100公里的加速。车开始咆哮，几秒后速度表上指针已经突破了285公里/小时，换作任何普通人都会因为高度紧张而尖叫哭喊，可石黑玄看到林清水居然还在蛮横地加速。极速终于激活了车的尾翼，它像魔鬼的翅膀在车后自动张开，胜利般地升起。

石黑玄默默地看着她。她正把下颌收起，眼睛死盯着前方，偶尔迅速地瞥一眼速度表，嘴角出现了一抹笑。石黑玄懂得那抹笑的含义，那是亡命之徒孤注一掷的笑。她和他从来就是一国的。

他看着她出神，她却浑然不觉。直到他猛地回过神来冲着她大叫："停！停！前面没有路了！"

林清水不慌不忙地踩下刹车，车在断裂的公路上猛地停下，与断台的边缘才几米的距离。路的尽头直冲云霄像一个跳水台。

"我知道。只是想试一下刹车。"她微微喘着气，心因为刚才的速度猛烈跳动着，或许还因为其他原因？她开始明白过来石黑玄让她体验MC12 的意图就是想告诉她：做回自己，抛开过去，只管往前飞奔，你本来就是一个亡命之徒，任何处境都不会难倒你。

她有点恍惚地转过头去看他，舔了一下干燥的嘴唇。速度让她变回了曾经的自己，那种桀骜不驯，固执与坚定，它们都回来了。她定定地看着他，眼睛变得明亮，脸颊分外红艳。

他没有表情的默默看着她，突然迅猛地伸过手臂，把她的座椅往后推去，然后一下子压在她的身上。他不像凯文会顾及自己的重量，而是完完全全死命地把她压在身下，弄得林清水因为憋气而脸更红了。

"林清水，"他怔怔地看着她，似乎为自己的行为感到困惑。

"林清水。"他再次喃喃地连名带姓地叫着她的名字。

她自下而上盯着他的眼睛，嘴唇微启，暗示着，渴望着。石黑玄一瞬间明白了，他像一头得到许可可以进行猎食的豹子，一下松开了衬衣的领口俯下身去吻她。那个吻那样得热辣，俩人的身体贴得天衣无缝，衣衫的领口都被扯开。那个吻也持续得太长，似乎各自都等待了很久。

天空由青色转成宝蓝色。车里的呻吟、吸吮和牙齿碰撞的声音终于慢慢平息下来。石黑玄喘着气，打开车里的一盏灯，俩人看到对方的嘴唇都有点肿胀，被微微咬破，脖子和肩膀上都是暗红色的吻痕和齿印，他们就像是两个千年难得一遇，因为太深的欲望而撕咬在一起的兽类。灯光下，他和她都不敢去看对方的眼睛。他一下把她抱起来，空间太小，他的胳膊撞到了玻璃上，把她抛进乘客座上，他说："我送你回酒店。"

回程路上俩人都不说话，可是车里的荷尔蒙却越来越浓稠。27 岁的林清水在如潮水一般的激情里突然明白了情欲是怎么一回事。这种强烈的反应她不曾在凯文那里经历过。凯文是来自童话王国的王子，太照顾别人的感受。而石黑玄，他的气味和力道，他的眼神和说话的口气，是一个纯粹的雄性动物。想到这里林清水不禁紧张地握起双手，她不知道回酒店后会发生什么。

酒店地下车库，林清水下车，看见石黑玄衣衫不整，脸上和脖子上有自己留下的痕迹。日光灯下她强迫自己平伏下来，道了声"谢谢"，便向电梯门走去。

电梯很快就下来了，"叮咚"一声开了门。林清水庆幸自己可以马上躲进房间，刚才发生的一切让自己手足无措，她必须在心里和脑袋里再次梳理一遍。不敢回头去看石黑玄是否已经离开，当她进入电梯按下关闭键的时候，一只手挡住了门。石黑玄盯着她走了进来，林清水不知该做何反应，只能不动，悄悄深吸一口气。她不去看他，似乎为将要发生的事情感到害羞、紧张和犹豫。

电梯到了她居住的楼层。她走到自己房门前，转过身背对着门，对他说："你想怎样？"

"让我进去。"他口气坚定。

"不行。"她也口气坚定。

"让我进去！"他向她逼近。

"不行……"不待她说完，他把她整个身体紧紧压在门上。她感觉到他身体的变化，脸一下子烫起来。他夺过她手里的房卡，麻利地开了门，一脚踢开，把她往里轻轻一推，然后用脚带上门，飞快地脱下礼服外套，抽下领带和腕上的表丢在地上。步步逼近她。林清水对发生的状况不能做出急速的反应，或者说无法干脆地决定，她的脑袋一片空白，麻痹地站着，看着他的胡作非为。

他一下子把她从地上抱了起来往卧室里走，一边走一边环顾四周，说："这么大的套房适合两个人住。"

她被抛上了床，他随即拉拢所有的窗帘。然后他停下来，站在窗边看着床上的她。她跪坐在床上看上去很茫然。俩人都静止不动了。

“我想要你。”他低沉却冷冷地说。

她看着他不说话。

“可不可以？”他问，声音柔和下来。

她还是不做任何反应。

他慢慢走了过来，爬上床跪在她面前，用手抬起她的下巴，与她四目相对。看着她的眼睛，他开始解开她的衬衣。

林清水一动不动，像一个失去了思考的娃娃。在她的身上突然出现一种服从于天命的驯服，这是石黑玄施在她身上的魔法。

他脱下她的衣服，然后是自己的，把她置于自己身下开始吻她。那些吻一开始很小心温柔，生怕身下的猎物会惊跑，后来变得时而甜蜜时而苦涩，它们悠长连绵，偶尔夹杂着叹息，那是他 10 多年来的孤寂和委屈。

林清水微张着眼看着天花板上雕刻的桔粉色攀枝玫瑰，它们青绿色的藤蔓交缠在一起，编成了一张夏末秋初宿命的网。轻轻闭上眼，她用身体去念他给予的遍布全身的吻，慢慢的她读懂了，心里开始不再有挣扎，一滴眼泪落了下来。她觉得很对不起他。

当 15 岁的她拖着行李在火车站门口见到一个神情冷漠的男孩时，绝不会料到 10 多年后会与他共同躺在伦敦一家酒店的床上温存。命运是件太奇怪的东西！你再如何算计，也算不到明天它会带给你什么惊奇。

石黑玄抬起上身，用双臂把她的身体箍紧。他的嘴抿着，眉头微微蹙着，眼睛又黑又亮:“清水，我喜欢你，很喜欢。”

林清水明白了他想要做什么，她的脑子很乱。

在她的沉默里，他急迫和迅疾地像豹子一样穿透她的身体。她被这样的突如其来惊得张开嘴想喊叫，却没有发出任何声音。

石黑玄感觉到了什么，他一下子露出吃惊的表情，紧盯着她的眼睛。几秒钟后他变本加厉地像草原上最猛烈的风暴，一遍又一遍吹过他的占领地。她在他的身下辗转翻腾，像一个奉献给寺庙的处女乘着这股风驶向那美妙的、驯服的圣火，勾画出尘世间最激荡的线条。在那一刻她终于明白为什么千百年来男女之间的情爱总是而且必须以这样的姿势进行表达。

他喘着气，即将进入高潮。压低着声音，他断断续续地在她耳边说：“有一件事我要对你说，这件事以后我再也不会对任何人说。我要你记住，在这个乱七八糟的见鬼的世界里，这么明确的事只有这一件，那就是我爱你。我很爱你。我到死都爱你，林清水。”说完，他低吼了一声。

一整个晚上，林清水无法入眠。石黑玄赤裸的身体紧紧贴着她的背，把她抱紧。她试图挪开，可睡梦中的他会不由自主地随着她身体的移动再次贴紧她。这个傍晚发生的事对林清水来说过于强烈和混乱。在她整洁的 27 岁生命里，这是第一次她轻易抛弃了自己的原则，屈服于一种更强大的力量，一种过于原始的驱使。一遍又一遍，她不断回放着今天发生的事，怎么也无法理出清晰的头绪，或者说她实在难以面对自己不理性的行为。

天就是在她的辗转反侧中慢慢亮了。伦敦清晨第一道青色光线从酒店窗帘的缝隙里照射进来，林清水叹了口气，看了下表，清晨 7 点。她悄悄挣脱出石黑玄的手臂，走进浴室。

热水哗哗喷洒在身上，她低下头去看自己的身体，觉得今天的它变得不同了。它从一个女孩绽放成一个女人。想到这里，她的脸红得像一朵水中芙蓉，觉得羞愧和尴尬。她不知道自己在那样一个夜晚之后该如何面对石黑玄，他又会如何面对自己？

就在林清水站在花洒下迷茫的时候，石黑玄被突如其来的手机声吵醒。他伸出手臂抓过林清水的手机，看到是凯文的来电。他思考了两秒钟，按下接听键，不等凯文说话，便冷冷地说：“她在浴室。”手机那一端传来长时间的沉默，石黑玄挂断了电话。

当林清水从浴室出来时，看到石黑玄正站在窗前，赤着上身，下身围着白色浴巾。他喝着咖啡，并不回头去看她。

她见他不与自己打招呼，便有点愤愤地整理起行李。

“我会迫使我名下的客户成为你的客户。”石黑玄突然说，依旧背对着她。

林清水有些吃惊，觉得他的话似乎让昨晚发生的一切变作了一场交易，但她故作镇定地回答：“不用，谢谢。”

“他们必须那么做，如果他们想靠我的投资渠道获取更多利润的话。”

“这么做你会失去客户的。”

“整个世界我都可以拿来给你，谁会在乎那些人。”

听到这话，林清水的心柔软下来。她向来风度优雅，游刃有余，世界上唯一能让自己变成傻不拉几的人就是石黑玄。常常，她不知该如何应对他。就好比现在，他如此冷漠地背对着她，却说着感动人的话，她是该走人还是该靠近他？

她合上行李箱，穿上外套和高跟鞋，走向他，把一些纸币和房卡放在桌上，说：“我先走了。”

他这才转过身，神情有些严肃地对她说：“我不求你做我的女朋友，也不要求你和我生活在一起。我是一个性格古怪的人，想必你也喜欢你的自由。但无论你去哪里，我都会在那里长出一双眼睛，用来保护你。”

林清水不让自己动容，尽管已经心潮起伏。他看着她脖子上的吻痕，自豪地笑了，用手轻轻抚弄着那朵玫瑰红。她倒退一步，他一把抓过她的手腕，把她往自己怀里猛地一拽。林清水不喜欢被摆布，她使劲挣脱，手上镯子的尖锐棱角割破了石黑玄的手。他望了一眼闪着银光的镯子，抱怨：“碍手碍脚。”

看到那枚镯子，林清水想到凯文，心中一震，疾步朝门外走去。

走在酒店的过道里，林清水发现自己的灵魂并不如外表来得高洁。手机在这个时候响起，她看了下来电显示，接起，心情复杂地说：“早上好，凯文。”

42 死灵仪式

石黑玄在死神的面前只求一死，他义无反顾地跳入龙三角冰冷的海水里，没有对这个世界丝毫的留恋。和林清水在一起，那是他唯一想去的地方，唯一可回的家。

他任由自己往下沉，没有一丝挣扎。海水开始流进他的呼吸道。

水中光影流动，忽然涟漪中游出一个美丽的女人。黑色的透明蕾丝包裹着她姣好的身体，犹如一条花蟒扇着薄薄的鱼鳍。在她光洁的额头上流露出无比焦灼。女人奋力游到石黑玄身旁，用鹿一样忧伤的眼睛望着他，然后把身体自下而上地缠绕在他身上。她缠得那样紧，石黑玄感觉到一股强大的气力正把自己从水底用力往上拉。女人着急地拼命往水面上游，带出无数大大小小的蓝色气泡。不多久，石黑玄被再次带出水面，重重地被甩在摩托艇甲板上，他喷出一大口一大口的水，上气不接下气地咳嗽，最后无力地平躺下来。

女人哀伤地从海里探出脑袋，双手扒在船沿上看他，眼泪止不住地流。石黑玄虚弱地瞥了她一眼，吐出两个字：清水。

女人一听见那个名字，便仰天大笑般哭嚎起来："我不是林清水。我是月夕，是月夕！是你不要的女人，无论再怎么对你好，你都只记得她。"她的哭嚎歇斯底里，直到船里伸出的一只冰冷大手盖在她的手背上，才渐渐平息下来转为饮泣，身体却仍不停抽搐着。

"他走了没有？"

月夕知道石黑玄在问死神。她朝远处望去，死神夏隆正划向夜空中敞开的天门，绿色的雾霭层层叠叠堆在海面上。

“替我截住他。”石黑玄用央求的眼神看着月夕，他累得无法动弹。他抛弃自己的骄傲，示弱地看着她，却是为了另一个女人。月夕捂着嘴，转过脸，她的眼泪又喷薄而出。

“截住他，截住他，快去！”石黑玄虚弱地又说，用手摇晃了一下她的臂膀，算是央求。

用力甩开那只手，月夕翻进船里，从怀里掏出一根闪着蓝色荧光的肋骨。她的脸“唰”地褪下悲伤，换上死一般的肃穆。看了眼远处的夏隆，她知道再不下手就迟了。

她打开随身带来的布包袱，把里面的东西一一取出。它们分别是一块黑面包、一小瓶葡萄汁、一把利刀、一张纸、一根白色蜡烛和一小把火柴。她把肋骨放在摊平的布上，一口吃下未发酵的黑面包和未发酵的葡萄汁，它们象征着死亡和腐烂；在黑夜的海风里，她站起身展开双臂，庞大的袖管如同两只正在发号施令的号角；闭上眼，她竖起自己的耳朵，完全沉下心来开始进入那个散发着臭气的古老世界。黑暗的诗篇被念诵出口：

被玄妙隐藏起的黑暗世界
掀开那一小条缝吧
露出你的一只眼睛
伸出你的一条胳膊吧
复活的机会降临
不再苟且于荒凉
战斗的时刻到来了

她一边念诵，一边点起白色的蜡烛，在晃动如鬼火的光里，她狰狞的黑影提起一把利刀，“啵滋”金属进入肉体并扭动的声响，一股鲜血从她的胸口冒着热气滚动出来。她拿起白纸贴在伤口上，它顿时被染红，血纸被放在蜡烛的火苗上，不一会儿就燃成灰烬。血是通往黑暗世界的媒介，告诉那里的灵魂是谁在召唤它们。

天空里升起道道血光，又晕成血色云雾，越积越浓。月夕剧烈地扭动着身体，舞动着如树杈一般的双手，口里继续念诵，声音越来越响，越来越鬼魅，失去了性别，到了最后竟成了震颤着的雷声。

空中有虚无缥缈的声音，它们正呼唤着一些天使的名字拉斐尔、米拉顿、雷克斯……无数苍白的影子张着透明的翅膀焦急地盘旋。

放在布上的肋骨此时开始跳动起来，越来越快，最后竟像是一只疯狂的乒乓球，让人目不暇接。月夕发红的眼睛紧盯着跳动的肋骨，她紫色的眼珠跟着它飞速地上下移动。她的嘴角开始露出一个笑，因为她清楚地看见肋骨上开始长出苔草，墓地里那个叫做 Frantisek Rint 的木匠正在苏醒。

躺在船上虚弱不堪的石黑玄这时用肘支撑起身体，吃惊地看着眼前发生的一切。忽然他听到一种古怪的声音，那声音犹如千军万马正呼啸过来，带着几百年积拢起的怨愤。声音越来越近，他不得不捂起耳朵，因为它们是无法忍受的尖叫和无法听懂的怨语。

令人类难以忍受的声音快速地向月夕和石黑玄靠近。海浪再一次漫天翻腾而起，浪头让他们的船几乎在海面上竖立起来。

古怪的钟声在夜空中突然响起，如同教堂墓地的守夜人抡起的丧钟。尖叫和怨语声在钟声里骤然停止。月夕把眼睛眯成一条缝，在不断飞溅的浪花里看见有一个身影提着一盏骨灯正从水面上滑动过来。那盏骨灯有着繁复的几何图形，巧夺天工到令人不得不倒抽一口气。那样的手艺宇宙中只有一人具备，他的名字叫 Frantisek Rint，一个木匠。在历史上没有留下关于他面容的任何画像或雕塑，他的名字只被隐晦地提起，与死亡和残忍连同在一起。

没有人再记得了，也没有人会知道了。那个当年还很年轻的捷克木匠用自己单薄的脊背，从荒原里背起一具又一具皮肤有黑色水泡或者缺胳膊少腿的弃尸。他把它们背进教堂的停尸房中，用刀和锯子剔除掉曾经无比哀伤、疼痛和孤独的肉体。那些张着嘴的头颅依稀发出最后的尖叫，腿骨上的刀痕透露着当年的哀怨。流着汗，他用一双手把所有的残缺和丑陋变作洁白的神圣艺术。那个时候，昆特拉霍拉小城里的人们都已沉睡，他们做着惊悚的噩梦，觉得这个木匠必定是来自最灼热、最深层和最癫狂的地狱。无数个夜晚寂静流过，一盏人骨烛台出现了，接着是一幅帘子，一个高背凳，一具灯。Frantisek Rint 把这些骨头摆上飘着清风，充满光明的教堂祭坛。

4 万具弃尸因为 Frantisek Rint 而最终有了一个安息的家。Frantisek Rint 做了平常人类做不出的事，死后他和他的家族被永恒地唾弃。

月夕站在船头顶着大风，看到木匠 Frantisek Rint 来到跟前。她虔诚地跪在他脚边，突然用浑厚的捷克语说话："今晚以后，您和您的朋友们不用在黑暗世界流亡了。死神夏隆正在前方等待，你们可随他去往冥界。作为对我的报答，我要您截下他的船，因为有一个快死的女人在船上，她必须被留在现世。"

身着黑袍的 Frantisek Rint 把手放在心脏的地方做了一个欠身礼，转身朝着夏隆的方向滑翔而去。他行走在水面上，月夕看见他拿起灯里的蜡烛朝着天空一拜，然后把蜡烛丢在水上。如同是火碰到了油，海面上顿时升起一团大火，接着他又把那盏骨灯丢进火里。火中传来骨头碎裂的声音，喔不，是骨头在火里抽芽的声音，犹如细雨滋润后的万木。无法忍受的尖叫和无法听懂的怨语再次响彻天空，世间生灵都悄悄退到黑暗处。

死神夏隆停下船，注视着那团火，白袍和白发在风里飞扬。他把船调转了方向，冲着火光驶去，最终与 Frantisek Rint 相遇。他们共同望着那团火，听着火里发出的难以忍受的声音。骨头们从灯上噼叭断开来，伸展着直立起来，变成完整的人形。4 万个痛苦的人形密密麻麻地在海面上哭泣和呻吟。

死神的脸上露出怜悯，他低下头沉默了良久，悲痛的声音隆隆响起：

"人类世界的进化史是一部杀戮史，我会把你们送入冥界，进入轮回，并诞生在一个和平的纪元。"

然而死神并没有看到幽灵们对他的感谢，相反，它们突然漂过来把他团团围住。赶来的还有石黑玄，他和月夕站在船头。死神明白了他们的意图。

他仰天长叹了一声："为什么人世间的爱情会激发出如此不可思议的勇气？！年轻人，你深深爱着那个女人，可是世间万物生长死亡的规律你是必须遵守的。"

没有人说话，也没有人后退。死神被幽灵们死死包围，无法进退。石黑玄一大步跳上死神的船，夺过他手里的桨，抡起就砸向船底。顿时，船底大裂，与此同时黑色的天空也破开一道口子，太阳正在飞往天上的路上。幽灵们开始哭嚎，它们害怕白天的降临。

海水扑腾着流进船，船带着林清水的棺木开始往下沉。

奇怪的钟声再次响起，天空越来越豁亮，当第一道金黄色的光向他们照射过来时，死神夏隆不得不弃船带着幽灵们飞也似的向着天门奔去。当它们跃入天门快要消失时，死神的脸突然映现在一片云上。他表情严肃，看着石黑玄，有些伤感地说道："世间的情爱有相遇就会有分离。但生生世世你都会遇到你爱的那个人，相遇然后分别，循环往复。可怜今生今世你和她缘分已尽，未必会再相见。"

东亚第一道太阳光照耀在石黑玄过分的苍白脸上，他不信死神的话，无所谓地笑了笑，可是眼角却笑出了一行泪。

一切平静下去，正如一个普通的东亚早晨在朝气蓬勃的光线里苏醒。

石黑玄推开白棺，跪在边上，看见林清水双手交叉地放在胸前。她呼吸轻柔，沉沉地睡着。强忍住眼泪，他轻轻地说："谁说今生缘分已尽不会相见，现在不就见到了吗？乖乖睡，我会一直守护你。"

月夕背过脸去，听着石黑玄的昵语心如刀绞，双手紧抓住裙裾。世间最伤心的事就是听心爱的男人向另一个女人诉说情话。

阳光落到林清水的脸上和身上，她的面容更枯萎了，就像是一朵飞速褪色的玫瑰花。石黑玄开始慌乱，环顾四周，不知该怎么办。忽然他看到船里备用的潜水装置，于是马上穿戴起来。

“你要干吗？”月夕拖着他的臂膀。

他不理会，欲往水里跳，月夕死命抓住他的手：“她已经死了，已经死了，你还想要干吗？”

“死”这个字眼深深刺痛了石黑玄。他用另一只手一把推倒月夕，再次端详了一会儿林清水，盖好白棺，然后用力踩踏船底，缝越裂越大，终于“咕咚”一声白棺穿透船底掉入海里。石黑玄紧随其后往下潜去。

他要带林清水去“姆”岛。

到了海底之城，他来到一处岩壁，用尽所有的力气想把白棺推入岩洞内。可是它太过沉重，他无法做到，只能把它放在广场中央。

推开棺盖，他深深吸了口气，揭下潜水面具，伏下身吻了她。回忆扑面而来，他哭起来。

就在此时，哭着的石黑玄吃惊地看到蓝色的海底突然出现一个陌生男人。男人十分俊逸，神色睿智，他走近石黑玄，站定，往白棺内看了一眼，对石黑玄说：“我要带她走。请放心，这么做是为了不久之后她能够回来。”

在水中石黑玄根本无法说话。他戴上呼吸面具，仔细看眼前这个神秘的男人。男人善良的眼睛炯炯有神地看着他，石黑玄对他莫名产生一种信任，他微微地点了点头。

“把死神的船桨带回给江百慧。”男人嘱咐了一句。然后小心翼翼地抱起林清水，像一朵高洁的白莲在水里飘起，消失在水深处。

石黑玄怔怔地看着，忽然想起很久以前，在自己学习钢琴的日子里，曾在电视上见到过这个俊逸的男人。这个男人的手指能让钢琴变成最感人的流水。曾经，石黑玄受伤的小小心灵常常听着男人的音乐获得无限安慰。

男人的名字他还记得，叫康庄。

43　桃花源

丹尼尔精疲力竭地躺在草地上，大口喘着气，周围一群人面露愠怒把他团团围住。

他熟悉这些脸。去年当林清水和他在此地建玻璃房子时，这些热情却古怪的村民们帮助过他们，并在很多个夜晚与他们在星光下举杯畅饮，跳舞歌唱。因此，尽管此刻他们的脸色不好看，丹尼尔还是仰着脸对着他们笑了笑。

一个穿褐色粗布衣、皮靴上粘满黏土的老人伸手把丹尼尔从地上扶了起来。他放低的眼睛在浓密的白眉下狠狠地瞪了丹尼尔一眼，用低沉的声音咆哮道:“你闯祸了，孩子！”

丹尼尔立刻收起笑容，想起昨晚血腥可怖的经历。

“你闯祸了，闯祸了！”老人重复着，跺了跺脚，生气地背过身。

丹尼尔上前拉住老人，恳切地问:“您能不能告诉我我究竟闯下了什么祸？”

几个女人捂住脸嘤嘤哭起来，丹尼尔手足无措，心往下一沉，想自己一定是做错了什么。

“你和你的朋友去年曾来到这里，”老人叹了口气，招手让丹尼尔坐在一根树桩上，“你们无意闯入了我们的领地，对这里一无所知，建造完那座房子你们便走了。我们猜想你们一定还会回来，神不会让一件事情凭空发生。只是我们都没料到你的回来竟摧毁了我们多年来的劳动成果。你给人类世界的轮回惹了大麻烦。”

“劳动成果？人类世界的轮回？”丹尼尔不明白。

老人挥了挥手，表示不满他的打断，继续说下去：“此地叫做无魂村。当然在它最初诞生的时候，它的名字叫做灵手村。有个俄罗斯画家画了一幅画叫《我与村庄》。要知道任何强烈的意识都会让这个宇宙的某个区域发生变化。比方说，你曾经做过一个梦，在梦里你到了一个地方，那个地方的颜色、气味、温度在梦里是如此真实。梦做完了，然后你就醒了，却不知道因为你的这个梦，那个地方就随着你的意识真实诞生了。我们的现实世界就是如此形成的。又好比，爱迪生曾梦见过一种光线柔和的灯，人们能在夜晚使用到它，于是白炽灯就诞生了。让我们继续回到主题上来，我想说的是灵手村和我们就是在那个画家的意识中诞生的。我们生就一双特别灵巧的手，所以我们用它来造房子。一百多年来，我们在附近的空地上造满房子，为了炫耀精湛的技艺，我们甚至把房子的朝南面削去，当太阳升起并照耀在它们上面时，路过的人们就会对我们的作品惊叹不已。可是渐渐的，对于那样的惊叹我们开始感到习以为常，想要找到新的突破。于是，”老人停顿了一下，露出狡黠的目光，“于是，我们就开始绣人。”

丹尼尔眨了下眼睛，想起去年自己在经过村民房屋前常看到缤纷的花草，大理石雕刻的惟妙惟肖的小天使，还有扎着蝴蝶结的空荡荡的摇篮。

“是的，我们绣人。我们绣出的人跟你和我都不一样，区别是它们是没有灵魂的。你会问，是什么念头让我们突然开始绣人？那是因为我们发现有些魂魄会随着流星降落到村里，那些魂魄告诉我们，它们很想再次变作人，要和所爱的人再在一起。于是我们就开始了绣人的劳作，来帮助那些魂魄进入轮回。我们每绣完一个人就把它们挂在村后的树上，雨露滋养着它们，直到它们长至成熟可供魂魄们使用。而你，昨晚毁坏了那么多我们的劳动成果。”

“可是，”丹尼尔想说它们昨晚曾威胁到自己的性命，却还是收住口，毕竟自己的闯下的祸实在太大。“对不起，对不起。”他道歉。

“这件事你再道歉也是没用的，唉——”老人见丹尼尔脸上满是倦态，指了指那座浅蓝色的玻璃房子，“我看你那么累，不如先进去休息一下。”

“可我把钥匙弄丢了。”

“走，什么锁都难不倒我们。”

丹尼尔满是感激和愧疚地走在老人身后，突然想起什么，不禁问：“无魂村里有没有祈愿石？”

老人的步子刹那间止住，“腾”地回过身来狐疑地看着丹尼尔，好一会儿才冷冷问道：“你的问题是从哪里来的？”

“有人希望我在拉达克找到它。”

老人沉默不语。

锁很容易地就被打开了，丹尼尔还未来得及道谢，老人已悄然离开。

进入房子。房子的子宫形状像字母 T 形。入口是子宫颈，客厅是子宫内，左右两个卵巢是两间卧室，输卵管是两条绵延的回廊，里面设有厨房和浴室。

丹尼尔心潮复杂地重回故地。这是他与林清水的杰作。赤着脚，他在庞大的建筑里踱步。浅蓝色玻璃的光晕照在他光洁的额头上，让他莫名地惆怅起来。他感到人世间的感情如此不可捉摸，它突然到来然后莫名离开，根本由不得自己。爱情需要在合理的时间和地点上发生才能存活下来。

还记得在苏黎世机场分别时，林清水有些动情地看着他，说：“其实，如果我们早一点认识的话……”

“好好生活。”他微笑了一下，不让她说下去。

于是她便不说了，向他挥了挥手转身离去。

俩人从此错开，各自上路。整个过程的发生一分钟也不到。

“忘了吧。把注意力放在呼吸上。”丹尼尔平躺在沙发上，在均匀的呼与吸中平伏了惆怅情绪。他开始快乐地想，拉达克的这段经历让林清水终于明白什么是爱：爱就是遵循自己的心跳，身无界，行如风，看山是山，看水是水；爱就是喜乐，跟欲望没关系，就那么简单。

爱是窗前这片落日这片湖水，随着天光变幻着颜色，变来变去，都是美。

突然，天光中走来一个曼妙的女人！丹尼尔枕着自己的双臂，望着那个身影，不禁皱起眉来，心想怎么可能？难道是林清水？！他无法置信地腾地坐起身，仔细往外瞧。

林清水走路凛冽生风，单刀直入，而这个女人却是婀娜多姿，抑扬顿挫，头上压一顶粉红色的宽边帽，上面斜插着粉色玫瑰。长发闪亮如丝缎，倾泻在背后。女人走到玻璃房子前，仰起脸，充满惊叹地观赏着奇异的外观。那张抬起的精致小巧的脸十分甜美，挂着孩童般的纯真。她的裙脚和头发在蓝色的风里飞，看见玻璃窗后的丹尼尔，热情地向他挥了挥手。

“噔噔噔”，女人跑上阶梯。丹尼尔打开门，惊异地问：“瑶枝，你怎么找到这里的？”

瑶枝并不回答，显然完完全全地被房子吸引。她从丹尼尔打开门的臂膀下低身钻过走进屋里。接下来，丹尼尔便听她大呼小叫地赞美，他坐在沙发上笑着摇了摇头，看瑶枝像蝴蝶般四处扑腾和转悠。

终于待她平静下来，丹尼尔让她坐下，又问了刚才那个问题：“你是怎么找到这里的？”

瑶枝眼神迷茫，似乎自己也弄不清怎么会在这里。想了很久，最后她苦恼地看着丹尼尔：“我也不知道呢。”

丹尼尔觉得此事蹊跷，便又问：“你来这里做什么呢？”

“百慧姐要我来搭救你。”

“搭救我？可我好好的呀。”丹尼尔想江百慧派来的救兵来得也太迟了，但一回想起昨晚恐怖的经历，觉得瑶枝还是没赶来得好。

“你有没有找到祈愿石？”

丹尼尔摇摇头。

此时天光忽然大暗，乌云密集，飞鸟四散，豆大的雨点一下下砸在玻璃上，发出“吧嗒吧嗒”的沉重声响。雨愈来愈密，愈来愈长，最后变作松针状“哗啦啦”地射向万物。

在这个暴风雨的傍晚，俩人聊起共同的好友林清水。瑶枝问起去年他和林清水建造房子的经过，丹尼尔娓娓道来。丹尼尔也问起瑶枝和林清水在舞蹈学院的那段岁月，瑶枝生动讲来。聊着聊着，俩人都沉默下来，开始想念这位无影无踪的朋友。

“每个人的生命都像一段绵长的故事。”瑶枝打破沉默，感悟道，“选择一个伴侣，一栋房子；选择一张面具，一种方式死去，这是很多人一生所做的事情。”

丹尼尔微微笑了，对瑶枝的突然深沉。

瑶枝继续说：“我没有爱人，所以我选择在路上。我至今的生活方式是选择一张舒服的床，一双好鞋，一个小酒馆；选择在自由里死去。”

“你更希望是哪种生活？”丹尼尔问。

“人生根本没有标准。我们都在选择一个令自己觉得有所寓意的生活方式。有一些年，我一直希望能过普通人的生活：有一个家和一个爱人可以让我有所牵挂。因为死抓着这样的念头，那些年我常常觉得孤单，觉得生活对我不公。直到有一天我在一本书上念到一句话。那本书的书名我不记得了，但里面一句话是这样说的：无论是怎样的生活，都要温柔地活着。”

丹尼尔仔细端详起眼前这个漂亮的女人。她很甜美很活泼，懂得顺应和感激生活的赐予，没有怨言，并且从中挖掘乐趣。她与林清水是不同的。林清水有一种刨根问底的愤怒和固执，是一条锐利的直线。而瑶枝是一条流畅的曲线。人如何对待生活，生活便也如何对待她。丹尼尔看着瑶枝沉思中的侧面，看着她美丽讲究的衣衫，光滑白皙的臂膀，俏皮但安分的嘴，他可以想象这样的女人即便有一天变作孤身一人的老太太，还是会把自己照顾得温馨得体，并且内心向阳。

瑶枝感到丹尼尔正在悄悄打量自己，于是转过头，天真地望着他。

突然，她感觉裙子口袋里有东西在跳动，吓愣了一会儿，她用手把口袋撑开，害怕地朝里看去，原来是脂砚！她居然把它给忘了。

“咔”，与此同时丹尼尔听见门外传来细微的钥匙转动声，他的神经开始绷紧。

“会是谁？”瑶枝问丹尼尔。丹尼尔的半边脸隐在暗沉的天光里，并不作答。

嘎吱——，门被打开了，缓缓开出一小条缝，停了下来。俩人朝门后使劲望去，天色太暗带着不可思议的青光，根本无法看清。

丹尼尔来不及拉住瑶枝，只见她已经快步走到门前，探出半个身子往外瞧。一个不祥的念头闪过，他顿时想起这座房子的钥匙自己是如何丢失的。

“腾”，他起身拼命跑向瑶枝，却听见她传来的亲切笑声。太晚了！恐惧和担忧让丹尼尔脊背一阵阵发凉。

这个时候，瑶枝轻轻关上了门，两团身影从暗处向丹尼尔走来。一瓣寒月驱散开黑暗，丹尼尔绝望地看见瑶枝把手臂搭在一个孩子的身上，那个孩子就是达瓦。

达瓦睁着惊喜的巨大的眼睛看着丹尼尔，又兴致勃勃地又瞥了一眼窗外的月亮，指了指它，又指了指自己。

达瓦在藏文中是月亮的意思。丹尼尔望了眼今晚的月亮：半圆，一半皎洁，一半阴沉。突然他的两条眉毛绞在一起，他看到，月亮居然流血了！月亮皎洁的半圆上正沁出血滴子，朵朵晕化开来，化作暗红的云，垂在半空。

“啊——”瑶枝惨叫一声，丹尼尔回过神，只见达瓦把手伸向了瑶枝的胸部。

“你这个孩子，怎么可以……”瑶枝大声责怪，却一下子变得无力起来，双膝一沉，向下“扑通”跪了下去。

丹尼尔飞奔上前，用力扳开达瓦死抓在瑶枝胸口上的手。他看见那只手正渐渐掐进肉体中。瑶枝被强烈的惊恐和痛楚震慑住，不住地摇着头，美丽的脸庞扭曲着说不出话来。

达瓦的手向瑶枝胸腔内伸去。忽然，他像是捏住了什么，瑶枝强烈地震颤了一下昏厥在地上。

“找到了，找到了，灵魂，我要。”达瓦欣喜地咕哝着。

丹尼尔扳住他的肩膀，狂吼：“放开！你要的东西，我给你！放了她！快放开！”

达瓦转过身，目不转睛，用稚嫩的声音说：“她的灵魂是我的，你的灵魂我要把它送给我的朋友们。”

说完，他把手伸向丹尼尔，丹尼尔只感到一阵剧痛，低头往下看却看不到一滴血。

“你毁掉了我的朋友们，我讨厌你。”达瓦的手像一把利器使劲往里钻，丹尼尔听见自己胸腔内发出的潮湿的被异物捣鼓的声响，惊悚不已。

他的意志开始恍惚，很想睡去。在生命的最后一刻他想，如果人没有了灵魂，会怎样？

周遭的一切开始变得模糊，在丹尼尔的眼睛即将闭下时，他看到从瑶枝的裙裾里突然飞出一件物体狠狠地砸在达瓦的脑袋上，达瓦粗壮的小身体向前“扑通”倒下。随后，在死一样寂静的房间里，丹尼尔的眼角瞥见了火光，那颤动的火光正向自己靠近，有很多人来到屋里。再后来，再后来他什么都不知道了。

人只有死过，才会懂得睁开眼再次看见太阳后的感激与幸福。当丹尼尔睁开眼时，他看见村民们正围在自己身旁。

他挣扎着坐起来，看见瑶枝躺在不远处，已醒来，正对着他笑。

“别担心，她没事。”老人拍了拍丹尼尔的肩，安慰他。

“那孩子呢？”丹尼尔没见到达瓦，于是忧心忡忡地问老人。

老人叹了口气：“我们绣人也快百年了。那些无魂人向来安安静静地靠汲取天地灵气和水露来生长，从来不会出来冒犯人。可是如今世风日下，人心不古，天地间凝结着不洁与不善。像达瓦这样一个无魂小孩，肉体居然会生出贪念想要夺取人类的灵魂。看来，我们的手艺活又得改行了。”

丹尼尔看到瑶枝双手捧起一个小巧的红木盒子。

“你手里的是什么？”丹尼尔问。

“它的名字叫脂砚，是它昨天救了我们。”

丹尼尔看到红木盒子动了动，仿佛是在应和瑶枝的话。

村民们发出奇叹声，纷纷围了上去。

光线里突然飘出一道细细的玫瑰红，那道玫瑰红在空气里悬浮了一会儿，撒落在瑶枝盖着的洁白毛毯上，变成一连串古怪的字体。

“喔！”

“哦！”

“我的天！”

“这是什么文字？”

众人大惊失色。

“这是汉字。”瑶枝不免为中国古老又漂亮的文字感到骄傲。

“写的是什么？”

瑶枝看了会儿，翻译道：“脂砚想说，盒子里有灵魂想要出来在此地生活。”

老人沉思了一下，问身边一村民：“树上的无魂人还剩下多少可供使用？”

“还剩几百。”

“你问问盒子里的灵魂有多少？”

瑶枝问脂砚，脂砚答：“红楼梦共收七百二十一人，加上著书人曹雪芹，共计七百二十二灵魂。”

瑶枝告诉老人，一个村民一愣，惊喜地说：“剩下的正好是七百二十二个无魂人。”

“那么，”老人声音洪亮，“就让那些灵魂穿上它们，从此快乐地在这里生活。无魂村从今日起改名！”

“改什么名字好呢？”众人抓耳挠腮。

一大串文字又落在瑶枝的毛毯上，上面是这样写的：

忽逢桃花林，夹岸数百步，中无杂树，芳草鲜美，落英缤纷，渔人甚异之。复前行，欲穷其林。

林尽水源，便得一山，山有小口，仿佛若有光。便舍船，从口入。初极狭，才通人。复行数十步，豁然开朗。土地平旷，屋舍俨然，有良田美池桑竹之属。阡陌交通，鸡犬相闻。其中往来种作，男女衣着，悉如外人。黄发垂髫，并怡然自乐。

此地改名桃——花——源。

44 无限复制

一个少年时千回百转的梦境——橡树迷宫。在褐色的雾里，弗兰克踏进密密交错的橡树林。光芒万丈的宫殿和歌舞升平的美人们消失无踪。

一座废弃的修道院拔地而起，它只剩下一堵墙，苍白的光线从铁窗里穿越而过，照在前方的墓地上。弗兰克去看墓碑上的名字，惊悚地发现在那些名字中很多是与他亲密相处过的后宫美人儿。

他浑身的血液凝固了。橡树枝条在风里沙沙摇转。

这，不是一片普通的橡树林。每 7 棵树抱在一起，合着古老的高高的青褐色石块、石穹隆和石柱子组成一个庙宇。庙宇有七扇门，弗兰克推开一扇往里走，蜿蜒的羊肠道让他走了足足有 10 来分钟，最后发现竟是一条死路，只能折回。又推开另一扇门，依旧是一条死路。这样来来回回，他的心渐渐升起恐惧。当第六次折回来的时候，弗兰克已经找不到进入这个庙宇的来路了。他定了定神，推开第七扇门，惊讶地发现门背后是一个和刚才一模一样的庙宇，同样有着七扇门。

他焦急地推开一扇又一扇的门。随着越来越多被推开的门，他的眼前出现越来越多的死路，出现越来越多的一模一样的庙宇。四周是一片怀有敌意的寂静，只有他焦虑和烦躁的沉重呼吸声。时间在流逝，恐惧加速了弗兰克的疲劳，让他不得不在一个庙宇的中央坐了下来。

弗兰克喘着气。忽然他发现这个庙宇与其他的有所不同。在一个不起眼的角落里有一架攀着枯藤的梯子凌空向上延伸。他顾不得疲劳，一下子站起来顺着阶梯往上奔。时间对他来说已经没有意义，他只是一个运动着的物体试图逃离出无限复制的场景。他心里充满希望，相信这条路一定会打破这种可怕的复制进入另一番天地。脚步越来越快，可是当他的左脚悬在半空中，他失望地发现这架梯子并不通向任何一个地方，而是在蜿蜒向上的曲折中兀然中断。

过度的疲劳和恐惧让弗兰克一屁股坐在阶梯上。在半空中他观望着这个不可思议的迷宫。天啊，它并不只是两维的，而是三维的。仰头望去，是一个又一个向上叠加的庙宇。这是一个无休无止，难以容忍，复杂得到了荒唐地步的迷宫。

在弗兰克看来，建造这个地方的一定是神，一个疯了的神。一个由迷宫组成的迷宫。一个生生不息的迷宫，它包罗过去和将来，在某种意义上甚至牵涉到了别的星球。

弗兰克从最初的小心谨慎，到后来的惊恐焦急，再到现在的无动于衷，这是一种绝望的表现。他把头枕在自己的背包上，在一身冷汗里睡去。

时间不知又行走了多久。是鼻子唤醒了弗兰克。半梦半醒之间他闻到一股女人身上的香水味，闭着眼，他用力嗅了嗅，当气味的真实性被确定后，他猛地睁眼，看见有两片黯淡的紫色玻璃近在咫尺，玻璃上反射着若干个庙宇的影子。他一惊，往后一缩，才看清那玻璃原来是一副眼镜，而它的主人正是蓝镜。

“你怎么在这里？怎么到这里的？”弗兰克“嗖”地站起身来，不想让蓝镜看到自己的狼狈相，心里却为她的到来感到无限安慰。

蓝镜发愣地看着他，推了下鼻梁上的大眼镜，似乎也并不明白自己怎么会在这里。

弗兰克迅速打量了她一下。前几次看见蓝镜，他还以为她是个单薄的中国男人：短发，穿着类似餐厅侍应生那样的立领外套，使人根本看不到她头颅以下的肌肤；五官倒还算精致，小巧的微翘的鼻子，曲线柔美的嘴唇，眼睛很大，却没有丁点女人的妩媚腔。弗兰克实在不知道她是在哪里买到这副眼镜的。它看上去如此巨大和古板，就像是一个防护面具，让她还不错的五官顿时失去光彩，被人忽略。蓝镜不堪的品位让弗兰克不由撇了下嘴。要不是现在处境特殊，他一辈子都不会和这样一个女人独处和说话。

蓝镜愣了一会儿，眼神迷蒙，好似还在睡梦中的样子。她从自己的巨型背包里掏出纸笔，写下一连串字符。弗兰克歪过头去看，只见纸上潦草地写着体积、质量、空气密度、流体阻力系数……

“你体重多少？”蓝镜抬头问弗兰克。

“80 公斤。”

“你的手表有测试温度的功能吗？”她又问。

“有。”

“请帮忙测试一下。”

弗兰克脱下手表放在一旁等待测试结果，又见蓝镜从背包里拿出一张巨型薄膜。

“这是干什么用的？”弗兰克问。

“这是强化尼龙。要逃出这里我们就靠它了。”蓝镜仰起头，遥远的上方有一束紫色的光穿过鸡蛋大小的洞眼射入几近密闭的橡树迷宫，照在蓝镜写满数据的纸上。

“我们唯一能够出去的路就在那里。”她指着那个洞眼。洞眼如此之小，给人高不可及的感觉。

“可是我们没有翅膀！”

蓝镜在纸上迅速画下一个帽子给弗兰克看。

“一个帽子？”弗兰克耸了耸肩，不明所以。

“没错，这可是一个会飞的帽子。在中国的三国时代，有一个名叫诸葛孔明的人在战事中被困，为发出求救讯号，于是制作了会漂浮的天灯，并因此而脱险。后来人们因为天灯的样子很像诸葛孔明的帽子，于是把它称作孔明灯。孔明灯被逐渐完善，最后就成了我们今天的热气球。现在就来让我们制作一个会飞的帽子。请把温度报给我。”

弗兰克听后心情大好，对这个“假小子”肃然起敬，赶忙汇报，“27摄氏度。”

“麻烦你去搜集些枯草和藤枝，枯草我们要用来作燃料，而藤枝可以编织容纳我们俩人的藤篮。”

接到命令，弗兰克赶忙去了，心里的恐惧被冒险的兴奋替代。

蓝镜纸上的方程式已经算出热气球的起飞条件和估摸能达到的高度。天完全黑下来，唯一的那一束天然光正在隐退。俩人在洞眼里看到一颗升起的星星。弗兰克看着那颗高远的星星，心中迫不及待地想要离开这个鬼地方。

他们升起一堆火。弗兰克学着蓝镜的样子，开始编织藤篮。黑暗的降临让弗兰克又开始焦躁起来，而蓝镜却全神贯注，十分镇定。

“一条大河是水的迷宫，森林是树木的迷宫，城市是街道的迷宫，图书馆是人类思想的迷宫。我刚做的诗，你觉得怎样？”

弗兰克根本无心去听，手忙脚乱编制着藤篮，脑门上渗出一层汗。蓝镜的手忽然轻轻地盖在弗兰克微微发颤的手上。他抬起头，蓝镜的脸在跳动的金黄色火光下显得温暖且充满力量。

“我们会出去的！相信我！”她口气肯定，对弗兰克笑了一下，继续低头工作。

弗兰克停下手里的忙乱，感觉自己的心因为蓝镜的那个笑渐渐笃定下来。那个笑对他来说十分不寻常。在他的生命里，无数女人冲着他千娇百媚地笑过，他的心也因为她们不同的美而激荡过大小不一的涟漪。而今晚“假小子”蓝镜的笑让他发现一种稀有的东西，这是一种充满勇气的光明，深抚人心的温柔。弗兰克说不清楚那究竟是一种什么东西，但它打动了自己，也改变了他从此看待女人的眼光。

在火堆即将熄灭时，藤篮终于编织完毕。蓝镜把燃料架在十字形的木架上点燃，又在充当热气球的薄膜底部贴上防燃布。最后，她和弗兰克一起把藤篮固定在十字形木架的下面。

弗兰克怀疑地看着逐渐膨大起来的热气球。蓝镜已跳入藤篮中，向他招手，他却依旧站在外面踌躇。

蓝镜看了下表：“再过两分钟它就要起飞了，你能考虑的时间不多。”

不愿在女人面前露怯，弗兰克一拧脖子，硬着头皮跨进藤篮。俩人分别坐在左右两端平衡着重量，静静等待着热气球的升空。

正如蓝镜的计算公式显示，热气球果真在两分钟后在地上动了动，然后挣扎着升向天空。

“Juhu！”弗兰克发出欢呼声，很想把蓝镜搂进怀里，但因为要平衡重量，所以身体不敢有丝毫移动。

“嘿，‘假小子’你还真厉害！”弗兰克夸完便发觉自己用字不当，而蓝镜似乎根本不在乎，仔细检测着温度与风向。

热气球朝着上空的洞眼飘去，星星越来越近。俩人小心地站起身俯瞰整个诡异的橡树迷宫。它如此幽闭迂曲，无限延续。

“一个庙宇只是在重复着另一个庙宇，有的是真，有的是假。”蓝镜喃喃自语。

弗兰克不知道这是不是蓝镜自创的另一首诗，他看到她充满困惑的表情，与此同时热气球突然停止了上升。

“怎么回事？”弗兰克开始紧张起来。

“如此对称，一切都是如此对称。”蓝镜依旧在梦呓中。

“蓝镜！热气球不动了！”弗兰克提高了声音提醒。

蓝镜转过脸看着他，神态迷惘，久久回不过神来，这让弗兰克的恐惧放大了。

“蓝镜，醒醒！究竟怎么回事？”他几乎开始叫起来。

“弗兰克，你不觉得在这个迷宫里，上下和左右的景色是如此惊人的对称吗？”

“我不知道！鬼才知道！你看，燃料越来越少了，很快我们就会变成自由落体，而你居然还在思考什么对称？！”

蓝镜的脸依旧在梦里，为了平衡藤篮的重量，弗兰克无法上前去摇醒她，只能焦急地原地打转。

突然，蓝镜的脸上闪过一道光，犹如醍醐灌顶，她露出一个满意的笑，似乎找到了百思不得其解的答案。

“你身上有坚固的可以击碎玻璃的东西吗？”蓝镜问。

弗兰克无能为力地说：“什么也没有。为了减轻重量，我把背包丢了……不，等等。”他在裤兜里突然摸到一块石头，拿出来看，竟是一颗粉色宝石，他记起来那是自己在所罗门宫殿的墙上撬下的，原本是要带回去留作纪念。

顾不得它可能具有的连城价值，弗兰克把宝石抛给了蓝镜。蓝镜接过，转身用力朝外掷出去。

弗兰克刚要气愤地大叫，就听见无数玻璃同时碎裂发出的刺耳的轰响。他捂着耳朵，忍耐了许久，直到可怕的声音终于完全消停，才小心翼翼站起身朝篮子外望去。眼前的景色让他惊呆了！真实的迷宫原来只有几亩地大小，它之所以看上去无限延续并且无限复制完全是因为无数面镜子！

当四周的玻璃轰塌后，天空显露出来。风吹过来，热气球再次动起来，它快要飘出橡树迷宫，朝着耶路撒冷的城中心飞去。

“原来是镜子，天呢！原来是镜子搞的鬼！蓝镜，你是一个天才！”弗兰克欣喜如狂，闭上眼深深吸了一口夜空下的空气。可是当他睁开眼时，发现蓝镜忧心忡忡地正望着十字木架上消失殆尽的燃料。

面对困境总是有对策的蓝镜，这一次只能无助地看着弗兰克说，“我没有办法”。死到临头，弗兰克再也不顾篮子的平衡，他走向蓝镜，把一缕金发捋在脑后。绝望地，他望着她，捧起她的脸，哄孩子般对她说，“别怕”。

蓝镜看着那张英气逼人的脸。14 岁那年起，她的身体再也没与男性接触过。作为一个健康的女性，她也有想要被拥抱的愿望。可 14 岁那年深入骨髓的耻辱与痛苦，让她一想到就对男性充满恐惧和厌恶。为了不被男人们注意到，她刻意地把自己装扮成中性的模样。她想自己也许就这样平静地独自过完一生，她有自己热爱的事业，这也许已经足够了。

一个人的命运，自己的决定只能影响到一部分。人算不如天算，蓝镜做梦也不会想到在自己生命的最后一刻，竟是与一个花花公子共同度过。看着眼前这个性感的金发男人，蓝镜突然产生想要亲近的渴望。

弗兰克在他生命的最后一刻，依然不能停止对女人的好奇心。他再次端详眼前这个女人的脸，那副巨大的眼镜始终让他犹如雾里看花。于是，他摘下它。蓝镜微微反抗了下，却自觉这样的矜持已没有意义，俩人即将走向死亡，这个性感的男人无论在最后一分钟里对自己做什么，都可以被接受。

眼镜被丢掉，弗兰克定定地看着那张脸，惊异它在镜片后的真实模样：那是一张平静而纯洁的脸，匠心雕刻的精致五官，眼睛分外清澈，双唇和双颊鲜红。

他用手拨开她立领上的一粒纽扣，她皱了下眉头，却没有阻止。他又打开了两粒，天鹅般美好的颈脖显露出来，细白滑腻，锁骨优美地左右舒展开来。不知为什么，或许是因为充沛的性经验，弗兰克感觉那样的肌肤，那样的脖子，那样的蓝镜透着处子的纯洁和完整。它们的样子过分安静，温度过分冰凉。他看了眼她的表情，她微张着嘴，眼里盛满羞怯和紧张。这些都让弗兰克意识到自己正在触犯这种纯洁和完整，为此他感到羞愧并且开始退缩。

他向她忙不迭地抱歉："对不起，蓝镜，对不起，对不起。"

然而蓝镜的回应却让他吃了一惊。蓝镜断断续续地说，"可不可以……可不可以吻我一下？"

弗兰克虽吃惊，但意识到俩人剩下的时间已不多，他要实现她的愿望。于是他不假思索地搂过她的双肩，吻下去。蓝镜的身体和嘴唇很僵硬，于是他示意她，传授她，挑逗她，渐渐地他感觉到她蜻蜓点水一样的回应。那回应越来越勇敢和投入，连贯成一串柔情至极的旋律。他们的吻，越来越深长，越来越难舍难分。弗兰克的喉咙里发出断断续续的呻吟，这是他从未经历过的吻，它性感缠绵，柔肠寸断，浑然忘我，有施予有回报。弗兰克明白过来原来只一个吻就能让自己的灵魂和肉欲得到百分百的满足，这是一种光辉的奇妙的感觉。在此之前他只知道肉欲的欢畅。

紫黑色的苍穹满挂星星，风中忽然飘来歌唱的声音，温和悠缓，让听的人安神静心。那个声音亦真亦幻，似乎来自一个女孩。弗兰克和蓝镜不由间断间续地结束了那个吻，俩人喘着气，头抵着头。

他们都听见了那个歌声，一边回味着那个吻在各自灵魂和身体上留下的余韵，一边他们用耳朵寻找着歌声的来源。

越听越觉得奇怪，那个歌声似乎就在藤篮里。蓝镜蹲下身仔细摸索着篮子的底部，什么也没有。可当她蹲下身的时候，歌声变得更加清晰了。弗兰克也跟着蹲下倾听。歌声唱道：

死亡是条被子
在山谷的太阳落下后
它轻轻地盖在你的身上
星辰在召唤
叫你不用害怕
因为当你再次睁开眼时
将到达美丽新世界

“声音好像是从你身上传来的。”弗兰克打量着蓝镜的身上。

蓝镜站起来，摸遍所有口袋，确认自己身上没有任何音乐装置。她百思不得其解地托着下巴，与此同时看到燃料发出的最后火光熄灭了。

突然，她把手指贴近耳朵。不！不可能！这令人无法相信！歌声居然是从她的指尖上传来的。她抬起手，看到一根金色的发丝缠绕在戒指上。这时藤篮出现一个短暂的震颤，随后一切似乎凝固静止，几秒后，夜空里传来蓝镜和弗兰克的惨叫声，气球开始坠落，坠进他们好不容易逃脱出的橡树迷宫。那些举着锋利枝杈的橡树狰狞地看向天空。

坠落的速度越来越快，弗兰克紧紧抱着蓝镜，俩人紧闭住眼睛。诡异的歌声越唱越响：

死亡是条被子
在山谷的太阳落下后
它轻轻地盖在你的身上
星辰在召唤
叫你不用害怕
因为当你再次睁开眼时
将到达美丽新世界

蓝镜不能确定当自己再次睁开眼时，是否能到达一个美丽新世界。她的身体体验着加速度、强烈的风声和快要爆炸的脉搏跳动。

这一刻终是要来的。随着轰隆一声巨响，蓝镜感觉到自己的坠地，它似乎并无多大痛楚。慢慢地，她还感觉到自己整个身体蜷缩在弗兰克的胸膛里，他居然在吻她，而她也在吻着他。

她把嘴唇抽离出几秒钟，闭着眼问：“我们还活着吗？”

“我不知道。”弗兰克喃喃说。

“我不敢睁开眼。”

“我不想睁开眼，我觉得现在这样很好。”

“我想看看，确认一下我们是否活着，还是已经在另外一个世界。”

“在睁开眼前，我有话要对你说，蓝镜。”

“嗯？”

“无论我们活着还是死了。我想说，那个吻，我是真心的。”

“谢谢。”

“那么现在让我们一起睁开眼睛。一、二、三……”

俩人睁眼，环顾四周，一下子欢叫着拥抱在一起。他们居然奇迹般地活下来！但很快他们又发起愁来，因为他们的热气球正挂在橡树林中一棵最高大的橡树上，离地有10多米高。

蓝镜趴在篮子边缘往下看，忽然揉起了自己的眼睛。橡树下站着一个约莫十一二岁的小女孩，穿一身洁白衣裙，一头金色长发垂落在身后。她用紫罗兰色的眸子仰头望着蓝镜，向她招手。

蓝镜不会忘记那个生于13号的女孩——史上记载的欧洲最后一个女巫。她忽然有点想哭，因为记起江百慧曾经说过的话：“如果一切现象都依靠人类有限的头脑来解释，那么人类永远不会了解自己和这个世界。人类应该学会用意念来感受和明白事物，因为意念才是打开所有神秘之门的钥匙。世界上的传说和神话，我们总是把它们当作子虚乌有的故事来看，却忽略了其实每个人都具有神性，当他的意念被开发到最大化时，世间万物皆有灵，世间万事皆有可能。”

当初她对江百慧的话充满怀疑和不屑，如今在经历诸番不可思议的事后，开始明白过来，人类的科学还只是在自以为是的最初阶段。宇宙很广阔深奥，要读懂它需要一颗开放单纯的心。

想到这里，她非常感动地朝从天而降的小女孩也招了招手。女孩笑了，她也笑了。

弗兰克看着她们俩，问：“她是谁？”

“她是亲爱的玫瑰公主！”蓝镜答，然后低头问小女孩，“我们怎么才能下来。”

“她会帮你们。”女孩指了指橡树。

“不，我不会。”橡树居然开始说话。弗兰克一听脸色顿时惨白，因为那是示巴女王的声音。

女孩歪着脑袋，想了会儿，说：“你们害怕命运不仅仅是因为它如此不确定，还因为它不能倒转，坚强似铁。所罗门王已死千年，永远不会再回来。”

话一落地，橡树林里的橡树们开始疯狂地摇曳，发出哀伤的哭泣。

“万物都是时间的表象。万物是时间的刻度。”小女孩又说，“时间之轴是无限向前延伸的，任何占有的企图和想要永恒的奢念都是在与时间抗衡，是徒劳。所以，请你们入土为安，等待下一次重生。”

“我们深爱着伟大的所罗门王。他是日月精华，千古传奇，后人再无法比。”示巴女王痛心疾首。

“他曾经给过你们刻骨铭心的幸福，那一刻就是永恒。在时间没有尽头的长河里，所罗门王会以不同的形式再次出现在你们各自的生命里。他可能会是一个寡言的守陵人，一个灵巧的木匠，或者是一个聪明的科学家。他只出现在未来的某一天，但已死在昨日。”

橡树林摇曳得更厉害了，哭泣声更响了。蓝镜和弗兰克感觉到他们被困的那棵橡树正慢慢往下弯腰，快降到地面的时候，他们从藤篮里跳了出来，转身看到橡树变成了一个女人——示巴女王，其他橡树们也变回千娇百媚的女人身。

“我们怀念自己从前的王，所以才想留住他。”示巴女王指了指弗兰克，“我们寂寞了千年。”

“放他们走吧。也放你们自己走吧。”小女孩紫罗兰色的眼睛看着示巴女王。

示巴女王在那样的目光里被深深感动。终于，她点了点头。

“我会为你们歌唱，直到你们完全沉睡过去，迎来新的生命。”小女孩说。

“我们会忘了所罗门王吗？”

“在未来的某一天，你们会在各自的生命里再次与他相遇。他不再是王，却会是那个在家里壁炉前等待你回来的男人，或是那个在雨里与你牵手共行的男人。爱过的人会再被记起。”

“希望如此。”示巴女王泪流满面，转过头对蓝镜和弗兰克说，“你们走吧。”

“谢谢。”蓝镜向她道谢，转身向小女孩深深鞠了一躬，“柔丝，也谢谢你。”

如梦如幻，发生的所有事让弗兰克感到恍惚，说不出任何话来。不过这时，他突然想起自己来耶路撒冷的任务，于是赶忙打听：“柔丝，你是否知道如何在哭墙上找到神奇的泪水？”

柔丝扫视着所罗门后宫里的女人们，说道：“很多很多年前，当所罗门宫殿被罗马人焚烧时，是你们用眼泪熄灭了大火，于是保住了一部分，成为了后来的‘哭墙’。你们是否能再次献出自己的泪水？”

示巴女王让美女亚比煞向弗兰克呈上一个酒杯，说：“明早去哭墙边盛。我们的眼泪是百花之髓，千心之泪，万木之汁，它叫‘万艳同悲’，入口入眼能化解世间最冷酷的心。

弗兰克想起自己曾啜过一小口，心里琢磨是否因为那一小口“万艳同悲”让自己这么一个花花公子吻了一个古板的物理学家，并还产生一种从未有过的美妙感觉。

天快亮了，弗兰克把酒杯放进口袋，拉着蓝镜的手向着城市的方向走去。一轮通红的太阳开始升起挂在树梢上。女孩歌唱的声音再次在风里温和地响起：

死亡是条被子
在山谷的太阳落下后
它轻轻地盖在你的身上
星辰在召唤
叫你不用害怕
因为当你再次睁开眼时
将到达美丽新世界

那天早上，耶路撒冷著名的“哭墙”哭了。巨大的石墙上异样地出现了一道水渍，任由风吹日晒依旧湿润。这一现象令不少犹太教人士激动不已。

弗兰克跪在墙边，盛到了那串寓意非凡的泪水。转过身，正要兴奋地牵起蓝镜的手告诉她他们可以完满回程了，却发现人群中再无蓝镜的影子。

一个花花公子，站在一个古老的城市里，多愁善感地摸着自己鲜红的嘴唇。人生里第一次弗兰克因为一个女人，一个并不是特别性感的女人感到失落，并开始了思念。

45 仲秋夜

九月的朗伊尔城，凯文寄出一封没有收信人地址的信。回到酒店，他在房间里拧开一盏灯，望了眼窗外奇幻的仲秋夜雪景，顺手从床头柜上拿起一本《圣经》，坐在靠背椅上读了起来。在欧洲传统的酒店房间里常常能看到这本书——半传记半神话，试图抚慰旅人闯荡在外的孤寂心灵。在冗长的故事叙述中，在亦真亦幻的历史氤氲里，凯文昏昏欲睡。

他随意翻到一页，上面有这样一段：

> 爱是恒久忍耐，又有恩慈；爱是不嫉妒；爱是不自夸，不张狂，不做害羞的事，不求自己的益处，不轻易发怒，不计算人的恶，不喜欢不义，只喜欢真理；凡事包容，凡事相信，凡事盼望，凡事忍耐。爱是永不止息。

他重复念：“凡事包容，凡事相信，凡事盼望，凡事忍耐。爱是永不止息。”

抬起眼睛，他看到窗外的天空如此惊心动魄。正是日下沉月初升之际，通红的太阳如一团点燃的火焰，烧在远处一栋鹅黄色房子的尖顶上；月亮如一颗清冷的孤星悬在地平线之下，西边的半个天是紫金色的，带着神的肃穆与威严。雪依旧在下，越来越密。在这个仲秋夜，凯文想起去年此时。

从昨晚情欲里抽身的林清水走在酒店的过道里，她正接着凯文打来的电话。

电话上，凯文礼貌温和的声音听起来令人愉悦，他没有询问林清水石黑玄的那句“她在浴室”究竟是什么意思。

他只说：“晚上我想来看你。”

“好，我正准备去机场回去。”

从伦敦回到苏黎世。林清水在办公室里忙完事务，开车回家时看到月亮明晃晃的圆脸悬在路的尽头，此时正是一年中最舒适浪漫的节气——仲秋。

她泊好车，并没有进屋，而是绕过庭院里的胜利女神像朝着后院茂密的山毛榉林走去。

近几日意大利暖沉的气候像一群灿烂的鸟群从南方飞到瑞士，停歇在阿尔卑斯山脚下。庭院里的小道被晒得白煞煞的，发出好闻的太阳的气味。夕阳的余晖让所有绿色植物看上去更加葱郁。山毛榉树下的茉莉花、玫瑰和石竹蒸腾出它们甜美的晚香。她仰头望去，月亮和群星透过枝叶发出钻石般的璀璨光芒，露水正在温柔地下降。

林清水走向幽深处，觉得香气越来越浓烈，于是停在一棵月桂树下深深地呼吸。夜莺这时发出一连串鸣唱声，她听到，脸上不由浮上笑。在这样一个仲秋夜里，她踯躅在树木的阴影里，觉得既逍遥又孤单。忽然在一大簇玫瑰花丛前，她警觉地看见一个白色的人影。

林清水站定不动，昏暗中仔细辨别着那个有些熟悉的背影。

“过来看。”那个背影在对她说话。

听到那个声音，她放下心来，但昨晚酒店里发生的事让她的心突突跳起来，恍惚间觉得前面这个男人离她更加遥远了。集中起精神，她走上前，来到他背后，以自己也无法明白的冲动突然用双臂环住了男人的腰，把脸紧紧贴在他宽阔的后背上。

不由地，她在心里把这个男人的身体与石黑玄的进行比较。这个男人的背犹如一只健硕的蝴蝶，胸前肌肉贲张并充满弹性，那是健身房有规律的强劲雕塑下产生的体魄。在那个身体里发出的心跳声稳健、温和。而石黑玄的脊背如同一只长年在野外捕食的豹子，肌肉紧实线条硬朗，腹部平坦得如一把刀片，他的身体展露的是一种迅猛的速度，他的心跳异常响亮。

居然会有这种比较的想法，林清水觉得害羞又内疚，放开了面前这具身体。男人依旧背对着她，有些反常的冷漠。他蹲下身，指着前方，“瞧它的翅膀。”

她跟着蹲下，看到一只翅膀分外艳丽的飞蛾。

“它让我想起在非洲工作的那些年。在那里我常看到这种艳丽的夜游虫。它飞走了。”男人直起身，这才转过身来看她。

凯文异常的冷淡让林清水的心开始发虚，使劲想在昏暗中看到他的表情，但树林的阴影太深，她看不清。心里又想，他会不会在自己脸上看到她隐藏起来的事?

“你好吗?”他双手短促地抚摸了下她的肩膀，像对一个熟悉的朋友那样。

她感觉到了他们之间的变化，于是也拉开了距离，穿起自己的保护衣，“很好，谢谢。”

“走，进屋去吧。”她说着转身刚要走，却被他轻轻拉住了手臂。

“我有话要说。”

“说吧。”

林子里寂静下来，凯文似乎陷入了沉思。终于，他开口，像是说出了一个决定:“清水，你能不能使我感到幸福?如果能够的话，我也会这样待你。我们的感情这些年来总是飘忽不定，虽然名义上你是我的女朋友，但我感觉你从没把我纳入你的生活。我不知道这背后是什么缘由，也不想为难你要你告诉我。我很苦恼，想再去非洲工作。”

林子里又是一片寂静，林清水的胸口像被千斤顶压住，无法顺畅呼吸，从头到脚感到冰凉。十年过去，她早已习惯凯文绵长的爱，觉得理所当然。她忘记了凡事有开始便会有终结；忘记了这个爱着她的男人因为得不到完整的爱，终有一天会觉得疲累，想要离开。

她爱他，这一点毋庸无置疑。凯文，是一个王子，而是她不是公主。康庄的死，父母的离异，和多年来她在西方世界的孤身奋战，让她长出一颗坚硬的隔离的心，最终使她变作了一个善战却缺乏柔情的骑士。

昨晚，当情欲和真爱摆在面前要她选择时，她选择了与这个世界共同沉沦，选择了摈弃自己的最后一丁点的信仰。在爱情上，她没有勇气和担当，因为她怕失望，怕痛。

其实早在很久以前，她就已经放弃了自己最初的对爱和对这个世界的愿望，她选择了生存，这样更容易些。

既然她不能承诺给凯文幸福，就要放他自由。强压制住自己的真实情感，不让一丁点的悲伤流露出来，林清水让自己的语句尽量简短，怕多说一个字，自己就会哭出来，会婆婆妈妈地告诉他自己心里对这个不完美的世界的害怕。

她用平静的和决绝的声音问:“什么时候动身?”话里分明没有挽留的意思。

“使我幸福吧，我也会使你幸福。”凯文感到绝望，他恳请她，捏住她的一只手。

她默默地望着他，尽管在黑暗中看不到他的脸。悲与爱在她胸腔里煽起强烈的情绪，她用一只颤抖的手去触摸他的头发和脸，用心地一下又一下，一遍又一遍。她咬紧牙关，说不出话来。

他抓住她正在抚摸自己的手，把她的两只手一同放在嘴唇上亲吻，“清水，你知道吗？我们可以去世界上任何一个地方生活。可以在蒙巴萨瞭望阿拉伯三角帆船在清晨出海的情景；可以在孟买的阿旃陀石窟散步；我想带你去比利牛斯山高处巴斯克人开的小旅店过夜；还想带你去看南印度的老虎保留地。在这个世界上我们一定会找到一个适合的角落。所以，请告诉我，你想和我在一起。”

林清水别过头去，为了不让凯文听见自己因感动而发出的沉重呼吸。一个声音在她心底大叫着:“林清水，相信爱！走吧！和一起他去寻找世界上那个适合的角落，并肩与他站在这个广袤的宇宙中见证彼此的生命。一同走路，一同睡觉，一同哭，一同笑，一同老，一同死，一同求下辈子还能再见面。你到底还想要什么？！”

强烈的情绪正占上风，并竭力要压倒一切，战胜一切，要求生存、扩展和最终的主宰，不错——它还要求林清水吐露出来。

终于，林清水把双手从凯文的手里抽出来，万分珍重和郑重地捧着他的脸，把它移到月光能够照见的地方，一看到凯文因过度痛苦而扭曲的五官：眼里满是泪，眉头紧蹙，嘴唇不住颤动，林清水一下子哭了出来，但是很快地，她用力咽下自己的失态，一字一顿地对凯文说：“凯文，我要你记住，无论我今后在哪里，做了什么，你始终是我心里——最——爱——最——爱的那一个人。”

林子深处突然蹿出了一道铅灰色的闪电，随后是一声爆炸般的轰隆声。在瞬间点亮的闪电下，林清水清楚地看到凯文身后的一棵山毛榉被劈开了一半。她愣了一下，感到那是不祥的征兆，心里顿时凉了半截。大雨倾盆而下，凯文牵着面无表情的林清水往屋内奔去。

俩人刚从林子里跑上水泥小径，一辆车打着明晃晃的车灯一个急转弯戛然挡在他们面前。车里的灯亮起，石黑玄握着方向盘，瞪着前方浑身湿透的两个人。

我们醒着的时候，另一个睡觉；我们私通的时候，另一个贞洁；我们爱的时候，另一个悲伤。

林清水停下脚步，头微微扬起。如果老天要她今日为自己的不单纯交付代价，她愿意也只能接受。

石黑玄走到车外，砰地甩上车门，在滂沱飞雨中向他们步步走来。

他怀里抱着蓝色玫瑰，一边走，一边摘下衬衣上的金属袖扣，狠狠地把它们掷在地上，卷起袖子。

林清水在大雨里眯着眼，镇定地拉着凯文的手往屋里走去。

她刚打开大门，石黑玄也大踏步赶到，三人滴着水一声不吭地走了进去。

灯被打开，铺天盖地的玻璃和镜子反射着光，把整栋屋子照耀成一个晶莹剔透的发光体，三人的脸色更苍白了。

石黑玄把蓝玫瑰头朝下狠狠插入一支透明的玻璃瓶，然后走到钢琴前，用手在琴盖上如击鼓般打着拍子，一副马上要发作的样子。

林清水愣了几秒，不知该如何应对这个夜晚，她转身上楼去拿浴巾。在浴室的镜子里，她看见镜中的自己嘴巴抿得紧紧的，在故作镇定没有一丝表情的脸上，她看穿了自己的担忧与害怕。

双手握拳在浴缸的边沿上坐下，她低头倾听楼下发出的动静，楼下却是一片过分的安宁。深深吸了口气，她拿了几条浴巾，鼓足勇气往楼下走去。

她往下走，看到客厅中央两个男人面对面站着，她的脚步停了下来。

石黑玄与凯文对视着，表情都不友善。林清水看到石黑玄突然前倾在凯文的耳边短促地说了一句话。那句话对凯文来说似乎是五雷轰顶。尽管他的身子纹丝不动，但林清水看见他的眼睛顿时瞪大了。他用无法置信的神情看着石黑玄。

这时，俩人同时发现了楼梯上的林清水，彼此交换了下眼神。然后，凯文默默地望着她，泪水在他极度绝望的眼睛里打转。她的心沉了下去，明白那是他告别的目光。

“石黑玄到底还是告诉了他。现在凯文终于知道我是一个何等自私的女人。”林清水心里想着，悲凉地对着凯文一笑。她看着他悲伤到底的眼睛，发现里面丝毫没有憎恨与蔑视，只有生离死别般的不舍，这让她更觉得难过和难堪。她的胃抽痛起来。

凯文眨了下眼睛，大滴大滴的泪滚落下来，他马上转过身，大步离开。

事已至此，林清水也没什么可以向他解释的了。她缓缓走下楼梯，来到石黑玄身后的一个柜子前，从里面抽出一把银色的左轮手枪，上膛，然后抵在石黑玄的后脑勺上。

“我杀了你！”终于，恼羞成怒的她开始歇斯底里，鼻子里抽着冷气，泪喷涌而出。

石黑玄并不慌张地转过身，手指扶了下枪口，把它抵着自己的额头。“如果一个女人掩饰自己对所爱的男人的感情，她就会失去得到他的机会。如果你真爱凯文，早给他幸福了。你给不了，爱不了，就怪不了任何人。不过，我比你幸运，因为我比你勇敢。”说着他从外套里摸出一个红色镶金的小盒，递到她眼前，轻轻按下金色小纽，盒子开启，一枚璀璨的戒指躺在里面。

“我不是王子，你也不是公主。我们是亡命之徒，是一国的。你看着我的眼睛。看着我！”他捏住她的下巴用力抬起，强迫与自己平视，不管她的痛，也不管她咬牙切齿随时就要把他射毙。

看着她的眼睛，他继续说：“我是谁？我就是林清水。我就是你，你就是我。所以，嫁给我。”

“我不爱你！”

“可你喜欢我，不然昨晚不会给我你的初夜。若我今晚不是及时赶到，也许你还会和他快活一下吧。不过，他再不会打扰我们了。”他紧紧抓住她的手，用牙齿咬出戒指，把盒子丢在地上，野蛮地把戒指套上她的手指。林清水拼命地挣扎，任性地嚎哭起来，她觉得自己的手指随时会被凶残地折断。

戒指终于被戴上，但是作为一个内心和身体在今晚被弄得生痛的女人，林清水无力地跌在地上。石黑玄蹲下，想要去抱她，可林清水突然使出全身的力气，狠狠地把枪托砸向他的脑袋。石黑玄一下倒在地上，痛得闭上眼睛。过了一会儿，他睁开眼睛，看见她有些害怕地望着他。他的额角正在流血，脸上却微笑起来。反常地，他温柔地看着她，说，“我说过，我们都是亡命之徒，是一国的。而爱你，就像是我爱自己的一种本能。”

46 九月三十日

九月三十日，距离林清水失踪整整三周。每一个人都不得不接受两事实：一、林清水真的从地球上跑了；二、这个宇宙荒诞至极，超出了他们对它的认知和想象。

九月三十日，北京时间早晨七点。在林清水的宅子里，瑶枝、蓝镜和月夕各自从梦里陆续醒来。昨晚的梦异乎寻常得深沉和逼真，以至于早上醒来后她们四肢酸痛，疲惫不堪。

瑶枝醒来后依旧沉浸在梦中的画面里。画面上，她与金陵十二钗嬉戏在月亮下。她牵着那些从书中走出的气质美如兰才华馥比仙的女子们的手，共同吟唱起《红楼梦》的仙曲十二支。她们唱呀唱呀，唱出了千古离愁和对世事的惆怅。

“假作真时真亦假，无为有处有还无。”瑶枝躺在床上轻轻诵念，不由望了一眼床柜上的脂砚。

躺在厚厚被褥里的蓝镜，此时望着天光板一动不动。她疑惑地用手抚摸自己的嘴唇，那个吻依旧依稀停留在上面。胡楂的摩擦，他嘴唇的温度和湿度在这个醒后的早晨竟会如此逼真。弗兰克，一个花花公子，和她在现实生活中没有交集可言。可是为何她会梦见他，并在梦里与他共患难？这难道只是一场春梦吗？

在月夕的梦的最后，东亚的初阳正蓬勃地从海面上冉冉升起。坐在船里的她冻得瑟瑟发抖，一直都在哭。青色的海面没有一丝波纹，石黑玄不知死活。月夕是最害怕日光的，可这一刻她任由自己的肉体在日光下消损。

一串水泡突然冒了上来，她急忙趴在船沿上往下看。只见精疲力竭的石黑玄浮出海面，再也无力爬入船内。月夕死命地抓住他的臂膀，使出全身的力气把他拖进船，让他平躺在甲板上喘气。

奄奄一息的石黑玄睁大眼睛，直视天空里的太阳。月夕把手挡在他的脸上，关切地说："这样看着天空，眼睛会瞎的。"

可是石黑玄默默推开了她的手，依旧瞪着天空。

他说："我什么都看不见。什么都看不见了。"

月夕吃惊，不知所措。石黑玄忽然眼一闭，头一歪，昏死过去。

月夕喊叫着去推他，不见反应，于是声嘶力竭地喊起救命，四周却空无一人。

就这样，她哭着喊着醒了。

三个人疲惫地起床，拖沓着脚步来到餐厅。浅野秋知道今天她们又要远行，于是丰盛的早餐早已摆满了长条餐桌。

"都睡得好吗？"她问她们。

三人各怀心事，却都点点头，茫然地在餐桌前坐下，发起呆来。

这个时候，江百慧从卧室走了出来。四个女人吃惊地看到她今日装扮极其古怪。只见她脚踩黑木屐，一身素白，套着厚厚的白袜，活像是从日本鬼片里走出的女尸。

"辛苦了，"她走到她们面前，深深鞠了一躬，"昨晚的旅行辛苦了。"

三人顿时吃惊地瞪着她。

"昨晚的旅行？"浅野秋不解，放下筷子。

"昨晚我做了一个相当古怪的梦。"瑶枝告诉江百慧。

蓝镜的脸上开始一阵红一阵白，紧盯着江百慧："我昨晚的梦也很奇怪。"

江百慧轻轻点点头："那不仅仅只是一个梦，它与现实相连。"

"与现实相连？您是说我们的梦是真的吗？如果是真的那就太有趣

了！”瑶枝拍手，一脸兴奋，却看见身旁的蓝镜低着头不吭声，于是便问她昨晚梦境的细节。蓝镜的脸顿时涨得如一朵红蔷薇。

“难道？”月夕突然捂住了脸，痛哭起来，“我梦见石黑玄生命垂危。”

“昨晚究竟发生了什么？”浅野秋再无胃口。

江百慧今日的脸无一点脂粉，身上也褪尽珠宝。她肃穆地看着大家，说：“昨晚你们在梦里帮助他们摆脱了困境。现在他们三个已经在回来的路上。”

“凯文呢？为什么没有人去帮他？”浅野秋极度不安起来。

众人看向江百慧。

“马上我们就要一同出发，目的地朗伊尔城，世界的尽头。”她说，脸色苍白得可怕。

九月三十日，挪威时间凌晨一点。凯文依旧端坐在靠背椅子上，回忆着去年那个湿漉漉的，令自己痛苦不堪的仲秋夜。在那一个晚上，石黑玄在他耳边轻轻说的那句话改变了他对林清水爱的执著，最终不得不选择离开。在这之前，他原以为只要自己的爱足够坚定，是能够穿越生活中一切障碍的；然而他忽略了，在爱情之上还有更宝贵的东西，那就是生命。这也正是他每日工作的意义。那一晚，他无法置信地看着石黑玄，在石黑玄坦诚的眼睛里，凯文认识到他说出的秘密是一个事实。

当俩人看见林清水从楼梯上走下时，他们交换了下眼神，决定要守住这个秘密。

绝望不舍地，他望着清水，用眼神向她告别。他无能为力，没有一点办法。从林清水难堪和羞愧的表情里，凯文知道她误会了石黑玄和自己。

石黑玄的那句“她在浴室”，凯文自然明白其中的暗示。那一个上午，在医院的办公桌前凯文震惊和挣扎了许久。他知道自己爱的林清水在身体上轻易地背叛了自己，可是对她的失望始终抵消不了他深情的爱。

他是一个天主教徒，履行婚前守贞，并且认为性是为最终的爱服务的。男女之间最近的亲密，他只会施予自己最爱的女人。他觉得性是极为神圣和美丽的事情，因为通过它能够创造出新的生命。

打开办公桌抽屉，他拿出《圣经》，希望痛苦能够借助阅读平伏下去。无意间他读到了这一段：

> 爱是恒久忍耐，又有恩慈；爱是不嫉妒，爱是不自夸，不张狂，不做害羞的事，不求自己的益处，不轻易发怒，不计算人的恶，不喜欢不义，只喜欢真理；凡事包容，凡事相信，凡事盼望，凡事忍耐。爱是永不止息。

轻轻合上书，他觉得神已给他指示，要他原谅，要他继续去爱。于是那天傍晚，他从阿姆斯特丹飞去苏黎世，在林清水家的后花园里直白地表达了自己对她的感情。林清水尽管犹豫挣扎，但他还是看到了她辗转中对自己的真挚情分。就当他快要得到她的答复和承诺时，天降大雨，石黑玄到达，之后石黑玄在他耳边的那句话瞬息改变了一切，让这个爱情故事完完全全驶向另一个方向。

这难道也是神的旨意？神为何要戏弄他单纯坚忍的爱？难道他自始至终爱错了人吗？

他眉头纠缠，得不到答案。“咚咚咚”，门外传来突如其来的敲门声，凯文不由看了下床柜上的钟，已是午夜，心里觉得很奇怪。

他走到门前，门上没有猫眼，无法看到外面。犹豫了一下，他还是打开了门。

门被打开手掌宽的一条缝，透进刺眼的白光和阵阵刺骨的寒气。一个女人站在门外。

她穿着一件兽皮袍褛，黑色的长发十分浓密，散开垂至腰际，面孔亦中亦西，美艳不可方物。

凯文困惑地打量着面前的美人，恍惚间觉得酒店的走道里竟下起雪来，空气变得冰冻和干燥。

“请问您是？”

“我是来找你的。”女人微笑着轻柔地说，那笑璀璨如钻。

“可我不认识您。”凯文想起酒店里常会出现的那种妖艳陌生的女人，于是想要把门轻轻关上。

“可我认识你，而且还知道你要找的人在哪里。”

凯文吃惊地看着她。

女人继续说：“你叫凯文，你要找的人叫林清水，对不对？”

“您究竟是？”凯文大吃一惊。

“我很冷，能不能先让我先进去再说？”女人用哀求的眼睛看着他，身体不住哆嗦。

凯文往里一让，女人便如一条冬天里的鱼，“嗖”地游过他的身边，钻入房内。

九月三十日，有三个男人坐在飞往瑞士苏黎世不同的航班里，从各自荒诞的旅行回到他们熟悉的现实世界。

现实世界一成不变，运作如旧，然而这三个男人的心变了，再也回不到从前的模样。

他们听着新闻报道里各种权益之争，看着四周行色匆匆的人们——他们面无表情地念着报纸，闭眼听音乐，嬉笑着与爱人分食一块三明治，不耐烦地在电话上与人争执……

这些人会和他们一样做过奇怪的梦，到过不可思议的地方，遇见来自另一个世界的群体？

一切看似繁华，一切尽是虚无。现实世界在今天三个男人眼里是如此矫揉造作，苍白空洞，毫无意义可言。究竟梦是真的，还是现实是真的？

丹尼尔没有找到那块祈愿石。瑶枝在“桃花源”村的不辞而别也让他悬着一颗心。此时的他正苦恼地坐在机舱里，一个印度女人身旁。女人的身上散发着古怪的香料气味，发际中央和额头上点着触目惊心的红，像一道血的仪式。忽然，他感觉她正在偷偷注视自己，转过头，女人对他狡黠地一笑。

“你有东西掉了。”她用蹩脚的英语说，掏出一块不起眼的石头放在他座位前的餐桌上。

丹尼尔紧盯着那块石头。

“当她的灵魂回来之后，记得拿着这块石头来‘桃花源’。”印度女人附在他耳边说。

丹尼尔吃惊地看了她一眼，拿起石头放在掌心里端详。

“您来自无魂村？”他问。见没有回答，一看身边已空无一人。

他寻遍整个机舱，再也没有找到那个印度女人。

“是这个世界疯了？还是我疯了？”一头汗的丹尼尔心想。

弗兰克飞在天上，心却落到井底。望着舷窗外镶着金边的灰蓝色云朵，他微微嘟着嘴。

他实在无法接受那个古板的“四眼”会在吻了他之后弃他而去。只有他这样对待女人过，从没有女人敢这样对他。无法原谅！

可是那眼镜背后漂亮的五官，充满勇气的认真表情，还有她那笨拙的初吻一直萦绕在他的心头。尽管对蓝镜的不辞而别相当生气，弗兰克却无法忘记那些令他身心痒痒的甜美回忆。

“等我回去，‘四眼’我一定要和你算账。我要让你喝下‘万艳同悲’来融化你那颗不可理喻的冷酷的心。”弗兰克愤愤的，不一会儿却又露出傻傻的痴笑。

头等舱里，清瘦的石黑玄衣冠楚楚地闭眼躺着，几个空姐满脸关爱和担忧地围绕在他身旁。

他的手紧紧拽着一名空姐的一只手死命不放，口里喃喃地叫着一个名字：清水。清水。清水。

似乎只有在念这个名字的时候，才能缓解高烧给他带来的痛苦。

林清水，石黑玄一生最大的和唯一的爱。他曾经的妻子和后来抛弃的女人。

九月三十日，在天上，有一双眼睛突然睁了开来。

那双眼睛仰望着陌生的天空和空气里的金色光线。

她伸手到眼前，仔细看着它，问自己：林清水，你死了吗？

47 冰雪女王

乌黑长发的女人像一条鱼游进了凯文的酒店房间。

她脱下白色的袍褛，细碎的雪花跌落到地上，化作晶莹剔透的水滴。

袍褛下她穿着一袭珍珠白丝绸晚礼服，像是刚参加过一场隆重的音乐会。裸露的肌肤闪着幽幽晶光，犹如一座正在融化的湿漉漉的冰雕。

胸部是稀有的饱满和圆润，随着她走近他的每一步，颤颤颠颠的如正待摘取的熟透的果子。凯文把目光挪移开。

女人的脸上挂着蜜糖一样的笑，站定在他跟前，仰望着他。

出于礼貌，他不得不看着她的脸。他又一次问道："小姐，请问您到底是谁？"

"我叫薇薇安，是住在北方的冰雪女王。"

凯文对她的自我介绍并不以为然，觉得那只是玩笑话。

"您知道我要找的那个人在哪里吗？"

女人点点头："我可以带你去见她。"

"她在哪里？"

"在天尽头。"

"我们何时出发？"

"就现在。"

凯文不假思索地整理好行李，在这个下着雪的半夜匆匆办理了check out，与这个陌生女人一起离开。

九月，极昼正迈向极夜的时节。北方半夜的天空是浓郁的深蓝色，显得深不可测。

“我们怎么去？”凯文环顾四周。

“滑雪去。”不知何时薇薇安的手里握着一对银色的滑雪杖站在一个异常巨大的滑雪板上，那滑雪板足以容纳十多人。

“上来吧。”她裹紧袍褛，戴上帽子和手套。

凯文踏了上去，刚要问自己该如何掌控平衡，滑雪板已向前滑动起来，并在飞快的加速中。情急之下，他只能搭住薇薇安的腰。

风螺旋地刮着，雪花萧萧而下，夜晚的空气里有股北冰洋的腥甜，蓝晶色的冰川横在路尽头，左右苔原上有飞奔的驯鹿。滑雪板快得要飞起来了！

“人类会灭亡，像诺亚洪水的故事，统统地灭亡，但大自然永恒存在，既残酷又宽宥。”林清水说过的话回荡在风雪里。

凯文落下一行泪。在那样的速度里，他终于明白自己所爱的那个女人为何热爱超速驾驶，为何热爱北极风光，因为她一直想要，一直想要逃离自己所生活着的这个世界，想要看一眼极限之外的世界究竟是什么样的。

“清水，你是否知道，当我为你穿上婚鞋的那一天，我的心正如这崩溃中的北极冰川，痛得四分五裂。”

27 岁的林清水突然宣布要嫁给石黑玄。这对任何人来说，都是一个不可理喻的决定。

那是一个秋天，林清水一夜无眠。清晨的时候，她把自己浸泡在浴缸里，望着梳妆台上的白色香水百合，闻着它的沁人幽香，在心里默默说：“再会了，凯文。我所具备的勇气只够用在事业的厮杀上，却无法承受一份爱情。生活所呈现的是千疮百孔的局面，我实在不忍心看见有一天你我之间的情感也会变作其中的一部分。与其如此，不如说再见。我会在远处永远爱你。”

她从水里站起身，穿上浴袍，走出浴室，把那束百合花关在了门背后。

梳妆完毕后的林清水驾车来到石黑玄的住处。一路上，她心情平静，在做出决定后，她便不愿再去多想。

石黑玄是她喜爱的人，因为是同一类人，他们天性悲观，充满怀疑，对这个世界没有好感，做事决绝。林清水自认为这种建立在彼此懂得和非爱情基础上的婚姻会比较安全。

那是个花香正浓的早晨，石黑玄沐浴完，坐在院子里，拈起一棵薄荷煮茶。今天是他的大婚之日，他虽然举止镇定，心却因为强烈的幸福不停战栗着。

院外传来汽车停靠声，林清水从车里出来，对着他笑，白色的蕾丝礼服和蜜色肌肤在阳光里头闪烁。

“给你的礼物。”她走进院子把一件东西递给他。

他打开，是一幅画。画面阴郁，死寂的大海，黑色的柏树，穿白衣的人立在船上，船头一具白色棺木。这正是他从前寝室里的画。他不明白地看着她。

“这幅画的原作是阿诺德·勃克林，画的名字叫做‘死之岛’，是我最喜欢的艺术品之一。前阵子我听说学校为了一个慈善项目拍卖了格雷斯小姐的 99 幅画，这一幅是我竞拍得到的。对于‘死之岛’，阿诺德·勃克林从未有过解释，所以在他死后这幅画的含义成了一个永远的谜。艺术界有几种说法，一种说法是这幅画描绘了希腊传说中死神夏隆渡送亡灵穿越冥河的情景；另一种说法是穿白衣矗立的人形是男性的象征，而幽暗狭小的港湾则是女性的象征。海水代表浸渍子宫的液体，也代表了孕育万物的生命之源。画里的柏树自古以来就是死亡的象征，也是建造十字架复活的原料。如此死与生，在这亦始亦终的死岛完成了圆满的轮回。”

她说完顿了顿，有些羞涩地望着他：“死亡和生育是人生最重要的两件事，我希望在经历它们的时候能有你的陪伴。所以，我把这幅画送给你。”

石黑玄被深深感动，别过头去不让林清水看见自己已经湿润的眼睛。他嘟哝："怎么就知道我比你命长？"

林清水爽朗地笑，语气是那样得自信和肯定："因为石黑玄是不会让我伤心的男人。"

黄昏时分，婚礼开始。林清水之所以选择黄昏，是因为每日黄昏之际，她总会有微微惆怅的心情。天色半明半昏，不知是要开灯还是不开。可是从今日起，每日黄昏都会有个人在那里等她，从此便不会再有开灯还是不开灯的困扰，也不会再有惆怅心情。

婚宴上，小提琴在酒店大堂悠扬响起，激荡在每一根耸立的大理石柱上。身着白色蕾丝婚纱的林清水，拖着数米长的裙摆犹如一条闪光的美人鱼。

她站在梳妆镜前端详着自己，蓝镜和瑶枝泪光闪闪地站在她身后，感慨万千。林清水的脸上有一种混沌不清的表情，既不兴奋亦不失落。直到镜中出现了一个穿白衣的男人，她的眉毛不禁绞在了一起。

凯文走进化妆间，蓝镜和瑶枝退了出去，关上门，俩人静对无语。林清水低头看见凯文手里捧着一双桃皮色的平底鞋，便问："这鞋？"

"是给你的新婚礼物。抱歉不能参加你的婚礼，等一下我就要走了。"

"今天就去非洲？"

凯文点点头。

林清水淡淡笑了笑。

凯文捧着鞋走到她跟前，跪下，抬起俊秀的脸望着她，神情安宁地说："清水，今天是你大喜的日子。"

林清水从他手里拿起一只鞋，发现鞋底里有一行字，上面写着：Down to earth（脚踏实地）。她默默想了一会儿，明白了那行字的意义。

Down to earth 是每个人人生的必经之路，从童年的幻想中醒过来，接受不完美的自己和不完美的世界。

凯文继续说下去："希望这场婚姻能让你变得脚踏实地，能让你看到生活的真相。请允许我为你穿上它好吗？”

林清水提起裙摆，抬起脚。凯文小心翼翼地为她穿上鞋。那一刻，林清水明白当自己穿上凯文为她准备的婚鞋后，自己便是别人的新娘了。在这个世界上，有哪一个如此宽容和充满大爱的男人能为了心爱的女人那么去做，给她真真切切的自由，让她在人间世界历练和成长。凯文，如此难得，如此令她感到骄傲、欣慰和悲痛。

穿上鞋，林清水踏实地站在地上，由衷地，她说：“谢谢，谢谢上天让我们遇见。”

他轻轻地拥抱了她，最后在她耳边说：“那我上路了。”

越来越密的雪让人伸手不见五指。寒风在怒号，凯文完全睁不开眼睛。依稀地，他觉得他们的滑雪板飞过了人类居住的最后一个村庄，飞过了斯瓦尔巴德岛上蓝色的古老冰川，向着冰封的荒原深处飞去。

不知过了多久，半梦半醒的凯文忽然觉得四周安静极了。他被这种极度的安静惊醒，发现滑雪板在晶莹如砂糖的雪地上缓慢停下。

喔！一个叫人无法不心动的冰雪世界！天空里流淌着金黄色的光线，这样的景致叫人的心顿时柔软下来。

凯文哆嗦着从滑雪板上下来，发现自己的衣服早已被冻得坚如盔甲。

“我们是在……在哪里？”他声音冷得发颤。

“在世界的尽头，我的家。”

当薇薇安说自己是冰雪女王时，凯文一开始不以为然，可此刻当他看到她在冰雪世界里一副悠然自得的样子，他觉得自己对这个世界的认知少得可怜。

环顾四周，他吃惊地看到前方荒地上有一条冰河，一段枯木，一张书桌，还有十分古怪的挂在树枝上和伏在桌上的软绵绵的时钟。一个红色的钟面上爬满了黑色的蚂蚁，犹如碌碌无为的人类在时光之河里拼死一搏，想要昙花一现。

“达利的《记忆的永恒》。”凯文喃喃，他发现自己居然进入了少年时的梦境，到了画里的神秘之地。

“清水在哪里？”他的嘴唇已冻成紫色。

薇薇安并不回答，褪下袍褛，穿一件白裙躺在枯木上。凯文发现那件白裙仿佛是雪花织成的，毛茸茸却又不失璀璨。

薇薇安用琥珀色馥郁的笑眼袭击着凯文。她的周围有许许多多面镜子，以不同角度反射出她的容貌。她的美于是便面面俱到，无处不在。凯文躲也躲不开。

“清水在哪儿？”凯文又问，在寒冷中感到虚弱。

“她在时空的长河里。”薇薇安说着在枯木上张开双腿，吓得凯文往后退去。只见在她双腿间文着一只彩色的张开翅膀的蝴蝶，仿佛就要向他扑来。一抹淡红的光线正从冰河里升起，照耀在薇薇安的微妙之处。

“咳。”凯文的喉头发出了一个古怪的声响，背过身去。

“呵呵呵呵。”他的背后传来冰雪女王嘲弄的笑声。

“你躲不开的。”她说。

他听见背后传来镜子碎裂的声音，无数碎玻璃块映着薇薇安美丽的脸和身体向凯文飞来。其中就有那么一块落入他的眼睛，滑入并插在了他的心上。凯文只觉得心一凉，似乎体内有东西被冻结住，它不再为谁跳动。

转过身，他面对着薇薇安，忽然发现她是世上最完美的人儿，而美丽的雪景在他眼里变成了煮烂的菠菜。他厌恶地撇了一下嘴。

这个夜晚，凯文觉得不那么冷了。他躺在薇薇安的身边，望着自己爱慕的女人，心满意足。

薇薇安把头贴在他的胸口，幽幽地问：“你还记得那个叫林清水的女人吗？”

凯文冷冰冰地问：“她是谁？”

“她谁也不是。”

凯文点了点头。

他进入梦乡，做了很多奇怪的梦。梦见艳丽的色块，还梦见他在一面镜子前看见自己冷酷的面容，那种陌生的神情让他害怕地惊醒过来。

他开始日日坐在枯木上对着软绵绵的时钟发呆，觉得自己的神志越来越空洞，不再记得过去，也不多想未来，只知道与薇薇安在一起的每一刻都令自己心满意足。

又过了些日子，他变成了一个常常会面露厌恶之色，脾气暴躁，脸色苍白，行动僵硬的男人。

一日，薇薇安对凯文说：“明天一大早我要到温暖的国度里去！我要去看看那些黑罐子！”她说的是埃特纳火山和维苏威火山。“我将使它们变得白一点！有这个需要。这对葡萄和柠檬是有好处的。在临走前，我要你给我一个吻。”

凯文万般不舍地捧起薇薇安的脸，给了她一个深深的吻。那个吻让他的心都凉透了。

她拉起他的手来到一片雪地上，柔滑地褪下白色衣裙。喔，她的胸部如此柔软和突兀，腰身盈盈在握。当她再一次微笑着向凯文展示那只文在股间的彩蝶时，凯文开始气喘吁吁，目光迷离起来。他的脸上露出情欲。

薇薇安终于引出了他性情中不曾有过的虚弱与狂乱，凯文觉得自己站在欲望的边缘，随时要跌倒。终于他向着那只彩蝶靠近，越来越近，近到不能再近。可是忽然他的眼睛瞪得很大，停止了向前。他的目光落在薇薇安发间一朵香水百合上。

香水百合？香水百合！那朵冰雪孤傲的花散发着来自过去的芬芳，这让凯文依稀想起一个人，一个他已不再记得名字的女人。那个女人穿着白色的衬衣，灰色的长裤，双手插在裤兜里，站在街的拐角处，背朝着晚霞，一只钻石耳钉在闪耀，她的眼睛和嘴唇满是笑意。

脱口而出的一句话，令凯文自己都觉得吃惊。他对薇薇安说：“你能挑战我的欲望。但无法战胜我的爱。”

在冰雪女王薇薇安出发的那个早上，她把凯文丢弃在冰河上，并告诫他：“你所在的这条河叫做理性之河。理性一直都是我最为看重的价值，它代表了启蒙和进步，与感性相对立。我认为理性优于感性，而且认为应当用理性来控制一切。你的爱透露着一种不受控制的力量，千百年来它都以一种纯厚执著的方式散播着。它，可以穿越所有的时空，让一切无所不能。我要让理性之河洗涤这种无法无天的力量。”

冰雪女王走后，凯文跪在理性之河的中央，他不停重复地念诵着一句话，一句《圣经》里的句子：“基督必须被钉上十字架，因为只有那样的痛才能让他战胜人性的弱点，才能让他真正地去爱。”

48　黄金城国

当林清水睁开眼睛的时候，发现自己正躺在一个充满金色光线的世界里。

她揉着太阳穴，想要记起究竟发生了什么，可是无论怎样回忆，她的脑袋里只是一些不连贯的情景。

她记得自己和蓝镜在欧核研究中心的实验室里，那只装有“上帝的粒子”的玻璃瓶里突然传来康庄的呼唤声。随之，玻璃瓶碎裂，无数颗繁星升起，她的身体随着它们渐渐隐入黑暗，化作虚无。她想自己一定在消亡，来不及与最爱的人告别，来不及回顾自己的一生。在最后一刻的意识里，林清水不甘心，充满恐惧，却不得不接受。在密不透风的死亡进程中，康庄的呼唤越来越近，她猛然想起江百慧与自己昨晚的那通电话。

电话上她告诉江百慧，康庄已离开 15 年，最近有一种奇怪的感觉，好像自己要马上见到他。江百慧沉默许久，平静地说：“在一次旅行中你将解开自己心头多年来的疑问。你要做的就是在一张地图上把我所说的地点标注上，然后寄给你最爱的人。这是你唯一回到人世间的办法。”

于是，当实验室里的林清水知道自己即将消亡，最后一刻她向蓝镜大叫道：“地图。”时间只允许她说出这两个字。

很久很久之后，当她再次恢复意识的时候，她见到了死寂的汪洋，一个穿白袍的老者，她的身体被装在棺木里。她想自己一定是在渡海，海的彼岸会是哪里？是生命之圈的另一个起点吗？

迷迷糊糊之中，她感到太阳升起，感到身体正如枯萎的花朵那样蜷缩起来。突然有人把她带到了海底深处，那个人扶着棺木在蓝色的海底绝望地哭泣。那是她曾经的丈夫，是她永远不懂的石黑玄。

他吻了她，她再次沉睡过去，直到此刻完完全全地醒来。

她起身来到大街上。天上人间，没有天使，也没有帝王。这是一个既熟悉又陌生的城市。后来林清水借助各种交通工具来测试它的大小，结果无论她长途跋涉多久，依旧无法触及它的边缘。

这是一座庞大无垠的城市，和上海一样拥挤，高楼林立，汽车迤逦，可是有山有海，有峡谷有戈壁，世界上所有的景致在这座城市里均可找到。可是这里一切的一切都由光线打造而成。那光线是明亮的金黄色，仿佛是日出时候切开天宇的第一道光，充满力道和希望。直到后来林清水知道这个城市叫做黄金城国。

迎着这样的光线，林清水走在大街上，与她擦身而过的“人类”都只是淡淡的光晕。他们脸上挂着安详的笑容，从不说话。在这个世界里，语言沟通是虚妄和多余的。

林清水对自己新的肉体感到好奇，把手再次伸到眼前，看到它们如蝉翼般透明。忽然，她听见远处传来钢琴声。

钢琴，林清水生命中一个重要的符号。它是她最初的爱情，也是她成年后黑白的处世姿态。是谁在弹奏着她最喜爱的《月光奏鸣曲》。

细细倾听着琴声，她追随着声音走上一条高速公路。公路上有太阳也有星星，晕在地上光芒万丈。车来车往，林清水没有躲闪，车流穿越过她的身体，她感到身体被一阵气流锤击散开，马上又凝聚在一起。

为什么这条公路突然让她悲伤起来？为什么琴声在她心里激起千层浪？在公路一个拐弯处，林清水站定不动了，她愕然发现自己认得这条公路！想起这里曾发生过的悲剧！

她看见了过去，15 年前的 1997 年，康庄死在这里。

49 总是在最后一刻

2012 年 10 月的第一天，瑞士再平常不过的一日。楚格一座宅子里坐着一群人，他们的内心因各自奇异的遭遇深感不安，困惑不已。

江百慧穿着素服，拖着行李箱来到客厅，环顾了一下所有人，大声说道："那么，就让我们奔赴最后一站——世界的尽头——朗伊尔城！"

大家倦怠不堪地陆续起身，心头都浮现出这样几个问题：

林清水会出现吗？

梦和现实有何不同？

生命的终极意义是什么？

众人奔赴苏黎世机场。

瑶枝紧紧牵着蓝镜的手，走在最前头。弗兰克走在蓝镜身后。她没有向他解释自己在耶路撒冷的不辞而别，只是一直双眉紧锁，心事重重，她更在乎的是林清水。弗兰克第一次在女人面前脸红心跳，第一次被一个女人无视自己的存在。他垂头丧气。

月夕红着眼走在石黑玄身边。昨日当焦急的她看见石黑玄踏入宅子的大门时，她不顾一切地冲了上去，紧紧抱住他号啕大哭起来。她用手抚摸着他的胸脯、臂膀和脸。他厌恶地不耐烦地推开她，躲进一处阴暗的角落里。此时，月夕哀哀地看着他消瘦下去的侧影，它依旧傲然挺立，没有她梦境中见到的奄奄一息。

浅野秋拉长着脸，愤怒地走在他们身后。"狐狸精。"她心中暗骂。

丹尼尔与江百慧并排走在最后，一个在裤兜里捻转着那枚祈愿石；另一个尽管素服素颜，却两颊生辉，似有喜事要来，令所有人琢磨不透。

进了机舱。去往北方的乘客并不多，于是大家各自选择有舷窗的位置坐下，心里是巨大的忐忑不安和好奇。

飞机呼啸着起跑，冲入云端。甩开其他人，石黑玄坐进商务舱里，从外套的内袋里摸出一个小药瓶，吞下几颗药丸，然后疲惫地闭上眼睛。

“清水，快些回来好不好？如果今生将不再见面，你能不能在分别时再给我一个拥抱？”他的心很苦，是如此如此地想念她，从他每天醒来的第一秒，到进入梦乡的那一刻。

他常常想起他们短暂的生活在一起的时光。尽管是一个外表看上去什么也不在乎的男人，可石黑玄记得林清水所有的点点与滴滴。记住它们，是因为可以在未来没有她的日子里用来回味。

他记得她是那样的喜爱整洁。这种整洁同时体现在她的待人处事上。

她醒来时从不让他吻她，也不让他看她，因为她要先刷牙和洗脸。

她工作的时候，不太接他的电话，也不与他共进午餐，说要保持一整天坚硬果断的心肠，而他的出现会让她的心变软。

她喜欢汽车和摩托艇发动时的轰鸣声，在那声音里她说能听见自由和无限可能。

他们偶尔在晚间散步，有时她会把他的手捏得很紧很痛，却浑然不觉。他偷偷去看她的脸，那上面有孩子迷失的茫然表情。她那么紧地抓住他的手，他明白那是因为孤独，于是就这样忍着痛陪她走完一路。

他会把她洗后的衣服折叠成完美的四方，会为她端来可口的自制咖啡和甜酒，会在她看书的时候长时间地捏着她的脚趾望着她。她会在书本后打趣地说：“石黑玄，不要忘了你是一头豹子，怎么结婚后变成了一只猫？”他会不好意思地笑。其实他一直都是那只豹子，傲慢顽劣的本性从没有变，只是现在他是一只沉浸在爱河里的幸福的豹子，会不自觉地对爱的人好。

很多个夜晚，她把身体紧紧贴着他的背呼吸均匀地睡着。他却难以入眠，在夜里，他向上苍祈求：但愿这样的日子能够长久！

他们的婚姻出乎意料的和谐，俩人过得心平气和，各自的性情因这段婚姻而改变。曾经嚣张的气焰被平淡的幸福扑灭。世事纷争在风和日丽的生活下如南柯一梦，不愿再去计较和争夺。

一天，她问他：“婚姻就是这样的吗？”

他难得诗意地回答：“婚姻就是一日一生，三千静好。”

他们相对而视，眼里都渗出感动。

他发现，她正在爱上他。

他发誓，什么都会给她。

然而，这样圆满的日子并没持续多久。一年多后的一个黄昏石黑玄接到了一通来自阿姆斯特丹的电话，电话的另一端向他传递了一个噩梦，一个唯一会让他觉得恐惧的消息。那一天，石黑玄的人生变了，他变回了一头悲伤得蜷缩起来的愤怒的豹子。

自那一日起，他再不与林清水散步，再不与她多说一句话。夜晚的时候他把她靠近的身体推开。看见她的困惑、伤心与挣扎，他冷漠地置之不理。这段日子很是煎熬，每过一日便要花去俩人所有气力，昔日温暖的住宅变作了窒息的冰窖。

林清水终于失去耐心，对他大吼：“究竟发生了什么？我要知道！”

石黑玄不答，甩门出去。

那一天天降大雨，门口一辆车正在停泊，来访者是月夕。她身着轻薄的红色衣裙，看到石黑玄阴着脸从门里出来，赶忙迎了上去。月夕是林清水的好友，已知俩人关系恶化，此刻正是她下手的机会。于是一转念，她取消对林清水拜访，对石黑玄说：“我带你去一个地方，那里会让你快乐些。”

石黑玄心灰意冷，正不知该往哪里去，犹豫了一下，便坐上了她的车。

车开了差不多20多公里，进入一个葡萄酒庄园。

“我的画廊就在这里。”月夕指着前方，夜色里出现一座山坡，山坡上有一栋红色房子。

他们下车，走在雨后的林荫道上。路边的橄榄树沐浴在微弱的月光下，仿佛悬地六英尺的银色浮云；柏树看上去像是黑色的毛皮；样苏叶和薄荷叶气味撩人。路继续爬高，他们来到山顶的红房子前。门上没有锁眼，只有上下两个按钮。月夕按键，一会儿门开启，异国的薰香扑鼻而来。石黑玄昏沉沉地走进去，意识到这是部电梯。电梯内设有猩红色的地毯，四周和顶部镶嵌着镜子，用黄铜包裹着边沿，透着古老奢靡的气息。

电梯门再次打开，是一大间房，分成前庭和后庭。前庭的四周墙上挂着油画，角落里有一个檀木书架，与后庭之间隔着沉沉的猩红色幕帘。月夕伏在石黑玄耳边，娇媚地说:“你在这等我一会儿。”转身掀起幕帘钻了进去。

石黑玄走到书架前看书架上的书。有萨德的《朱丽叶特》，马索克的《穿貂皮衣的维纳斯》，斯文宾的《鞭笞台》，波琳·瑞芝的《O的故事》。他拿起一本随意翻了几页，发现是关于虐恋的情色文学。

月夕要他站在前庭等候，可他却对幕帘后的世界感到好奇，于是掀起帘子擅自走了进去。

在他眼前是一间猩红色的哥特风格的大房间，贴着红色墙纸，黑色的如鸟笼般的铁灯里面擎着烧得很凶的红色蜡烛，灯下是一张带着帝皇气势的圆形大床，铺着红色丝绒。

主人似乎偏爱野兽派的画风，墙上挂有马蒂斯、弗拉曼克和德兰的作品。这个客厅总之有一种过于艳丽的情色氛围。

墙上除了浓丽的画作还四面八方挂着镜子，它们让石黑玄在心里突然涌上一股冲动，想把自己脱个精光从各个角度观赏一下自己的身体，但他很快抑制住了这个无聊的念头。异国的熏香让他感到越来越轻松。

突然，在一面镜里他看见一个穿黑袍的人。黑袍人有着银白色的文艺复兴时期的蓬松发型，走到房间一角一架古风琴前，开始弹奏起穆索尔斯基的《荒山之夜》，旋律和弹奏方式在石黑玄听来很是诡异和错乱。

琴声在高潮部分戛然而止，黑袍人慢慢从风琴边走到床边，爬上去，然后跪坐在床中央。她缓缓抬起头，石黑玄看见在那团银白色的假发下是月夕肃穆的脸。他环抱着双臂，抬了抬眉毛，觉得好笑，一副看好戏的样子。

月夕开始说话："虐恋这个概念的形成不像爱的概念那么久远，它是文化现象的产物。精确地说，它是想象力一次勇敢的突变，和心灵深处欲望的非理性探进。我们生活在一个过分压抑的，由理性掌控一切的世界里，每个人的内心都希望自己的生活能够戏剧化一点，能够让平淡变得强烈，让疏远变得亲密。"

石黑玄心不在焉。

她继续说下去："追求快乐的人一定要享受生活，以古代的方式。他不应惧怕把自己沉浸于以他人为代价的快乐之中。他必须把别人驾上他的马车和犁耙上，就像对待畜生一样。他必须为自己的快乐使用他们。被奴役的人必须为统治者的快乐付出汗水、鲜血的灵魂。这就是古代人的生活方式：快乐与残忍，自由与奴役总是连接在一起。所以，石黑玄，从今天开始我愿意做一个被你奴役的人，竭尽全力地让你快乐。爱会伤人，就好比林清水会让你伤心，但情欲是安全的，所以我只会让你快乐，让你忘却和解脱。"

说完她解开黑袍，它簌簌掉落在猩红色的丝绒上，肌肤胜雪的女人红唇如焰，夸张的银发像一朵轻柔的云。

不知道是不是熏香的作用，石黑玄的头越来越沉，身体里的血越流越快，如一只正要冲出枷锁突破悲伤的野兽。摇头晃脑地，他走向月夕，如同走向猎物。愤怒、不甘、绝望、不舍、自怜与自弃一股脑涌了出来。迎着头顶上的红烛，他的头渐渐扬起，过去一年多好不容易才长出来的柔情在他脸上急速褪去，换上坚硬、孤独、蛮横的从前的面目。

他望着红烛很久，直到脸上落下两行泪。他在心底说了声"再见"，嘴角露出一抹凄凉的笑。脱去衣服，他爬向床中央的尤物，用手紧紧掐住女人的脖子。月夕一惊，害怕又驯服地看着他的脸。

“那么，现在就让我快乐起来吧！”他掏出手机，拍下照片。照片上是女人诱人的赤裸肉体和他带着婚戒的手。

他按下图片发送。发送对象是林清水。没有文字内容。

午夜，宇宙又一个平常的昼夜交替的时刻，世间的人们正做着不同的梦。石黑玄回到家，径直走向浴室，他要洗干净陌生的不爱的女人留在自己身体上的残渍。灯，却在这个时候亮了满屋。

林清水坐在黑暗中似乎等了他很久。石黑玄并不去看她的脸，依旧向浴室走去。

“砰”，他的脑后忽然一声巨响，只见林清水向他掷来自己最心爱的骨瓷花瓶，砸在浴室的门框上，粉身碎骨。

“为什么？”她走近他，眼睛发红透出杀气，“我要一个诚实的答案。”

背着身，他始终不去看她的脸，只轻描淡写地说：“我不爱你了。”

她的牙齿发出打颤的声音。他难过地想，林清水居然也会有这样狼狈的一天。

在死寂的僵持中，突然传来一阵撕心裂肺的大叫，随即是紧紧地被压抑住的哭泣。那种哭泣是如此得克制，只听得见强烈的鼻息和大口的吞咽声。石黑玄熟悉那种哭泣，因为他自己也曾那样哭过，那是一颗骄傲的心被高高举起，然后狠狠砸向地面的破碎声。

“你到底是谁？”林清水声嘶力竭地问，她一点都不认识这个在过去一年多里朝夕相处的男人，她的丈夫。

石黑玄声音冰冷：“我需要的是一个谦卑的女人，懂得讨好我，诸事以我为中心，而不是她自己。”

听到这番话后，林清水陷入了长时间的沉默。过了好一会儿她用平静的口气说：“我以为我们在一起是因为彼此相像和喜欢，却没想到你需要的是另一类女人。在我出生的那个城市里，从小到大因为很多人的期望，我学会了扮演一个比自己强大的角色。活在一个 2300 万人口的城市里你就必须要打败别人，成就自己。我和这个城市里的很多人就是这样长大的。真正的我变得不再重要，我们很小就懂得把它藏起来。有时候藏得久了，就忘了它原来的样子。这样一来，人和人之间谁能真正认识谁，也因此爱情变得如此可贵。”

抽了下鼻子，她继续说：“人的真情在环境迫使下被生存技巧取代。人与人之间的交往成为了一种斗智斗勇的较量，即便友情与爱情也是如此。我沉迷于这种力量与平衡的游戏很多年，直到有一天我感到很孤独。和你在一起之后，第一次我试着放下思考和警惕，只是单纯地去喜欢一个人，但终究还是徒劳，因为我们每一个人都是沿着不完美的历史演变而来的，都有自己的梦魇和局限性。爱情太简单，我们太复杂。看一眼四周，太多的感情如履薄冰，危机四伏。我想，你以这样的方式对我说再见，自然有你的原因。不管原因是什么，都已不重要了，因为目的是为了分别。所以，当太阳升起的时候，我们就是陌路人。”

长时间的沉默，俩人一前一后站立着，彼此看不见对方的脸。他们在等待心中所剩的最后一簇希望被熄灭。

最后，石黑玄没作任何劝慰，走进浴室，关上门，打开花洒，大哭。

林清水站在门外，听着门背后的哗哗水声，心如磐石，大死。

一段感情，总要在最后一刻才算彼此懂得。当俩人大彻大悟想要悔改和重来时，却不得不挥手说再见。再不舍得，分了岔的路已在眼前，错过便是错过了。

离婚协议书一个星期后由林清水的律师转交给了石黑玄。石黑玄毫不犹豫地签了字。

又一个星期过后，石黑玄得知林清水和丹尼尔去了印度的拉达克。

“她会得救的，会重生的。因为她是我的清水！是林清水！”石黑玄环抱着双臂站在直入云霄的新东京铁塔上为她祈福。

可是，他万般没有料到，一个人要获得重生，就先要死亡。消失得无影无踪的林清水是否会在北极幽远的极光中再次活着向他走来。

只要再能看她一眼，他便死而无憾，死而无憾了。

50 阿蒙森的路线

飞机在特罗姆瑟机场停靠时，一群人透过舷窗看到对面斯堪的纳维亚航空公司飞机的尾翼上画着一张人脸。那张脸有着一只大鼻子，眼神冷淡，面容阴沉。

"他是谁？"瑶枝问。

"罗德·阿蒙森，是挪威上个世纪最伟大的极地探险家。"蓝镜答。

"他看上去好像很不开心。"

"可能因为过于野心勃勃吧。"

他们乘坐的飞机并没有在特罗姆瑟逗留很久，当新一批乘客上来后又直冲云霄向着终点站朗伊尔城飞去。从舷窗往下望去，地貌正变得越来越令人惊叹。无以计数的蓝色透明冰川在北冰洋上密密麻麻地排列开，指着天，闪着逼人晶光。这样的景色会让人的心一沉，安宁下来。绿油油的瑞士其实离北极并没有多远，但很少有欧洲人会想去世界的尽头看看，他们更多的是选择南方的碧蓝大海，躺在暖烫的沙滩上，喝着彩色饮料。不去触摸世界尽头，就是不对生命刨根问底。探究生命的意义是一件很危险的事。

朗伊尔城的机场十分袖珍。他们一行人下了飞机，惊奇地发现这个世界最北的城镇并不是他们所想的那样与世隔绝，它似乎更像是一个来自发达国度的雪山度假村。路上的行人有着来自世界不同地方的脸孔，沿街的餐馆里散发着泰国咖喱的味道，超级市场还出售中国酱油。

在朗伊尔城无论你做什么事，心都格外得安妥，你会感觉自己离自己很近。荒古的地貌，极端的天象，空荡的苔原，幽蓝的冰川和冬日里无法外出的局限，让生活在小镇上的 2000 人必须手拉手才能度过。他们痴迷于这种依附大自然的古朴生活，在与寒冷和黑暗的斗争中享受独特的乐趣。他们从不想要离开这里。

时间显示晚上九点，天色却依然明亮。朗伊尔城很小，只有一条主街，一行人于是拿着凯文的照片分散去打听他的下落。最终丹尼尔在山坡上的一家酒店里找到了凯文的线索。

大家陆续赶到酒店。当听到前台的小伙说凯文是在半夜与一名乌发女子离开时，所有人心中的疑团更大了。

“那个女人是亚洲人吗？”瑶枝急忙追问。

“有点像亚洲人，”前台小伙抓了抓脑袋，“但我觉得她更像是萨米人。那天的雪下得出奇得大，他们又是在半夜办理手续离开的，所以我记得他们。”小伙能提供的消息只有这些。

“嘭！”石黑玄听完一拳砸在柜台上，吓了所有人一跳。

大家决定在这家酒店留宿。饥肠辘辘，他们先去了酒店餐厅。菜单很单一，只有三文鱼和烤苹果。朗伊尔城的土地不长一物，一切全靠空运，因此物资种类少，价格也很昂贵。

餐厅里只有他们这一群人。事情越来越古怪，大家都沉默寡言，气氛十分冷清。巨大的玻璃窗外是孤独的小镇，小镇外是被大自然吞没的区域：海洋、冰川和苔原。它们是蓝色、紫色和玫瑰色的混合体。天空中有一片巨大的乌云像一束被捆得紧紧的灰色羊毛，风正在慢慢地撕碎它。

饭送了上来，大家默默吃着，情绪被这里的天象和地貌困住，被各自奇异的遭遇困住，被林清水究竟在哪里这个问题困住。宇宙已经超出了他们所能理解的范围，他们很茫然。

“朗伊尔城像一条紫色的丝带！”

“那玫瑰色光线居然薄得像蜻蜓的翅膀！”

"北极熊夜晚会在镇上出没吗？"

只有瑶枝自顾自地说话。

饭毕，蓝镜撇下众人，一个人散步到附近的苔原上。朗伊尔城在一百多年前有一个美国人开设了煤矿公司，如今很多煤矿早被弃用，只有若干还在开采中。苔原上依旧保留着过去运煤的梯形传输木架。蓝镜觉得它们有些可怕，仿佛是通向远处的一个又一个的绞首架。静谧中，她只听见风声和自己的呼吸声。刚转身想要往回走，突然看见崎岖向上的小道尽头有一个教堂，好奇心让她走了过去。

教堂的门没有锁，门口竖着几杆来复枪，她心里觉得奇怪。走进教堂，发现它与一般的教堂不同，更像是一个有前后庭的客厅。前庭有很多书架和书，还有咖啡机；后庭是几十张供祷告用的靠背椅和一个小小的圣坛。

借着窗外的光线看圣坛上上帝的画像，蓝镜发现画像里的上帝居然是一个有着深棕色头发和皮肤的男子。这些年，她走过世界各地很多教堂，看到每一块土地上的人们都有自己对上帝外貌的想象。只是在北欧，一个金发碧眼占大多数的种族，他们心目中的上帝居然是一个皮肤透着太阳痕迹的铜色黑人，这令蓝镜觉得十分有趣。

环顾四周，她看到墙上有很多孩子的画作。挪威的孩子们对颜色的驾驭格外熟练，总能把艳丽的颜色和谐生动地搭配到一起，变成一个太阳，一盆花。这些都是对极地儿童来说很珍贵稀有的东西。

在一张孩子画的"向日葵"前，蓝镜坐下，低着头，为亲爱的朋友林清水祈祷。

她在心中默念："我对人类之上所存在的力量开始深信，愿这股力量能够保佑清水平安归来。"

祈祷完，她抬起头，突然一下子惊跳起来。圣坛上帝的画像上突然出现一个狰狞的巨影。她转过身往身后看去，只见黑暗中向她走来一个陌生人，他并没有如此巨大，只是光影在作怪。蓝镜惊魂未定地对那人打招呼："晚上好！"

“晚上好！”陌生人严肃又礼貌的语调让蓝镜的心平伏下来。可当那人走到她跟前时，她愣了几秒，随即脊背开始发凉，好似条条冰凉的蛇绕上身体爬行到后脑勺。蓝镜倒退了几步，不敢相信地瞪大眼睛。

“请您平静下来，小姐。”那个人在半米处站定，不想加剧蓝镜的惊恐。

“您是？”蓝镜想要他说出自己的名字。

“我是罗德·阿蒙森。”

“果然是您。历史上记载您在很久以前已经遇难！”

“我并没有遇难。历史对我的记载是说我失踪了。1928 年，我乘坐‘意大利’号飞艇去援救我的伙伴，三小时后我和我的飞艇在斯匹次卑尔群岛上空失踪了。再也没有人找到过我的踪迹，我如史诗般失踪了。”大鼻子男人阴沉的脸上忽然露出了骄傲的笑容，那笑其实只不过是他抬了一抬脸上深深的法令纹和一边的嘴角。

“您是来祷告的吗？”蓝镜觉得头晕，自己遭遇了一次又一次不可思议的事情，这让她觉得很疲劳和虚弱。很想这一刻能上床睡觉，一觉醒来，一切都只是一个荒诞的梦。

“我来这里，是来忏悔自己的错。很久以前我认为自己是一个英雄，可如今当我意识到世界上正在发生的变化时，我发现自己居然站在一个与希望的目标如此截然相反的地方。”

“在北极您开通了人类梦寐以求的西北航道，并且又是到达南极的第一人。您征服地球两极，哪来的错？”

“人类与自然并没有和谐相处。太多人的心里装着征服，打破了自然的宁静与尊严。当我经过北方的上空，看到曾经完美永恒的北极正变成一条湿漉漉的手帕时，我知道自己错了。爱上一个地方，如同爱上一个人，要给它自由才能存在得长久。世界上因为有我这样充满野心的人，才让人类走向荒诞的结局。”罗德·阿蒙森佝偻起来，坐进一张椅子里，垂下头。

“人类世界最终要遭遇的灭亡并不是您一个人的错。”蓝镜宽慰他，突然想到一个问题，不禁问，“您从哪里来？”

罗德·阿蒙森指了指圣坛上的画像。

蓝镜不明白地摇摇头。

“我失踪后，灵魂开始游荡，开始知道人类之上有更强盛的统治者。人类担心自己的行为会毁灭自然，但我可以在这里向您保证，他们完全不用担心。自然就好比人类的免疫系统，当一切负担和损害到达极限时，它就会轻轻地摇一摇，拍一拍身体，人类就此灭亡，而大自然会进入修复的沉睡，以迎来又一个崭新的明天。新的人类会再次从海水中爬出，进入他们的发展旅程。唯有人类的自省和改进才能打破这种无休止的循环。我之所以灵魂游荡，不知道是不是来自上帝给我的惩罚，他们要我亲眼目睹人类这部最悲惨和壮美的历史剧。”

“还有个问题。”蓝镜不好意思地打断他。

罗德·阿蒙森抬了抬眉毛，示意她尽管说。

“您知道世界的尽头在哪里吗？”这是他们一群人要去的地方。

罗德·阿蒙森严肃地看了蓝镜好一会儿，重复着她的问题：“世界的尽头在哪里？”

从他的表情上蓝镜可以肯定阿蒙森知道点什么，于是不等他回答，她先和盘托出林清水失踪的前后故事。

听完蓝镜的故事，罗德·阿蒙森发出一声长长的叹息，放下自己的冷酷，他有些和缓地说：“在古老的传说中曾经有过对世界尽头的描述：大雪漫漫，理性之河上光线奇异，河边有一根枯掉的木头和一张桌子，桌上放着融化中的时钟，时间的概念在那里消失。我其实见过它们，在我人生最后一次飞行中。”

蓝镜的身体微微一震。阿蒙森对世界尽头的描述分明就是达利的名作《记忆的永恒》。

阿蒙森在20年代失踪，而达利的《记忆的永恒》创作于30年代，阿蒙森自然不会知道那幅画。看来凯文很可能已经进入了曾经的梦境。

“世界的尽头还住着一个女人。一个黑头发的女人。”

黑头发的女人？蓝镜竖起耳朵听他说。

“她骑着一头凶猛的北极熊，来去无踪。当她见到躺在雪地上奄奄一息的我和我那粉身碎骨的飞艇时，她并没有救我，只是用雪花把我埋葬了。”

蓝镜听了不寒而栗。

“传说在世界尽头出现的极光能让在宇宙中游荡的灵魂回到地球上，也能让地球上美好的灵魂走向宇宙。这样的极光每年只出现一次。我曾经想借着极光到广阔的宇宙中去旅行，但没能成功，想必那只是一个传说。”

“传说是否提到世界尽头的极光每年何时会到来？”蓝镜问。

“‘当玫瑰走下圣坛’的那一晚。这是一个隐晦的暗语，至今没人懂得它的意思。”罗德·阿蒙森说。

蓝镜在心中暗暗记下。就在这时，她听到门外的苔原上发出窸窸窣窣的脚步声，一看罗德·阿蒙森一下不见了。她从教堂里走了出去，借着月光，看清来的人是弗兰克。

弗兰克的金发在夜色下格外明亮，穿着一件黑色皮外套，双手插在牛仔裤里，高大的身影挡在蓝镜面前。她闻到他身上剃须水的味道，刚刮过的脸有点青，更让他英气逼人。蓝镜的脸红了，庆幸此时是在夜里。

“酒店的人告诉我因为北冰洋遭到污染，鱼虾变得少了。鱼虾是海豹的主食，海豹数量的减少导致捕食海豹的北极熊因为饥饿开始吃人。它们有的时候会闯入小镇寻找食物，所以很多地方都摆着来复枪。我不放心你才过来的。”

“谢谢。”蓝镜说着往山坡下走。自从耶路撒冷回来后，她的心里只有林清水，顾不上弗兰克。有时候地域变了，境遇变了，心也会变。想起当初她向他要求的吻，现在蓝镜羞愧得想死的心都有。

“为什么你在耶路撒冷撇下我，难道你不喜欢我吗？”弗兰克单刀直入。

这个问题很难回答，蓝镜选择沉默不语，加快了脚步下山。

“我想去你的酒店房间。我想吻你。”毕竟是花花公子。

她转过身，说：“对不起，这不可能。”

他一下搂过她，吻下去。他向来对女人如此，她们的矜持在他看来只是前戏的一部分。可是没想到他这一举动，竟一下子触及蓝镜14岁那年不堪回首的伤痛。她使出全身的力气挣脱他，委屈的满脸是愤怒的泪，弗兰克一下子不知所措了。

“我不是你任意发泄的对象。耶路撒冷发生的事我们还是忘了吧。14岁那年我遭到强暴，所以害怕男人，不喜欢男人，清楚了吧？”说完蓝镜转身就跑，留下弗兰克一人震惊地站在夜色里。

夜晚，丹尼尔看着灯下的祈愿石发呆。在拉达克与林清水共度的时光一幕幕在眼前浮起，又飘过。那是丹尼尔生命里唯一与女人一起生活的日子。他问自己，如果他只能祈愿一次，他会祝愿林清水能够幸福地活着，还是她能够与他永远地生活在拉达克？

轻轻摇了摇头，他为自己的私心感到愧疚，于是关灯上床。

隔壁房间里住着瑶枝、浅野秋和江百慧。瑶枝拿着蔻丹准备为江百慧的指甲上色。她刚握住江百慧的手便嚷道：“好凉的手啊！像死人的手！”

石黑玄住在酒店顶层的套房里。他站在窗前看着北方奇异的夜景。夜已深沉，可是光亮似乎并不愿意完全隐没。在他身后的大床上铺展着一幅画——格雷斯小姐的《死之岛》，这是林清水在他们婚礼当天送他的礼物。

画中隐喻的死亡与孕育，她希望他能够陪她度过，曾经她是如此信任地把自己交付给他，然而得到的却是深深的伤害与失望。今晚，石黑玄要把这幅画转交给一个人，因为只有那个人才能再次给林清水幸福。让他这样一个男人做这种事很不容易。

他记得最后一次见到林清水是在半年前。

林清水与丹尼尔从印度回来。

“突然知道爱是什么了。”在苏黎世机场与丹尼尔临别时，她感悟道，

“爱是超越各种欲望，就像光一样照耀在另一个身上。因为有快乐和自爱的灵魂，所以不怕失去。爱是关于自己的修行，爱一个人只是为了更了解自己。”

一星期后的一个周末，林清水怀着喜悦和忐忑的心飞往阿姆斯特丹，她要去见凯文。在那栋运河尽头的老屋里她与凯文度过了自己20岁生日。那一年她太年轻，不知如何去爱，只能偷偷逃走，留下在他浴袍上绣的字：

我许愿，
我爱你。

10年过去，她经历了事业的崩塌，婚姻的失败，走过世界很多角落，见识了各种人心，她变了，一切都在变，唯有凯文如同庭院里一棵永恒安静的树，始终如一地温柔地遮护着她。

直到10年后的今天她才积攒起足够的勇气担当这份爱。感谢石黑玄带给她的磨难，也感谢丹尼尔教会她的澄清与无私。

几个小时后，林清水站在凯文的家门前，按下门铃的瞬间，她心想，里面那个男人一定会为自己的到来惊喜万分，会原谅她不辞而别去了印度，会一下子把她拥入怀里。她在心里很快做下一个决定，那就是从今以后再也不离开他。

门铃声在门后响荡，没有人来开门。

她退后几步，望着二楼的窗户，有一扇微启着，想必凯文不会出去很久。

她在门边坐下等。可刚坐下，门却开了。

凯文的额头微微渗着汗，当看见门口坐着的林清水时，惊讶得不知所措。

“是你！”他把门关上走到外面，根本没有让她进去的意思。

林清水猜想自己一走就是半年，高原上的太阳又让自己晒黑不少，这不免会令凯文感到陌生，于是她笑着说:“我回来了。”

凯文局促地看着她，似乎她来得不是时候。林清水的笑渐渐褪去，声音冷淡下来，说:“抱歉，没有事先告诉你。”

犹豫了一下，凯文打开门:“进来吧！”

她的脸上立即升起一抹笑，高高兴兴地随他进了屋。

这些年来，她总是亏欠他，今天她要向他说出自己的歉意和感情。

进了门，林清水省略寒暄，开门见山说道:“凯文，对不起，我曾经做错很多事，在拉达克的半年，我明白了一些道理。15 岁的时候我就喜欢上你，可是直到 15 年后的今天，我才真正具备爱你的能力和勇气。这一次来是想告诉你，如果你能够再给我一次机会的话，我想我们重新开始。”

凯文震惊地看着她，丝毫没有喜色，他的眉头紧紧蹙起来。林清水的心凉了半截，一切和自己料想的不同。她以为这是凯文一直期待的，却忽略了岁月改变人心，即便是星球也都会有消亡的一天，更何况是一个人对另一个人的感情。她垂下眼睛，静静等待着他的回应。他必须要作出一个回应。

凯文沉默了良久，转身走进厨房去泡茶。林清水听着水在壶中被加热至沸腾的“咕咕”声。凯文背对着她站在料理台前。看着他陌生起来的背影，林清水感到一阵虚弱，坐进一张桃木摇椅中。

沏好的茶被凯文放在餐桌上，并没有像以往那样端到她手里。他显得心神不定，不时朝楼上看。林清水竖起耳朵，听到楼上传来的细微声响。她痛苦地明白过来。她不怪他，毕竟他已陪伴自己那么多年。

“清水，”凯文走到她跟前，蹲在摇椅前，脸色苍白。他欲言又止，摇了摇头，显得极其犹豫。

“没关系，说吧！”林清水没有表情地看着眼前这个既熟悉又陌生的人，等待着他的判刑。

“我不知道，我不知道。”凯文的眼睛一下红了，“原谅我，现在我什么都不能承诺。”

“我明白。”她故作轻松地笑笑，心却碎了一地，“我走了。”

她站起身拿起行李，打开门头也不回地走了。

这时，楼梯上慢慢走下一个黑衣人——石黑玄，他的脸一半藏在阴影里。

两个男人悲伤地看了一眼彼此，默默无语。

几个月后，他们各自从浅野秋打来的电话里得知林清水在蓝镜的实验室里失踪了。

51　冷酷的心

九月的朗伊尔城气温已经落到零摄氏度，一行人准备向着更北的冰原进发。男人们准备着物资，女人们外出添置适合极度低温穿的衣物。蓝镜整日都待在飞艇博物馆里，里面有详尽的当年罗德·阿蒙森的飞行纪录。自那次在教堂里相遇后，蓝镜就再没见到过他。

三日后一切准备妥当。七个人雇了两架直升飞机按当年罗德·阿蒙森最后一次飞行航线，向着世界的尽头飞去。

在斯匹次卑尔群岛的上空，一路上能看到北冰洋上碎裂的冰盖和从冰川上滚落下来，湿漉漉的丛丛冰山在阳光下闪着岌岌可危的晶莹，像是在为地球的崩溃哭泣。

“我看到自己居然站在一个与希望的目标如此截然相反的地方。”蓝镜想着罗德·阿蒙森懊悔的话。

并没有多久，直升飞机开始下降，螺旋桨扇起雪花、雪晶和冰凌。他们眯眼弓身地走出机舱，踩在茫茫无涯的蓝色冰原上。

“保持联系！”驾驶员向一行人做了个手势，挥了挥手，调转方向离去。

蓝镜带领着大家往东北方向走，不远处就该是当年罗德·阿蒙森失踪的地方。极端的低温让人的喉口发出腥咸液体，眼睛的晶体出现了异样的结冰感，大家都加快了脚步，只有不停地运动才能保证生命的正常运行。蒲扇般的雪地鞋因为加大了面积，不容易陷入松软的雪地，稍稍方便了行走，但四个亚洲女人，都生长在没有雪的城市里，每一步都走得很艰难。瑶枝很想大哭，但害怕眼泪刚流出就会在脸上结成冰，于是只能憋住。

步行了大约一小时，他们看见走在最前头的蓝镜突然跑了起来。大家的精神瞬间抖擞起来，想她一定是发现了什么，也都跟着跑了起来。他们发现不远处有条冰河，河上有一个小黑点。又一小时后他们终于来到冰河，发现那个小黑点是一个在冰河上昏死过去的人。

“我去。”石黑玄走上前，用脚试探着浮冰，踏了上去小心翼翼地向那人移近。当他把昏倒的男人翻过身时，回头向众人叫道：“是凯文，找到他了！”

众人欢呼雀跃，用绳索固定住浮冰拼命拉，费了很大工夫才把俩人弄上岸。

蓝镜观察着四周，发现河边有一段枯木，一张桌子，桌上放着软绵绵的融化般的时钟。没错，这里就是罗德·阿蒙森所描绘的世界的尽头。她和弗兰克用力劈开枯木升起火来，把奄奄一息、面色发紫的凯文平放在火边取暖。

凯文已失去知觉，紧紧地闭着眼睛。

“石黑玄——”众人忽闻月夕大叫一声，只见石黑玄昏昏沉沉地跌坐在雪地里。一下子又多了一个病人，众人的手脚慌乱起来。

“我们必须把他们俩先带回去治疗。”蓝镜说完掏出移动电话，一下子呆住了，没有讯号！再看手表，时间也凝结不动。

众人见蓝镜突然惊愕住，急忙掏出自己的移动电话，发现是同样的结果。

“我们被困住了！我们回不去了！”瑶枝在风雪里潸然泪下。

江百慧扶着早已体力不支的浅野秋，紧紧盯着西边的天空，脸上露出极大的忧虑。弗兰克顺着她看的方向望去，一下子惊跳起来，指着天上正向他们飞来的一团白物大声说：“这是什么？这么大的雪球怎么会在天上飞？”

丹尼尔摘下遮阳镜，眯起眼看了好一会儿，声音跌倒谷底："不，那不是雪球！"

众人仰着头紧盯着那团异物。异物飞过冰山峭壁，离他们越来越近，随着它的到来天空开始下起鹅毛大雪，密得犹如一块铺天盖地的羊毛白毯。

"啊——啊——是头动物！"瑶枝尖叫。

"是北极熊。"江百慧神情凝重。

"会飞的北极熊？怎么可能，怎么可能？！"弗兰克吼。

"我们必须镇定下来，静观其变。"蓝镜冷静地对大家说。

"他醒了，醒了！"月夕突然在众人身后叫，大家这才想起凯文，几个人又慌张地奔向火堆边。

在月夕的搀扶下石黑玄跌跌撞撞地走向凯文。

凯文的睫毛簌簌抖动，他微微睁开眼，又因刺眼的雪光再次闭上。瑶枝用毯子挡在他的眼睛上方，他这才慢慢适应了光线，打量起眼前的这些人。

"凯文，好孩子，你没事吧？"性格淡漠的浅野秋此刻跪倒在凯文身旁，眼睛里蓄满泪水。

石黑玄松了口气，紧紧握住凯文的一只手。

可那只手却猛地甩开石黑玄。凯文的嘴里冷酷地迸出那么几个字，"谁要你们救我，你们这些难看的烂菠菜！"

石黑玄火了，掴了一掌在凯文脸上，被江百慧立马拉开。江百慧对众人平静地说："她来了。"

"谁来了？"大家回头。眼前的景象让每个人都惊愕不已。这真的就像是一出荒诞的电影！我们平淡无奇的现实人生哪里去了？

那团白色异物落定，只见是一个妖娆的女子穿着雪白的兽皮袍褛，一头乌发在风里张牙舞爪。她的头颅傲慢地立在高耸的胸脯上，面容冷艳，如一座不可一世的冰雕。在她的身后停泊着一头身形巨大无比的北极熊，绒毛竖立呈现出备战的姿态，它把沉重的脑袋甩来甩去，眼珠通红。

“罗德·阿蒙森说过在世界的尽头住着一个女人。那个女人把当年身受重伤的他用雪活埋。看来，就是她了。”蓝镜心想，用手抚慰着面露土色的瑶枝。

浅野秋也惊恐了，却见江百慧面容格外沉静，心想也许她知道那女人的来路，于是马上问：“她是谁？”

“她是一位屠杀者，一位破坏家，一半是空气的孩子，一半是海洋的统治者。她是臭名昭著的冰雪女王，名字叫薇薇安。”

“她是人类吗？”

“她是。”

浑身皮肤闪着银光的薇薇安走近众人，在几尺外的地方微启朱唇，用山谷雪崩似的声音说：“你们这些蚂蚁。”

那声音如狂风，把所有人吹得倒退好几步。江百慧挣脱浅野秋的阻止，一步一步地走上前，大声说：“薇薇安。”

冷艳的女子警惕地看着她，看着这个面容坚毅的迟暮美人：“你是谁？”

“我听说过你的故事。”江百慧一步又一步继续靠近，“在火王离开你之前，你只是一个美丽善良的女人。你与火王相伴相守，直到生命终结，然后等待生命再次破茧而出，爱情又因那第一次的相遇再次燃烧。在轮回中你不断回到爱人身边，心满意足。直到有一天火王突然离开了你，从此你便想毁灭一切。”

薇薇安吃了一惊，气焰一下子被回忆浇灭，悲痛袭来，但面容维持着冷淡。

她使劲挣脱出回忆，抬起头，在那张脸上只写着毁灭的威力：“世间只有力量的较量，从来就没有真爱。”

“不，不，不是这样的。”江百慧痛苦地摇头，随即指着身后那群人，“你看看他们。他们都是为了一个人千辛万苦地来到这里。这难道不是爱吗？再看看那个因为你险些在湖上冻死的孩子，在你蛊惑他并用死亡胁迫他的时候，他在爱面前低过头吗？没有！没有！没有！”

薇薇安被气出了眼泪，天上的雪花顿时变作鸡蛋大小的冰雹砸下来。那头庞大凶猛的北极熊此刻伸出淡红色的舌头，一步一颠地走向江百慧。

薇薇安撇撇嘴：“人类的感情不值一提，除非你用自己的性命来证明！如果你敢，我就帮你们找回林清水。”

江百慧脱下防冻外套，丢在雪地里，露出里面一身素白，那是她为自己准备下的丧服。在极度寒冷中她缩成了一小团，迎向北极熊，众人惊呆了，喊叫着奔过去阻挡。

江百慧走到薇薇安跟前，说：“千百年来你一直以为火王弃你而去，千百年来你一直都在找寻着他。我知道他在哪里。”

薇薇安不想回应，用牙咬着唇，可终还是忍不住，冷淡地问：“他在哪里？”

“火王在地狱，他并未弃下你，只是他有更要紧的事去做，为了一个奖惩分明的宇宙。他一直都爱着你，当每一次山谷雪崩，每一次春暖花开，每一次火山喷涌之时那都是他在对你说他爱你。可你却被悲伤和偏执蒙住了眼睛和耳朵，看不到也听不见每一次他因为思念而发出的呼唤。所以，请相信爱，请一定要相信。”说完，江百慧奔向了北极熊。

薇薇安被江百慧的话深深震撼，默默伫立，直到众人冲天的哭声惊醒了她，她急忙回头看，大叫一声不好，可一切已太晚，只见江百慧奋不顾身地冲向北极熊。被激怒的怪物纵身跳起，落下，迅猛地咬断了江百慧的脖颈。

“畜生！”薇薇安用萨米语嘶叫，可江百慧的鲜血已喷溅在洁白的透着蓝光的雪地上。

薇薇安飞奔向江百慧，扶起还有一口气的她，无比内疚地对天哭起来：“我相信了，我相信了。我不是故意的。”

众人赶到，震惊大过悲痛。

江百慧使劲睁开眼来，微笑着说：“其实那么多年来，我一直都很想念自己的家人，我的爸爸妈妈，我的兄弟和妹妹。人生有第一声啼哭，就有最后一声叹息。我这一生很美好。薇薇安，请你照顾好我的朋友们。”她转过头又对其他人说：“谢谢你们，人生要遭遇到料想不到的事，才能看到生命的奇迹。月夕，我有一件东西，”说着她从被血染红的衣服里摸出一封信，“给你的。”

月夕与江百慧缘分并不深，纳闷为什么她会在生命最后一刻留东西给自己。

最后她对大家说：“请把我埋在三千院的古树下。处处清凉水，时时般若花，我喜欢那里。好了，我走了。希望清水能快点回来——”说完江百慧撒手离世。

雪止，天空晦涩，在世界的尽头没有哭嚎，无声的悲伤才是大悲。

江百慧被薇薇安放置在一块巨大的冰块里。瑶枝怨恨地扑向薇薇安，锤打她质问她，被蓝镜拉开。

远处，气力微弱的石黑玄目睹了这一切，转头看着表情冷漠的凯文，使出全身的力气摇晃他的双肩：“你这家伙到底是怎么了？给我醒过来！林清水，你那么爱的女人，怎么敢把她忘记？！”

凯文莫名其妙地瞥了眼石黑玄：“我只喜欢薇薇安，只有她才是完美的。”

石黑玄挥拳想揍他，却一阵天旋地转的难受。

薇薇安走到凯文面前，愧疚地对大家说：“他遭了我的蛊惑，心里掉进了最冷酷最锋利的雪片。对不起，对不起，我不知道怎样才能让他恢复过来，你们还是要了我的命吧。”

蓝镜突然想起什么，她抓住弗兰克的手臂，大声说：“眼泪！眼泪！！！”

弗兰克愣了会儿，大叫道：“没错！我的天。”

大家都不明白他们在说什么。

只见弗兰克拿出一只小玻璃瓶。在耶路撒冷的哭墙上他盛到了“万艳同悲”，它是百花之髓，千心之泪，万木之汁，入口入眼能化解世间最冷酷的心。

小心翼翼地，他取出一滴滴入挣扎抗拒着的凯文的眼睛。顿时，凯文捂住自己的眼睛和胸口如五脏俱焚般痛苦地喊叫起来。所有人都十分害怕，不知道该怎么办。几分钟后，他渐渐平息下来，脸上恢复了惯有的温和。

蓝镜激动地握住弗兰克的手，弗兰克也紧紧握住她的，并在她耳边悄悄说："我曾经喝过'万艳同悲'，我想自己是从那一天起不再是从前的我了。蓝镜，我非常非常喜欢你。"

蓝镜看着弗兰克的眼睛，里面只有真诚，可此刻不是谈情说爱的时候，她转身走开。

如大梦初醒般，凯文困惑地看着周围熟悉的朋友们。第一句话便是："清水回来了吗？"

大家低下头，沉默不语。

他又问："极光什么时候到来？"

蓝镜对薇薇安说："传说中只有'当玫瑰走下圣坛'的那一晚，极光才会出现在世界的尽头。你欠我们一条命，所以要尽全力帮我们。"

薇薇安愧疚地使劲点头，马上思索起来。过了一会儿，她说："我听说过那个暗语，可是至今没有人能够破解它。冰川雪原上何来的玫瑰？"

"难道就没有任何与玫瑰有关的东西吗？"蓝镜问。

薇薇安摇摇头。

"不一定要是真的玫瑰，也可能是一幅关于玫瑰的画，或者玫瑰的雕塑！快想！"所有发生的事让浅野秋完全没有了耐心。

"对！有一样东西！"薇薇安豁然开朗，"我带你们去。走！"

"是什么？"瑶枝追在她身后大声问。

"是一座教堂的玫瑰花窗。"

52　当玫瑰走下圣坛

所有人肃穆地伫立在晦涩的天空下。那只凶猛的北极熊似乎明白自己犯下的屠杀之罪，四肢蜷曲跪伏在地上，畏惧地看着它的主人。冰块里的江百慧安详地闭着眼睛，嘴角有隐隐的笑意，素服上的斑斑血迹如盛开不败的玫瑰。几只硕大的飞鸟在一群人头上盘旋，叫声凄厉悠远。

“再见了，百慧姐。”瑶枝呜咽。

众人在心里与这位曾经不可一世的名媛道别。曾经的她样样具备，到如今韶华灯灭，人去楼空。她拥有过世间女子梦想的一切，却在迟暮之年一件接着一件失去。三千院的青灯古佛边她问了十多年的为什么，直到明白人生不过南柯一梦，缘来缘去总是一场空。

再依依不舍，也只有前行。队伍分成两组，一组踏上薇薇安的银色雪橇，另一组骑上北极熊。加速再加速，两道白光飞跃过冰山峭壁，向着冰谷深处一座名叫“光影教堂”的建筑俯冲下去。

光影教堂由巨大坚实的石头砌成，看上去并不大，长不过 20 米，宽 10 米，高度相当于五层高楼房。木门上挂着两条铰链和一块粗糙的木牌，写着“光影教堂”。

浅野秋第一个推门而入，大家亦步亦趋跟在后面。昏暗的教堂里没有任何取暖设备，却莫名的温暖如春，空气里流淌着百合花的香味。

蓝镜仔细观察着四周，再仰头去看教堂顶穹。

“发现什么没有？”弗兰克问。

“共济会。”蓝镜斩钉截铁地吐出几个字。

“什么共济会？”瑶枝和其他人凑过来。

“共济会是一个崇尚神秘的组织。最初的共济会成员是石匠，非常擅长几何学和建筑工艺。随着队伍的壮大，他们渐渐吸纳社会上最精英的人才，成员名单非常响亮，诸如莫扎特、马克·吐温、爱因斯坦、歌德、爱迪生等等。据说，如今的共济会成员是世界政府要员和大型企业的控制者。共济会的成员在欧洲建立了许多神庙和教堂，他们精湛的建筑技艺来源于对几何学和天文学的深度理解。共济会认为几何学不只是数学的一个分支，更是通往神性的至上之路。据说最早一批共济会成员即北欧的石匠把一个古老的真相藏在建筑的几何比例中，只是我们不知道那个真相究竟是指什么。”

“你看，”蓝镜指着建筑上雕刻的符号，“这是基督教的十字架，这是圣殿骑士的十字架，犹太人的星状物，共济会的印章，那里是哺乳过宙斯的羊，还有金字塔、五角星、星象符号，来自美洲的玉米、三叶草、梅花等等，这些符号都与共济会有关。”

“玫瑰花窗在哪里？”这才是浅野秋关心的。

薇薇安指着教堂的前方和后方。众人看到两面墙上各自嵌着一扇彩色花窗，雕刻精美，两相呼应。

她解说：“玫瑰花窗起源于 17 世纪。它不只形式美，更在于本身玄妙的宗教隐喻。有人说它是神的眼睛，有人说它是女神的符号，还有的说因为它的样子是圆形的，所以是命运之轮的象征。”

“这样的花窗在欧洲很多教堂里很常见，是哥特式建筑的特点之一，并不特别。”丹尼尔毕竟是建筑师。

“的确很普通。”蓝镜也觉得。

大家陷入失望中。

“当玫瑰走下圣坛”，这句话究竟意味着什么？

“教堂里很暖和，不如暂时先住下，再一起来解这道谜。”弗兰克提议。

大家觉得只能如此。

夜晚窗外寒风呼啸，教堂里却春天般温暖，让人昏昏欲睡，可每个人都心事重重，想着白天突如其来的那场生离死别，想着那道谜，想着无影无踪的林清水此时究竟行至何处。

凯文平躺着，瞪着高远的教堂穹顶，忽然身边有人碰了下他的胳膊，他转头一看是石黑玄。

石黑玄把一卷纸搁在凯文身旁，便背过身去睡觉。

凯文打开一看，是《死之岛》那幅画。他不解，推了推石黑玄的背，问："给我这个干吗？"

石黑玄背对着他，生硬地说："那幅画是清水给我的礼物，你替我保管吧，今后就拜托你照顾她了。"

过了很久，凯文发出一声重重的叹息，问道："你身体怎么样？你是不允许这么劳累的。"

石黑玄不答话，凯文便转身躺下。

教堂昏暗的烛光里，有一个人听到了两个男人之间的对话，眼里闪出蛇一般的狠毒，那就是月夕。

神秘的格雷斯小姐将一生所画的 99 幅画放在城堡的 99 个房间里，并在其中 4 幅画里藏匿了公爵家族世世代代守护着的秘密。这个秘密是关于人类如何变作无所不能的神。

当格雷斯小姐将城堡赠送给楚格政府作为学校使用时，她提出过一个要求，那就是有 4 间房间只能在指定的那 3 年里开放，其余的时候必须关闭。那 3 年入住那 4 间房的学生正是弗兰克、凯文、丹尼尔和石黑玄。

由此月夕做出一个猜测，那 4 幅画就是卡斯帕尔·达维德·弗里德里希的《橡树林中的修道院》，萨尔瓦多·达利的《记忆的永恒》，马克·夏加尔的《我与村庄》和阿诺德·勃克林的《死之岛》。之后的神奇遭遇更加让她肯定了自己的推断。

在她的住处，廊道的尽头，有一间房间，藏匿着其中三幅画。她急切地想要得到最后那幅《死之岛》，因为只有得到它，通往神的至上道路才能完美搭建成。今晚她看到了希望。

月夕原本想用手里的肋骨来交换这幅画，现在看来不用那么麻烦了。强烈的兴奋中她感到一丝痛，因为梦想的实现意味着她再不能与石黑玄一起了。她爱他爱得快要死掉。是的，连命都可以给他，但是成为无所不能的神的诱惑如此之大，大到她宁愿舍弃心爱的男人。

那一晚所有人的睡眠都断断续续，身体疲惫不堪，思绪却万千不断。寒风在外头咆哮，教堂里似有蛇类窸窸窣窣爬动的鬼祟声。

第二天早上，北方的天光穿透彩色的玻璃窗，照射在神和魔鬼的脸上，栩栩如生，仿佛一个肃穆的审判中世界。大家陆续起来，发现月夕居然不见了！

薇薇安推门来到外面，发现自己的银色雪橇不在了。“她可真够胆！但凭她的力量，根本无法走出冰谷。”

无人猜得透月夕突然离开的缘由，直到凯文发现丢失了画，众人才渐渐想起楚格山上的古老传说。

愤怒和悲伤淹没了石黑玄，他居然弄丢了林清水给自己的信物，这该是一个多么可怕的预兆。

“她只会葬身于冰雪。”薇薇安斩钉截铁。

“那是她自己的选择。”蓝镜挥挥手，不想继续谈论那个人，“现在我们必须要尽快解开那道谜，因为剩下的粮食只够两天了。”

一日过去，大家细细查遍教堂内所有的大小浮雕，没有任何与玫瑰相关的符号。

二日过去，男男女女们望着墙上的两扇玫瑰花窗，百思不得其解。

第三日，所有人饥肠辘辘，昏昏沉沉。

到了第三日晚上，薇薇安看着大家饿得发青的脸说：“我必须带你们走，不然你们会饿死在这里。等天亮了我们就出发。”

大家默不作声。难道所有的艰难遭遇都是徒劳？难道江百慧的命只是枉送？他们不甘心。

天终于亮了。因为饥饿，大家都早早醒过来垂头丧气地打着行李。他们困惑、难过、不甘，却只能往回走。回去后，就当所有这一切不过是一场午夜惊梦，愿时光能把这段遭遇洗涤得只留下淡淡痕迹。

整装待发，薇薇安推开教堂的木门，寒冷的风雪和刺目的阳光猛烈地打在他们身上。

一个接一个，他们跨出教堂。丹尼尔走在最后，当他把木门关上时，愕然地看见一个璀璨夺目的景象。“砰”，他完全推开门，说不出一句话来，眼泪掉了下来。

所有人回过头，都被自己见到的景象震慑了。瑶枝大哭：“玫瑰终于走下圣坛了。我们找到谜底了！”

蓝镜泪水涟涟地走进教堂，仰面沐浴在智慧的光晕里，闭上眼在心里默默说：“共济会的成员们果然是几何学、天文学和建筑学的奇才！他们设计的玫瑰花窗会让每年此日此时的太阳穿越教堂后墙的彩色花窗，投影在正墙花窗的下方，犹如玫瑰走下圣坛。”

那一个深夜，在教堂外，浅野秋、凯文、石黑玄、弗兰克、丹尼尔、瑶枝、蓝镜和薇薇安紧张地站成一排。他们面前的空地上摆着六件东西：日本龙三角的死神的船桨，捷克库特纳霍拉人骨教堂里 Frantisek Rint 的肋骨，以色列耶路撒冷哭墙上的泪水，瑞士蒙特勒“最后一个女巫”的头发，印度拉达克的祈愿石，中国上海城隍庙里的脂砚。一切都准备好了！

薇薇安突然想起什么，从怀里掏出凯文写的那封没有收信人地址的信，与六件东西放在一起。凯文见到，吃惊地看着她。她愧疚地低下头。

这个夜里似有奇迹要发生。几百头北极熊站在浮冰上仰望着天空，北极狐在山谷中来回蹿动，刚出生的小海豹睁着湿润的眼睛不住叫唤，喜欢潜伏在黑暗深海里的狼鱼在水面上探出脑袋，冰封苔原下的植物正在奋力抬头，月亮如一枚金币以水平的方向在天际滑动。这个夜里，北方的居民莫名失眠，心中思绪翻滚不休。

到了午夜，天空深处突然滚动出浓浓光雾。“咔嚓咔嚓”，奇怪的声响犹如电流被接通。八个人不由地彼此拉住手，充满畏惧地仰望着他们熟悉又无比陌生的宇宙。

光雾很快散开，一束绿色的火焰冲天升起，照亮了冰川、海湾，雪地和教堂。

“是极光——”

“天呢！多美！”

“令人无法相信！”

“终于等到了！”

所有人欢呼雀跃起来，丢掉了悲伤、饥饿与迷惘，完完全全地沉浸在希望中。向着满天颤动变幻奇异的极光，大声地，他们用尽所有的气力呼喊着一个名字：

“林——清——水！”

“林——清——水！”

“林——清——水！”

53　这个宇宙是善良的吗

黄金城国。林清水追着琴声慢慢走上一条高速公路。公路上有阳光也有星星，映在地上光芒万丈，无数透明的蝴蝶在她的颊旁扇动着柔软的翅膀。

林清水悲喜交加。这条公路，她认得，她刻骨铭心地记得，她看见了 15 岁的自己。

1997 年的一个夜晚，她走上了这条险恶的高速公路。一边走一边大哭。那一天康庄亡故。当林清水得到噩耗时，年幼的她不知该如何消化那么大的痛苦，只能硬生生地咽下。

那一晚，她跪倒在康庄的事故地点，对天发誓："今天我所失去的，明日一定加倍地要回来！宇宙你欠我！"

自那一天起她成为了一个内心愤懑、外表沉静的孩子。独自离开生她养她的故土，在遥远陌生的国度耐下心来学习和成长，小心翼翼地收拢起自己的爱；长大后她驰骋职场，长出一颗寂寞的骑士的心。终于三十而立，一路拼杀下来，纵使出尽风头，终还是事业颓败，婚姻破灭。面对空空如也的人生，她的心再无牵挂。她宁愿舍弃生命，也要上天入地去解开心中的疑问——这个宇宙是善良的吗？究竟是善良的吗？

困惑、疲累又悲伤的林清水多么希望有一个人可以为自己指明。

《月光奏鸣曲》温柔地洒在公路上，弹奏它的人林清水再熟悉不过了。即便 15 年过去，她依旧识得他的每一个抑扬和顿挫。是他，宇宙间只有他！林清水飞跑起来，眼泪飞溅出来。

琴声随着她奋力的步子越来越响亮和激烈。终于，她慢慢停下了脚步，在 15 年后她再次见到了他。白衣衫裤的男人从琴凳上起身，仙逸飘飘。

能够再一次遇见康庄，林清水始料不及。极度的快乐和悲伤让她说不出一个字，只能一下扑进他的怀里，把 15 年来的委屈和孤单痛痛快快地哭出来。

康庄也被感动，紧紧地抱住她，下巴抵在她的头发上。

这样过了很久很久，林清水的情绪开始平伏下来，她细细打量他，发现他的容颜依旧停留在当年。

他微笑着，站远了一步也打量她。她已不再是那个故作镇定的青涩小孩，成为了一个脸上有故事的清秀女人。

“清水。”他唤她的名字。她 15 年没听到了，脸一下红了。

那么多年过去，她对他还是一见倾心，只是他不再是那个孩子眼里高高在上的、无法抗衡的完美男子。在林清水的心里他是一个最亲最亲的朋友。终于，他们平等了。凝视着他，林清水看到了自己一路走来的生命。

“别，来，无，恙，康庄。”她一字一顿地说，紧紧握住他的手，眼里的泪又涌了出来。

“别来无恙，生命不息，又见面了。”康庄深情地看着她，不再是大人看待小孩的神态，而是以一个男人看着自己心爱的女人的方式。生命是如此奇妙。

“我在哪里？”林清水问。

“黄金城国。”他答。

“黄金城国是什么地方？”

“是额外空间，也是极乐世界。”

林清水听完，垂下眼睛，若有所思。

“清水，你还记得当年我留下的那个问题？”

她点点头，仰起脸说："那个问题是关于这个宇宙是否是善良的？15 年过去了，我始终没有答案，疑惑越来越深。人生之路如一个不断失去珍贵东西的过程，失去纯真、梦想、激情，失去青春年华和最爱的人。康庄，我始终看不透生命的意义究竟何在？"

康庄的脸浸在金色的光线里，他说："我出事那一天看见公路的尽头出现绿光，好像来自北方的极光，于是知道自己天命已尽。当时我祝福你，我的公主，希望你能够实现所有的梦想，以此作为年少失去爱人的补偿。这些年来你的梦想是否都已实现？"

林清水回头想，不禁很吃惊。孩童时的她站在大路上，渴望有朝一日能够从路尽头的机场起飞，离开这个城市，去更远的地方看看，这个梦想实现了；少女时，她渴望能够获得心爱的男人的爱，当 35 岁的康庄为 15 岁的她弹奏《月光奏鸣曲》时，她明白自己已经获得了他的心；成年后，她在事业上呼风唤雨，生活极尽奢华，有知心好友如瑶枝、蓝镜、丹尼尔，有心爱的人凯文，有如慈母般待她的江百慧。喔，她拥有的太多太多，已超过她所梦想的。

林清水不敢相信自己的生活居然这般丰盛，不由露出不可思议的神情。

康庄笑了，朝她点点头。

"可我还是觉得空落落。"林清水说。

"'我'的建立与存在，依靠着与他人的区别。我们执著于自己的过去固有的生存习惯和思维模式来把自己与他人区别开来。然而，人在快乐的时候是无比开放的，快乐是'无我'，而痛苦是执著于'我'。痛苦让你自视为受害者，快乐让你自视为受恩者。即便得到丰盛的生活，若没有一颗开放和善良的心，也犹如在地狱里煎熬。"

"何谓善良？"她问。

"善良就是接纳。心与宇宙所有生灵融为一体，成'无我'状态，而不是过着自己编写的电影剧本一般，即用臆想构架起的非真实的自我隔离的生活。因为隔离出的那个'我'只会是一个不断制造痛苦的发动机。不深陷自我为中心的幻梦，便能识得宇宙的善良。要过真实的人生，感恩地温柔地敏感地活在每一个当下。”

林清水的脸被照亮，如梦初醒。但她还有最后一个问题：“什么是生命的意义？”

“不执著自己的角色，放下自己，放下别人，只是存在，不过到此一游。生命的意义就是学会接纳，学会善良，学会去爱。”康庄答。

林清水听完，大哭。

15 年来自编自导的生活是如此狭隘和不真实，以自我为中心的生存习惯和思维模式让她忽略了自己的所得，忽略宇宙其实广阔与空空，每一个当下都是学习的途径，都具备生命的意义。

林清水的那一哭，哭出了心底的宽广与爱，天地间转瞬光明和美丽，她看见了一个善良的宇宙。

很久没有过的酣甜睡眠，心如止水，身如羽毛，似乎灵魂与身体都在完成一个奇妙的更新。不知睡了多久，当林清水再次睁开眼时，看着满天金色的光线，由衷地说了声：“谢谢。”

康庄走来，手里拿着一封信，递给醒来的她。

她打开，凯文歪歪扭扭的字映入眼帘：

你念，或者不念我
情就在那里
不来不去
你爱，或者不爱我
爱就在那里
不增不减
你跟，或者不跟我
我的手就在你手里
不舍不弃

信里还附着一束北方驯鹿的尾毛。林清水把它捏着在手里转动，思念升起。

“我还能回去吗？”她问。

“清水，”康庄在她身旁坐下，看着她的眼睛，“你有两个选择。一个是留在黄金城国，与我永远幸福地在一起。另一个选择是你回去人间历经悲欢离合，但要记住每一个当下都值得感谢，都具备生命的意义。”

康庄站起身，望向天尽处：“你的朋友们正在世界的尽头呼唤你，宇宙之门将要开启，你要马上作出自己的选择。”

说完他恋恋不舍地看着她，她亦恋恋不舍地看着他。

极乐世界，还是悲欢离合的人间，林清水的心里再清楚不过自己的选择。

54　喜马拉雅最大的一场雪

一个月后。

世界尽头那一个极光满天的夜晚，手牵手的男女们喊破喉咙直到天亮也没有唤回他们亲爱的林清水。

彻底的绝望和悲痛过后，每个人回到各自的生活里，希望时光能够疗愈这场经历。

在三千院的古树下埋葬了江百慧后的浅野秋心灰意冷，她自小是孤儿，如今在迟暮之年成了一个孤老。心无所依的她决心在三千院修行，也算是回到故里，叶落归根。祇园花见小路上清凉的石板路磨得更滑腻了，当年校艺会上那个兴风作浪、手提武士刀的年轻女子只是昨日依稀的一个梦。

蓝镜蓄起长发，女子终究是为悦己者容。她与弗兰克回到瑞士，每日不休不眠地做着她的科研，偶尔在地下 100 公尺的实验室里发呆。不归的林清水让她永远无法释怀，只要活着，她就要不停地去了解这个神秘的宇宙。尽管活在内疚里，但初恋的快乐给足她继续探索的勇气。她与弗兰克，一个物理学家与一个花花公子，居然会如此相亲相爱，不知是否因为弗兰克在耶路撒冷喝下的那口“万艳同悲”。

瑶枝回到巴黎继续过着公主般的生活，满世界的飞，依旧在临睡前把自己与林清水和蓝镜的合影摆在床头。合影上是 2007 年的圣诞，她们三人在冰天雪地的瑞士山城采马特相聚。狂风暴雪里她们披头散发地下山，在风里抱成一团勉强点起一根烟。一人一口，彼此望着笑着，感到相依为命的幸福。躺在酒店床上的瑶枝比以往任何时候都感到空虚。在一个歌舞升平醉酒的晚上，她梦见上海城隍庙里的老法师。当初老法师把脂砚给她的交换条件是瑶枝必须跟他学习将要失传的皮影戏。第二天早上，瑶枝像是一个终于找到人生坐标的孩子，快乐地坐上了飞往上海的航班。

石黑玄随凯文去了阿姆斯特丹，两周后在凯文的住所里过世。

去年那个下着大雨的仲秋夜，当林清水从楼上走下来时，石黑玄并没有向凯文道出自己与林清水在伦敦共度的一夜。他在凯文耳旁轻轻说的那句话是：“我得了脑癌。希望你能够成为我的主治医生。”在那一刻，凯文惊呆了。作为一名医生，他选择在爱情里退出，并积极为石黑玄进行治疗。凯文离开林清水是因为他更看重生命。有的时候爱情并没有强大到可以超越一切。

病情得到控制后的石黑玄与林清水结婚，度过一段美好的时光，但是他最害怕的事情还是发生了。一年多后，凯文在电话中告知他病情的恶化。石黑玄只能采取残忍的方式把林清水从自己生命中狠狠赶走。

从北极回来后，石黑玄的病情急转直下，他是一个骄傲的男人，不愿在医院走完生命的最后一程，凯文便在自己住宅里治疗和陪伴他。其实这种照料已经很久，包括当林清水从印度回来，找到凯文向他吐露情感的那一天，屋里的两个男人都陷入了深深的悲伤。

石黑玄离世前的几天十分安静，他双目彻底失明，坐在房间里反反复复听着 Lana Del Rey 的 *Young and Beautiful*，左手的无名指上始终带着婚戒。

凯文在送别了石黑玄后买了一艘帆船。航海是他从小的梦想，终于他可以把自己放逐在海上无牵无挂。丹尼尔打听过凯文的下落，有人说他去了阿拉斯加。在广阔的太平洋上，凯文是否会在夜里见到由 105 颗星星组成的大熊星座，在大熊星座边上的是射手座，射手的那只弓箭永远对着天蝎的心脏。

至于丹尼尔，他去了印度。

秋末冬初快要封山的季节，丹尼尔翻山越岭回到拉达克。一路上他想着飞机里那个神秘的印度女人对他说过的话："当她的灵魂回来之后，记得拿着这块石头来'桃花源'。"

丹尼尔不明白此话的意思，决定再回去一次。

三天后，他终于抵达"桃花源"，也就是从前的"无魂村"。来到那座子宫形状的玻璃房前，丹尼尔开门走了进去，累得倒在床上，不一会儿就睡了过去。

梦中他再次见到了那个神秘的印度女人，她笑着向他走来。

她说："当宇宙中的灵魂回到人世间时，总是降落在此地。一个月前有一个灵魂降落下来，一个你熟悉的灵魂。"

"啊！"丹尼尔轻呼一声，心中猜着七八分，于是赶忙问："我要怎样才能见到她？"

"许愿。"印度女人双手合十，"在那座子宫房子里许愿。"

瞬间丹尼尔从梦中惊醒，神志完全清醒过来。他一下子从床上跳下来，跪坐在地上，把祈愿石紧紧捏在手心里，望着窗外金色的月亮，郑重地在心里许下愿："亲爱的宇宙，让我们再一次见到她吧，我们十分想念她。宇宙，请求你！"

夜色如水，玻璃房子里一片安详的寂静。丹尼尔跪坐许久，一遍又一遍地许愿，直到天空鱼白色。他失望地缓缓站起身。梦只是梦。

可是当他站起身的那一刻，突然震惊地看到窗外的晨光下一个穿白衣的女人站在雪地里。她梳着整齐的发髻，双手插在裤兜里，钻石耳钉闪闪发亮。

是再熟悉不过的身影了！丹尼尔流泪了。白衣女人在晨光里对着他无限感怀地微笑。

那天早上，丹尼尔和林清水在电视上看到一则十分古怪的新闻。警方发现一具伏在朗伊尔城附近的女尸。经证实为亚洲女性，死于严寒。死者身边有一幅画和一封信。信上写着：

亲爱的月夕：

格雷斯小姐的确在四幅画里藏匿了一个古老的秘密。

那四幅画揭露了地球上四个奇异的地方。在那里会有料想不到的事发生，正如你们所遭遇的。就是因为那些料想不到的事，人们才会凭着爱穿越艰难险阻，创造出生命的奇迹。

而那个古老的秘密就在这些奇迹里头，想要告诉我们：人就是神。可是人常常忘了自己的神性，而神性就是无私的爱。

珍重！

江百慧

已经封山，可林清水偏要下山去。

“我要见到他！”她死死踩着油门，灵魂变成了电子乐，车变作了宇宙飞船。她的眼睛开始流泪。

喜马拉雅下了此生最大一场雪。